O FOGO
INVISÍVEL

Em 2017, este romance ganhou o Prêmio Planeta, concedido pelos seguintes jurados: Alberto Blecua, Fernando Delgado, Juan Eslava Galán, Pere Gimferrer, Carmen Posadas, Rosa Regàs e Emili Rosales.

JAVIER SIERRA

O FOGO INVISÍVEL

Tradução
Mariana Marcoantonio

🌐 Planeta

Copyright © Javier Sierra, 2017
Copyright © Editorial Planeta, S.A., 2017
Copyright © Editora Planeta do Brasil, 2018
Todos os direitos reservados.
Título original: *El fuego invisible*

Preparação: Thaís Rimkus
Revisão: Opus Editorial
Diagramação: Departamento de criação da Editora Planeta do Brasil
Capa: Rafael Brum
Imagem de capa: Michael D Beckwith / Unsplash

DADOS INTERNACIONAIS DE CATALOGAÇÃO NA PUBLICAÇÃO (CIP)
ANGÉLICA ILACQUA CRB-8/7057

> Sierra, Javier
> O fogo invisível : o segredo mais importante da humanidade está prestes a ser revelado / Javier Sierra ; tradução de Mariana Marcoantonio. -- São Paulo : Planeta do Brasil, 2018.
> 320 p.
>
> ISBN: 978-85-422-1454-3
> Tradução de: El fuego invisible
>
> 1. Ficção espanhola 2. Ficção histórica espanhola 3. Objetos de arte - Ficção I. Título II. Marcoantonio, Mariana Castilho
>
> 18-1701   CDD-863

2018
Todos os direitos desta edição reservados à
EDITORA PLANETA DO BRASIL LTDA.
Rua Padre João Manuel, 100 – 21º andar
Edifício Horsa II – Cerqueira César
01411-000 – São Paulo – SP
www.planetadelivros.com.br
atendimento@editoraplaneta.com.br

SUMÁRIO

Pouco antes da grande semana
 De onde vêm as ideias?   13

Três dias em Madrid
 Victoria Goodman   34

Dia 4
 Daimones   113

Dia 5
 Duelo com textos   153

Dia 6
 Visões obscuras   202

Dia 7
 A montanha artificial   292

Epílogo   309

Créditos das imagens   317

*Àqueles que são capazes de ver o que outros nem vislumbram.
E principalmente a Eva. Ela vê tudo.*

Os contadores de histórias nos levam a tempos cada vez mais remotos, à uma clareira do bosque onde crepita uma grande fogueira e onde os velhos xamãs cantam e dançam; o patrimônio de nossos relatos surge do fogo, da magia e do universo dos espíritos. E aí ainda se conserva. Pergunte a qualquer narrador contemporâneo e ele dirá que sempre há um momento em que é tocado pelo fogo, pelo que chamamos de inspiração, e isso vai cada vez mais ao passado, até a origem de nossa espécie, aos grandes ventos que deram forma a nós e ao mundo.

DORIS LESSING,
discurso de aceitação do Prêmio Nobel de Literatura em 2007

Sábado, 10 de julho de 2010 • **LA RAZÓN**

MADRID

Misteriosa morte no Parque do Retiro

R. M. – Madrid

Os moradores de Salamanca, bairro da capital, continuam alarmados após um homem de trinta anos ter sido encontrado morto, ontem pela manhã, no extremo nordeste do Parque do Retiro. O corpo do rapaz, que segundo fontes policiais responde às iniciais G. S. P., foi encontrado pelos jardineiros do estabelecimento logo após a abertura, cedo de manhã, e já foi submetido a autópsia no Instituto Médico-Legal da cidade universitária.

"Trata-se de uma morte estranha", garante a nota enviada aos meios de comunicação pela delegacia do distrito. "O cadáver apareceu sem indícios de violência, estendido no lago que rodeia a chamada Casinha do Príncipe, aparentemente com todos os pertences intactos. O exame de corpo de delito revelou uma fratura no pescoço; o trauma, no entanto, parece ter sido produzido *post mortem*, provavelmente como consequência da queda no lago." E ainda: "Solicitamos a colaboração cidadã para este caso. Qualquer pista que ajude na investigação, favor avisar às autoridades pelo telefone 902-102-112 ou pelo site <www.policia.es>".

POUCO ANTES DA GRANDE SEMANA

De onde vêm as ideias?

1

Com frequência subestimamos o poder das palavras. Estas são uma ferramenta tão cotidiana, tão inerente à natureza humana, que quase não nos damos conta de que uma só pode alterar nosso destino tanto quanto um terremoto, uma guerra ou uma epidemia. Assim como acontece nesses tipos de catástrofe, o efeito transformador de um vocábulo é imprevisível. No decorrer de uma vida, é pouco provável que alguém escape de sua influência. Por isso, é melhor estarmos preparados. A qualquer instante – hoje, amanhã ou no ano que vem –, uma sucessão de letras pronunciadas no momento oportuno transformará nossa existência para sempre.

Meu forte, a propósito, são esses vocábulos. São os "abracadabra", "abre-te, sésamo", "te amo", "*fiat lux*", "adeus" ou "eureca" que mudam vidas e épocas inteiras, disfarçados às vezes de nomes próprios ou de termos tão comuns que em outras bocas pareceriam vulgares.

Soa estranho. Reconheço. Ao mesmo tempo, sei muito bem do que estou falando.

Eu sou o que se poderia chamar de "especialista em palavras". Um profissional. Ao menos é o que consta em meu currículo, além do fato de ter me tornado o mais jovem professor de linguística da Faculdade da Santa e Indivisível Trindade da Rainha Elizabeth, mais conhecida em Dublin como Trinity College. Organizei apresentações em congressos em nome dessa tão prestigiosa instituição na Irlanda e no exterior. Escrevi artigos para enciclopédias e até lotei salas de aula dando conferências sobre o assunto. Por isso as palavras são minha obsessão. Meu nome é David Salas e, embora agora talvez tais informações não importem muito, acabei de fazer trinta anos, gosto de esportes e da sensação de que, com esforço, sou capaz de superar meus limites. Pertenço ao clube de remo da universidade, um dos mais antigos do mundo, e venho de uma família abastada. Suponho, então, que deveria estar satisfeito com minha vida. No entanto, neste exato momento, eu me sinto um pouco confuso.

Faz tempo que estudo a etimologia de certos termos, e esse processo se intensificou quando sofri na pele o poder deles. Pois foi exatamente isto – experimentar a força arrebatadora de um substantivo – que aconteceu comigo quando Susan Peacock, a onipresente coordenadora acadêmica da Trinity, se aproximou na última manhã do ano letivo 2009-2010 e disse "aquilo" à queima-roupa, enquanto tomava um café na sala dos professores.

A pergunta foi a verdadeira origem desta peripécia.

— O que você acharia de ir à Espanha por algumas semanas, David?

Talvez eu devesse explicar que Susan Peacock era uma senhora séria, comedida, que não tinha mais de um metro e meio de altura e que quase nunca falava algo só por falar. Se dizia alguma coisa, era preciso prestar atenção.

Espanha?

— Madrid — especificou, antes mesmo de eu questionar.

Naquele instante, juro, alguma coisa se remexeu em mim. Nesses casos, sempre acontece algo do tipo. Assim funciona o alerta sobre a presença de uma palavra especial. Quando a reconhecemos, milhares de neurônios se conectam ao mesmo tempo em nosso cérebro.

"Espanha" teve exatamente esse efeito.

Essa longínqua sexta-feira era véspera das férias de verão. Já não se via nenhum aluno no campus, eu tinha terminado de organizar as pilhas de papéis e anotações com que lidara para finalizar minha tese e estava percorrendo os prédios de humanas em busca de objetos pessoais antes de dar por encerrado o trimestre.

Talvez por isso a proposta de Susan Peacock tenha me surpreendido.

A dra. Peacock era, então, minha superiora imediata e a docente mais respeitada da equipe. Embora tivesse o dobro da idade de quase todos os professores, havia conquistado nossa confiança e nosso respeito à base de perguntas oportunas, conselhos administrativos emitidos no momento adequado e passeios pelos jardins sempre com sábias recomendações acadêmicas. Susan se convertera no oráculo da Trinity College, nossa profetisa particular.

Naquele 30 de julho, chuvoso e fresco, a dra. Peacock pareceu soltar sua pergunta sem uma intenção específica, como se Espanha fosse algo que tivesse acabado de passar por sua cabeça. Tive a impressão de que ela levantara os olhos cinzentos do chão e nomeara esse lugar do mapa sem estar de todo consciente do que invocava.

— Você precisa se divertir um pouco, David — acrescentou, séria.

— Me divertir? — Olhei para ela. — Você acha que não me divirto o suficiente?

— Ah, vamos. Eu o conheço desde que era criança. Inteligente, competitivo, risonho e muito, muito inquieto. Nunca teve tempo de organizar suas coisas. Eu já o vi escalar montanhas e arrasar adversários nos debates da Philosophical Society. "O menino brilhante", era assim que nos referíamos a você. E agora? Faz meses que anda por aqui como se fosse uma alma penada. Você não percebe?

Ao ouvir aquela avaliação, senti uma pontada no estômago, mas fui incapaz de retrucar.

— Viu só? — Ela me repreendeu. — Você não reage! Poxa, David. Abra a agenda, escolha uma dessas amigas que vivem com você e tire férias de uma vez. Tenho certeza de que qualquer uma delas adoraria ir junto.

— Susan! — protestei, exagerando o espanto.

Ela riu.

— Além disso — acrescentei —, não sei se o melhor para mim agora é ter outra mulher por perto. Já basta a minha mãe.

— Isso é patético! Você não precisa de nada sério. Escolha alguém inteligente. Não precisa ser da faculdade, se não quiser misturar as coisas, e chegue a um acordo que beneficie os dois. Você me entende. Então, quando o verão terminar, cada um vai para um lado. Não conheço homem com sua presença e sua posição que precise insistir muito para que uma garota aceite um convite assim.

— Imagino que você saiba o que está sugerindo — eu disse, dando um tom sério.

— Claro que sei. Estou fazendo um favor a você, David! Se bem que... — Um sorriso malévolo se desenhou em seus lábios. — Quando for a Madrid, você também poderia reativar alguns de seus bons contatos. Sabe... O acervo da Old Library está sempre aberto a novas aquisições. E nos deram uma pista que seria bom verificar.

Não consegui evitar a risada.

— Agora entendi! Você não está me fazendo um favor. Está propondo que eu continue trabalhando para a Trinity... durante as férias!

— Talvez. — Ela assumiu. — Com certeza você vai gostar de saber que há um colecionador na Espanha disposto a se desfazer de um *Primus calamus* completo, em excelente estado de conservação.

Quase engasguei com o café.

— *Primus calamus* de Juan Caramuel? — repeti, incrédulo. — Você tem certeza?

Susan Peacock assentiu, satisfeita.

— Impossível. — Sacudi a cabeça, deleitando-me diante de um dos títulos mais raros e mais bem ilustrados do *siglo de oro* espanhol. — Foi uma obra tão pouco difundida. Você sabe melhor que eu que em 1663 o autor mandou imprimir pouquíssimos exemplares, só para amigos, e ninguém vê um desde... Como você sabe que não se trata de uma pegadinha?

— Eu não sei, David! Essa é a questão. Quando recebemos a notícia, tentamos localizar o proprietário, mas não conseguimos. Por isso seria bom que você nos ajudasse... Além do mais — acrescentou —, se finalmente adquiríssemos essa preciosidade, deixaríamos você apresentá-la com toda pompa na Long Room da biblioteca. Seria outro bom respaldo para sua carreira.

Olhei para Susan espantado. Minha carreira era exatamente o que havia me levado àquela situação. Lutei tanto por um espaço respeitável no olimpo dos catedráticos que deixei de lado tudo o que havia sido antes: as viagens, os esportes, as aventuras, os amigos, tudo ficou em segundo plano quando embarquei em minha tese. A sra. Peacock sabia que fazia apenas uma semana que eu defendera meu doutorado. Talvez tenha pensado que, com o título debaixo do braço, eu regressaria a minhas "caçadas de livros".

— E não esqueça que — retomou —, se você for alguns dias à Espanha, terá um descanso de sua mãe.

Minha mãe. Tal menção me fez bufar.

Susan e ela eram bem amigas. Amigas inseparáveis, eu diria. Tinham a mesma idade – de fato, haviam se conhecido fazia mais de três décadas nas festas organizadas nas residências estudantis de Dublin –, e a sra. Peacock foi a única do grupo que conseguiu seguir o ritmo de minha mãe. Susan também era uma das poucas pessoas ali que sabiam pronunciar seu nome à espanhola: um "Gloria" seco, contundente, castiço, não essa espécie de "Glouriah" melodioso que as demais pessoas usavam com ela. E era a única com a insolência necessária para lhe jogar na cara o fato de ter se apaixonado aos sessenta e um anos de idade por um homem muito mais novo e de ter nos anunciado, na tarde em que eu defenderia minha tese, que pretendia se casar em setembro.

— Vamos, garoto. — Sorriu, condescendente, aproximando-se da mesa cheia de embalagens de suco e tigelas de fruta. — Faz quanto tempo que você não encara uma de suas pesquisas bibliográficas?

Eu olhei para ela sem dizer nada.

— Pois é... — Bufou. — Já sei que sua mãe vai se casar com alguém que você não suporta. Mas, goste ou não, eles vão passar o verão inteiro nos preparativos para o casamento, então, quanto mais longe dessa loucura, melhor para você.

— *Primus calamus* é uma boa desculpa. Mas por que agora? Madrid é um forno no verão. Você não podia sugerir um leilão de livros em Paris?

— É preciso de algo mais forte que um simples leilão para esquecer Steven, e você sabe disso — rebateu ela.

A imagem de Steven Hallbright me veio à mente de forma tão incômoda quanto no primeiro dia. Apenas quinze anos mais velho que eu, o namorado de minha mãe era um desses empresários que estudam nos Estados Unidos e nutrem pretensões de ser como Steve Jobs; oitava geração de irlandeses, dos que ininterruptamente se pavoneiam de suas conquistas. Precisei aguentá-lo em três ou quatro jantares em casa, sempre resguardado atrás de enormes buquês de rosas e munido garrafas do melhor vinho francês. Steven era importador de *hardware*, gestor de uma multinacional de telecomunicações, responsável por um fundo de investimento em tecnologias na bolsa de Dublin e, desde que conhecera minha mãe, mecenas de cinco ou seis pintores e designers gráficos de que ela gostava. Observando-o, cheguei à conclusão de que ele mantinha um típico complexo de Édipo. De modo algum eu pensava que ele se aproximara de minha mãe por causa do dinheiro dela. Minha impressão era de que havia se fascinado pela única coisa que ele não tinha e que ela esbanjava: cultura. Uma cultura profunda, clássica, que a fazia parecer jovem e sedutora, convertendo os quase vinte anos que os separavam em mero detalhe.

Steven era bonito, alto, atlético, ruivo e tagarela. E, apesar da idade, minha mãe encarnava tudo o que um irlandês podia esperar da beleza espanhola: cabelo castanho ondulado, olhos escuros, pele tersa e sem rugas, uma silhueta impecável, mantida graças às horas na academia, e uma maneira de andar que parecia que ninguém no mundo seria capaz de detê-la.

Ainda assim, ela era minha mãe. E desde que meu pai desaparecera quando eu ainda era menino, nunca a havia visto se apaixonar desse jeito.

A situação era, portanto, um pouco incômoda para mim.

— Você, mais que ninguém, deveria entendê-la — analisou Susan Peacock, com precisão psicanalítica. — Faz tempo que sua mãe foi declarada viúva. Ela é uma mulher livre.

— Livre e saidinha. Quase não a vejo em casa.

— E vai ver cada vez menos. Hoje ela ia provar o vestido de noiva na De Stafford. Vai passar o dia fora.

— Sério? — Franzi a testa. — Ela não me disse nada.

— Porque sabe que isso o incomoda, David. Admita. Faz anos que seu pai foi dado como morto. Você é órfão, e ela pode fazer o que tiver vontade.

— Isso eu entendo, mas…

— Vamos, pare — interrompeu, encerrando meu protesto. — Aceite minha proposta, com ou sem acompanhante. Vá à Espanha. Perca-se alguns dias em Madrid. Tente entrar em contato com esse colecionador. E, quando relaxar de vez, busque novas amizades, música, comida… sei lá. Esqueça por algumas semanas sua mãe, o namorado dela, o trabalho, a tese e este bendito país onde nunca para de chover. Isso lhe fará bem, e você poderá seguir a máxima dos filósofos.

— Ordem? Que ordem? — resmunguei.

— *Nosequeipsum*. Me dê um desconto! Sou de exatas.

— *Nosce te ipsum* — corrigi, contendo a gargalhada. — Significa "conhece a ti mesmo".

— Pois é! Você já é grandinho para fazer isso, não acha?

A melhor amiga de minha mãe estendeu, então, a mão, com dedos ossudos e compridos, até a bolsa que deixara junto à máquina de café, e tirou dali um livro encadernado.

— Sabe o que é? — Ela o balançou sobre a cabeça.

— Claro. Minha tese. — Fazia dias que Susan estava andando com aquilo. Eu a vira ler nos tempos livres nos jardins do campus, então não estranhei que fosse isso. — *Uma aproximação às fontes intelectuais de Parmênides de Eleia*.

— Não. É muito mais que isso. É a causa de sua apatia — disse, como se proferisse um diagnóstico clínico. — Além do dr. Sanders e seu tribunal de papagaios, devo ser o único ser humano do planeta que leu este calhamaço a que você dedicou quatro anos de vida. Quatro anos! Quase mil e quinhentos dias sem sair da biblioteca e forçando a vista nessas bases de dados horríveis. Não vê? Você está se acabando, David; se deixou levar pelo que seus antepassados esperavam de você. Virou um homem sábio, metódico e correto.

— E parece que um pouco tedioso também.

— Exato, querido. Você está perdendo o fogo da paixão. Ou começa a se mexer e prova o que é capaz de fazer por si mesmo, ou vai se embalsamar vivo...

— Você já me dá por perdido?

— Claro que não. Aliás, aqui mesmo, na própria tese, encontrei uma ponta de esperança — sussurrou, folheando com avidez aquele volume. — Que loucura foi essa de se fechar nas cavernas de Dunmore durante dois dias e duas noites?

Seu olhar derramava toneladas de mordacidade sobre mim. Referia-se a algo que, de fato, eu contava em um apêndice do trabalho. Era o relato em primeira pessoa sobre o que passou em minha mente durante as quase quarenta e oito horas de escuridão e jejum que vivenciei em uma gruta cárstica, tentando emular as jornadas de isolamento extremo a que o filósofo Parmênides e seus discípulos se submetiam. Esse talvez tenha sido meu único vestígio de pesquisa de campo. De movimento. O que os seguidores de Parmênides buscavam em lugares como esse – ou isso diziam os textos que estudei até lhes extrair a alma – era comunicar-se com os deuses e receber deles sabedoria infinita. No entanto, o que consegui ao imitá-los (em um ataque de loucura) não foi nada além de confusão. Fiz isso pensando em como meu avô teria ficado orgulhoso se me visse levar a cabo as lições de um dos pais da filosofia grega, mas também com a estúpida esperança de averiguar nesse "outro mundo", o das fantasias febris do anacoreta, algo sobre o paradeiro de meu pai. Sei lá. Um vislumbre místico. Um sinal. Um vocábulo. Algo que o trouxesse à vida, além do punhado de fotografias ruins que eu guardava dele.

Fracassei, claro.

A única coisa que eu acreditava ter levado daquelas horas de penumbra foi um medo de lugares escuros e a sensação de que, a cada vez que fechasse os olhos, cairia nos piores horrores que meu subconsciente pudesse criar.

Já haviam se passado dois anos daquilo e, desde então, eu não conseguira dormir uma noite completa como antes.

— O que você conta aqui é coisa de louco — prosseguiu Susan, com ar inquisidor, percorrendo parágrafos com seus dedos ossudos. — Pelo menos está escrito com muito talento.

— Obrigado — murmurei, surpreso.

— Você deveria se dedicar a isso… Seria um grande romancista. Como seu avô.

— Romancista… — resmunguei. — Não comece, por favor. Eu já falei mil vezes para minha mãe e para você que não tenho motivação suficiente para passar metade da vida sentado em frente a uma página em branco. Além disso, você sabe perfeitamente que todo mundo me compararia com ele.

Susan estalou a língua.

— Não se engane, querido. A motivação para escrever um bom livro vem de ter algo importante para contar. Vá à Espanha. — Ela regressou tenaz à ideia. — Respire novos ares. Busque o livro de Caramuel. E aproveite para ver suas raízes. Todos nós, salvo se formos estúpidos ou cegos, acabamos encontrando coisas importantes em nossa própria história. E então escreva, escreva e escreva. Escreva tudo. Bem ou mal. Não importa. Escreva enquanto busca esse livro antigo ou enquanto se diverte. Dá no mesmo. Quem sabe, nesse caminho, organizando os pensamentos e os lugares que visitar, você não encontra algum tesouro… ou até acaba compreendendo sua mãe.

— Vai ser mais fácil encontrar um tesouro.

— Nisso nós estamos de acordo. — Sacudiu a cabeça, deixando que as madeixas louras balançassem sobre o rosto fino. — É tão teimosa quanto seu avô. Ontem mesmo, não parou de insistir até me convencer a entregar isto a você — disse, brandindo um envelope retangular que tirou de dentro da tese, como o coelho que sai da cartola do mágico. — Eu não queria, achei que seria muita imposição. Ao mesmo tempo, quando me lembrei do que o departamento de aquisições da Old Library tinha ouvido na semana passada a respeito desse *Primus calamus*, interpretei como oportuna coincidência e decidi lhe entregar.

— Ela mandou isso para mim? O que é?
— Uma passagem de avião, primeira classe, para você ir amanhã mesmo a Madrid.
— Amanhã?
Os olhos dela brilharam.
— Quer dizer que é outra cilada de minha mãe?! — protestei. — E você ainda fez papel de cúmplice.
Susan Peacock fingiu se sentir culpada. Vi como suas bochechas coravam ligeiramente e ela baixava o olhar para o chão.
— Não entenda assim, David. Ela só me disse que queria lhe dar um presente por terminar a tese. — Pigarreou.
— E por que ela mesma não me entregou?
Os olhinhos brilhantes daquela mulher miúda e ética se levantaram de novo.
— Disse que sou sua chefe e que vindo de mim você não vai recusar...
— Pois sempre pensei que você estivesse do meu lado.
— E estou, David. Não gosto de ver vocês discutindo. Considere o presente dela como um gesto de boa vontade. Além do mais, isso do livro de Caramuel parece bem promissor. Não seja tonto, aceite de uma vez.
A passagem de avião não foi a única coisa que Susan Peacock me entregou naquela manhã. Gloria, minha mãe, como de costume, se ocupara de tudo para tornar a proposta irresistível. Junto com o cartão de embarque, encontrei uma reserva para um hotel de luxo no centro de Madrid e algumas linhas escritas de próprio punho no verso de uma velha foto de nosso álbum familiar.
"Assim você se lembrará de onde vem. Boa viagem, filho."
Aquilo tinha algo de enigmático. Um humor próprio, inconfundível em uma pessoa tão dada aos duplos sentidos e a brincar com as palavras quanto ela.
É que Madrid, caso eu ainda não tenha mencionado, é minha terra natal.
A foto que ela havia escolhido fora tirada às portas de uma igreja madrilenha muito tempo atrás. De fato, era o único retrato de que me lembrava em que posava com meus pais e em que os três parecíamos felizes. O fotógrafo o tirara na saída de meu batizado. Minha mãe, lindíssima, me segurava enrolado em um xale de crochê. Meu pai, à direita, olhava para o céu, ensimesmado. Era um senhor de óculos escuros, alto, ereto, porte de cavalheiro de antigamente, de cabelo cacheado escuro e uma barba rala muito bem-feita. Vestia um terno cinza de corte clássico e gravata combinando, com a ponta do lenço aparecendo no bolso superior do paletó.
Nessa foto, aparecíamos pequeninos. Já desbotada, havia sido tirada do outro lado da rua para captar a fachada da igreja. Suponho que em 1980 as

fotos profissionais ainda fossem um luxo para um casal jovem, então era preciso aproveitá-las ao máximo. Parecíamos os três últimos humanos do planeta posando sob uma edificação de aspecto tão desolador quanto monumental. Aquele frontispício era, sem dúvida, o de uma igreja fora do comum. Nem gótica nem barroca. O certo é que nem sequer parecia espanhola. Tratava-se de um edifício triangular, nórdico, de perfil metálico ladeado por dois campanários de aspecto vagamente piramidal.

"Assim você se lembrará de onde vem", voltei a ler. E, abaixo, com letra mais antiga, a lápis, talvez de meu pai, alguém havia anotado: "Igreja do Santíssimo Sacramento, Madrid. Batizado de David".

Acariciei perplexo aquela cartolina velha, o cartão de embarque e a reserva do hotel. Fui tomado por uma sensação estranha. Acabava de me dar conta de que *Primus calamus*, em especial seu terceiro volume, chamado *Metametrica*, era uma estranhíssima obra da época de Calderón de la Barca, cheia de jogos de palavras, tipografias raras, enigmas, desenhos de labirintos e ambiguidades à altura de uma mente como a de minha mãe. Se na época existissem as fotografias, com certeza o autor teria incluído uma como essa entre as páginas. Para despistar.

Na mesma tarde, sem nada a perder, decidi fazer as malas. Coloquei três camisas polos, duas calças de algodão, duas camisas sociais, uma jaqueta e roupas de banho. Acrescentei um Kindle carregado de livros que, intuía, não ia ler, óculos de sol, um chapéu-panamá, meu notebook e uma difusa lista de contatos na Espanha.

"Escreva, escreva e escreva!"

A ordem de Susan retumbou em meu cérebro, obrigando-me a pegar também um caderno de anotações.

2

Houve um tempo em que eu quis ser como meu avô.

O capricho, na verdade, durou pouco. Foi tão efêmero quanto meu desejo de me tornar astronauta ou super-herói. Naquela úmida tarde dublinense de julho, porém – a da passagem para Madrid, da mala feita às pressas e da urgente ordem de Susan para que eu começasse a escrever de uma vez por todas –, foi algo que regressou entre minhas lembranças.

Meu avô José passou a vida rabiscando páginas. Estava sempre em um cômodo que cheirava a pacotes de sulfite recém-abertos, como se tivesse medo do mundo "real" e só se sentisse a salvo rodeado de suas criações, no silêncio de seu escritório.

Claro que ele nunca me disse exatamente o que fazia lá. É provável que tenha pensado que eu não entenderia. Ou não soubesse me explicar. Ou talvez tenha achado que era melhor o pequeno da casa crescer alheio a esse estranho redemoinho de sensações, a esse arrebatamento íntimo que experimentamos ao gestar um texto. "Escrever é um ofício perigoso", murmurava às vezes nas longas conversas à mesa, após os almoços de fim de semana, quando algum de nós perguntava sobre seu trabalho. "Imaginar personagens expõe você a mentes alheias", acrescentava, queixoso. "Você ouve vozes que sussurram coisas. Vê o que outros não veem, e fica difícil não enlouquecer. Além do mais, existem essas sombras... que tentam por todos os meios nos afundar no nada e roubar o fogo invisível da criatividade."

"Que sombras?", eu perguntava.

Ele, então, me fazia um cafuné, bagunçava meu cabelo com sua mãozona e se calava.

Em um desses remotos dias, quando eu ainda acreditava que poderia ser como ele, deixou entrever algo sobre a natureza de seu trabalho que me fez estremecer.

Foi por acaso. Meu avô me pegou no pulo.

— Quer dizer que você gosta de me espiar? — resmungou ao me descobrir agachado debaixo da escrivaninha em que ele trabalhava. Por sorte, ele nunca soube que eu o ouvia passar a limpo o manuscrito de seu romance *A alma do mundo* desde a sexta-feira anterior. — Que diabos você acha que vai encontrar aí embaixo?

Meu avô, que tinha olhos enormes e sobrancelhas brancas e hirsutas que arqueavam enquanto falava, me fuzilou com o olhar. Parecia irritado.

— Eu, eu... — balbuciei, tossindo. — Eu não...

— Saia daí. Vamos.

— Eu... — repeti, paralisado, prestes a chorar. — Eu só queria saber de onde você tira suas histórias, vô!

Minha desculpa, lembro bem, o deixou pasmo. Ele me obrigou a repetir aquela frase algumas vezes e esfregou os olhos, não sei se surpreso ou consternado.

— Como assim, "de onde eu tiro minhas histórias"? — reagiu, por fim.

Dom José Roca agitou os dedos sobre o teclado de sua velha máquina de escrever e, pensativo, permitiu que minha pergunta pairasse pelo ambiente durante alguns segundos. Depois, suas pupilas relampejaram. Então, destroçando o ar de gravidade em que costumava se envolver quando escrevia, soltou uma gargalhada.

— Isso que você está perguntando é um mistério, mocinho — clamou, repentinamente se divertindo. — É o segredo mais precioso de um escritor! Meu segredo!

Sua irritação havia se dissipado por completo, como às vezes faziam as tempestades de verão sobre as falésias de Moher. Para meu alívio, ele se levantou da cadeira, se afastou de onde eu ainda estava de cócoras e passeou pelo aposento balançando seu enorme corpo em direção à estante mais próxima.

— Diga-me, David, quantos anos você tem?

— Nove. Quase dez — respondi.

Com um gesto, ele me obrigou a sair do esconderijo.

— Bem, bem. Você já é quase um homem. Como não percebi? Quando fizer dez, vai ler este livro e buscar por si mesmo de onde vêm as histórias — acrescentou, estendendo-me um volume com capa de couro. — Assim você nunca esquecerá o segredo de um bom relato.

— É para mim? Sério, vô? — eu disse, emocionado com o presente.

— Seríssimo, jovenzinho. Mas você tem que me prometer que vai ler.

— Se eu ler, vou poder caçar histórias como você faz?

Meu avô voltou a rir, provavelmente imaginando a si mesmo caçando contos como se fossem borboletas.

— Isso vai depender de seu empenho — sussurrou. — Escrever é buscar. Um dia você vai entender. Se você se tornar escritor, vai passar a vida buscando. De fato, nunca deixará de fazer isso. Jamais.

— Buscando o quê, vô?

— Tudo!

O volume que ele me entregou naquela tarde era uma velha edição de *O estranho misterioso*, de Mark Twain. Na realidade, tornou-se o primeiro da pequena coleção que ele me daria até o dia de sua morte, já há mais de uma década.

Aquele, entretanto, sempre foi o mais especial. Parecia uma autobiografia romanceada, um disfarce atrás do qual o pai de Tom Sawyer se apresentava como uma espécie de anjo que aparecia para alguns garotos – clara metáfora de seus leitores –, aos quais revelava os segredos que mais lhe convinham. O estranho, sem dúvida, tinha muito do próprio Twain. E também algo que não era ele. Havia em seu personagem um aspecto sinistro, talvez maligno. Anos mais tarde, eu descobriria que Twain acreditava ter despencado do céu durante a passagem do cometa Halley, em 1835. E não dizia isso brincando. Nascera em novembro daquele ano. Gabava-se disso sempre que tinha chance. Obviamente, ninguém levou aquela anedota a sério, até que, por um acaso cósmico, Mark Twain faleceu justo com o retorno de seu querido viajante celestial, em 1910. Evidentemente, foi levado pelo mesmo cometa que o trouxera.

Então, ele foi mesmo um enviado do céu?

A dúvida se incrustou em minha mente infantil.

Nas primeiras páginas de *O estranho misterioso*, ele mesmo definia seu protagonista – um estrangeiro proveniente de nenhuma parte, capaz de se adiantar ao tempo e que tratava os humanos como bonequinhos de um presépio – como um "visitante sobrenatural vindo de outro lugar". E justo essa linha havia sido sublinhada com lápis vermelho por meu avô.

Foi a única marcação que encontrei no livro.

Visitante? Que diabos isso queria dizer? Que Twain se sentia um marciano? Um anjo caído, talvez?

Minha imaginação voou.

E meu avô? Será que também era um deles?

Perguntei a ele, é claro. Como resposta, porém, só obtive um punhado de evasivas que na época não entendi.

— Tome cuidado com os estranhos misteriosos, David. Eles são terríveis. Estão sempre à espreita. Sempre.

O sabor daquela leitura ficou marcado para mim durante anos. Uma acidez estranha, penetrante, que se multiplicou quando eu soube que esse livro foi o último que Twain escreveu. Por culpa dele, passei a adolescência inteira questionando-me sobre coisas absurdas. Perguntas que, covarde, já não me atrevi a transmitir outras vezes a meu avô.

Será que ele também se sentia assim?

Um estranho de outro mundo.

Twain e ele tiravam suas histórias desses "outros lugares" de onde acreditavam vir?

Seria essa sua fonte secreta?

Não é de estranhar que, depois de ler o bendito romance mais algumas vezes, eu tenha chegado à conclusão de que os escritores são observadores do invisível. Seu trabalho, quando é nobre, consiste em atuar como intermediários entre este mundo e os outros.

A vida de alguns autores confirmou essas suspeitas. Philip K. Dick, por exemplo, não teve rceio de admitir que havia pisado nesses "outros mundos". Edgar Allan Poe tampouco. De repente, percebi que meus autores favoritos comungavam com essa ideia. Admitiam sem problemas que a dimensão invisível a partir da qual se inspiravam, longe de ser mera invenção, era tão infinita e real quanto as estrelas do Universo.

Acho que foi por isso que sempre tive tanto respeito pelo ato de escrever... e por isso o evitei durante tanto tempo.

3

Ao recordar tudo aquilo, com o envelope de minha mãe no bolso interno da jaqueta, fui tomado por uma tristeza distante, como se fosse um sentimento de outra época.

Mamãe Gloria e eu morávamos na praça Parnell, em um casarão de três andares, com fachada de tijolo vermelho e bonitas janelas de guilhotina laqueadas em branco. Sempre suspeitei que aquela residência fosse uma criatura com vontade própria. O piso rangia o tempo todo, minhas coisas nunca estavam onde eu tinha deixado e, como se não bastasse, a casa tinha a bela mania de engolir livros e revistas que quase nunca reapareciam.

Fora o lar que meus avós escolheram para morar quando se mudaram para Dublin e que nós herdamos, transformando-o em uma espécie de mausoléu dos Roca.

Naquele ventre de baleia, não era difícil encontrar relíquias que faziam a imaginação voar ou que nos transportavam a outras épocas. Nunca precisei de muito estímulo para embarcar nesse tipo de viagem. Quando criança, minha cabeça sempre estava nas nuvens. E, ainda que com esforço e um pouco de cinismo, eu tenha conseguido me ancorar na terra, nessa tarde falharam as amarras construídas com tanta paciência.

Foi como se o que se aproximava tivesse feito dobrar as membranas do tempo.

Encontrei a mansão vazia. Minha mãe havia dado folga para os empregados e saído para fazer compras, como Susan Peacock me anunciara.

Sombrio, com a cabeça perdida em lembranças, subi ao gabinete de meu avô. Eu quase nunca entrava ali. Desde que ele morrera, aquele lugar havia se transformado na "biblioteca antiga", que eu evitava por uma razão: esse cômodo de pé-direito alto, com paredes cobertas por estantes de mogno decoradas com gárgulas que nos olhavam com a boca aberta, me dava medo. Gerava lembranças que não eram minhas. E isso me assustava.

Naquela manhã, porém, Susan Peacock tinha dito algo que despertara minha curiosidade, então precisei dar uma olhada lá.

"Aproveite para ver suas raízes. Todos nós, salvo se formos estúpidos ou cegos, acabamos encontrando coisas importantes em nossa própria história."

Eu, que ainda não havia entendido por que minha mãe estava se empenhando em me mandar a Madrid nem por que me dera uma foto familiar antiga, não tive outra ideia além de me dirigir ao gabinete de meu avô, sentar-me na poltrona Chesterfield que ocupava o centro daquele cômodo e encarar o enorme retrato dele junto da escrivaninha.

— Vô, você vai me contar o que está acontecendo?

José Roca – criado no distrito de Chamberí, de família tradicional, autêntico madrilenho – havia se estabelecido nessa mansão no centro de Dublin no outono de 1950. Aquela mudança nunca lhe parecera coisa do acaso. Ele se convencera de que um desígnio superior havia posto a Irlanda em seu caminho; entendia que, de alguma forma, era inevitável que terminasse seus dias ali.

José era um homem que acreditava nessas coisas e interpretava os fatos sob o prisma da predestinação. Para ele, tudo se encaixava de acordo com um plano. Por essa razão, minha avó Alice havia nascido a apenas duas quadras de sua nova casa. Por isso, José e ela haviam se conhecido em um congresso literário em Dublin três anos antes. E por isso ele a pediu em casamento em um restaurante localizado na esquina, The Rock – como seu sobrenome, mas em inglês –, onde a partir de então jantariam aos sábados.

Para os Roca, no entanto, nem tudo começara ali.

Sua primeira moradia foi um apartamento modesto em Argüelles, bairro na capital da Espanha. Nesses primeiros anos, meu avô investiu suas economias em uma preciosa máquina de escrever Underwood Leader, verde-escura de teclas claras; com ela, aprendeu datilografia e começou a teclar dia e noite.

O tac-tac de seus escritos se converteu na primeira trilha sonora do casal.

Um tempo depois, enquanto os papéis se amontoavam na mesa de meu avô, Alice começou a passar os dias com quem seria sua única cria: a pequena Gloria. Minha mãe. E logo, quase sem querer, de tanto passear pelo parque do Oeste e contemplar os pelados cumes da serra de Guadarrama, a esperança das verdes pradarias da Irlanda se apoderou da personalidade de minha avó. Ela teve uma saudade súbita, inesperada, que cresceu no mesmo ritmo com que o primeiro romance de seu marido ganhava fama e leitores em toda a Europa. Foi com aquele primeiro pagamento que os dois espanhóis da casa e ela decidiram se instalar definitivamente na Irlanda.

Com delicadeza, Alice convenceu meu avô a se mudarem para esse casarão de estilo georgiano no centro de Dublin e, assim, encararem a vida em um país onde os escritores eram – e ainda são, por sorte – tratados com um respeito reverencial.

No entanto, aquele movimento não poria fim aos suspiros de minha avó.

Quando a pequena Gloria cresceu, passou a ter curiosidade de conhecer a cidade onde nascera. Seu interesse por Madrid se deu em tempos em que a capital fervia de atividade. A morte de Franco estava transformando o país. Havia sido redigida uma nova Constituição. Um novo rei havia jurado diante das cortes. Os comunistas tinham acabado de sair da clandestinidade. O adultério e a maçonaria foram despenalizados, e jornais e livros ficaram livres de censura. Tudo ali parecia novo e animador. E, em meio ao estrondo das canções de protesto e dos shows de grandes bandas internacionais do momento, como Queen e AC/DC, Gloria se apaixonou por um espanhol. Seu nome era César Salas; ele estava prestes a se formar em direito e, de início, causou uma impressão tão positiva nos Roca que, graças aos bons ofícios de dom José, logo conseguiu um cargo administrativo na embaixada espanhola em Dublin. Não era nada de outro mundo, é verdade, mas o salário era bom e permitiria que Gloria ficasse perto dos pais quando decidissem se casar.

Isso aconteceu no fim do remoto ano de 1978.

Aparentemente, foi uma época idílica. Meu avô estava no auge de sua carreira, e meus jovens pais tinham um mundo inteiro a explorar.

Infelizmente, aquele *status quo* não duraria muito.

Meu pai nunca foi muito afeito à família, e a presença diária de meus avós começou a sufocá-lo. Em algumas ocasiões, expressou a intenção de se distanciar, afastar-se deles, até que algo inesperado mudou tudo: Gloria, minha mãe, ficou grávida de mim.

Aquele deve ter sido um momento intenso.

"David" virou a palavra que alteraria a vida deles.

Meu pai compreendeu que eu era o fim de seus anseios de liberdade. Suponho que tenha pensado que os gastos acarretados pelo novo membro da família dispararam, e que ter um sogro influente e rico por perto lhe proporcionaria um alívio que, de outra forma, ele não teria.

Então, vim ao mundo.

Pelo que sempre ouvi, a alegria de minha chegada ao mundo foi efêmera. Uma vez batizado em Madrid para contentar a família de meu pai, com dom José, minha avó Alice e nós três instalados na Irlanda sob o mesmo teto, tiveram início os problemas. Meu avô e meu pai eram homens de caráter forte e, para piorar, tinham ideias divergentes sobre quase tudo. Dom José – cavalheiro ilustre, europeísta, de mente aberta – havia convertido seu casarão em um agradável ponto de encontro de artistas, poetas, pintores e pensadores mais ou menos boêmios. Com frequência, as reuniões que organizava na sala de estar se prolongavam até altas horas ante a monumental irritação de meu pai. Não era o barulho que o incomodava. Eram os argumentos – que ele julgava volúveis – dos interlocutores. Logo, sua contrariedade se transformou em aversão. Não suportava aqueles literatos com pretensões de liberdade, habitantes de mundos irreais com a cabeça em utopias que jamais se concretizariam.

Depois que nasci, essa sensação aumentou. Não havia conversa à mesa sem grosserias nem reunião familiar sem polêmica. E meu pai, que ao que parece não era muito flexível, começou a passar longas temporadas fora de casa, aceitando quase qualquer missão diplomática que lhe oferecessem a fim de não frequentar demais os Roca e seu lar cada vez mais extravagante.

Quando fiz seis anos, por alguma razão que jamais me explicaram, o sr. César – que é como era chamado pelas empregadas domésticas – pediu ao Ministério das Relações Exteriores que o mudasse de posto. Nunca entendi por que nos deixou, por que jamais voltou para nos visitar nem se interessou por nós. Nunca telefonou para me desejar feliz aniversário nem me mandou carta ou deu sinal de vida.

Um dia, estranhando sua prolongada ausência, meu avô e minha mãe viajaram ao Porto para falar com ele. No Ministério tinham dito que esse consulado havia sido seu último destino. No entanto, quando chegaram ao escritório, ninguém soube dizer onde ele estava. Simplesmente desaparecera.

Passei minha infância inteira chorando por ele em segredo, com ódio ou amor, dependendo do dia, até que cresci... e o esqueci.

Logo, a única lembrança dele era aquela foto de nós três na frente da igreja em que me batizaram. A única da família completa que minha mãe não rasgara. Era um retrato amarelado, distante, o perfeito resumo da mísera impressão que César Salas deixara em mim.

Cresci, portanto, à sombra de meu avô, rodeado de seus livros e seus papéis, vendo-o diariamente escrever em seu escritório, de sol a sol, inventando histórias que eram lidas em meia Europa.

Educar-me na casa de um literato que às vezes os jornalistas comparavam com Júlio Verne ou Bram Stoker fez com que desde menino eu sentisse uma curiosidade irrefreável por seu trabalho. Naquela época, meus olhos pueris viam a criação literária como um ato sobrenatural. Uma magia que permitia iluminar histórias do nada e sobre a qual meu avô nunca me falou mais que aquela insinuação de *O estranho misterioso*.

Nesse ambiente, apaixonei-me pelo poder das palavras. Estudei filologia. Depois, filosofia. Meu avô soube plantar em mim a semente de algo que, infelizmente, ele não viu florescer. Algo que, neste momento, nem eu mesmo sabia que carregava comigo.

Nessa tarde, ao levantar os olhos do retrato de meu avô em seu escritório, eu o vi.

Achei estranho encontrar aquele livro fora de lugar, esquecido sobre um dos braços da Chesterfield. Eu não o deixara ali, disso tinha certeza. E teria apostado que minha mãe, que sentia o mesmo respeito por esse cômodo da casa, também não.

Eu o peguei pensando em guardar no lugar, mas algo me fez mudar de ideia.

Era um volume velho, comum, com uma sobrecapa antiga, despedaçada, que mal deixava ver o título e que se dobrava com rudeza sobre umas capas forradas em tecido, costuradas com certo esmero. Fazia anos que não via um livro como esse, de sebo. Estava em espanhol. A ilustração da capa era horrenda: um desenho a nanquim como os que as editoras barcelonesas dos anos 1970 costumavam usar. Eu busquei a página de rosto com o título, *O castelo de Goort*. O nome da autora, impresso logo abaixo com letra miúda e antiga, me eletrizou: Victoria Goodman.

Victoria Goodman? Quem diabos deixou isto aqui?

4

Conheci essa escritora. Eu me lembrava dela. Não sabia nem como lembrava, mas lembrava.

Como meu avô José, Victoria Goodman havia sido uma dessas pessoas predestinadas a triunfar no mundo das letras. Não sou eu quem diz isso. Ainda dava para ler nas orelhas rasgadas de seu romance.

Meu avô me contou que o pai dessa autora fora um dos editores mais importantes do pós-guerra. Ele se chamava Juan Guzmán e tinha entrado para a pequena história da literatura espanhola como um inquieto homem de negócios, anglófilo, mais amante de Shakespeare que de Cervantes, que descobrira o universo da impressão durante uma viagem a Portsmouth, em 1932. Após uma longa temporada entre fundições e fábricas de tinta, foi ali que decidiu modificar seu sobrenome. Alterou Guzmán para Goodman, que afinal de contas significa a mesma coisa ("homem bom"), e voltou a seu país empenhado em começar uma nova vida com as máquinas que acabara de adquirir.

Com a nobreza que, naquela época, se concedia em Madrid a tudo o que fosse estrangeiro, Juan logo conquistou um posto na elite cultural do franquismo. Imprimiu várias revistas do Movimiento Nacional e não poucos programas de teatro, cartazes para a praça de touros de Las Ventas e até cardápios para o palácio de El Pardo. Com frequência era visto em saraus e recepções oficiais, quase sempre acompanhado da mulher e de uma menininha loura e doce que parecia a encarnação das ilustrações de Juan Ferrándiz.

Nos espaços literários da época, circulava o boato de que o impressor Goodman conseguira que aquela menina escrevesse antes mesmo de aprender a ler. E ela, é claro, nunca desmentiu a informação. Pelo contrário. Alimentou a história contando que aos três anos já passava mais horas pegando livros do escritório de seu pai e copiando suas letras que brincando de bonecas.

Victoria não começou escrevendo, mas desenhando palavras – fossem elas latinas, chinesas ou árabes –, e essa forma de entender o mundo terminaria por transformá-la em uma criatura estranha que via a realidade com olhos diferentes.

Com aquele desmantelado *O castelo de Goort* em mãos, não tive dificuldade para evocar a imagem do dia chuvoso em que a conhecera.

Eu tinha apenas dez anos e havia sido encarregado de receber as visitas que chegavam a nossa casa, na praça Parnell. Naquela sexta-feira cinzenta, minha missão consistia em atender à campainha e acompanhar os convidados à biblioteca enquanto os empregados cuidavam dos casacos e dos guarda-chuvas molhados. Era outono. O áspero outono de 1990. E fazia vinte e quatro horas que minha avó havia falecido.

Eu não parei de chorar durante o dia inteiro. Minha avó fora diagnosticada com câncer nos ossos na Semana Santa, e todos nós sabíamos que ela logo morreria. O que não esperávamos era que entre a multidão de conhecidos que recebemos no dia de seu enterro nos visitaria uma querida e distante amiga da família. Chegou de Madrid, sem bagagem, envolvida em uma nuvem de perfume de violeta, com bombons para minha mãe e um ramalhete de flores brancas para meu avô. Era Victoria Goodman.

Minha primeira impressão foi de que se tratava de uma senhora mais velha. Bateu à porta vestida de preto dos pés à cabeça, com chapéu, luvas de veludo e uma capa de chuva da mesma cor. Chegou bem na hora do enterro, deu-me um beijo na bochecha e depois abraçou quase todos os que nesse momento se encontravam na biblioteca.

Nunca esquecerei o que aconteceu quando voltamos do cemitério de Glasnevin. Família e amigos mais íntimos nos sentamos para tomar chá diante de uma enorme bandeja de *petit four*, então meu avô, solene, pediu para aquela recém-chegada nos contar como conhecera minha avó. Na Irlanda, nos despedimos assim de entes queridos: com uma longa conversa sobre sua vida, na qual cada convidado relata o melhor momento compartilhado com o defunto.

— Você foi como uma filha para Alice, Victoria. E uma irmã para Gloria... — disse meu avô, dando-lhe a palavra enquanto olhava com ternura para minha mãe. — Aqui, todos adorarão saber disso.

— Mas já faz muitos anos, dom José — protestou Victoria, com delicadeza, embora sem forças para negar.

— Ah, vamos! Você ainda é uma jovenzinha...

— Já estou entrando nos cinquenta.

Nesse momento, de forma discreta, minha mãe serviu chá e chocolate e abriu as cortinas da sala.

Chamou-me atenção ouvi-la dizer que havia pisado pela primeira vez naquela casa mais ou menos com minha idade. Que logo antes de fazer dez anos, seus pais a tinham enviado a um colégio de senhoritas perto dali. E que isso fora possível graças à amizade de seu pai, Juan Guzmán, com meus avós e à preocupação que ele tinha de transformá-la em uma dama culta e inteligente.

— Naquela época, seu pai editava meus livros na Espanha — acrescentou meu avô. — Juan era um homem instruído e sabia que os colégios do pós-guerra em Madrid eram um desastre. Por isso Alice e eu tivemos o prazer de organizar sua estadia em um internato de Dublin e cuidamos de você como se fosse nossa filha.

— Nós nos divertíamos muito juntas, você lembra? — interveio minha mãe, com um sorriso tímido.

— Como esqueceria, Gloria? Eu contava os dias para que chegasse a sexta-feira e nós pudéssemos brincar com suas bonecas.

Lady Goodman contou, então, que, morta de frio e de fome, instalada no Colégio de Saint Mary, aprendeu balé, piano e até esgrima; como era obrigada a falar apenas em inglês, aproveitava as noites para redigir longas cartas em forma de conto para seu pai. Escrevia em espanhol para não perder sua língua materna, mas também como provocação aos professores.

Hipnotizado, eu a ouvi contar suas memórias. Principalmente quando disse que em seus relatos os protagonistas viviam perto de grandes fornos e armários cheios de rosquinhas de erva-doce, que era aquilo de que mais sentia falta da Espanha. De modo contrastante, seus textos nunca foram doces. Condimentava suas fabulações com horripilantes diálogos entre suas colegas e os fantasmas de alunas assassinadas, ou com tramas de terror que deixavam meu avô (que se encarregava de enviá-los aos pais dela pelo correio) com o coração na boca e sem saber muito bem o que fazer com aquele talento.

— Nós a convidávamos a passar todos os fins de semanas conosco — interrompeu meu avô. — Alice e eu ficamos viciados em suas histórias. Eram tão intrigantes!

— Gloria e o senhor eram um público muito exigente. E a tia Alice, claro — acrescentou, triste.

— Ela adorava você. — Meu avô afogou um suspiro. — Você traduzia suas histórias para ela, e ela as corrigia entre calafrio e calafrio. Que lindo que ainda a chame de "tia"...

— O senhor se lembra dos sustos que levavam quando eu lhes contava sobre os fantasmas?

— Os fantasmas! Claro! Os "hostes antigos". — Ele arqueou as sobrancelhas animado, como se o sabor daquela palavra em desuso o devolvesse a esses anos perdidos. — Você tinha uma obsessão pelas procissões de almas penadas. Lembro muito bem.

Naquela tarde, envolvido pelo relato de uma menina que sabia de onde vinham as histórias, descobri que Lady Victoria havia escrito seu primeiro romance, *Os mortos somos nós*, aos treze anos. E soube que, quando voltou a Madrid e começou a publicar seus textos, já era uma mulher de vinte e quatro anos – e seus livros eram exibidos nas vitrines da Casa del Libro da Gran Vía. Nessa época, ganhou alguns prêmios. E também sua primeira remuneração. Contudo, o maior sucesso daquele tempo – segundo me contaram – foi ter se casado por amor com um abastado descendente da família Lesseps, John Alexander. O casamento lhe deu o título de *lady*, enquanto a renda de seus multimilionários negócios metalúrgicos e a ausência de filhos permitiram que ela nunca se afastasse daquele "capricho" de escrever.

Imagino que tenha sido nessa mesma noite que meu destino ficou entrelaçado ao dela para sempre. Acontece que, após aquela visita, meu avô começou a me dar seus livros.

Eu senti. Eram os romances da filha de seu amigo e editor que, além do mais, havia se convertido em meia-irmã de minha mãe.

Contagiado com esse fervor unânime, eu coloquei os volumes rigorosamente organizados ao lado do livro de Mark Twain. Ficava fascinado com a sorte que tinha de conhecer dois romancistas vivos: meu avô e aquela espécie de tia postiça, distante e exótica, amante de contos de terror. Quantos garotos no mundo podiam se gabar de algo assim?

Meu avô percebeu satisfeito meu crescente interesse por Victoria Goodman e começou a me mostrar algumas das entrevistas que os jornais espanhóis faziam com ela, os quais a embaixada – desde o desaparecimento de meu pai – gentilmente enviava para nossa casa. Não eram grande coisa. Uma coluna no *ABC* em página par, uma resenha com foto no *Ya* ou a cobertura do lançamento de um de seus livros no *Diario 16*. Graças àqueles recortes, nunca perdi Victoria completamente de vista durante minha infância. Foi por eles que soube quando ficou viúva. Quando obteve o cargo de catedrática da faculdade de filosofia na Universidade Complutense. E também quando anunciou que fundaria uma escola de letras experimental, com o apoio do campus.

Nessa época, eu teria gostado de lhe perguntar sobre esses estranhos misteriosos que tanto impressionavam meu avô, mas não tive chance. Victoria havia se tornado uma mulher muito ocupada. Em algum lugar, li que, para pôr em funcionamento seu pequeno laboratório literário, decidira emular Isadora Duncan, a criadora da dança moderna, uma diva que quando chegou ao auge da carreira fundou uma espécie de academia para investir em talentos que garantissem a continuidade de sua arte. Ela deve ter ficado fascinada com essa iniciativa. Era uma mulher madura, e a perspectiva de culminar uma vida de literata ajudando outros a conquistá-la, para ela, deve ter parecido um dever supremo.

Victoria nunca mais apareceu em minha casa. Diziam que a culpa dessa distância era de meu pai. Que eles discutiram no dia do casamento de meus progenitores e que Lady Goodman ficou tão irritada que decidiu se afastar. Foi a morte de minha avó Alice que a fez regressar.

Eu não soube mais da "protegida" de dom José; minha mãe só a mencionava de vez em quando, e suas obras de mistério logo deixaram de me interessar. A vida nos apresentou novos revezes, mas nenhum nos afetaria tanto quanto a morte de meu avô. Em seu testamento, o grande José Roca nos legou quase três milhões de libras e a gerência absoluta de seus direitos de autor. Minha mãe e eu tivemos tanto trabalho para administrar essa herança que os livros daquela escritora – transbordantes de castelos encantados, talismãs, mapas do tesouro e sombras misteriosas – logo se transformaram em algo prescindível. Apenas uma imagem borrada que cunhava o dia mais triste de minha infância.

O mais decepcionante de tudo isso é que, sentado naquela poltrona de meu avô, com o fatigado romance de Victoria Goodman em mãos e a mente perdida no passado, fui incapaz de interpretar os avisos do que estava prestes a cair sobre minha cabeça.

TRÊS DIAS EM MADRID

Victoria Goodman

5

Cheguei ao hotel em Madrid às cinco e quarenta da tarde.

O táxi que peguei no aeroporto atravessou uma cidade fantasma, esmagada por um calor seco que parecia ter varrido das ruas toda forma de vida. A maioria das lojas estava fechada, os ônibus urbanos circulavam praticamente vazios e os escassos pedestres atravessavam as avenidas sem prestar atenção nos semáforos; não se via vivalma nem sob os modernos toldos com umidificador dos bares que continuavam abertos às vésperas de agosto.

O saguão do hotel Wellington – elegante estabelecimento de cinco estrelas localizado nos limites do bairro de Salamanca, zona mais nobre da capital – não me causou melhor impressão. A essa hora estava tão vazio quanto o restante da cidade, impregnado do mesmo clima mudo e preguiçoso que pairava em todos os lugares.

Como eu imaginava. Minha mãe me enviou ao exílio, lamentei.

No entanto, assim que me identifiquei no balcão, o recepcionista abandonou sua pequena escrivaninha e se aproximou para me dar um sorriso estranho.

— Bem-vindo — cumprimentou, estendendo-me algo que a princípio não identifiquei. — Estávamos a sua espera, sr. Salas.

— Desculpe?...

— Acabaram de deixar isto para o senhor. Parece urgente.

Dissimulando a surpresa – afinal, a última coisa que eu esperava era receber correspondência em Madrid –, peguei o envelope de papel grosso e o examinei. Era um papel pardo. Impecável. E exibia em relevo o ostentoso logotipo do estabelecimento.

— Para mim? Tem certeza?

Meu interlocutor assentiu.

Eu o observei e notei a recepcionista que nos vigiava com expressão neutra, sem abrir a correspondência.

Meu nome, de fato, aparecia escrito em letras maiúsculas na frente do envelope. A primeira pessoa em que pensei foi Susan Peacock. Depois, minha mãe. Ambas haviam organizado aquela viagem em detalhes, conheciam meus horários e talvez tivessem decidido animar minha chegada. Porém, aquele aviso "parece urgente" me fez hesitar. Elas resolviam coisas urgentes com telefonemas.

Intrigado, avaliando a remota possibilidade de que algum bibliófilo soubesse que eu estava na cidade em busca de um *Primus calamus*, descolei a aba e extraí um cartão sem timbre. Estava escrito à mão. Fui para o lado antes de analisá-lo melhor. Não reconheci a caligrafia nem o estilo de linhas retas, quase de caderno escolar.

Sr. Salas,
Peço desculpas pela intromissão. O senhor não sabe quem sou, mas uma pessoa que o conhece me pediu para contatá-lo. Sei que chegou hoje a Madrid e que talvez esteja cansado, mas acredito que será de seu interesse. Por favor, encontre-me no café do hotel. É importante que nos vejamos o quanto antes.
Atenciosamente,

P. ESTEVE

— O senhor deseja que subamos sua bagagem para o quarto enquanto atende sua visita? — interrompeu-me o recepcionista, olhando o relógio.

— Sim, claro — titubeei, imitando seu gesto. Eram quase seis horas. — Por favor, onde fica o café?

Ele, circunspeto, negou com a cabeça.

— Não temos, senhor. Mas o bar inglês se encontra ao fim do corredor. Acho que o esperam lá — disse ele, como se soubesse algo que eu ignorava.

— Acha?

— Tenho certeza, senhor.

— Bom...

Com certo incômodo e sem saber o que pensar, dirigi-me ao lugar indicado. Ainda estava usando a camisa amarrotada da viagem e, depois de um voo de quase três horas, queria tomar um banho. Eu preferia mergulhar na piscina do hotel e nadar um pouco para aquecer os músculos, mas pensei que o melhor seria encerrar aquele imprevisto o quanto antes.

P. Esteve era, claramente, um nome catalão. Talvez algum dono de sebo recém-chegado de Barcelona. Não era incomum que os vendedores de livros antigos trocassem informações sobre a aparição de possíveis clientes. Principalmente se eram endinheirados e buscavam um Juan Caramuel. Ou talvez se tratasse de um antigo aluno da Trinity. Susan tinha o costume de me enviar todos os espanhóis que passavam pelo campus e se empenhava para que eu mantivesse contato com eles.

Fosse quem fosse, eu estava disposto a despachá-lo o quanto antes.

Achei o bar inglês bastante movimentado para a hora. Ambiente com ar-condicionado, sem janelas e com um fundo musical suave, ali se respirava um clima animado, muito distinto do da recepção. Alguns poucos casais de hóspedes haviam se refugiado ao redor do balcão de drinques. Conversavam à meia-luz, discutiam planos para o jantar ou folheavam os jornais do dia com despreocupação, enquanto um grande televisor de plasma transmitia, sem som, notícias sobre incêndios florestais e acidentes de trânsito.

Ninguém reagiu ao me ver entrar, então examinei a clientela com certo descaramento.

Meu olhar se deteve em uma jovem esbelta, de cabelo castanho preso em um elegante rabo de cavalo. Estava sentada em um sofá de seda, lendo um livro que não reconheci. Acho que percebeu e, como se uma corrente invisível nos unisse, notei seu desconforto. Baixou os olhos quando percebeu que eu a observava, virou o rosto para um lado e corou, mas logo se recompôs. Devia ter vinte e cinco ou vinte e seis anos e apresentava uma expressão taxativa que eu só havia visto antes em leilões. Ao lado dela, um homem calvo, de uns cinquenta anos, falava aos sussurros pelo celular. Não o segurava junto à orelha, mas na frente, como se fosse um microfone. Gesticulava com a mão livre e de vez em quando a relaxava para pegar uma taça com gelo. Parecia um executivo em *happy hour*. Tinha o nó da gravata frouxo e havia largado o paletó sobre o assento. Supus que a jovem o acompanhava a uma intempestiva viagem de negócios e agora estava entediada de esperá-lo.

Não. Não é ele, concluí.

Decepcionado, afastei os olhos de ambos. Observei, então, dois homens de certa idade que pareciam discutir. Um deles, de pele bronzeada e camisa florida, tomava um daiquiri enquanto brandia o caderno esportivo do jornal como se fosse uma arma. Também os descartei. Depois deles, outra meia dúzia de clientes. Os melosos. Os que exploravam um mapa da cidade como se fosse a última coisa a fazer na vida e os que cochilavam com um chá esfriando em frente.

Levantei o cartão que havia recebido na recepção e o sacudi para ver se alguma das vinte pessoas ali reagia.

Ninguém se manifestou.

Repeti o gesto e, quando já estava prestes a dar meia-volta, um inesperado lampejo iluminou o olhar da primeira mulher. A jovem de expressão decidida havia detido os olhos em mim outra vez. Sua tez pálida se destacava entre os outros clientes do bar, ainda mais ressaltada pelo vestido escuro. Eu não saberia dizer o que nela havia me chamado tanto a atenção, mas se tratava de algo poderoso. Absorto, foi impossível não seguir seus movimentos elegantes. Vi como se afastou indiferente do cara ao telefone, fechou o livro, guardou-o em sua pequena bolsa e se levantou para atravessar o local. Quando passou ao meu lado, pareceu mais inofensiva que de longe. Senti seu perfume e notei como se afastava, mas então ela se deteve, deu meia-volta e soltou:

— A pontualidade é uma excelente virtude dos irlandeses.

Eu a olhei surpreso.

— Desculpe?

Ela apontou meu relógio.

— O senhor é David Salas, não é?

— Perdão?...

— Sou Paula Esteve. — Ela se apresentou, estendendo-me a mão com um sorriso franco. — Peço desculpas por abordá-lo dessa maneira.

— Ah. Pensei que fosse... — Foi o que consegui dizer, totalmente desconcertado.

— Pablo, em catalão? — completou. — Não se preocupe, acontece com frequência. Sempre assino minhas mensagens assim. É costume desde a infância. Espero que o fato de eu ser mulher não seja um problema.

— Depende. — Apertei a mão que ela me oferecia.

— Depende? — Seu olhar brilhou. — Depende de quê?

— Do que vamos conversar, é claro. Suponho que o assunto a tratar comigo seja estritamente profissional. Ou acadêmico. Estou enganado, srta. Esteve?

— Mais ou menos — respondeu, dissimulando um leve desconcerto. — Será que podemos nos sentar? Só lhe roubarei alguns minutos.

Durante uma fração de segundo, avaliei a possibilidade de encerrar ali mesmo aquele inesperado encontro e ir para o quarto, mas fiquei intrigado com a estranha mescla de fatores: uma mulher bonita que me tratava como se me conhecesse de algum lugar e que havia se apresentado diante de mim com um bilhete que destilava mistério e ambiguidades. Decidi lhe conceder dez minutos para se explicar.

Enquanto buscávamos onde nos acomodar, eu a examinei com atenção. O contorno de seu rosto era perfeito. Tinha um corpo magro, mas atlético, e usava pouca maquiagem. Observei também seu vestido sem mangas e suas sandálias anabela, de uma elegância discreta. No entanto, o que mais chamou minha atenção foram, sem dúvida, seus enormes olhos verdes.

— Em primeiro lugar, deixe-me agradecê-lo por me encontrar — disse.

— Desculpe-me, mas...

— Se o senhor não se importa, podemos nos tratar de "você" — acrescentou, com um novo sorriso, mais hesitante que os anteriores.

— Tudo bem. No bilhete você disse que não nos conhecemos.

— Isso. Mas, como eu também disse, você conhece a pessoa para quem eu trabalho.

A srta. Esteve, então, se acomodou em um canto tranquilo do bar, apoiando a bolsa sobre a pequena mesa que tínhamos diante de nós. Sua linguagem corporal deixava claro que parte dela queria sair correndo dali, e isso me chamou a atenção.

— De fato, foi ela quem me pediu para vir — acrescentou.

Seu leve sorriso desapareceu por completo, e em seus lábios se desenhou uma linha reta. Ela se ergueu, respirou fundo, e notei como juntava coragem suficiente para ignorar a expressão inquisitiva que começava a se formar em meu rosto.

— Ela? — perguntei, um pouco incomodado. A imagem afiada e sarcástica de Susan cintilou em minha cabeça durante um segundo. — Posso perguntar de quem se trata?

— Lady Victoria Goodman — disse, bem séria.

Ao ouvir aquele nome, fiquei sem saber o que dizer. Devo ter feito cara de idiota, porque a jovem reagiu se reacomodando no sofá. Meu cérebro tentava entender a oportuna casualidade de eu ter encontrado um velho livro de Goodman horas atrás, a mais de dois mil quilômetros dali.

— Victoria Goodman — repeti, devagar, totalmente desconcertado.

— Sua mãe lhe telefonou ontem à noite e contou sobre sua vinda. Ela quer ver você e o convidou a ir a sua casa. Receberia você amanhã mesmo, se possível.

— Tem certeza de que foi minha mãe quem ligou para ela?

— Eu mesma atendi à ligação. Sou assistente de Lady Goodman.

Depois de processar a informação, compreendi que devia ser outra emboscada. Por que minha mãe teria ligado para uma antiga amiga sua avisando sobre minha chegada? E por que não me disse nada?

— Olha, Paula... Quer dizer, Pa — emendei, tentando vislumbrar o panorama da situação —, não quero parecer rude, mas na realidade estou em Madrid de férias e por nada desse mundo pretendo importunar alguém. Menos ainda por um capricho de minha mãe.

— E de seu avô — atestou ela, ainda séria.

Fiquei surpreso de ver que não afastava o olhar.

— Como? — Fiquei mais surpreso ainda de perceber que eu também não era capaz de desviar o meu.

— Seu avô, se estivesse vivo, desejaria que você aceitasse o convite. Victoria Goodman era afilhada dele. Garanto que tem coisas interessantes para contar a você.

Seus belos olhos verdes sublinharam cada uma de suas frases com firmeza.

— Goodman era afilhada de meu avô, é verdade... Mas, insisto: às vezes minha mãe faz coisas que...

— Não tem a ver com sua mãe, David — acrescentou, ainda mais séria. — Trata-se de algo que Lady Victoria espera faz tempo.

— Desculpe. — Sacudi a cabeça, confuso. — Não sei se entendi.

— Você deve saber que Lady Victoria não costuma estender esse tipo de convite a ninguém. É uma pessoa bastante hermética. E, neste caso em particular, tenho certeza de que não gostaria de receber um "não" como resposta.

— Você está me pressionando, não é? — perguntei, com tom um pouco brincalhão, tentando aliviar o clima de tanta formalidade.

Paula Esteve, porém, não estava para brincadeira.

— Deixe-me esclarecer uma coisa, caso não tenha me expressado bem — acrescentou. — O que Lady Goodman espera de você não é uma visita de cortesia. Na verdade... — Ela fez uma breve pausa, como se buscasse as palavras adequadas. — Na verdade, ela precisa de sua ajuda. Por isso quer encontrá-lo.

— Minha ajuda? Lady Goodman? — De repente, foi meu tom que ficou tenso. — O que você quer dizer? Aconteceu alguma coisa? Ela está doente?

— Não, não é isso. É só que, bom, tem certas coisas que ela precisa mostrar a você. O que acha? — disse, enigmática.

Cada vez mais intrigado, assenti.

Não sei se deveria...

Paula me encarou. Em seguida, deu uma olhada desconfiada ao redor. O homem que a princípio pensei ser seu acompanhante havia voltado para o bar, mas estava entretido assistindo à televisão no outro extremo do salão. Quando se certificou de que ninguém estava olhando para nós, abriu a bolsa, pegou um pequeno envoltório plástico com alguma coisa dentro e, depois, colocou o conteúdo em cima da mesa.

— Você reconhece?

Só distingui um papel. Então eu o peguei com delicadeza, virando algumas vezes. Parecia uma antiga ficha de trabalho. Uma cartolina de cento e vinte e cinco por setenta e cinco milímetros, amarelada pelo tempo, como as que os professores usavam antigamente para preparar aulas. Cheirava a velho e tinha algo escrito à pena sobre ela. A caligrafia pulcra, metódica, era-me familiar.

— É de meu avô! Mas como?...

Eu não estava acostumado a ser pego desprevenido. No entanto, a pessoa diante de mim precisara de apenas duas palavras para fazer isso.

Inclinando-me sobre aquela relíquia, eu a coloquei sob a luz de uma lâmpada próxima. Se a cartolina era tão antiga quanto parecia, devia ter pelo menos cinquenta anos. Identifiquei o estilo de linhas retas e palavras minuciosas, com maiúsculas infladas e grandes pontos sobre as letras "J" e "I". Ao lado delas, meu avô havia desenhado símbolos geométricos a partir de círculos e estrelas. Também havia o Sol. E desenhos de mãos, como se tivessem saído de um alfabeto datilográfico.

Foquei o olhar e li o primeiro parágrafo:

> ATANOR. Objeto utilizado pelos alquimistas para destilar materiais com que pretendiam obter a pedra filosofal. Uma das funções dessa pedra era ser ingerida para conquistar a imortalidade.

Eu me detive aí.

— Não sei o que é isso. Nunca tinha visto — murmurei, prestes a devolvê-la.

— Vire, por favor — incentivou-me ela. — Continue lendo.

O verso do cartão mostrava um desenho minucioso de um matraz, algumas anotações a lápis, provavelmente alusões aos livros consultados para elaborar aquela definição, e uma nova inscrição em tinta envelhecida.

> ATANOR. Etimologia vulgar: do árabe, *attanúr*, "forno".
> Etimologia original: do grego, *a-thánatos*. A não morte. O nome do instrumento esconde sua autêntica função.
> ATANÁSIO. Também de *a-thánatos*. Imortal. Nome perfeito para um alquimista que conquistasse a pedra filosofal. Ou para um cavalheiro que alcançasse o graal e, com ele, a vida eterna. Por que ainda não foi usado por ninguém?

— Lady Victoria tem dezenas de fichas assim — acrescentou Pa, ao notar meu interesse.

Eu quase não acreditava que meu avô tivesse escrito algo tão profundamente esotérico. Paula percebeu e prosseguiu.

— Fichas como essa foram a ferramenta utilizada por dom José Roca para construir os personagens de seus romances. Aí se esconde uma das fontes de que bebeu para suas tramas. Lady Victoria acha que você gostaria de ver as demais. Ela quer saber se têm algum valor para você.

— Algum valor? — Minha voz tremeu. — Pretende vender para mim?

— Acho que se refere a um valor sentimental.

Eu me lembrei do velho escritório de meu avô, com persianas de madeira sempre baixas e as montanhas de fichas escritas mantendo um precário equilíbrio na beira de sua escrivaninha. Por um instante, voltei a sentir os cheiros de papel novo e tinta, do mogno envernizado, do café que minha avó levava para ele a cada hora e que sempre terminava frio em algum canto da mesa. E a sensação do taco desgastado sob meus pés descalços, ou o ar de profanação que me invadia a cada vez que eu entrava em seus domínios.

Era a segunda vez em poucas horas que eu visualizava aquela parte de minha infância e, como se precisasse tirar um nó invisível da garganta, esqueci que estava diante de uma desconhecida e comecei a falar sem levantar a vista do passado que tinha em mãos.

— Sabe — eu disse —, meu avô e eu brincávamos com frequência de despir palavras. Ele chamava assim: "despir palavras". Buscava uma por acaso nos livros e, juntos, nós tentávamos averiguar a origem. Ele garantia que ninguém era capaz de ver certas coisas na essência dos substantivos, dos verbos... como uma criança.

— Seu avô deve ter sido uma pessoa muito especial — comentou. — Peço desculpas por surgir assim e sacudir todas essas lembranças.

Ignorando aquele vislumbre de compaixão, continuei:

— Um dia meu avô buscou na Bíblia o primeiro nome próprio que aparece nela.

— Adão.

— Ele me explicou que em hebreu antigo significava "homem de terra vermelha". O primeiro nome nasceu como uma espécie de criptograma criado por Deus para nos dizer que o ser humano havia sido moldado a partir do barro. E, depois dele, todos os outros. Meu avô queria me fazer ver que as palavras nunca são fruto do acaso. Que todas têm um passado, uma espécie de genética.

— Isso é o que estuda a etimologia...

— Exato. E, quase sem me dar conta, aquele que foi um de meus passatempos favoritos na infância hoje é parte de minha profissão. Curioso, você não acha?

— Lady Victoria guarda essas fichas há anos — disse Pa. — Seu avô confiou-as a ela quando viu que seria escritora. Imagino que agora ela deva querer transmitir a alguém que as mereça e possa tirar melhor proveito delas.

— E por que não as deu para minha mãe?

— Suponho que porque sua mãe não seja escritora.

— Eu também não sou. Só estudo escritores. E palavras — precisei.

Paula Esteve reagiu de um modo um pouco estranho. De repente, ficou tensa, malogrando o incipiente clima de cumplicidade que começávamos a construir. A princípio pensei que tinha sido por algo que eu dissera, mas em seguida percebi que a causa não era eu. Acabara de entrar no bar um homem vestido de preto; ele ficou na porta, nos olhando. À escassa luz do ambiente não pude distingui-lo bem, mas me pareceu que Pa o reconhecera. Era um cara alto e de compleição forte. Chamou-me atenção que vestisse um sobretudo em pleno verão e que tivesse a cabeça coberta por uma boina ampla, também escura. Assim que o vi, notei como minha acompanhante se assustara. A expressão de seus olhos mudou por completo. Durante um segundo, sua bem elaborada máscara de segurança se deslocou, deixando-me vislumbrar o medo. Foi um momento breve, irracional. Nem sequer comentamos a respeito. Ao mesmo tempo, antes que reiniciássemos a conversa, ela recolheu a ficha, logo a guardou na bolsa e a substituiu por um cartão de visita anotado.

— Ninguém sabe se carrega ou não um escritor dentro de si até que encontre algo para contar — disse, aparentando tranquilidade, mas sem deixar de vigiar o recém-chegado. — Talvez amanhã, se aceitar o convite, você descubra algo assim.

— E se eu não aceitar? — repliquei, enquanto recordava que Susan Peacock me dissera quase a mesma coisa vinte e quatro horas antes.

— Nesse caso — respondeu, ficando em pé e estendendo-me a mão —, Lady Victoria terá outra decepção, e eu terei perdido meu tempo.

— Outra decepção? O que isso quer dizer?

Pa não chegou a responder. Pegou a bolsa e atravessou o bar, passando pelo desconhecido sem sequer olhar para ele. Ela me deixou ali plantado, incapaz de entender o que estava acontecendo e vendo como a sombra que a afugentara também se perdia hotel adentro, mancando ligeiramente.

6

Paula Esteve nunca soube que o simples fato de poder vê-la de novo foi o que me persuadiu a visitar Lady Victoria. Tomei essa decisão antes mesmo de perdê-la de vista. De fato, durante o resto do dia não consegui tirar da cabeça sua imagem, tampouco as estranhas fichas de meu avô ou o homem de preto que a havia afugentado e que não voltei a avistar pelos corredores do hotel Wellington.

Naquela tarde, perambulei por lá até que o sol se pôs. Fiz um pouco de exercício na academia, dei algumas voltas na piscina e até tentei telefonar para minha mãe algumas vezes a fim de contar o que acontecera. Como eu temia, porém, não a encontrei. Então Susan Peacock – que eu achei em seu escritório da Trinity quando já estava quase saindo de férias –, esclareceu que minha mãe havia aproveitado minha ausência para ir a Galway com algumas amigas.

— Você já falou com o dono do *Primus calamus*? — acrescentou, com certa ironia.

— Ainda não — admiti, lembrando-me de repente daquela obrigação. — Em agosto, esta cidade para. Mas não se preocupe. Na segunda-feira vou começar a dar uns telefonemas.

— Insista e certifique-se de que seja um exemplar completo. Às vezes os bibliófilos despedaçam esse tipo de obra para conseguir mais dinheiro vendendo folhas soltas.

— Eu sei, eu sei. Fique tranquila. Consigo detectar um especulador quando o vejo.

Como já não era hora de ligar para ninguém, eu me surpreendi pensando que tinha outras prioridades.

Antes de sair para jantar em um terraço perto da Puerta de Alcalá, pesquisei na internet onde ficava a casa da velha escritora. Logo fucei seu endereço no Google Street View e descobri que ela morava bem perto do hotel e do famoso Parque do Retiro. Paula havia escrito no verso de seu cartão que me esperariam por volta das oito horas da noite. "Quando o calor abrandar", anotou. Supus, então, que Lady Goodman devia ser a única senhora endinheirada da capital que não viajara ao norte nas férias de verão ou que não tinha uma casa com piscina nos arredores. Não que fosse uma mártir por isso. Morar em um apartamento de frente para a àrea verde mais emblemática da capital, com vista para a copa de dezenove mil árvores, o histórico lago projetado para as exóticas batalhas navais da dinastia Habsburgo, salas de exposições, quiosques de música, estátuas e fontes, com as grandes coleções de arte da cidade a um passo, isso devia ser mais que suficiente para não precisar buscar refúgio em outro lugar do planeta.

Na manhã do dia de nosso encontro, cada vez mais inquieto ante a perspectiva de nos vermos depois de tantos anos, fui almoçar em um pequeno restaurante perto do Museu do Prado. Após um bom tempo admirando as obras-primas de Velázquez, El Greco e Rubens, recorri outra vez ao notebook. Estava curioso para saber o que havia sido de Lady Goodman desde a última vez que eu a vira.

A "grande dama do mistério", como era definida nos blogs literários que consultei, parecia estar na decadência de sua carreira – mas não porque tivesse se resignado a semelhante destino. Aquela que havia sido a protegida de meu avô esbanjava fortaleza narrativa, lançando uma novidade a cada quinze meses. Sua última obra, *As visões de Patmos*, havia sido publicada por uma pequena editora valenciana; apesar disso, a autora mantinha uma admirável agenda de apresentações e outros eventos. Dava cinco ou seis palestras por mês em clubes de leitura e, principalmente, dava aulas na faculdade de letras e dirigia um discreto programa de "literatura experimental" destinado a alunos de alto nível.

Talvez por isso Lady Goodman desse a impressão de permanecer alheia ao destino comercial de sua obra. Eu sabia que ela não dependia da venda de seus romances para viver nem para massagear seu ego. Contudo, a singularidade daquela dama ia além do dinheiro. Em uma das entrevistas, garantiu que nessa etapa de sua vida acreditava cumprir com seu carma, com um desígnio supremo que estava muito acima das conquistas materiais e que só se manifestava quando ensinava a outros "a arte de escrever".

— Carma...

A palavra escapou de meus lábios. Chamou-me atenção que Lady Victoria a usasse como sinônimo de destino, como se acreditasse, emulando "meu" Parmênides, que nossa sina fosse algo inefável, traçada por um tipo de inteligência cósmica. Talvez ao estilo do aborrecido deus Moros dos gregos, irmão de Tânato (a morte) e de Quer (a perdição). Uma mente suprema com a qual, de vez em quando e utilizando as fórmulas adequadas, algum atrevido se comunicava e recebia "a verdade". "A palavra é a chave para se chegar à alma do mundo", declarou Lady Goodman a outro desses jornais digitais. "E nós, escritores, somos os xamãs que velamos por ela."

Pareceu-me que, quanto a assumir o papel de xamã, Victoria Goodman levava a missão ao pé da letra.

No último artigo que li, ela contava que, nos meses de verão, escrevia muito de madrugada e, depois do almoço, entregava-se à secreta vocação de caçar talentos para seu programa de literatura experimental. Aquilo me lembrou algo que eu lera uma vez sobre Gabriel García Márquez: que um mês por ano ele se fechava com um grupo de alunos da Escuela Internacional de Cine y Televisión de San Antonio de los Baños, em Havana, só para lhes mostrar "como se conta um conto" (sic).

Isso de Goodman parecia mais ambicioso, se é que era possível. "Precisamos de um exército de novos escritores para salvar a humanidade dos perigos que a espreitam", disse. "Se encontrasse apenas um que valesse a pena, eu o obrigaria a escrever... mesmo que ele não quisesse!"

Sim. Definitivamente, ela teria se dado muito bem com Susan Peacock.

7

Apareci diante da suntuosa fachada da casa de Victoria Goodman às oito em ponto. Era domingo, e, como esperado, no caminho até a rua Menéndez Pelayo não encontrei vivalma. Sem trânsito, com as melhores lojas fechadas para férias e as ruas cheirando a asfalto novo, a fronteira entre o bairro do Marqués de Salamanca e o do Retiro lembrava um cenário cinematográfico pós-apocalítico. Até mesmo a rua Alcalá – que fica perto dali e os guias da capital descrevem como uma das mais lotadas do sul da Europa – estava deserta.

A entrada da residência de Lady Goodman ostentava um antigo acesso de carruagens vigiado por um porteiro com olhos de coruja do tríptico *O jardim das delícias terrenas*, de Bosch. A essa hora, o bom homem – um tipo enxuto, peludo, uniformizado com um terno dois números acima do que deveria ser – assistia à reprise da final da última Copa do Mundo em um pequeno televisor e me ignorou. Passei pela guarita, adentrando com certo senso de admiração um grande saguão revestido de gesso e que dava acesso aos elevadores.

A construção inteira cheirava a verniz. Enormes lustres de ferro pendiam do teto. Os tapetes eram adornados com flores-de-lis amarelas e até o velho elevador do fundo contava com seu próprio detalhe fundamental: um banco revestido de veludo vermelho no qual o viajante podia descansar enquanto subia ao quinto andar em meio a um lento solavanco ferroviário. Em Dublin, uma casa assim seria monumento nacional. Ou a residência do primeiro-ministro.

Talvez por isso tenha me surpreendido que a própria dona abrisse a porta para mim. Eu teria imaginado – sei lá – que uma dessas empregadas filipinas uniformizadas com avental cinza e lenço de algodão, tão típicas das novelas de outra época, me conduziria a uma antessala e me pediria para aguardá-la ali.

— Boa noite. — Victoria Goodman sorriu orgulhosa, examinando-me de cima a baixo com evidente satisfação. De imediato, uma nuvem de perfume de violeta me rodeou. — Bem-vindo, David. Como você mudou! Está a cara de seu avô. Entre, por favor. Eu estava esperando você.

Então, deu-me dois beijos e fechou a porta atrás de si.

A mulher, com cerca de sessenta e cinco anos, me transmitiu uma agradável sensação de confiança. Pareceu mais jovem pessoalmente que nas fotos que eu acabara de xeretar na internet. O cabelo meticulosamente penteado, o mesmo olhar de serena inteligência, as salientes maçãs do rosto, as leves olheiras, o nariz aristocrático, os lábios finos e pintados de batom e o queixo firme, quadrado, eram a marca lombrosiana de uma personalidade forte.

Lady Victoria, feito Virgílio de *A divina comédia*, me conduziu por um pequeno corredor até umas poltronas. Eu teria gostado de me deter para analisar a constelação de diplomas, placas, distintivos e fotografias que povoavam o lugar. Em uma das fotos, ela cumprimentava o rei Juan Carlos em uma recepção. Em outra, recebia uma distinção usando um capelo. E mais adiante sorria entre Mario Vargas Llosa e Camilo José Cela, quando ainda nenhum dos dois conquistara o Prêmio Nobel. Antes que eu percebesse, ela me serviu um chá enquanto pegava papel e caneta da mesinha auxiliar que separava sua poltrona da minha.

— Que alegria, David. Obrigada por aceitar o convite — disse, satisfeita, colocando os óculos de armação dourada sobre o nariz. Pelas lentes, observou-me com uma curiosidade entomológica. — Fazia quantos anos que nós não nos víamos, querido? Doze? Quinze, talvez?

— Vinte, Lady Goodman — respondi, ainda um pouco intimidado e também decepcionado por estarmos a sós, sem Paula por perto. — Da última vez eu ainda era um menino.

— Vinte anos? Sério? Meu Deus. Como o tempo passa. Seu avô morreu há mais de dez, e meu marido, há sete. — Fez o cálculo franzindo a testa enquanto me oferecia uma bandeja de prata com *petits-fours*.

— Sinto muito — murmurei.

— E senti tanto por não ter ido ao funeral de seu avô. Eu o adorava.

Não respondi. Ela compreendeu que continuava com a palavra.

— Bom, mas deixemos o odioso Cronos de lado, sim? — prosseguiu. — Sua mãe fala muito de você. Eu acompanhei seus progressos desde pequeno. E apesar de fazer tanto tempo (vinte anos!) desde que nos vimos, sei que você também acompanhou os meus.

— Em casa a senhora sempre foi muito querida…

— Ah, deixe disso. Pelo que sei, você até leu vários romances meus. E isso é melhor que o apreço pessoal.

Victoria Goodman sorriu e fez uma breve pausa para se servir um pouco de chá em uma xícara de porcelana que havia deixado ao lado dos papéis.

— Nesses anos — continuou, enquanto avaliava a bebida com o nariz e acrescentava um grande cubo de gelo —, fiquei feliz em ver que você se tornou um homem. Acho ótimo que ajude sua mãe na administração do patrimônio familiar. Cuidar dos direitos de uma obra tão imensa quanto a de seu avô, e fazer isso com critério e amor, não deve ser fácil. — Depois, com certo tom melancólico, acrescentou: — Ao menos meu querido José teve a sorte de deixar herdeiros. Os filhos sempre são uma bênção…

Uma bênção? Duvido que César Salas pensasse o mesmo.

— Ah… Sei que seu pai desapareceu e que você não tem notícias dele há anos. Sinto muito, querido. César sempre foi um pouco fugidio. Você sabia que sua mãe se casou com ele sem nem me avisar?

— Meu pai nos abandonou, Lady Victoria — eu disse, seco, deixando-lhe ver que aquela conversa começava a me incomodar.

— Não quero ser inoportuna, David. Gloria sempre foi como uma irmã para mim. Sei o que ela sofreu com isso. Você não acha maravilhoso que depois de um baque como esse ainda tenha forças para refazer a vida?

Deixei escapar um suspiro de resignação, e Lady Victoria compreendeu que era melhor mudar de assunto.

— Está bem. Vamos falar de você. Estou impressionada, sabia?

— Impressionada?

— Sim. Impressionada porque se formou em filologia e depois em filosofia, com qualificações excelentes, e porque recebeu o título de doutor com uma tese sobre Parmênides. Ninguém menos que o grande Parmênides de Eleia! — Lady Victoria arqueou, então, as sobrancelhas grisalhas e acrescentou, em tom de confidência: — Também me interesso muito por Parmênides. E não conheci ninguém que tenha se atrevido a dedicar uma tese de doutorado a ele... exceto você. Lá na faculdade, querem muito ler seu trabalho.

— Fico lisonjeado, senhora. Ao mesmo tempo, surpreende-me saber que se interessa por Parmênides.

— Mais do que você imagina — disse ela, animada. — Sempre me incomodou que nos estudos de humanidades se tratasse dele tão por alto. Na minha época, só ensinavam que foi mestre de Platão, o pai do pensamento ocidental, depois não voltavam ao assunto.

— E o que a levou a se interessar por ele agora?

— Agora? Faz anos que estou fascinada por Parmênides. Pelo fato de que em uma mente de dois mil e seiscentos anos já convergissem ideais tão racionais e metafísicas — acrescentou, com crescente euforia. — Ele assegurava que ambas provinham de uma mesma e misteriosa fonte.

— Certíssimo — admiti, cada vez mais interessado. — Ainda que na realidade tenha sido Platão quem tornou famosas essas ideias.

— Platão, Platão... — resmungou ela. — Quem quiser conhecer Parmênides por meio do que Platão deixou escrito sobre ele ficará no supérfluo. Nossa desgraça é que não conservamos nem duzentos versos de autoria confirmada dele.

— Bom... — Sorri diante de sua eloquência. — Talvez isso não seja tão ruim. Meu avô dizia que quanto menos se sabe sobre um assunto, mais necessidade se tem de estudá-lo.

— Tenho certeza de que foi ele quem inculcou em você o interesse pelo pai da filosofia.

— O que há de obscuro em Parmênides atrairia qualquer um com um mínimo de sensibilidade — respondi. — Ainda assim, a senhora tem razão: foi meu avô que me contagiou com sua predileção pelos claros-escuros e que me encheu a cabeça de perguntas difíceis. De onde Parmênides tirou a ideia de que para alcançar a luz é preciso estar dominado pelo escuro? E de que só aquele que aquietar a mente compreenderá o mundo? Quem foi o "desconhecido da Poseidônia" que o filósofo tratou como seu mestre e sobre quem nada se sabe, salvo que lhe ensinou tudo? De que caverna saiu?

— Infelizmente, seus versos não têm uma reputação muito boa. A maioria dos especialistas não os entende, considera-os arrevesados, com uma métrica péssima e cheios de absurdos.

— Isso porque não mergulharam neles como eu — eu disse, com certa arrogância. — Passei quatro anos estudando esses poemas e acredito ter compreendido seu sentido profundo.

— Foi o que sua mãe me disse. — Sorriu. — Seu trabalho parece excelente.

— O que eu não compreendo — apontei, intrigado — é por que a senhora se interessaria por um pensador de vinte séculos atrás. Sem querer me intrometer, parece um pouco alheio a seu campo de trabalho...

Talvez eu tenha pecado por insolência, mas a velha dama do mistério não se alterou nem um pouco. Pelo contrário: fez um gesto enigmático com a mão, apoiou a xícara na mesinha auxiliar e, fixando seu olhar no meu, respondeu:

— Eu me interesso por ele exatamente pelo mesmo motivo que seu avô. Parmênides foi o primeiro pensador da história a averiguar de onde vêm as grandes ideias. Você sabe: o invisível manancial de que bebem literatos, matemáticos, filósofos; a luz que tira de nós toda arte verdadeira; o fogo invisível que é capaz de iluminar novos mundos.

Surpreso, levei a xícara com o chá frio à boca.

— Na realidade, o poema de Parmênides descreve uma viagem do filósofo ao além em busca desse fogo — assenti, recordando que aquela era uma expressão utilizada com frequência por meu avô. — Sabia que o filósofo o compôs valendo-se de uma técnica de alteração da consciência muito apreciada na Grécia Antiga?

Lady Victoria arregalou os olhos.

— Trata-se de um dos grandes segredos daqueles primeiros sábios — continuei. — Eles o chamavam de "incubação"; consistia em encerrar-se durante alguns dias, sem alimento nem água, em uma gruta ou uma caverna fechada, ficar absolutamente imóvel, isolado, e esperar que Hades, Perséfone ou Apolo se manifestassem, ditando seus ensinamentos.

— Suponho que isso tenha uma explicação — deduziu, atenta ao resumo que eu tinha acabado de lhe fazer do cerne de minha tese. — Parmênides foi um homem que nunca confiou nos sentidos.

— Exato. Por isso decidiu aplacá-los em uma caverna. Acreditou que ali sua mente se afastaria do ruído da vida, das distrações, do efêmero, e que, com um pouco de sorte, nesse silêncio ele ouviria a cálida voz dos deuses.

Ao escutar aquilo, a velha dama inspirou e elevou o olhar por cima dos óculos em um gesto carregado de teatralidade.

— Pois isso, querido, é muito interessante. O caminho de acesso à origem das ideias! A difícil busca das musas! Devo dizer que você tem muito mérito por embarcar nesse trabalho. Gosto dessa ousadia.

E, antes que eu pudesse agradecer o elogio, acrescentou:

— Diga-me, querido, você me imagina em uma caverna, esperando que Apolo dite meu próximo romance?

Na realidade, eu imaginava, sim. Nitidamente. Se fechasse os olhos, poderia visualizá-la despenteada, como uma bruxa de Goya ou qualquer uma das sibilas da Capela Sistina, com os olhos em êxtase, aguardando a revelação. Naturalmente, eu não disse isso. Preferi canalizar o colóquio para um rumo menos místico.

— Tenho uma curiosidade — eu disse, por fim. — Posso lhe fazer uma pergunta?

— É claro.

— Ontem a senhora pediu para sua ajudante me mostrar uma antiga ficha de trabalho de meu avô.

— Essas fichas foram o resultado de uma vida dedicada a desentranhar a procedência das palavras. — Ela sorriu de novo. — Uma origem que, para seu avô, era como acariciar o próprio DNA das ideias. São um tesouro que guardo há anos, esperando para compartilhar com alguém que mereça.

Lady Goodman fez, então, um sinal para que eu pegasse uma pequena caixa de madeira de sândalo com incrustações em madrepérola em uma mesinha perto de mim. Quando lhe entreguei, ela abriu, tirou dali um punhado de fichas e me entregou.

— Para que você entenda melhor, darei um exemplo na linha de nossa conversa. Você sabe o que significava a palavra "profeta" na época de Parmênides? — perguntou ela, enquanto embaralhava as fichas.

— Bom... — hesitei. — Suponho que no século VI a.C. não tinham em mente um Nostradamus que elaborasse horóscopos e lesse o futuro na bola de cristal.

— Não mesmo! — concordou, examinando também ela uma das fichas. — Profeta era aquele capaz de ver o que os demais não viam. Quem dava voz ao invisível para que este se manifestasse em nosso mundo. Era o porta-voz do divino. E, para aquelas pessoas, um poeta, um escritor, sempre era um profeta.

— Essas notas dizem isso?

— Isso e muito mais, querido. Graças a elas, descobri que os poetas dessa época não tinham consciência de escrever literatura.

— Nisso a senhora tem razão.

De repente, seus olhos se tornaram maliciosos.

— Você sabe tão bem quanto eu que, na realidade, aquelas pessoas compunham cantos. Em grego, *oimês* (οἴμης). Elas acreditavam que suas palavras conduziam os ouvintes a outros mundos, elevando o espírito do público. E sabe como chamavam isso? — questionou ela, arqueando as sobrancelhas nevadas.

— Isso o quê?

— O efeito causado pelos textos.

— *Oímos* (οἶμος) — respondi.

— *Oímos*. Exato. Significa "caminho" — acrescentou, lendo uma das fichas e mostrando-me as grafias gregas rabiscadas por meu avô. — Você não percebeu? *Oímos* e *oimês*, *caminho* e *canto*, são termos muito parecidos. Quase homófonos. É como se os discípulos de Parmênides nos gritassem que a literatura e a música verdadeiras serviram desde o princípio para traçar o caminho aos mundos superiores. Para isso foi inventada a literatura. Para nos abrir passagem ao transcendente.

Notei que o olhar de Lady Victoria relampejava outra vez.

— Eu não diria isso se não soubesse que você também gosta de se aprofundar na origem das palavras.

— Mas faz anos que não jogo isso. Desde que meu avô morreu, para ser sincero — respondi.

— Os latinos diziam, em um de seus jogos de palavras mais populares, *nomen est omen*. "O nome é um augúrio." Quem souber interpretar um nome se transforma em uma espécie de vidente capaz de alcançar o profundo das coisas.

Lady Victoria Goodman empregou um tom solene para explicar aquilo, depois acrescentou:

— Na realidade, preciso que você volte a fazer o que seu avô lhe ensinou. Quero que participe de um projeto, pois preciso de alguém capaz de encontrar o *omen* das palavras de um livro específico.

— Um projeto? — Olhei para ela, interessado. — Tem algo a ver com esse programa de literatura experimental que a senhora dirige?

Os olhos de Lady Victoria cintilaram.

— Ah! — Ela sorriu. — Você conhece?

— Li algo a respeito.

— Nesse caso você deve saber que se trata de um módulo de trabalho em testes, muito fechado, do qual só fazem parte certas pessoas altamente qualificadas. Seria uma honra que alguém com seu currículo, um especialista em Parmênides, alguém que tem questionado a origem de palavras e ideias e trabalha para uma instituição como a Trinity College, se unisse temporariamente à academia.

Demorei um segundo para reagir.

— Desculpe, a senhora disse "academia"?

— Bom, meu projeto se espelha nas antigas academias sagradas, nas escolas de mistérios — concordou, de repente, como se admitisse algo inconfessável. — Aqui não nos contentamos em raspar a superfície dos textos, sabe? Buscamos seu sentido profundo, analisando-os como se fossem peças de uma máquina, e tratamos de descobrir até onde podem guiar nossa alma. A literatura, e isto é o que diz alguém que a pratica, nunca foi um fim em si. Não foi inventada para ser bela nem para entreter, mas para elevar nossa consciência ao sublime. Seu avô me ensinou isso. "Deixe sua alma voar", dizia ele a cada vez que analisávamos um texto em busca desse poder dignificador. E teria lhe ensinado também, não houvesse falecido antes de você ter idade para entender. Por sorte — acrescentou —, você herdou seu dom.

Examinei Lady Victoria um pouco incrédulo.

— Talvez a senhora me superestime — eu disse, com todo o tato de que fui capaz. — Não sou escritor, nem estou muito interessado em ser. E ainda que tentasse, colocando todo o meu entusiasmo nisso, jamais seria uma sombra do que ele foi.

Lady Goodman, sem perder a máscara impenetrável que eclipsara seu rosto, com uma exclamação que me admirou, respondeu:

— Entusiasmo! Exato. É tudo de que você necessita. Só com isso é possível chegar a essas regiões onde habitam as ideias. Entusiasmo, sim. *Enthousiasmós*. Você sabe grego. Jogue! Qual é a origem dessa palavra?

— Entusiasmo — resmunguei, perplexo, tentando lembrar. — Entusiasmo significa "rapto divino". De *en-theos*, estar com *theos*, com o sagrado. Conectar-se com o impulso criador. Deixar-se arrastar pela força do que deseja contar.

— Viu? Você descompõe as palavras como seu avô! Seu instinto sabe tocar o sentido profundo delas. Entende agora por que Parmênides evocava o entusiasmo para escrever? Ele não falava sobre cair em uma espécie de transe para receber as ideias verdadeiramente superiores?

— Parmênides se referiu algumas vezes a uma espécie de êxtase, sim… — concordei.

— "Êxtase", outro termo misterioso. Tenho certeza de que você sabe o que significa. — Era uma provocação.

— *Ékstasis* quer dizer "estar fora de si".

— Viu? — Sorriu. — Sua intuição não engana, David. Escrever é renunciar ao que somos e estar à disposição de vidas alheias que nos sussurram ao ouvido.

— A senhora tira conclusões um pouco estranhas.

— Se você participasse do experimento e me ajudasse, veria que não é bem isso — prometeu. — Eu poderia mostrar como é preciso calar o ego e estar à disposição da inspiração, das musas, como fez seu avô. Ou Valle-Inclán. Ou, muito antes, Cervantes. Ou…

— Mas…

— Não tem "mas"! Você não perguntou uma vez a seu avô de onde ele tirava as histórias? Agora pode descobrir. É sua grande chance.

Fiquei sem palavras. Como ela sabia disso?

— Amanhã temos uma reunião importante na Montanha Artificial. Você está convidado. Não falte.

8

Deixei a casa de Lady Victoria exausto, preocupado e um pouco confuso. A princípio, atribuí a sensação ao golpe de calor que recebi assim que pus o pé na rua, e ao fato de não ter encontrado mais ninguém na casa ou na suntuosa portaria, tampouco no caminho de volta ao hotel. A razão de meu desconcerto, porém, era mais simples ainda: havia saído dali com mais perguntas que respostas, aturdido por uma mulher de personalidade mais forte do que me lembrava, que nutria um curioso interesse por Parmênides, e com a sensação de ter entrado em um território onde a realidade não tinha exatamente os mesmos fundamentos daquela que eu conhecia.

De repente, uma dúvida me voltou à mente: onde Pa havia se enfiado? Se ela era ajudante de Lady Victoria, como disse, por que eu não a vira lá?

Depois, vieram mais questões.

Como aquela mulher sabia tanto sobre mim?

Em que tipo de assunto pretendia me embarcar?

Tinha algo a ver com essas fichas de meu avô?

E como poderia eu ajudá-la em algo assim?

As perguntas foram se amontoando até chegar à última, ainda mais carregada de sombras que as anteriores.

Que diabos era exatamente a Montanha Artificial?

Fechei a cara ao me pegar falando sozinho e caminhando como um zumbi rumo à rua de Velázquez. Então, compreendi que a velha dama do mistério me fizera cair em uma das armadilhas mais antigas da literatura. Lady Victoria havia deixado sua narração em suspenso ao chegar na parte mais interessante. Havia me deixado preso em sua rede, incapaz de fugir. Paula, as velhas fichas de José Roca e a misteriosa Montanha Artificial não passavam de uma isca para me atrair.

A questão era averiguar o porquê.

Ou para quê.

Na manhã seguinte, pensei que um bom lugar para esclarecer aquelas perguntas seria a Biblioteca Nacional, ao lado da praça de Colón. Estava familiarizado com seu funcionamento graças aos empréstimos que às vezes solicitávamos pela Trinity. No entanto, longe de me perder em seu catálogo de manuscritos e livros raros – no qual sabia que era inútil buscar qualquer coisa nova sobre *Primus calamus* –, aproveitei o computador de lá para cruzar a expressão "montanha artificial" com o nome de Victoria Goodman. Tinha a vaga esperança de dissipar dúvidas, mas todos os resultados foram decepcionantes. E nenhum deles mencionava uma montanha.

O resto do dia não foi melhor. Era segunda-feira. Quase nenhum museu estava aberto, e a previsão do tempo anunciava que ao meio-dia faria quarenta e dois graus à sombra. Felizmente, Paula Esteve havia deixado outro recado para mim na recepção do hotel: Lady Victoria me receberia de novo às oito horas. Na prática, havia me deixado todo o expediente livre, mas eu não contava com o fato de que os telefones do colecionador de Caramuel continuariam sem atender minhas chamadas nem que minhas livrarias favoritas estariam fechadas para férias.

Perambulei pelo bairro das Letras e me refugiei sob os generosos beirais de casas do século XVII, depois matei o tédio visitando igrejas e conventos da época de Cervantes, por sorte todos abertos e frescos.

Em uma daquelas paradas, já perto da hora combinada e hesitando em ir ou não ao encontro, com o olhar perdido na vitrine de uma agência de viagens, lembrei que Lady Goodman havia comparado seu projeto com as antigas escolas de mistérios da Grécia. Isso tinha me deixado intrigado. Elas foram lugares de iniciação nos quais os novatos eram submetidos a complexos rituais. Ali se celebravam atos cujo conteúdo nunca transcendia, mas nos quais se mesclavam monólogos com efeitos especiais rudimentares e invocações aos mortos. Meu professor de grego dava por certo que nessas escolas havia sido inventado o teatro. Assegurava que a arte dramática nascera quando seus ritos deixaram de ser feitos a portas fechadas e começaram a ser celebrados sobre um palco e diante de um público não iniciado.

Era isso que eu encontraria? Um teatro grego no centro de Madrid?

O fato de uma academia assim estar nas mãos de uma protegida de meu avô, que se revelou uma inesperada estudiosa de Parmênides, parecia um pouco desconcertante e provocativo ao mesmo tempo.

Seria, então, Montanha Artificial o nome da academia? Por quê?

Talvez pretendesse prestar homenagem ao clássico de Thomas Mann, *A montanha mágica*. A ideia era estranha, inclusive para mim. Eu sabia que Mann escrevera sua novela mais atormentada em princípios do século XX. Estava ambientada em um sanatório que eu esperava que não tivesse conexão com aquela casa da Menéndez Pelayo.

Nesse momento, um pouco excedido por minhas conjeturas e pelo calor, preferi acreditar que Lady Victoria provavelmente pretendia comparar o ofício literário à escalada de uma montanha. Só isso. De fato, não era uma metáfora ruim. E também não era ruim ter acrescentado o termo "artificial". De *ars facere*, "fazer arte".

A montanha em que se faz arte.
Estaria aí a resposta?
Meu deus. A dama do mistério acertara. Sem perceber, eu voltava a jogar com as palavras...

9

Quando voltei a me apresentar na residência de Lady Victoria Goodman, já havia esquecido aquelas conjecturas. Desta vez, quem abriu a porta foi uma empregada com uniforme cinza e avental branco, de pele e cabelo morenos e olhar inteligente. Ela assentiu quando eu disse quem era e me acompanhou silenciosa ao que chamou de "a verdadeira Montanha Artificial".

Que visão.

A Montanha era uma sala muito diferente daquela em que estivera no dia anterior. Na realidade, abarcava dois cômodos de paredes revestidas de tecido que davam diretamente para o Parque do Retiro. Senti um aroma que me era familiar: papel e couro curtido. A cultura antiga encapsulada com esmero. No espaçoso aposento, havia uma tela enorme e um pouco deteriorada que representava o maciço de Montserrat com seus inconfundíveis picos de pedra apontando para o céu. Contudo, o que chamava atenção ali eram as pilhas de livros e quinquilharias que rodeavam o quadro.

Eu nunca havia estado em um lugar daqueles. Em apenas trinta metros quadrados se divisava uma centena de mundos. Talvez mais.

Perto da velha pintura, espalhada ao redor, vislumbrei uma coleção completa de máscaras africanas, um relógio de pé muito antigo, seis ou sete mapas enquadrados, um tabuleiro xadrez de marfim em cima de um piano, um peso de papel com aspecto de moai da Ilha de Páscoa, várias maquetes de guindastes, máquinas metálicas – sem dúvida, herança do falecido marido de Lady Victoria – e até um mostruário de virgens românicas e bustos de gesso que deviam estar havia várias décadas nas velhas prateleiras que os sustentavam. O piso não era de madeira de carvalho, como o do restante da casa, mas de belos ladrilhos hidráulicos que desenhavam um labirinto em branco e preto. No ambiente, pendiam três lustres de bronze recém-polidos, que pareciam acesos havia um século.

Evidentemente, esse reduto ainda não conhecia a era digital, como se as vantagens da informática fossem um sucedâneo prescindível naquele cosmos exótico. Não havia nem sinal de tecnologia, de televisores de tela plana, de fibra ótica ou de equipamentos musicais. O progresso não chegara a esse cômodo – nem parecia fazer falta. O mobiliário se completava com seis velhas poltronas de couro com capitonê, dispostas em círculo em um dos extremos da sala, uma lousa de giz e apagador, um globo terrestre (fabricado com varetas e couro pintado) e uma estante abarrotada de livros de lombada rachada que me recebeu com cheiro de mofo e papel velho. O ambiente lembrava os *cabinets de curiosités* barrocos e convidava ao estudo e à tertúlia no sentido mais ancestral dessas palavras.

— A senhora chegará logo, sr. Salas — anunciou a empregada ao me deixar no centro daquele universo. — Se desejar, pode cumprimentar os demais.

Nesse momento, além das poltronas, como se fizessem parte do conjunto, distingui as silhuetas de quatro pessoas. Estavam quase ocultas pelas pilhas de livros e falavam entre si de forma atropelada, em um tom que permitia adivinhar certo aturdimento. Deviam ter chegado um pouco antes de mim. Estavam reunidas no fundo da sala, perto das janelas, onde à contraluz ficaram praticamente invisíveis. Quando notaram minha presença, emudeceram.

Só dois segundos mais tarde uma voz familiar veio a meu encontro.

— David? — disse ela, como se estivesse se recompondo de algo e forçando uma expressão alegre. — Oi. Que bom que você decidiu aceitar o convite de Lady Victoria. Entre. Entre, por favor.

Respondi com um gesto distraído. Era Pa. Usava um vestido curto amarelo-limão amarrado nas costas e o cabelo preso por uma simples tiara, que deixava à mostra uma pequena tatuagem na base do pescoço. Prestei atenção, mas não identifiquei o que representava. Sobretudo, eu me surpreendi percorrendo com o rabo do olho o contorno de seu corpo, enquanto via seu rosto recuperar a serenidade de que eu me lembrava.

— Bom ver você também. — Dei-lhe um beijo no rosto, devolvendo um breve e educado sorriso.

— Vou apresentá-lo ao resto do grupo — disse ela.

Até esse instante, eu não estava completamente seguro de que fora uma boa ideia aparecer ali. Havia apostado tudo na presença de Paula. A curiosidade que sentia por ela fora o que me arrastara àquela casa.

— Gostaria que vocês conhecessem o dr. Salas, da Trinity College de Dublin. — Ela me apresentou em voz alta.

Notei um alvoroço no fundo da sala. As silhuetas voltaram aos murmúrios, aproximando-se de nós.

O primeiro aluno que cumprimentei se chamava Luis. Quase nos trombamos, porque ele saiu de trás de uma das colunas de livros. Custei a imaginar o que alguém da idade dele e com sua aparência fazia em uma oficina de literatura experimental. Devia passar dos cinquenta anos, enquanto os outros mal rondavam os trinta.

— Este é o professor Luis Bello — disse Paula. — É um respeitado regente de orquestra e estudioso da história da música. Demos sorte de Lady Victoria o ter convencido a participar do projeto.

O cavalheiro se virou para mim e me cumprimentou com um firme aperto de mão. Minha primeira impressão foi de que se tratava de um homem sério. Talvez demais. Sua vestimenta expressava certo distanciamento do restante do grupo. Terno azul-escuro e gravata, sapatos lustrados e camisa engomada, provavelmente feita sob medida. Transmitia também um quê de arrogância, de prepotência, que sublinhava com seus gestos, seu cuidado bigode, seu aroma de colônia de especiarias e um tom condescendente ao falar.

— Você pertence a algum departamento de pesquisa da Trinity? — indagou ele.

— Sim. Linguística, mas acabei de defender minha tese de doutorado na área da filosofia.

— Excelente. — Sorriu. — Todas as humanidades deveriam se conectar. Eu mesmo passei dois anos nos Estados Unidos estudando os arquivos de um antigo crítico musical do jornal *The New York Times*. Precisei aprender coisas do jornalismo daquele tempo, embora o que me interessasse de verdade fosse o fato de aquele homem ter entrevistado todos os grandes compositores de fins do século XIX.

— Parece interessante.

— Sim. Ele se chamava Arthur Abell. Talvez você não o conheça, mas ele ganhou a confiança de todos esses mestres, que lhe contaram coisas verdadeiramente enigmáticas.

Fiz que não com a cabeça. Tinha certeza de que era a primeira vez que ouvia falar em Arthur Abell, então perguntei por ele. Os olhos de Luis brilharam, destilando uma emoção contagiosa. Animado, contou que aquele melômano, quando morreu, legou à Biblioteca Pública de Nova York dezessete enormes caixas de papéis, partituras, fotos e anotações que ninguém havia consultado durante anos. Ali, Luis localizou – feito um pirata tirado de um romance de Stevenson que tivesse encontrado o tesouro de Long John Silver – as anotações estenográficas originais das conversas de Abell com Brahms, Strauss e Puccini. E, nelas, a confirmação de que esses gênios acreditavam que a música que compunham era ditada a eles a partir de uma dimensão superior.

— Como você pode imaginar, Lady Victoria ficou fascinada com esse trabalho do professor Bello — acrescentou Paula.

— Acho que qualquer um ficaria.

— Bom — esclareceu ele. — Lady Goodman esteve na conferência que dei sobre Abell na Biblioteca de Nova York, quando apresentei minhas descobertas. Isso ajudou.

— Deve ter sido impressionante — eu disse. — Estive lá muitas vezes para consultar a seção de livros raros. É como entrar na caverna de Ali Babá. Você conhece?

— Naturalmente! Eu peguei a Bíblia de Gutenberg! — anunciou, exagerado, mas de súbito muito mais cordial.

Então, como se fosse um gesto ensaiado mil vezes, ele me estendeu seu cartão de visitas – "Luis M. Bello. Regente" – e, como se tivesse reconhecido um semelhante, convidou-me para visitá-lo qualquer dia em seu escritório na Gran Vía, perto do antigo Palacio de la Música.

Os modos de Luis contrastaram com a atitude desleixada de Juan Salazar, um rapaz muito mais jovem, de cabelo longo e desgrenhado, nariz fino de gancho e barba quadrada avermelhada; ele vestia de forma despretensiosa uma camiseta dos Ramones desbotada e um moletom furado. O garoto havia se aproximado de nós atraído pela animada conversa.

— Este é Juan Salazar. Ou Johnny. Está terminando o curso de engenharia de computação e tem duzentos e dez de QI.

— Superdotado, não? — perguntei a ele, mas não tive resposta.

— No caso dele — destacou Paula —, um superdotado ácido. Adora contrariar todo mundo. Lady Victoria gosta disso. Ela diz que anima os debates.

Johnny não se fez de rogado e me examinou com presunção. Decidi puxar papo com ele.

— Não imaginava que encontraria alguém com seu perfil por aqui. Posso perguntar o que leva um engenheiro de computação a se interessar por uma escola de letras?

Paula ficou séria.

— Na realidade — interveio —, Lady Victoria chegou a ele por um artigo publicado no ano passado no *Digital Humanities Quarterly*. Era uma breve biografia da primeira teórica da informática, Ada Lovelace, a matemática que no início do século XIX criou as bases das calculadoras mecânicas e previu que logo dominariam o mundo. Considerou que estava muito bem escrito.

— Ada foi a única filha de Lord Byron reconhecida por ele — esclareceu Johnny, sem sequer me cumprimentar. — Sabe, o mestre do romantismo inglês? Era um cara instável. Ele a abandonou um mês depois de nascer, e ainda que a mãe dela, em justa vingança, tenha se empenhado em educá-la o mais longe possível da literatura e do irracional, Ada acabou se tornando uma "analista metafísica".

— Lord Byron é um de meus autores favoritos — afirmei, um pouco atordoado, enquanto tentava entender como funcionava uma mente como aquela e lhe estendia a mão. — Sou David Salas. Muito prazer.

— Bem-vindo, cara. — Ele retribuiu meu cumprimento, por fim. — Se você me passar seu celular, incluo você no grupo de WhatsApp do curso e assim ficamos todos conectados.

Ainda que seu convite tenha parecido amável e sem fingimentos, fiz cara de quem não entendeu.

Usei o pretexto de que meu número era irlandês, que não era muito prático uma vez que eu só passaria alguns dias com eles, mas ele insistiu.

— Você ficando ou não — olhou para mim —, é bom ter amigos a quem recorrer quando chegamos a uma cidade nova.

Diante de semelhante argumento, claro, aceitei. Ele digitou meu número em um celular de tela enorme que tirou do bolso traseiro da calça e apertou o botão de enviar. Chegou uma notificação em meu aparelho.

— É um arquivo com meus dados pessoais e os do restante do grupo — esclareceu. — Ao aceitar, a informação será instalada na agenda e você entrará automaticamente no grupo do WhatsApp. Hospitalidade espanhola.

Assenti, um tanto perplexo, enquanto apertava o botão que havia aparecido na tela.

— No fundo, minha vocação é a de criador de aplicativos — disse ele, satisfeito. — Este fui eu que criei.

Limitei-me a dar de ombros buscando o olhar de Pa, que já se dirigia à única pessoa que eu ainda não tinha cumprimentado.

— Esta é Ches. — Sorriu. — Ches Marín. Terminou a graduação em farmácia e agora estuda medicina. Além disso, está se formando em línguas clássicas.

— Tudo ao mesmo tempo?

Paula concordou, compreendendo minha admiração.

Ches era alta, de uma magreza extrema, com cabelo louro longo e tez branca, rosto ovalado e sem maquiagem, no qual ressaltavam intensos olhos azuis. Havia se sentado ao lado de uma pequena janela chumbada com um belo dragão de dois rabos gravado no vidro, como se quisesse se camuflar entre as quinquilharias daquele aposento. Se, em vez de escola de letras, aquilo fosse um curso de pintores, eu não teria dúvidas de que ela estava ali para posar como modelo. Tinha aparência de musa. Uma musa melancólica, pré-rafaelita, recém-saída de um quadro de Waterhouse. Supus que Ches havia decidido dissimular sua beleza – beleza bem diferente da de Paula, talvez mais mística, mais distante – com o intuito de ressaltar seus talentos. Só isso explicava sua atitude fugidia em relação ao restante do grupo. Estava concentrada em seu celular, examinando o que pareciam ser alguns versos.

— Ah, oi... — Levantou a cabeça com apatia, sem fazer menção de se aproximar. Eu a observei intrigado, de longe.

Incentivada por Paula, Ches me contou que a particularidade que valeu sua entrada na Montanha Artificial havia sido – como em meu caso – sua tese de doutorado. Interessada por *Zohar*, antigo e venerável texto cabalístico escrito na Espanha nos anos 1250, descobrira que o autor, Moisés de Leão, havia se adiantado em séculos à descoberta do colesterol e à presença de gorduras impuras no sangue. Essa, ao lado de Byron, era uma das muitas obsessões de Lady Goodman.

— O que a deixou interessada, na realidade — destacou, voltando a desviar o olhar de mim —, foi o fato de Paracelso reconhecer que a cabala de Moisés de Leão havia sido a base de todo o seu saber.

— Paracelso? — Titubeei.

— É um dos pais da medicina moderna — respondeu, outra vez absorta na tela. — Lady Victoria gostou do fato de eu ter defendido sua ideia de que qualquer ser humano, pelo mero fato de existir, é capaz de captar e administrar forças naturais procedentes de "esferas superiores". Quase como se fosse um radiorreceptor.

Não respondi mais.

Concluí que Paula, Luis, Salazar e Ches formavam um ecossistema peculiar. Pareciam criaturas saídas de planetas distintos aguardando no terminal de um aeroporto para empreender uma longa viagem juntas. Contudo, apesar das evidentes diferenças, algo chamativo unia aquele grupo: com a exceção de Ches, todos pareciam predispostos a se relacionar. Graças a essa atitude, descobri que Luis gostava da poesia dos místicos do *siglo de oro* espanhol – não me surpreendeu; Salazar, dos romances *steampunk* com máquinas a vapor, robôs e engenhos vernianos; e Paula e a musa triste compartilhavam uma discreta atração pelo romance sombrio. "Quanto mais sangrento, melhor", precisou Ches já definitivamente desgrudada de seu celular. Luis tinha dois filhos; Paula e Ches nem pensavam em formar família; e Salazar se vangloriava de ter feito vasectomia ao completar dezoito anos, "antes mesmo de tirar licença para dirigir". Eles contaram tudo isso em nossa primeira conversa!

Era evidente que Lady Victoria havia recrutado um grupo heterogêneo, uma espécie de mostruário díspar e antagônico do gênero humano com o qual enfrentaria o desafio de escalar a montanha da criação literária.

Em seguida, eles me puseram a par de tudo. Fazia um tempo que discutiam sobre livros. Haviam falado de dragões, espadas mágicas, relíquias poderosas e feitiços sobre *O senhor dos anéis* e até sobre o sexo como eixo do romance moderno. Ao mesmo tempo, achei estranho ouvi-los dizer que, em todo esse tempo, Lady Victoria não havia lhes pedido para escrever nenhuma linha. Somente elaboraram uma lista das obras-primas que, na opinião de cada um, ajudaram a criar esse algo tão ambíguo que hoje chamamos de "literatura".

Aquilo havia gerado discussões que se intensificavam quando Lady Goodman os motivava a se documentar, a buscar citações para sustentar seus argumentos, ou pedia para proporem filmes e organizarem visitas a museus, se isso lhes servisse para defender melhor suas conclusões.

"Quando as encontrarem, deixem que a alma de vocês voe com elas", repetia a cada aula, como se fosse um mantra. Dessa forma, ela os convidava a transcender o textual, a ir além da física das palavras e descobrir o tesouro oculto em cada livro.

— Lady Victoria adoraria que você se unisse a nós em nossas sessões — disse Pa em tom casual, porém deixando entrever certa ansiedade que não me passou desapercebida. — Tenho certeza de que você gostaria também.

— Vamos ver — murmurei.

10

A empregada de Lady Goodman tinha sido muito otimista ao anunciar que a senhora chegaria logo. Haviam passado vinte e cinco minutos desde as oito quando por fim ouvimos o tac-tac de seus saltos se aproximando.

— Sinto muito! — desculpou-se, atravessando o espaço entre as poltronas como um raio e deixando atrás de si o mesmo perfume de violeta de que eu me lembrava desde que era pequeno. — Sinto muito, mesmo! Boa noite. — Estava sem fôlego. — Peço desculpas pelo atraso.

O grupo respondeu com um rumor amável. Ela, acelerada, deu uma olhada rápida em todos e se deteve em mim.

— David! — Seu rosto se iluminou ao me reconhecer. — Você não sabe como fico feliz de vê-lo entre nós...

Afobada como o coelho branco com colete de *Alice no País das Maravilhas*, depositou uma sacola de farmácia sobre uma cômoda aberta e, de uma das gavetas, pegou cinco exemplares de um livrinho que se apressou em distribuir.

— Pa, imagino que você já tenha feito as apresentações, não é mesmo? — prosseguiu, tratando de se recompor. — Eu adoraria que o dr. Salas se unisse à pequena ágora e nos ajudasse a superar estes dias difíceis.

Dias difíceis?
Ia perguntar a que se referia, mas Lady Victoria não me deu chance.
— David é um jovem doutor em filosofia, professor de linguística na Trinity College de Dublin. Tem mente de filólogo e a sorte de contar com ilustres antepassados escritores — acrescentou, com visível deleite, repetindo algo que todos já sabiam. — Assim como os senhores, ele gosta de estudar a origem das palavras. E me parece que se encontra aqui, no curso, no momento mais importante: precisamente quando vamos deixar de falar sobre literatura de modo abstrato e começar a analisar esses romances que, como tenho anunciado, mudaram a história por uma ou outra razão.
Em seguida, um pouco mais calma, acrescentou:
— Por favor, deixem-no à vontade. Não quero que ele nos abandone depois da primeira reunião.
O grupo, descontraído, achou graça.
— Temos muito o que fazer — acrescentou Lady Goodman, agitada. — Hoje vamos falar sobre o poder da literatura.
— A senhora quis dizer a literatura e o poder...
— Não, Johnny. — Ela corrigiu o engenheiro. — Embora seja verdade que, em um tempo não muito distante, literatura e poder político caminhassem de mãos dadas, não é isso o que pretendo explicar a vocês. A literatura em si mesma, queridos, é uma fonte oculta de poder.
— Lá vem a magia outra vez... — Johnny estalou a língua.
Lady Victoria ignorou o comentário, que soou mais como gozação do que como impertinência.
— Amigos, se a esta altura algum dos senhores ainda acredita que escrever é um exercício inocente, que não faz mal a ninguém nem altera o equilíbrio do mundo, logo verá que está enganado — emendou, como se ditasse uma sentença, em um tom professoral que me lembrou os decanos da Trinity no primeiro dia de aula. — A literatura é uma substância a ser manipulada com extremo cuidado. Pensem nisso. Alguns dos textos que mais influíram no curso da civilização são relatos que hoje nos parecem inverossímeis e nos quais os protagonistas se viram confrontados com forças que os superavam. *Ilíada, A divina comédia*, o Alcorão ou a Bíblia refletem o enorme esforço dos autores para compreender e dominar uma realidade que lhes era hostil. Alguns se converteram em textos filosóficos, outros se elevaram à palavra de Deus, enquanto a maioria ficou reduzida a meros exercícios literários, apesar de serem obras tão imaginativas ou incríveis quanto as anteriores. Hoje, se me permitem, gostaria de me concentrar em um desses "marginais". Um que, apesar de tudo, exerceu enorme influência sobre seu tempo, sofrendo um destino muito pior que o dos livros que

acabei de mencionar. Um que... — acrescentou, olhando em meus olhos — me foi apresentado pelo homem que mais me ensinou literatura: dom José Roca.

Então, Lady Goodman pegou da mesa o último exemplar do livro que acabara de distribuir para nós e nos convidou a fazer o mesmo.

— Abram, por favor. Vejam a página de rosto.

Admito que foi uma pequena surpresa. Por um segundo, pensei que leríamos *O estranho misterioso*, de Twain. Não sei por que esperava que meu avô tivesse confiado também a ela aquele curioso romance, mas não foi assim. O título que aparecia impresso na primeira página era outro: *Li contes del graal*, ou *O conto do graal*, de Chrétien de Troyes. Vi que se tratava de uma edição simples, brochura, bilíngue e com uma capa de fundo preto na qual se destacava a figura de um cavalheiro ajoelhado diante de uma dama. Não havia rastro da data de impressão nem do editor. Parecia um volume de uso docente, saído de alguma fotocopiadora universitária.

— Examinem bem — ordenou ela. — É uma obra que, infelizmente, já não é fácil de se encontrar nos cânones literários modernos. No entanto, por mais que não pareça, foi *O código Da Vinci* da época das cruzadas. Um livro escandaloso. Uma provocação. O texto sobre o qual todo o mundo falava no fim do século XII. Um giro inesperado nas modas literárias que haviam imperado até então.

Lady Victoria manteve silêncio por alguns segundos. Observou como nós o folheávamos e se mostrou satisfeita ao ouvir o rumor de desaprovação que começou a correr entre meus colegas.

O código Da Vinci das cruzadas? Aquilo, sim, era uma provocação, pensei. Provocação dela!

— Ah, vamos! — Lady Goodman encarou o grupo, cravando em nós seus poderosos olhos azuis, mas principalmente vigiando a reação de Johnny. — Será que nenhum dos senhores gosta dos best-sellers americanos? Sejam sinceros. Não vou condená-los por isso. — O rumor ganhou intensidade sem que nenhuma voz se sobressaísse. Diante do mutismo de Salazar, Lady Goodman olhou para cada um de nós esperando um gesto ou uma palavra que todos reprimimos, enquanto nos perguntávamos onde estava a armadilha. — Querem saber? Estou decepcionada. Precisamente os senhores nunca deveriam desqualificar um livro "porque sim". Nenhum romance resiste na memória coletiva se não tiver tocado algo, uma fibra invisível de nossa sensibilidade, ou contribuído com resposta a dúvidas dos leitores. O desafio proposto por esse tipo de livro é saber de que se trata. E, para averiguar, às vezes é necessário descompor a obra, desmontá-la em partes e tentar encontrar esse elemento. Podem apostar que daqui a uns trezentos anos, quando tivermos compreendido plenamente o que *O código Da Vinci* continha, alguém falará dele como um livro de grande valor.

— Valor? A senhora acha? — resmungou Juan Salazar, que estava no outro extremo do círculo de poltronas.

— Isso mesmo.

— Agora o valor de um livro se mede pelo número exemplares vendidos? Essa não seria uma visão demasiado materialista da literatura, Lady Goodman?

Lady Victoria não pareceu se ofender com a crítica. Muito pelo contrário. Tive a impressão de que fazia um tempo que ela esperava aquela reação. Até semicerrou os olhos como se incentivasse o jovem engenheiro a prosseguir.

— Por outro lado — insistiu Johnny —, que tipo de resposta encontramos em *O código Da Vinci*? Eu lhes direi: nenhuma que valha a pena! Esse tipo de romance só responde à necessidade de uma civilização niilista incapaz de enfrentar seus problemas. É puro entretenimento. É oco, sem alma...

— Sem alma, jovenzinho? O senhor tem certeza? Eu teria vendido a minha por um sucesso como esse...

Rimos do comentário de Lady Victoria, mas Salazar, sério, não pareceu achar graça. Eu, acomodado entre Ches e Paula, começava a me divertir.

— Ah, claro... Talvez a senhora tenha razão — aceitou, corrosivo. — Agora compreendi. Não é o livro que não tem alma. Somos nós, leitores, que a perdemos. A sociedade de consumo a roubou de nós. — E acariciando seu exemplar de *O conto do graal*, acrescentou: — Quer saber? Não deveríamos comparar um produto para as massas com uma obra medieval como esta, na qual se explora o amor cortês, os valores da cavalaria, a honra e o dever. É como comparar um Big Mac a um *steak tartare*.

— Poxa... Interessante. — Outra expressão curiosa se desenhou no rosto de Lady Victoria ao escutar a comparação gastronômica de seu aluno. — Fico feliz de saber que conhece esta obra e aprecio que defenda sua postura com veemência, mas, diga-me, o que o senhor chama de "produto para as massas"?

Salazar se remexeu desconfortável na poltrona, apalpando seu fino nariz de gancho. Lady Goodman se aproximou dele com o livro na mão.

— Talvez o senhor ignore que *Li contes del graal* foi lido com paixão em todas as cortes europeias. E isso, em termos de século XII, equivale a ser um produto das massas, não acha? E há outra coisa que talvez não saiba — prosseguiu ela, sem lhe dar oportunidade de réplica. — Chrétien de Troyes deixou esta obra inacabada. Eu diria que pela metade. Alguns podem interpretar isso como erro dele, mas o que esse misterioso autor conseguiu, um trovador a serviço do senhor de Flandres, foi que nos dez anos seguintes se redigissem não menos de quatro continuações e outras várias obras inspiradas em personagens da trama. O público demandava uma solução para o mistério apresentado na obra original. Durante duas décadas, outros trovadores se cansaram de inventar sequências. Não seria um best-seller? E por acaso tira algum valor da obra?

Lady Victoria alisou o cabelo com um gesto quase triunfal.

— Sabe o que acho, Juan? Que talvez você devesse ler Dan Brown. Descobriria que *O código Da Vinci* compartilha mais virtudes com a obra de Chrétien de Troyes do que o senhor imagina. Ambas contêm certos tesouros... ocultos.

Soltou aquilo antes de se virar e voltar para o centro do círculo com a sensação de ter vencido aquele embate. Salazar não arredou.

— Pelo amor de Deus, a senhora está falando sério?!? — explodiu. — Não posso acreditar! Poupe-me de uma má leitura e diga-nos que tesouros são esses. Eu não sou capaz de vê-los. E acho que meus colegas também não.

— Com muito prazer, jovenzinho — respondeu Lady Goodman, logo antes de se aproximar da lousa que estava disposta fora da roda das poltronas e pegar um giz. Todos a seguimos com o olhar. — O primeiro tesouro está na própria estrutura do relato. Chrétien redigiu sua obra por volta de 1180. — "Mil cento e oitenta." escreveu. — E significou uma autêntica revolução no modo de contar uma história. Ele achou que uma boa fórmula para narrar algo seria colocar o protagonista diante de um drama que o obrigasse a sair de casa. — "A separação." acrescentou, sublinhando com o giz e rodeando essas palavras com um círculo que fez a lousa chiar. — Desde Homero não se via nada assim — anotou "Homero". — O protagonista de *O conto do graal* deixa para trás sua mãe e seu refúgio nos bosques e vai percorrer o mundo. Essa ideia da viagem do herói também está muito presente no romance de Dan Brown. De fato, foi um recurso que teve tanto sucesso na Idade Média que durante os anos seguintes não deixaram de aparecer imitadores. Todos escreveram sobre homens que se transformavam em heróis — "A iniciação", escreveu na lousa — e que partiam em busca do sagrado. Heróis enfrentando inimigos e obstáculos para chegar, por fim, ao que o graal representava — "A prova", rangeu o giz. — Algumas dessas peripécias, por certo, inspirariam obras-primas da literatura universal, como *Dom Quixote*.

Ches interveio:

— Ou seja, o verdadeiro sucesso de um livro está em servir de modelo a outros?

— É um dos sinais mais evidentes, querida. — Lady Victoria se virou na direção dela com um sorriso encantador. — Lembre-se de Sherlock Holmes. Quantos imitadores do famoso detetive de Conan Doyle surgiram depois? Ou de *Drácula*. Será que Bram Stoker foi capaz de imaginar que seu personagem seria "sequestrado" por legiões de escritores e cineastas tanto tempo depois de sua morte? Se bem que... — Ela olhou para Ches e baixou a voz de forma teatral. — Os senhores devem saber que imitar uma fórmula que funciona não garante o sucesso como escritor. Digam-me: no caso de *O código Da Vinci*, quantos êmulos surgiram após se conhecer que Dan Brown havia vendido mais de cinquenta milhões de exemplares do romance? Dezenas? Centenas? Mil, talvez? E em todos os países! No começo deste século as livrarias se encheram de templários, sociedades iniciáticas, segredos perigosíssimos, relíquias poderosas... Lembram? O curioso é que todos esses livros tratavam dos mesmos assuntos que já haviam feito a fama de Chrétien de Troyes mil anos antes. A única diferença é que eram relatados com uma linguagem atual.

— Então essa deve ser outra chave do sucesso. — Eu me atrevi a interrompê-la. — A linguagem.

— De fato, David. — Lady Victoria comemorou com um gesto o fato de eu ter rompido, por fim, meu silêncio. — É importante adaptar a linguagem aos tempos. *Li contes del graal* foi escrito em língua de romance para que todo o mundo entendesse. Naquela época, as coisas sérias eram escritas em latim; o autor, porém, desafiou esse convencionalismo para alcançar tanto nobres e eclesiásticos quanto plebeus. E ainda fez algo mais. Algo muito mais transcendente que escolher uma língua de romance para seu relato. Sabem a que me refiro?

Ninguém reagiu. Durante alguns segundos, a turma ficou muda.

— Ele inventou uma palavra! — respondeu, batendo palma uma vez, o que nos sobressaltou. — Não entendem? Embora tenha escrito um relato parecido a tantos outros de sua época, cunhou um termo que ninguém jamais ouvira antes de 1180 e que com os séculos se tornaria universal. Foi ousado. Ele se atreveu a inovar. A tirar algo de dentro de si. Criou uma palavra e, com ela, um mito que parecia novo.

— Claro! O graal! — exclamou Ches, como se de repente a dama de Shalott regressasse à vida.

— Permita-me terminar a explicação, senhorita — cortou Lady Victoria, em plena exaltação.

Ches Marín silenciou.

— "Graal" — prosseguiu —, *grazal* ou *graaus*, era uma palavra que, de fato, ninguém havia ouvido antes. Um termo que, com os séculos, inclusive transcenderia o contexto e que hoje incorporamos ao vocabulário cotidiano, um...

— Espere!

Uma expressão, desta vez de profunda contrariedade, desenhou-se no rosto do regente de orquestra, que até então permanecera calado e anotando. Ele havia tirado o paletó e, em mangas de camisa, deixando ver suas iniciais bordadas no peito, sem sequer afrouxar a gravata, levantou-se da poltrona. Todos percebemos seu aturdimento.

— Espere, por favor! Acho que está equivocada, Lady Goodman — acrescentou.

Lady Victoria olhou para ele, surpresa.

— O Santo Graal aparece no Novo Testamento — continuou Luis, encarando-a. — Não foi inventado por Chrétien de Troyes. Lembre que os evangelistas o citam quando descrevem o episódio da Última Ceia.

— O senhor tem certeza?

O regente franziu a testa, sério, desconcertado pela segurança com que sua interlocutora mantinha a investida.

— Sim, claro. Absoluta — respondeu, por fim. — A senhora já falou sobre o graal antes, nestas aulas, e em nenhum momento pôs em dúvida sua existência.

— Sua existência literária, não, mas outra coisa é sua existência como objeto real, como o cálice de Jesus.

— Ah! Duvida disso? — A pergunta soou como acusação.

— É claro que duvido. Ninguém provou que o graal tenha existido além dos romances e das lendas medievais. Não permita que sua formação religiosa nuble sua razão...

— Isso é inacreditável! — resmungou Luis, remexendo-se desconfortável e dando um passo em direção ao centro do círculo. — O fato de eu ter professado como beneditino não faz de mim uma pessoa irracional. É justamente a razão que torna difícil acreditar que uma escritora que ama o mistério, como a senhora, agora fique tão cheia de si, dizendo que o graal é invenção de um trovador.

Lady Goodman fechou os olhos como se precisasse criar forças para rebater aquela acusação. Provavelmente não era a primeira vez que enfrentava algo assim.

— E por que é tão difícil acreditar, Luis? — perguntou, suave, quase gentil. — O senhor acha que não estou sendo honesta ao compartilhar minha conclusão com vocês?

Luis, o cavalheiro, veterano daquele grupo expectante, não respondeu.

— Vamos fazer um teste? — O olhar astuto de Lady Victoria se iluminou de novo. — Se me faz o favor, pegue aquela Bíblia e busque para nós uma dessas passagens em que se cita o graal.

O maestro, obediente, se aproximou da estante que presidia a sala e pegou uma grossa Bíblia de sobrecapa vermelha bastante gasta. Demorou só um minuto para localizar um fragmento do capítulo 26 do evangelho de Mateus, no qual se relatava a instituição da eucaristia. Examinou o texto e, quando se certificou de que era aquilo de que precisava, recitou quase sem olhar para ele:

— "Enquanto comiam, Jesus tomou o pão, deu graças, partiu-o e o deu aos discípulos, dizendo: 'Tomem e comam. Isto é meu corpo'. Em seguida, tomou o cálice, deu graças e o ofereceu aos discípulos, dizendo: 'Bebam dele todos vocês. Isto é meu sangue da aliança, que é derramado em favor de muitos, para perdão dos pecados'."

— Viu? — bufou, ao terminar. — Aqui está. Eu disse. E mais de mil anos antes de Chrétien!

Sua reação me pareceu mesmo veemente, mas Lady Victoria não se deixou abalar.

— Tem certeza? — perguntou ela, sem abandonar o tom paciente. — Acho que deveria ler com mais cuidado. Aí não se menciona o graal. A palavra não é utilizada. Só diz "tomou o cálice". Da mesma forma que diz "tomou o pão". Refere-se a um objeto comum.

— Esse cálice é o graal! — protestou ele.

— Não, não é. A primeira vez que aparece a palavra "graal", g-r-a-a-l — soletrou — é neste conto de Chrétien, não nas Sagradas Escrituras. Talvez para o senhor, cidadão do século XXI que leu os livros da tradição arturiana ou viu filmes como *Indiana Jones e a última cruzada*, pareça a mesma coisa, mas caso leia *Li contes*, verá que em nenhum momento Chrétien afirma que "seu graal" é o cálice ou o copo do qual Jesus bebeu durante a Última Ceia.

Então, após buscar algo no livro que tinha acabado de nos entregar, ela se detém em um parágrafo:

> *Un graal entre ses deus mains*
> *Une damoisele tenoit,*
> *Qui avec les vallés venoit,*
> *Bele et gente et bien acesmee.*
> *Quant ele fu laiens entree*
> *Atot le graal qu'ele tint,*
> *Une si grans clartez i vint*
> *Qu'ausi perdirent les chandoiles*
> *Lor clarté come les estoiles*
> *Font quant solaus lieve ou la lune.**

Após recitar aqueles versos em um francês antigo, quase irreconhecível, e traduzi-los para Johnny e Ches, Lady Goodman encarou triunfante seu interlocutor.

— Esses versos provam mais uma vez como nossa cultura costuma ser superficial. Nenhum verso do livro de Chrétien chega sequer a insinuar que

---

* "Uma donzela formosa, gentil, bem ataviada, que vinha com seus pajens, segurava um graal entre as mãos. Quando ali entrou com o graal que portava, fez-se tão grande claridade que as velas perderam o brilho, como acontece com as estrelas quando saem o sol ou a lua."

o graal seja o cálice de Cristo. Fala de "um graal". Um objeto comum. E de uma dama que o carrega. Diz que é formosa e se veste bem. Que desse objeto sai uma luz mais brilhante que a dos candelabros ao redor. Que pode curar o rei. Que acompanha uma lança de cuja ponta pareciam brotar gotas de sangue fresco. Mas pouco mais...

— A senhora quer dizer, então, que o autor inventou a palavra "graal" como Tolkien inventou os *hobbits* ou Mordor? — interrompeu Ches, que processava veloz toda aquela informação.

Lady Victoria levou a mão ao queixo, como se avaliasse a contribuição dela, antes de responder:

— Prefiro dizer que é um caso parecido ao da palavra "utopia" — assinalou. — Embora hoje seja um termo de uso corrente, foi inventado por Thomas More no século XVI para um romance em que ele criou uma ilha de governo perfeito, uma nova Atlântida, chamada assim. Como More, Chrétien cunhou um termo fantástico, adaptou-o para revestir de tradição e, com isso, revolucionou a literatura medieval.

— Então — disse Luis, aguçando sua expressão —, a senhora está me dando razão. Houve uma tradição prévia sobre a qual Chrétien arquitetou sua história...

— Uma tradição, sim, mas provavelmente muito anterior ao cristianismo — especificou ela. — Cálices transbordantes ou caldeirões mágicos que garantiam a vida eterna foram comuns nos mitos pagãos da Europa. Chrétien deve tê-los conhecido, teve a ideia de reduzi-los a um novo termo e criou seu próprio mito a partir dessa palavra. Depois, como não concluiu seu relato, este foi se enriquecendo com as ideias de outros autores que o vincularam à história de Jesus, gestando um arquétipo que perdura até hoje... Como podemos comprovar nesta sala, por sinal — disse, com o olhar fixo no regente.

— A senhora está deturpando a realidade — interrompeu Luis. — O graal não é mito. Muito menos pagão. Existiu de verdade!

Ao dizer aquilo, fechou a Bíblia com rispidez. De dentro dela expeliu-se uma sutil nuvem de poeira que flutuou entre o regente e Lady Goodman. Sua irritação nos deixou boquiabertos. O cavalheiro que distribuía cartões de visita e que parecia o equilíbrio em pessoa havia se enfurecido. Uma gota de suor lhe escorria da têmpora esquerda até o bigode, enquanto suas mãos tremiam.

— Acalme-se — aconselhou a voz serena de Lady Victoria. — O fato de o graal ser um mito e sua pátria ser a literatura o converte em algo mais próximo do que se fosse uma relíquia venerada em um templo.

Luis lhe dedicou um olhar furioso.

— Como pode dizer isso? — esbravejou, consternado. — Logo a senhora, que há anos escreve sobre enigmas da história, sociedades secretas, conspirações e acontecimentos sem explicação! Não pode defender agora que o graal não tem fundamento histórico!

— Eu não disse isso — replicou Lady Victoria, muito calma. — O que eu disse é que se trata de um mito. E o senhor já deveria saber que os mitos sempre escondem uma parte de verdade. É como a existência dos dragões: hoje alguns paleontólogos têm certeza de que a crença nesses monstros surgiu quando nossos antepassados encontraram os primeiros fósseis de dinossauros e os interpretaram com as próprias referências. O caso do graal é parecido: estamos falando de um objeto descrito pela primeira vez em um romance. Um objeto poderoso, ígneo, que irradia luz, cura doenças ou concede a vida eterna, mas que, cada vez que nos empenhamos para encontrá-lo, não aparece em lugar nenhum. Ou pior ainda: aparece em muitos!

— Apenas um é o verdadeiro. E dele nasceu o mito — bufou Luis com má vontade. — Essa é a abordagem lógica.

— Receio, querido, que neste caso o fundamento do mito não seja o que o senhor imagina.

Luis afrouxou o nó da gravata. Estava tentando se tranquilizar.

— A que está se referindo? — indagou, desconfiado.

— O senhor, como a maioria dos leitores aí fora, garante que o graal é o cálice mencionado por Mateus em seu evangelho, mas essa é uma maneira superficial de encarar o problema — prosseguiu Lady Victoria. — O que quero explicar é que o enigma do graal é de outra natureza, mais sutil. Um enigma que foi criado por um escritor e que provavelmente só outro escritor poderá resolver... um dia.

— Não entendo para que isso. É um assunto para arqueólogos, historiadores... teólogos, talvez.

— Está enganado — replicou ela. — Diga-me, segundo o senhor, o que o graal concede?

Luis Bello não hesitou.

— A vida eterna — respondeu.

— E o que acha que a boa literatura concede a um escritor, senão a imortalidade? Um escritor, querido, é como um cavaleiro do graal. É capaz de façanhas imperecíveis, de criar do nada coisas fabulosas que nos assombrarão por séculos. Entende? Acho que foi por isso que meu mestre José Roca me convidou a dar uma olhada neste livro. Talvez tenha pensado que, se o estudasse, decifraria o verdadeiro sentido do graal e sua conexão com a criatividade.

Dei um suspiro ao ouvi-la citar meu avô em público, mas Luis, contrariado, continuou monopolizando a conversa.

— Não estamos falando de segundas leituras nem de metáforas — protestou.

— Ah, é claro que sim. — Eu estava começando a admirar o caráter imperturbável de Lady Victoria. — Ainda que o senhor se empenhe para centrar tudo na historicidade do graal, reduzindo-o à essência mais ordinária, deveria admitir que o graal é, por ora, mero fato literário. Apareceu pela primeira vez neste poema de nove mil versos datado de fins do século XII. — Levantou como prova o livro de Chrétien. — Isso é evidente. E é evidente também que neste poema não se diz que tenha sido o cálice da Última Ceia. Tal identificação chegaria mais de duas décadas depois... em outro romance! No relato de um escritor que viveu não muito longe de Troyes: Robert de Boron.

Luis negou com a cabeça, obstinado.

— Mas, se *Li contes del graal* não menciona o cálice de Cristo, então do que Chrétien está falando? — Ches se intrometeu no debate com a cândida inquietude da qual se gabava.

— A-há! Essa é a chave. — Lady Goodman sorriu enquanto brandia seu exemplar. — Vamos nos esquecer por um momento do Indiana Jones tomando o cálice de um carpinteiro do século I em suas mãos, combinado? *O conto do graal* não menciona tal relíquia.

— E menciona o quê? — insistiu Ches.

Lady Victoria ofegou e se deixou cair na poltrona, cansada da insistência.

— Tudo bem. — Ela se acomodou. — Querem que eu explique do que *Li contes* trata exatamente, não é? Pelo que estou vendo, nenhum dos senhores tem uma ideia clara do que é. Somos filhos deste século que se empola citando fontes antigas que nunca lê. Não os culpo, mas peço que ao menos prestem atenção em mim...

11

Naquele momento, Lady Victoria resplandeceu de um jeito que eu não esperava. Depois de ter rebatido todas as argumentações do grupo, ainda tinha ânimo para prosseguir. Talvez devêssemos ter evitado que fizesse isso, principalmente tendo visto a sacola de remédios com que comparecera à reunião, mas o certo é que ninguém se deu conta desse detalhe. Pelo contrário: atentos, nós a incentivamos a resumir *O conto do graal*.

— Na realidade, o romance de Chrétien é o modelo perfeito do "livro de busca" — começou. — Naquela época, as obras desse tipo tinham uma função moral, mas também contavam com o intuito de distrair os leitores com aventuras mais ou menos fantásticas. Chrétien de Troyes conta a peripécia de um jovem que cresce acompanhado apenas da mãe, isolado do mundo, nas profundezas de um bosque. Não é, pois, um relato ambientado nos tempos de Cristo, mas na época do próprio escritor. Trata-se, como disse Salazar, de uma história de cavaleiros e damas, de torneios, jantares em palácios, ermitãos e reis. É justo admitir, porém, que o protagonista não é um herói tradicional. Muito pelo contrário. Chrétien o apresenta como um rapaz um tanto rude, sem educação, um autêntico bronco que um dia encontra alguns cavaleiros de brilhantes armaduras e os confunde com anjos. Imaginem. Eles zombam dele. Mas, alheio às risadas, o rapaz os bombardeia de perguntas e descobre que servem a certo rei Artús.

— Artur... — sussurrei.

— Sim. Isso, David. As aventuras do rei Artur já eram populares naquela época. Poetas e trovadores recorriam com frequência a Merlim, a Guineone ou à Távola Redonda para dar mais distinção aos seus relatos — precisou. — Mas não nos desviemos: como devem supor, o encontro com esses cavaleiros despertou uma súbita vocação em nosso inocente amigo. De repente, aquele jovem quis pôr-se a serviço de Artur e empreendeu o que a crítica literária chama de *quête*, a busca. Hoje talvez seja difícil compreender, porque em nossa cultura basta usar um computador para achar aquilo de que necessitamos, mas, no século XII, para encontrar resposta para o que quer que fosse, era preciso sair de casa e se expor a mil perigos. E é isso o que acontece com nosso jovem. Após diversas vicissitudes, ele chega à corte daquela espécie de super-herói antigo, onde, graças a sua tenacidade, conquistará um lugar. Assim como nos filmes da Marvel, seu primeiro objetivo será conseguir uma roupa. Uma vestimenta para sua nova vida. Um traje completo de cavaleiro. Chrétien, porém, nos adverte de que as armas não lhe bastarão para se transformar.

— O hábito não faz o monge — comentou Salazar.

— Exato. Mas o nosso protagonista tem sorte. Em seguida, encontra alguém que o educa, o inicia no uso da espada e o repreende pelo mau costume de perguntar tudo. Seu mentor, um oportuno cavaleiro que atravessa seu caminho, vai polir o garoto para evitar que continue ignorante.

— E vai conseguir? — murmurou Ches.

— Bom... Quando ele acredita que seu pupilo está quase no ponto, o jovem, com remorso por ter se afastado da mãe, decide voltar para junto dela e abandonar sua formação. Então, acontece o episódio que vai mudar a vida dele.

— Vai encontrar o graal... — interrompeu Paula.

— Não tão depressa, senhorita — Victoria a corrigiu, alegre em seu papel de contadora de histórias. — Vejam só: buscando o caminho de volta para casa, nosso protagonista vai perguntar a alguns pescadores por onde atravessar um rio. Um deles indica o vau e o convida a descansar em um castelo próximo. Esse tipo de hospitalidade era muito comum naquela época, então o jovem não vê inconveniente em aceitar. E aqui começa a parte curiosa. A princípio, o rapaz não encontra a fortaleza e, acreditando que zombaram dele, maldiz o pescador. No entanto, de súbito, surge um castelo. Como uma aparição. E tal qual haviam garantido, o recebem lá. Após desmontar, os criados o levam perante um rei tolhido que não pode nem se levantar para dar as boas-vindas, mas que lhe pede que fique para jantar. E é nesse banquete que ele vê algo totalmente fora do comum.

— O graal! — O rosto de Ches se iluminou mais uma vez.

Luis, que ainda não havia se recuperado, remexeu-se inquieto na poltrona de couro.

— No meio da noite — prosseguiu Lady Victoria —, um pajem atravessa o salão portando uma lança de ferro de cuja ponta mana uma gota de sangue que desce pela haste. Por algum estranho motivo, o sangue permanece fresco, sem coagular. O jovem fica estupefato ao vê-la, mas, devido à prudência aprendida com seu mestre, decide não perguntar nada. Após o pajem da lança, outros dois serviçais vão continuar a procissão, com os respectivos candelabros de dez velas cada um, seguidos de perto por uma donzela que, nas palavras de Chrétien, "segurava um graal entre as mãos". Um graal. Vamos nos deter aqui um segundo. O trovador fala de um objeto que para o poeta não merece maiúscula, mas que em seguida será descrito como algo que irradia uma luz tão intensa que vai eclipsar todos os focos do recinto. E o jovem, mais uma vez condicionado pela recente educação, vê a comitiva passar direto, abstendo-se de perguntar a que hóspede levam tantas maravilhas.

Lady Victoria, neste ponto, fez uma pausa. Pegou uma garrafa d'água da gaveta de sua escrivaninha, alguns comprimidos na sacola da farmácia e os tomou com um gole. Luis acompanhou a ação com interesse e, quando viu que ela havia terminado, a abordou.

— Então, segundo a senhora, essa é a primeira descrição do graal, não? — Seu tom continuava inquisitivo. Soava ressentido.

— Digamos que essa é a primeira menção literal ao graal. À palavra "graal".

— Mas "graal" e "cálice" são a mesma coisa. Ou não? — sussurrei.

— Claro que não! — exclamou Lady Victoria, virando-se para mim. — Nesse momento do relato, os leitores de Chrétien ainda não sabem o que é. O escritor não o descreveu. Apenas nos diz que — leu de novo — "era como de ouro puro" e que nele "havia pedras preciosas de diferentes tipos, das mais ricas e das mais caras que há no mar e na terra".

— E ele vai voltar a mencionar esse objeto no texto? — indagou Ches.

— Nós o encontraremos mais algumas vezes, sim, ainda que de passagem. Dos nove mil versos de *Li contes*, o graal só é nomeado em vinte e cinco.

E a maioria das ocorrências nesta passagem. Contudo, essa visão fugaz de um objeto (que não se esclarece se é cálice, bandeja ou outra coisa) dará título ao relato. Sugestivo, não acham?

— E não aconteceu mais nada? — interroguei, cheio de curiosidade. — Chrétien não diz nada sobre esse graal? Nem sequer explica para que serve? Como deve ser usado?

— Ah! — Lady Goodman sorriu. — Fico feliz de ter chamado sua atenção. Você já pergunta como um jovem Perceval.

Não soube se levava aquilo como elogio. Ela, bem-humorada, não se deu o trabalho de esclarecer.

— Na manhã seguinte, o jovem cavaleiro descobre que o castelo em que dormiu está deserto — continuou. — Que o deixaram sozinho. Todo mundo foi embora. Ao sair dali, encontra uma mulher que lhe faz ver como foi estúpido. Teve o privilégio de se sentar à mesa com o rei Pescador e assistir à procissão da lança e do graal e nem perguntou a quem serviam. "Ai, infortunado, quão mal-aventurado és agora por causa de tudo o que deixou de perguntar!", diz a ele. Aquela mulher, entretanto, lhe dá um presente inesperado: recordará ao rapaz sem nome o conto que se chama "Perceval". Ou "Parcival", ou "Parsifal", conforme a versão. E revelará que ela, na realidade, é sua prima e que ambos são meio parentes do rei Pescador.

— Que confusão! — protestou Salazar.

— Ninguém disse que os romances medievais eram fáceis, querido — respondeu Lady Victoria. — De fato, para complicar ainda mais as coisas, o conto continua narrando as peripécias de outro cavaleiro, Gauvain, um gentil homem a serviço do rei Artur. Dá a impressão de que sua história é um romance dentro do romance. Uma distração que vai se diluir quando Perceval reaparece, muitas páginas depois, como aquele que, após cinco anos, ainda vaga pelo mundo sem rumo nem fé, perdido e desorientado por sua visão.

— O encontro com o graal o enlouqueceu. — Salazar sorriu, estendendo-se em seu lugar, esticando a camiseta dos Ramones. — Normal.

Lady Goodman ignorou o comentário e prosseguiu:

— Neste ponto, Chrétien nos narra o encontro de Perceval com um ermitão. Um personagem estranho, uma espécie de vidente que lhe revela que sua mãe morrera pouco tempo depois de ele ter partido atrás dos cavaleiros resplandecentes, e vai lhe dar, além do mais, algumas explicações sobre o misterioso objeto que tanto o transtornara. Não serão muitas, mas serão importantes: dirá que é um objeto que vigoriza e sustenta a vida. E que guarda uma substância redentora que, para qualquer pessoa, seria o bastante para se alimentar durante o resto de seus dias. É isso.

— É isso? — eu disse. — O que quer dizer?

— Que Chrétien termina bem aí o relato.
— Não pode ser! — exclamou Luis. — Deve ter mais!
— Não, não tem. É o que comentei antes: o primeiro texto em que aparece a palavra "graal" não sugere sequer um vínculo com o cálice da Última Ceia. Seu mistério é, portanto, mais literário que teológico.
— Talvez Chrétien não tenha tido tempo de explicar que esse graal foi o de Cristo ou que a lança sangrenta foi a que atravessou seu tórax na cruz — interveio Johnny Salazar com o olhar brilhante e a voz entrecortada emergindo de sua barba maciça, como se o fim do conto o tivesse pego desprevenido. — A senhora disse que o poema ficou inacabado, não?

Todos olhamos para ele, surpresos.

— O que foi? — Ele nos encarou. — É tão estranho assim que eu me interesse por esse assunto?

— Sim. Deve ter sido isso. — Luis se uniu à proposta de Johnny, jogando o corpo para a frente. — Talvez, se Chrétien tivesse terminado...

Lady Goodman, por sua vez, não cedeu.

— Não se apegue a essa ideia, Luis. Durante mais de duas décadas os autores que continuaram o poema tampouco identificaram o graal com o cálice de Cristo.

— Mas antes a senhora mencionou Robert de Boron... — protestou.

— Sim. No entanto, Boron vinculou o graal à Última Ceia depois de outros autores proporem ideias bem diferentes. Leia o poeta bávaro Wolfram von Eschenbach, por exemplo. Seu livro, escrito por volta de 1200 e inteiramente dedicado a completar o retrato de Perceval, converte o graal pela primeira vez em nome próprio. *Graal*, com letra maiúscula. E diz que foi uma pedra mágica, uma esmeralda caída da testa de Lúcifer.

— Isso não prova que o graal seja um mito!

— Mas prova que não é necessariamente um cálice — resmungou Lady Goodman enquanto se servia um pouco de limonada de uma mesinha próxima e limpava a garganta com ela. — Pense nisto, por favor: por que ninguém se preocupou com o cálice de Cristo nos doze séculos que transcorreram entre a Última Ceia e a época de Chrétien? Nesses mais de mil anos não se escreveu na Europa nem uma linha dedicada ao paradeiro da relíquia. Só esse detalhe, Luis, me parece suficiente para desestimar sua historicidade.

— Não é! Não pode ser! De maneira nenhuma! — protestou o maestro, um pouco transtornado. — A senhora disse antes: Chrétien viveu na época das cruzadas. De fato, foi nesse tempo que os cavaleiros que conquistaram Jerusalém inundaram o Ocidente com as relíquias de Jesus encontradas ali. É lógico que até esse momento não se falava do cálice, dos pregos, do Santo Sudário, da lança de São Longuinho...

— Boa réplica — aceitou Lady Victoria. — Nesse caso, os cronistas das cruzadas teriam elaborado textos louvando o impressionante achado do graal... e estes tampouco existem! Nem um único cruzado se atribuiu o mérito de ter encontrado o cálice de Cristo!

Luis Bello não se convenceu.

— Talvez essas crônicas tenham sido escritas, mas se perdido... Ou talvez a proteção de relíquias tão valiosas tornou necessário que os textos que as mencionavam não fossem demasiados, explícitos, para impedir seu saqueio. Todos nós sabemos que a fonte de toda literatura é, de um modo ou de outro, a experiência. Talvez Chrétien tenha ouvido seu mecenas falar do graal, talvez tenha estado perto dele, talvez tenha disfarçado atrás desse castelo do graal seu verdadeiro esconderijo...

— Talvez, talvez — disse ela. — Escute-se. É absurdo pretender fazer história de algo como o graal a partir de um romance escrito para entreter cortesãos. Lembre-se de que os últimos que fizeram algo parecido foram os nazistas, e todos nós sabemos como terminaram.

— Um momento. O que a senhora está insinuando? — respondeu Luis melindrado.

— Luis, querido... — Lady Victoria extremou o tato, ficando em pé e atravessando o círculo até ele. — Sabe o que acho? Que o senhor tem o mesmo problema que Alonso Quijano quando decidiu se transformar em Dom Quixote de la Mancha: tende a confundir ficção com realidade.

— Co-como se atreve? — Luis também se levantou, empurrando a poltrona, que rangeu sobre os ladrilhos. Assim que encarou Lady Goodman, seu rosto ficou vermelho. — Está me chamando de louco?

— Nunca me atreveria a dizer isso de Dom Quixote.

— A senhora está me ofendendo.

— Não é a minha intenção. Se o senhor quer dar por certa a existência material do graal, vá em frente. Eu trato de ser cuidadosa com as provas de que dispomos. Só isso. Meu dever é não contaminar o restante do grupo com elucubrações vãs, e sim prové-los da informação segura de que disponho para que, depois, façam o que acharem conveniente. Agora, escrever ou não sobre ele é decisão dos senhores.

— E se Chrétien teve notícias do graal de Cristo? — insistiu ele, ignorando o que fora dito. — E se tiver ouvido os cruzados que regressaram de Jerusalém a Champanhe falarem sobre ele? Se fosse invenção, ele não teria dado tanta importância, colocando-o no título do poema... Não acha?

Luis Bello não convenceu sua interlocutora.

— É mais sensato argumentar que ele criou tudo seguindo as indicações de seu mecenas, Filipe da Alsácia, o Grande, conde de Flandres, — respondeu ela, contundente. — Não se esqueça de que naquela época sempre se escrevia a serviço dos poderosos.

— Isso é mais cômodo, não mais sensato.

— Está me provocando, Luis? — perguntou, imperturbável. — O senhor não percebe que é inútil buscar o que nunca existiu? Concentre-se no literário, pois para isso estamos aqui, e vamos decifrar juntos o que há de verdade por trás do conceito de graal!

Ao ouvir aquilo, o rosto do regente ficou ainda mais vermelho.

— A senhora peca por orgulho e cegueira, Lady Victoria — disse ele, elevando o tom até transformá-lo em grito. — Não percebe? O orgulho sempre enterra os escritores! Já esqueceu o que aconteceu com Guillermo?

Ao dizer aquilo, abandonou o círculo, depois a sala, sem se despedir nem pegar suas coisas.

Sua reação deixou todos estupefatos.

12

Guillermo?

O modo como Luis Bello pronunciou isso me chamou atenção. Sua pergunta destilava uma ira profunda, atávica, uma reprimenda que devorou em um instante a serenidade do grupo e deixou todo mundo sem saber como reagir. Ainda assim, se algo me surpreendeu de verdade, foi o que aconteceu a seguir. Pa, Ches e Johnny, pálidos, olharam um para o outro como se o ilustre colega tivesse profanado um tabu; eles se levantaram com a expressão desconcertada e, sem dizer nada, pegaram suas coisas e saíram atrás dele. Eu os contemplei, imóvel, pregado em meu assento. Vi como caminhavam em direção ao corredor, os três ao mesmo tempo, com os passos ecoando pela casa inteira, até desaparecerem por completo de vista.

Lady Victoria e eu permanecemos a sós, em absoluto silêncio durante alguns segundos, como se nenhum dos dois se atrevesse a verbalizar algo naquela situação.

A dama do mistério virou o rosto para a janela e, bem devagar, levantou-se, foi até uma das mesas e se pôs a organizar papéis. Sei que é absurdo, mas talvez tenha feito isso para não contaminar o que no momento começava a brotar do mais profundo de minhas lembranças. De repente, eu ouvia o eco surdo das discussões que minha mãe e meu avô tiveram pouco tempo depois do desaparecimento de meu pai. Minha infância se transformou, a partir disso, em uma espécie de confronto permanente. Enquanto mamãe Gloria e meu avô José disputavam a honra de suprir a ausência paterna, fora de casa todos me consideravam bicho estranho. Acabei sendo o neto de um escritor famoso abandonado pelo pai. *O enjeitado.* De *ejectare*, "lançar fora", o expulso. Isso me estraçalhou por dentro, mas também me ensinou que a melhor defesa no meio da tempestade era permanecer quieto. Aprendi que era preferível observar o adversário a discutir com ele. Vigiá-lo sem mover um músculo.

E assim eu estava agora. Outra vez. Atento e tenso, sem saber muito bem por quê.

De novo eu me via no meio de um campo de batalha emocional, sem mapa nem bússola, perguntando-me o que fazia ali, entre desconhecidos. Afinal, o que sabia eu de Luis Bello, Johnny Salazar, Ches Marín ou Paula Esteve? E de seus propósitos? Por acaso conhecia o verdadeiro motivo para Luis e Victoria terem se exasperado por um assunto como aquele? E me importava?

E Guillermo?

Quem diabos seria?

E por que pareceram se abalar tanto quando Luis o mencionou?

Lady Victoria percebeu meu desassossego. Também notei o quanto ela estava envergonhada. Vi como baixava o olhar, acomodava-se na poltrona, dava de ombros ao cruzar olhares comigo e respirava fundo; eu sabia que se estava construindo uma nova máscara à toda velocidade.

— Isso nunca havia acontecido antes — sussurrou, por fim, forçando um sorriso. Então, estendeu-me a mão, tratando de sublinhar suas palavras. — Essas últimas semanas foram muito complicadas para nós. Fui uma tonta. Deveria ter previsto que toda essa tensão acumulada acabaria explodindo.

— Está se referindo a Guillermo, Lady Goodman? — eu disse, soltando sua mão. — Talvez você se sinta melhor se me contar o que aconteceu.

O ricto afável atrás do qual Lady Victoria havia acabado de se esconder desabou.

— Querido — respondeu, séria, perdendo a vista no corredor pelo qual os demais haviam se esvaído. — Você tem razão. Não quero que ache que estou escondendo coisas sobre o grupo de trabalho, mas é que aconteceu algo difícil de explicar... Guillermo Solís... — Engoliu em seco. — Nosso Guillermo... morreu há apenas um mês. — Os olhos dela logo se turvaram. — Era um jovem muito inteligente, sabe? Eu o estimava muito. Um rapaz esperto, de grande sensibilidade. Um escritor com belo futuro pela frente. Querido... — Ela se deteve de novo, como se quisesse medir bem as palavras. — Guillermo não merecia um fim assim. Ninguém merece...

— Um fim assim? — Dei de ombros. — Ele estava doente? Sofreu um acidente?

— Um acidente?! — Ela se empertigou. Cruzou os dedos das mãos com tanta força que até prendeu um pouco a circulação e, erguendo um olhar sério, apertou os lábios e disse: — Eu não utilizaria esse termo.

— Não entendi.

— Acho... acho que o pessoal ainda me culpa pela desgraça dele — continuou, sem me dar tempo para dizer mais. — E estou começando a acreditar que eles têm um pouco de razão.

Lady Victoria acrescentou aquilo afrouxando toda a rigidez de seu corpo, afundando-se abatida na poltrona.

— Sabe, há alguns meses pedi para ele estudar certos assuntos para mim. Para viajar em busca de algumas respostas... Mas deve ter incomodado alguém... Não sei... Talvez tenha perguntado o que não devia, mexido em algo proibido, encontrado alguma coisa... E eu... eu...

Ao ver como se deixava arrastar pela dor e começava a perder o fio da explicação, eu a interrompi.

— Não se culpe desse jeito, Lady Victoria. Às vezes as coisas acontecem porque têm de acontecer.

— Guillermo apareceu em um lugar público. Morto como um cachorro, no meio do nada.

— Eu compreendo, mas tenho certeza de que deve haver uma explicação. — Tentei acalmá-la, quase sem reparar no que acabara de dizer. — Suponho que a polícia abriu uma investigação, não? Sempre fazem isso nesses casos.

— A polícia? — repetiu ela, dissimulando um desprezo que a revitalizou outra vez. — Esses idiotas acham que ele se afogou. Que tropeçou em uma das cercas do lago em que o encontraram e quebrou o pescoço ali. O inspetor responsável pelo caso disse que foi um infeliz acidente, um caso de azar. Azar! Que estupidez! Ninguém tropeça assim e se afoga na profundidade de um palmo de água.

Escutei já horrorizado, enquanto começava a ter uma vaga ideia do que acontecera.

Quis acalmá-la. E me acalmar.

— Às vezes, ainda que custe admitir, a explicação mais simples é a correta.

— Conheço bem a navalha de Occam, querido. — Olhou para mim, firme, adivinhando a teoria medieval a que eu havia recorrido. — E acredite: nesse caso, tenho minhas dúvidas de que se aplique.

— Bom... Antes de continuar se flagelando com um assunto assim, talvez devesse dar chance para a investigação, Lady Goodman. A polícia sabe o que faz, e imagino que tenha razões para chegar a essa conclusão, não?

— Claro que não! — Ela me fuzilou com seu olhar azul, prestes a se irritar. — Eu não acredito no azar, querido. Eles deveriam saber que nós escritores, temos inimigos muito poderosos. Inimigos bem superiores a nós. Ao mesmo tempo, para que vão desperdiçar seu tempo nos protegendo? Para eles, não passamos de excêntricos que inventam mundos para não nos preocuparmos com este.

— Não sei se entendi — murmurei, cada vez mais surpreso, duvidando por um momento de que Lady Victoria tivesse recuperado o fio da meada. — Que tipo de inimigos tem um escritor? Entendo que a senhora tenha ficado abalada com algo tão horrível, mas...

— Por Deus, David! — Ela me repreendeu. — Pense um pouco. Você conhece bem os clássicos. Sabe que no fundo não há profissão mais vigiada que a de quem é capaz de, com palavras, mudar o modo de ver a realidade. Nós, os filósofos, os "amantes do saber", somos um perigo.

— Tenho certeza de que isso sempre foi dito em sentido metafórico. Não acredito que o caso de Guillermo tenha sido... — Fiz que não com a cabeça, confuso.

— A morte nunca é metáfora! — interrompeu-me, com a voz trêmula. — Você se lembra do que aconteceu com Sócrates? Foi o cidadão mais nobre de Atenas, um intelectual que todos admiravam, certo? E também o único entre todos os sábios de lá que percebeu como seu conhecimento era limitado. Foi ele quem disse "só sei que nada sei". Seu método filosófico consistia em se fazer perguntas sobre qualquer coisa. Ele questionava tudo. Inclusive a si mesmo. A princípio, seus contemporâneos acharam que era um hábito inocente, um passatempo, mas suas perguntas cada vez mais incisivas acabaram por transformá-lo em um sábio muito odiado. Sócrates descobriu que só quem sabe perguntar alcança a verdade. É a mesma lição que Perceval receberia séculos depois. Ambos perceberam que a verdade, com frequência, não convém à maioria. Talvez Guillermo tenha perguntado demais. Eu o ensinei a fazer isso. E acabou como eles...

Tentei convencer Lady Victoria a se recolher e descansar. Estávamos ali sentados havia algum tempo, e não parecia que nenhum dos integrantes da tertúlia voltaria. No entanto, já fazia alguns minutos que ela não olhava para mim. Tinha os olhos perdidos em lugar nenhum e, por alguma razão, havia decidido se refugiar na filosofia grega.

— Deixe-me dizer algo mais — acrescentou, melancólica. — Algo importante. Sócrates foi o primeiro escritor da história a ser advertido de que perguntar demais incomodava. De que era perigoso. Na época, enfrentou forças que decidiram acabar com ele porque havia encontrado um meio de ampliar seu conhecimento, o que não era bom para os poderes estabelecidos.

— Forças? — perguntei. — Que forças? A senhora está falando dessas vozes na cabeça, que as pessoas dizem que ele ouvia? As forças queriam eliminar as vozes?

— E do que mais seria, querido? — Sorriu, aprovando que eu também lançasse mão de minha cultura clássica. — Por mais que agora, racionalmente, custe acreditar, foi esse o grande segredo do filósofo. Essas vozes foram a fonte de toda a sua sabedoria. Ele chegou a acreditar que pertenciam a uma inteligência alheia, talvez uma espécie de intermediárias entre si e a mente cósmica a que todos nós, de um modo ou de outro, estamos conectados. Uma espécie de companheiras invisíveis que ditavam ideias superiores sempre que ele precisava.

De fato, eu conhecia bem aquela a história, a havia estudado com outras nuances. Menos exageradas, talvez. E também sabia que aquele filósofo acabara muito mal por causa disso. A sentença que condenou Sócrates à morte o acusou de corromper a juventude. Foi castigado por "não acreditar nos deuses em que toda a Atenas acredita" e por contaminar a mente de seus semelhantes.

— O mais terrível, meu querido — prosseguiu Lady Victoria, com a voz cada vez mais apagada —, é que os descendentes dos que levaram Sócrates à morte continuam dominando o mundo até hoje. O poder não tolera que nos comuniquemos com nossa "faísca divina", com essa voz pessoal e autêntica. De fato, faz o que está ao alcance para calar quem a encontra. Na época de Sócrates, de Cristo ou de Giordano Bruno, os poderosos matavam quem a ouvisse. Agora os ridicularizam. Menosprezam. Destroem sua reputação. E se precisam acabar com os mais perigosos, acabam sem hesitar.

Lady Victoria pronunciou aquela última frase com pesar especial e a deixou deliberadamente em suspenso, como se buscasse as palavras exatas para expressar algo que lhe custava verbalizar.

— A senhora está dizendo que esses inimigos mataram seu aluno?

Ela fechou os olhos, de repente umedecidos.

— Temo que não tenham encontrado outro modo de calar as vozes dele — concordou.

— As vozes dele? — Engoli em seco. — Suponho que esteja falando em sentido figurado. A senhora acha que ele também ouvia?...

— É claro — interrompeu-me. — Todo escritor verdadeiro as ouviu alguma vez.

— Desculpe, Lady Goodman. Compreendo que o assunto a tenha abalado, mas não permita que nuble sua razão. Se alguém a ouvisse dizer algo assim, poderia pensar que é coisa de louco.

A dama do mistério franziu a testa, mais irritada que consolada.

— Não, David. Não é coisa de louco. Na Grécia, essas vozes foram chamadas de *daimones*. Tampouco são sintoma de esquizofrenia, como vão querer fazer você acreditar. Essas vozes estão por trás de boa parte da literatura universal. Lembre que Maquiavel chegou a dizer que escrevia sob o ditado das vozes de homens da Antiguidade. Victor Hugo frequentou sessões de espiritismo para se comunicar com uma filha morta e acabou encontrando nesses transes uma fonte inesgotável para suas histórias. Na Espanha, Valle-Inclán as buscou primeiro pelas drogas e mais tarde no esoterismo. Pío Baroja recorreu a sessões mediúnicas, e até Juan Ramón Jiménez gostava de revistas teosóficas nas quais era comum tratar dos *daimones*. Para um criador verdadeiro, que se esforce para manter a mente pura, é impossível não as ouvir alguma vez.

Lady Victoria disse aquilo tão convencida, com tanto prumo, que não me atrevi a contestar.

— Acredite no que quiser, David, mas Guillermo não foi morto por alucinações — acrescentou. — Disso você pode ter certeza. Ele estava trabalhando em algo importante. Havia encontrado um acesso melhor aos *daimones*, à origem das ideias sublimes. Sei que achou esse caminho escondido em certas pinturas relacionadas precisamente com o graal... O graal era para ele algo visível que permitia alcançar o invisível. E justo quando estava no auge de sua investigação, apareceu morto. Você acha que foi por acaso? Pois eu não acho.

— Mas, então, qual graal exatamente Guillermo buscava? — perguntei, desconcertado. — O seu, Lady Goodman, mais conceitual? O de Chrétien de Troyes? Ou o de Luis Bello?

13

Lady Victoria não tinha forças para responder a mais perguntas. Não conseguia. Compreendi que seria pedir demais e não insisti. Esgotada, ficou olhando para mim do fundo de uns olhos suplicantes, vidrados, sussurrando para que eu chamasse a empregada. Fiquei preocupado. Era a primeira vez que a dama do mistério reconhecia abertamente que não se sentia bem, que se encontrava um pouco tonta, "com a cabeça fora de lugar" e que precisava descansar. Ofereci-me para acompanhá-la ao quarto, mas Raquel – mulher de uns cinquenta anos, espanhola, vestida com um uniforme azul combinando com a cor de seu cabelo – apareceu em seguida e me disse que se encarregaria de tudo sozinha.

— Tem certeza de que não quer que chamemos um médico? — insisti.

— Não se preocupe, sr. Salas — determinou a empregada, com inquestionável solvência. — Ela só precisa jantar, tomar o remédio e dormir.

— Como preferirem. De qualquer forma, Lady Victoria sabe que estou hospedado no hotel Wellington. Quarto 323. Telefonem se precisarem de alguma coisa. Não importa a hora.

— Fique tranquilo. Faremos isso.

Por volta das dez e quinze da noite, sem ter muito claro se havia feito bem, fui embora da Montanha Artificial.

O que eu não esperava mesmo era que na rua, a uns vinte metros da propriedade de Lady Goodman, estivesse Ches Marín tirando a trava de uma chamativa Vespa cor-de-rosa estacionada em frente à vitrine de uma loja de móveis de design. Percebi que tinha dificuldade com o fecho e me aproximei.

— Quer ajuda?

Ches reagiu como se visse um fantasma.

— Ah, oi! — exclamou, liberando, por fim, a trava da roda. — Você ainda está aqui?

— E você? — retruquei, lacônico, dando uma olhada ao redor. — Parece que ficou tarde para vocês também. Onde estão os outros? O que houve com Luis?

Ches afastou uma mecha de cabelo louro do rosto e a prendeu em um rabo de cavalo antes de ajeitar o capacete.

— Acabei de me despedir deles — disse, como se fosse a coisa mais normal do mundo rondar pela porta de Lady Victoria uma hora depois de ter saído da reunião. — Luis ficou mais tranquilo. Conversamos com ele, e Johnny o levou para tomar algo por aí.

Eu a encarei, esperando mais alguma explicação.

— Aconteceu alguma coisa? — perguntou-me.

Tive a sensação de que a havia arrancado de seu mundo e de que ela tentava se reconectar com este.

— Ah, nada. Só que foi uma noite um pouco agitada, e ainda estou tentando me recompor — expliquei.

— Você está bem?

— Sim, sim. Se bem que...

Ches deve ter notado algo estranho na resposta porque seus olhos azuis se detiveram compassivos nos meus.

— Não sei se serve de consolo, mas a sessão de hoje foi bastante desconcertante para todos nós — comentou, de forma empática. — Se quiser, podemos tomar uma cerveja aqui do lado — propôs, apontando para um restaurante com mesas na calçada na esquina da rua Castelló, a alguns passos de onde estávamos. Ches disse aquilo com o intuito de me acalmar, mas a ideia me inquietou. — Sei lá. — Hesitou outra vez. — Você poderia me contar algo sobre sua tese. Ou, se não quiser, conheço algumas curiosidades da literatura espanhola que podem interessar. Sabia que Blasco Ibáñez sobreviveu a vinte duelos com armas de fogo?

O restaurante em questão tinha uma aparência incrível, mas aquele não era o remédio de que eu precisava. Nem de brincadeira eu me sentaria ali para ouvir mais histórias de escritores.

— Eu agradeço, Ches, mas tive um longo dia e estou um pouco cansado — desculpei-me. — Numa próxima, quem sabe.

Ela olhou para mim compreensiva.

— Sem problemas. Às vezes Lady Victoria pode ser maçante.

— É. Deve ser isso... Obrigado, de qualquer forma.

Então nos cumprimentamos com dois beijos no rosto antes de ela subir na moto e ir embora rua acima.

— David! Espere!

Eu ainda não a havia perdido de vista quando outra voz familiar me deteve bem no instante em que estava prestes a atravessar em direção ao Parque do Retiro e desaparecer rumo ao hotel. Era Paula. Surgira de repente, vinda do portão de Lady Goodman.

— Subi um momento para buscar minhas coisas, e Raquel me disse que você tinha acabado de sair — justificou-se, acomodando no ombro uma bolsa grande, cheia de papéis e livros.

Dei uma olhada nas janelas da casa, a tempo de ver a última das luzes se apagar.

— É. Já estava indo embora — eu disse, desacelerando. — Não me pareceu oportuno deixar Lady Victoria sozinha depois do que aconteceu.

— Foi por isso mesmo que desci depressa. Queria agradecer por cuidar dela e por aceitar o convite. Desde que nos vimos no sábado, no Wellington, não tive chance de fazer isso.

O gesto de Paula me pareceu sincero.

— Imagina, mas... essa foi uma reunião animada, não?

Fiz aquela pergunta buscando uma forma amável de encerrar a conversa e me despedir, mas minhas palavras surtiram um efeito diferente do pretendido.

— Devo reconhecer que hoje esteve mais animada que de costume — respondeu-me, sorrindo. — Não sei. Talvez tenha sido sua presença.

— Não está falando sério. Quase não abri a boca.

— Eu gostei que você veio — sussurrou, um pouco conturbada, desviando o olhar para o relógio de pulso. — Como ficou tarde! Preciso ir. Ainda queria comer alguma coisa antes de terminar tudo o que tenho para fazer hoje.

A ideia de jantar àquela hora me surpreendeu.

— Posso dar uma sugestão?

Os olhos dela me interrogaram com uma pitada de desconfiança e algo que me pareceu interesse.

— Acho que você vai jantar algo horrível e eu, no hotel, provavelmente só vou comer um sanduíche no quarto. Pelo que sei, este é o bairro dos restaurantes; então, por que você não me deixa convidá-la para comer alguma coisa rápida, e assim nós salvamos a vida um do outro?

O rosto de Paula relaxou de imediato, dando vez a um sorriso.

— Pensei que você fosse me propor algo mais ousado, mas, se é para salvarmos a vida um do outro, aceito.

De repente, a ideia de nos sentarmos no restaurante sugerido pela musa melancólica se tornou viável.

— Conheço um lugar perto daqui — disse ela, sem me dar tempo de sugerir.

Fomos a um estabelecimento situado em uma rua estreita, logo atrás da casa de Lady Victoria. Jamais teria notado aquele lugar se não tivesse ido com ela. A fachada estava coberta por uma vidraça escura, sem letreiros nem indicações. A única entrada se reduzia a uma porta que bloqueava a visão do ambiente, também sem nada escrito. Paula tocou a campainha e, após se identificar, uma senhorita vestida de preto nos guiou a um elegante local iluminado com luzes tênues. Minha primeira impressão foi a de ter entrado em uma espécie de cenáculo sofisticado. Suaves acordes da mítica "Take the A Train", de Duke Ellington, ecoavam por todos os lados. Um ar-condicionado levemente perfumado refrescava o aposento. O lugar era presidido por uma espécie de altar em que uma coleção de garrafas iluminadas por trás ocultava o acesso a um andar inferior. Sem parar, descemos por uma escada até encontrar outra sala, ainda maior que a principal, na qual se distribuíam várias mesas separadas por biombos e estantes elegantes, quase todas ocupadas por casais ou grupos que não notaram nossa chegada.

— É um *secret club* com acesso restrito a sócios — sussurrou Paula, com ar de mistério.

— Vi lugares como este em Londres e Milão, mas não imaginava que a moda tivesse chegado a Madrid...

Ela assentiu, satisfeita.

— Venha. Vamos nos sentar a minha mesa de sempre.

— Sua mesa? — perguntei, um pouco surpreso.

— Só costumo vir aqui no almoço. Está sempre disponível.

A um gesto dela, a funcionária nos acomodou em um dos cantos mais discretos daquele porão. Pa lhe entregou a bolsa com os livros para que a deixasse no guarda-volumes, e a senhorita desapareceu em busca dos cardápios.

— Ainda estou com vergonha do que aconteceu hoje, David — disse ela, assim que se sentou.

Eu estava tão distraído pela decoração *vintage* com ar britânico, rodeado de sofás Chesterfield, aquários virtuais, um piso de ladrilhos hidráulicos antigos e o artesoado de madeiras nobres do teto, que demorei para dar atenção ao comentário dela.

— Sabe... — prosseguiu. — Sinto que devo pedir desculpas pela cena do Luis.

— Pedir desculpas? Você não tem culpa nenhuma.

— É, mas eu não gostaria que você ficasse com uma impressão ruim de nós.

— Bom, compreendo que um homem de fé como ele se enerve com algumas coisas.

— É verdade. — Ela baixou os olhos. — Luis foi beneditino no mosteiro de Santo Domingo de Silos. No entanto, isso já faz muito tempo. Ele abandonou a batina por causa da música.

— Não é um mau motivo.

Seu rosto não relaxou.

— A questão, David, é que Lady Victoria ficou muito preocupada.

— Lady Victoria? — Estranhei. — Você falou com ela? Achei que ela já tivesse ido se deitar.

— Só fui desejar boa noite. E ela me pareceu abalada, disse que vocês conversaram. — Seu olhar verde se tornou mais profundo e escuro, e ela se deteve por um segundo antes de continuar: — Não me atrevi a contar nada quando nos conhecemos no Wellington para não o deixar preocupado.

— E por que eu me preocuparia? — Fingi ignorar o motivo.

— Tem razão. — Fez que não com a cabeça. — Não é problema seu, mas supus que você teria fugido se eu tivesse mencionado que um dos participantes das reuniões de Lady Victoria apareceu morto algumas semanas atrás.

— A verdade é que estou intrigado. Ela deu a entender que acredita não ter sido acidente — acrescentei, baixando a voz.

— Ela disse isso?

— Insinuou. Mas a explicação não me pareceu muito convincente.

— Dê tempo a ela — suspirou. — A morte de Guillermo não foi fácil para nenhum de nós. Digamos que, lá na Montanha, ainda estamos em fase de aceitação.

Paula deixou a frase suspensa no ar. Nesse momento, um garçom de porte distinto nos interrompeu para anotar o pedido. Bem oportuno.

— Tudo bem. Vamos mudar de assunto? O que você quer tomar? — perguntei, notando seu alívio enquanto examinávamos o cardápio. — Estou vendo que tem uns drinques maravilhosos e uma grande seleção de champanhes. Se quiser, podemos tomar uma taça de Salon Blanc de Blancs 1999, para começar. É um de meus favoritos.

O garçom assentiu, aprovando a escolha.

— Não, não... — Paula negou. — Hoje não estou para champanhe. Uma taça de vinho branco está de bom tamanho.

— Algum em especial?

Apesar de ser ela quem devia estar familiarizada com o cardápio, eu a vi hesitar. Tive a impressão de que sua mente continuava na conversa que acabáramos de encerrar e decidi livrá-la daquela missão.

— Não se preocupe. Quer que eu peça por nós dois?

— Por favor.

— Excelente — eu disse, levando o olhar do garçom à lista de vinhos. — Traga uma garrafa de El Perro Verde. Parece perfeita para hoje.

Pa esboçou uma tímida expressão de aborrecimento.

— Quer comer alguma coisa? O cardápio é espetacular — sussurrei.

— A cozinha aqui é deliciosa. O que acha de pedirmos uns baos de camarão e wakame e um usuzukuri de atum toro e tomate?

— Maravilha. Mas eu também queria provar o nigiri de ovo de codorna com caviar e o tataki de bife de wagyu. De repente me deu fome.

— Vamos dar conta de tudo? — perguntou.

Quando o garçom terminou de anotar os pedidos no celular de última geração e voltou a nos deixar a sós, eu me animei com um esclarecimento pertinente.

— Posso dizer uma coisa, Paula?

— Claro.

— Mas não gostaria que você se irritasse.

— Vou tentar. — Suspirou. — É só você não ser muito duro. Eu ainda não terminei de explicar algumas coisas.

— Tudo bem — continuei. — Vou dizer como enxergo a situação. Desde que aterrissei em Madrid, me vi submetido a uma autêntica perseguição. Logo que cheguei, você me abordou com seu sucinto e misterioso bilhete. Nós nos conhecemos, e você tratou de me convencer a visitar Victoria Goodman. Concordei a contragosto e, não contente com isso, ela começou a me bombardear com a Montanha, como se eu devesse saber ou me importar com o que vocês fazem lá. E tudo quase sem me dar tempo para respirar. Já parou para pensar que não sei quase nada sobre vocês? Desconheço desde quando o projeto funciona e qual é o objetivo. Não sei por que estudam livros e autores rodeados de tanto sigilo e, para dizer a verdade, também não sei muito bem por que deveria me interessar. Além disso, o que mais me inquieta é que parece que Lady Victoria, você e o grupo precisam se esconder do mundo para fazer esse trabalho, e não entendo isso. Vocês agem como se fugissem de algo. Como se fossem prófugos ou algo assim. É algo parecido com este local: não há cartaz na porta nem é possível encontrar algo sobre vocês na internet... E como se não bastasse, acabei de saber, quase por acaso, da morte recente de alguém do grupo. Entenda meu lado. Não quero ofender você, mas tudo isso parece estranho demais.

— Você disse "prófugos"? — Riu. Tive a impressão de que fingia despreocupação. — Você realmente nos vê como prófugos?

— Estou falando sério, Paula. Lady Victoria não oculta que sua vocação é ensinar aos outros os segredos da literatura, mas em nenhum lugar se explica como ingressar na escola nem quem estaria apto a isso. É impossível enviar uma solicitação pela internet ou pedir informação para participar.

— Espere um momento. Você pesquisou na internet? — Uma expressão de surpresa se desenhou em seu rosto. — As coisas importantes não estão lá!

— Você não respondeu.

— Claro que sim! — replicou. — Só se tem acesso à Montanha com um convite de Lady Victoria. É a única maneira de evitar os inimigos...

— Inimigos? Que inimigos? Você também os vê por todos os lados? Lady Victoria conseguiu nublar seu juízo com as ideias dela?

— Não, David. Eu juro. Os inimigos de que ela fala existem. Eu me refiro aos que roubam ideias. Que desmotivam os criadores. Que utilizam a literatura para coisas pouco nobres, como distrair os leitores das grandes questões. Que...

— Vamos! Não me diga que é por isso que a escola não está anunciada em lugar nenhum.

— Lady Victoria sempre escolhe pessoalmente os alunos. Todos ingressam por convite. Ninguém paga nem recebe, tampouco deixa rastros de algo que se faz por amor à *sophia*, à sabedoria. Por isso você não vai encontrar nada na internet. Por outro lado... — Ela franziu a testa, demonstrando que revelaria algo interessante. — Eu não deveria precisar lembrá-lo de que, para buscar o verdadeiro significado de algo, deve-se recorrer sempre às fontes, não à opinião de terceiros.

— E por que acha que estou perguntando a você? Desde que apareceu no Wellington, você é minha única fonte.

— Ah. — Ela se desconcertou.

— Sabe, estou intrigado com a sua *Montanha*. — Enfatizei o termo o máximo que pude. — Acho que ela me atrai e me repele com a mesma intensidade. Você sabe que minha profissão são as palavras. Pesquiso a origem, seus significados subjacentes. Sempre começo qualquer trabalho por aí, mas neste caso desconheço inclusive algo tão elementar como o porquê de a escola ter esse nome. Montanha Artificial. Aliás, antes de falar com Lady Victoria, eu não sabia sequer que tinha nome.

As íris esmeralda de Paula brilharam misteriosas.

— Tem uma explicação, David, mas você não sabia porque é segredo.

— Viu? Era disso que eu estava falando! Tudo é segredo entre vocês. Até o caso de Guillermo.

— Isso foi golpe baixo... — sussurrou, envergonhada.

Dessa vez a chegada do pedido me salvou de ter que me desculpar. Nós dois emudecemos diante das bandejas e dos pratos de ardósia e louça que duas garçonetes jovens colocaram à mesa. Elas nos serviram El Perro Verde, um Rueda jovem, excelente, cristalino, e levantei minha taça em direção a Pa.

— Aos encontros *casuais* — eu disse, destacando a última palavra.

Ela brindou comigo.

— Aos *segredos*! — Deu meio sorriso, fazendo o mesmo.

O vinho e a comida deliciosa fizeram que a conversa fluísse, adormecendo aquelas sombras. Rodeamos alguns lugares e interesses comuns, respondi a perguntas sobre meu passado e minha vida na Irlanda, e ela acabou confessando o quanto ficou intimidada ao ter de me abordar daquela maneira no hotel. No fim, confrontamos nossos mais diversos conceitos da palavra que mais vezes pairara entre nós: "segredo".

— Por exemplo — refutou, ao fim de uma diatribe sobre o uso tão diferente do termo em ambientes laicos ou religiosos —, neste local só entram sócios ou pessoas que os acompanhem... Isso, porém, não quer dizer que aqui se faça algo ruim. Nem que se fará. É só que aqui se encontra uma intimidade que não existe em outros lugares.

— E qualquer um pode virar sócio?

— Claro. — Sorriu. — Qualquer pessoa que goste da boa mesa, dos ambientes tranquilos e da discrição. Não se trata de uma associação de delinquentes. Se quiser, posso pedir um formulário de inscrição para você.

Paula fez sinal para uma das garotas responsáveis pela sala atrás de um balcão de carvalho e bronze, e esta me estendeu uma bandejinha com um vistoso cartão de visitas e um questionário para novos clientes.

"A de Arzábal", li.

— É o nome do estabelecimento. Arzábal é o restaurante que você viu antes. Este é o... como posso dizer... o lado oculto.

Por uma estranha associação de ideias, falar de coisas ocultas me fez lembrar da tatuagem que naquela tarde eu vislumbrara no pescoço de Pa. Era absurdo, eu sabia. Ainda assim, pedi que me mostrasse.

— Como você sabe que tenho uma tatuagem?

— Vi hoje à tarde na reunião.

— E o que faz você pensar que vou mostrar? Para mim, é algo íntimo — disse ela, com desconfiança.

Em seguida, não sei se para mudar de assunto ou para se livrar de alguma lembrança, Paula, de um modo um tanto peculiar, deu por encerrado o jantar.

— Vamos fazer uma coisa. — Sorriu, com ar de cumplicidade. — Não mostro minha tatuagem, mas, como não quero que você pense que sou antipática, mostro uma coisa no Parque do Retiro. O que acha?

14

Aceitei.

No minuto seguinte, deixamos para trás o que chamam de Puerta de la América Española em direção ao Paseo de Coches, a grande avenida asfaltada do Retiro. Àquela hora, todos os acessos ao parque ainda estavam abertos. Devia ser pouco antes da meia-noite. O calor continuava intenso, e uma despreocupada multidão de notívagos entrava com a intenção de desfrutar de qualquer frescor dos jardins. Enquanto nos afastávamos deles, Paula quebrou seu intrigante silêncio com parcas explicações. Que os veículos motorizados haviam circulado ali dentro até trinta anos antes; que o Retiro tinha fama de enfeitiçado desde que o conde-duque de Olivares solicitara sua construção, no século XVII, para distrair o rei Filipe IV; que albergava a única estátua pública dedicada a Lúcifer em toda a Europa... Pa caminhava ao meu lado, sem pressa, enigmática, como se eu nunca tivesse mencionado sua tatuagem e alheia à curiosidade que pairava sobre nós conforme adentrávamos pelos caminhos de terra batida.

— Este lugar é magnífico. E hoje é noite de lua cheia — observou quando chegamos à primeira clareira.

O grande bosque urbano de Madrid se encontrava em absoluta calma. O barulho constante dos regadores exalava um agradável aroma de terra molhada à medida que passávamos. Inquieto, perdi o olhar na escura vegetação que nos envolvia enquanto me perguntava se Paula Esteve, feito Esfinge diante de Édipo, não estaria me propondo um enigma.

— Aonde está me levando? — perguntei, com certa curiosidade, enquanto perdia de vista as luzes dos edifícios próximos ao parque.

— Shhh. É segredo!

Pa sussurrou aquilo levando o indicador à boca.

— Você me inquieta — respondi, com uma mentira que era só parcial. — Os segredos, por definição, devem ser guardados, mas você leva isso ao extremo. Desde que a conheci, parece se aproveitar deles.

— Acho que não é para tanto... É só que às vezes eles se tornam úteis. Digamos que me interessam.

— Poxa... Ou seja, estou diante de uma enganadora profissional — eu disse, entrecerrando os olhos, com ar divertido.

— Está me chamando de mentirosa?

— De forma alguma! — repliquei, sem perder o sorriso. — Enigmática, talvez?

— Dá para ver que você não faz nem ideia — disse ela. — Se tivesse estudado a teoria dos segredos, como eu, saberia que são uma das ferramentas mais práticas inventadas pelo ser humano. Servem, entre outras coisas, para unir um grupo. Os políticos têm segredos e só os compartilham entre si. A Igreja também. Os técnicos de times profissionais criam segredos para conquistar a cumplicidade dos jogadores. E a mesma coisa fazem médicos, advogados ou jornalistas.

— Isso eu sei — concordei, enquanto tentava não tropeçar em nada. — Li muitos textos de maçons e outros amantes de segredos. Para que funcione, dizem, o segredo costuma se reduzir a um gesto, um grito ou uma peça de roupa. Até os diretores de grandes empresas inventam alguns às vezes. E os gurus. E os ídolos populares.

Paula se deteve, olhando em meus olhos.

— Ao mesmo tempo, eu não fazia ideia de que existisse uma teoria dos segredos — admiti, aproximando-me dela outra vez. Senti meu coração acelerar.

— Não, dr. Salas? — Pa se ergueu sobre os calcanhares, ficando da minha altura. A ideia de beijá-la passou por minha mente. — Pois existe! E seu primeiro mandamento diz que uma pessoa inteligente que pretenda exercer influência sobre as demais nunca deveria mostrar ao mundo tudo o que sabe. Se cometesse esse erro, se transformaria numa criatura previsível, e qualquer um poderia neutralizá-la.

— Hum, faz sentido. — Eu me contive, pensando que habilidade ela ocultaria. — Seus inimigos poderiam ver como você é por dentro e qual é sua missão no mundo.

— E mais cedo ou mais tarde destruiriam você — completou. — Por isso, sempre guarde para si ao menos um de seus dons.

— Só por curiosidade: essa sua teoria tem mais mandamentos?

Pa titubeou. Gostei de desconcertar a srta. Esteve pela primeira vez.

— Não é minha teoria, mas, sim, tem mais mandamentos. O segundo diz que para ser um bom "guardião do segredo" você deve forjar um escudo, uma imagem, um emblema, uma palavra e um símbolo atrás do qual esconder esse motor que o faz ser o que realmente é — disse, por fim. — A Montanha Artificial é o nosso motor. Sentir-se parte dela nos torna resistentes diante de uma sociedade que pretende converter todo mundo em massa acrítica. Pertencer à Montanha nos recorda de que fazemos parte de um projeto importante, que não somos meros comparsas de uma velha escritora, como talvez pense alguém de fora tão descrente quanto você.

A última frase soou com certo sarcasmo, mas não apagou meu sorriso.

— Por que está rindo?

— É que você fala sobre a Montanha como se fosse algo além de um laboratório de literatura experimental.

— E é — respondeu, séria.

— Ah, é? Como assim?

— Exatamente isso. O grande segredo da Montanha é que ela existe de verdade.

Olhei para ela confuso, com a suspeita de que por trás daquelas palavras se escondia alguma ambiguidade.

— Por acaso essa não é outra de suas metáforas, é?

— Não. Não é. Siga-me — ordenou.

Sem mais, Paula, satisfeita, me puxou pela paralela à Menéndez Pelayo, rumo ao cruzamento com O'Donnell. Sentir sua mão em meu braço foi mais agradável do que eu estava disposto a admitir. O lugar para onde me conduzia não parecia esconder nada de interessante. Caminhamos até um espaço desprovido de encanto. Um espaço quase vazio – sem lagos, palácios de cristal nem pavões reais em liberdade – pelo qual eu já havia perambulado no dia anterior, interrompido apenas por um túmulo cuja única função parecia ser marcar o fim do recinto. De fato, pensei que fosse ela me levar para a rua de novo, talvez voltar para a casa de Lady Victoria. Mas não fez isso. Deteve-se perto de uma espécie de pagode de paredes ocres que surgia no meio de um lago e ali, ao lado de uns patos que cochilavam na grama, anunciou algo que me soou ainda mais estranho do que tudo o que dissera até então.

— É aqui — sussurrou, inspecionando o lugar, com uma expressão indecifrável. — Eis nosso segredo, espertinho.

Se um minuto antes eu havia ficado atônito, nesse instante devo ter lhe parecido um completo idiota. Dei uma olhada ao redor para me certificar de que não havia deixado escapar nada. O que o resplendor amarelado das luzes me permitia adivinhar não passava de um cruzamento que conduzia a um arco de pedra isolado, quase afundado no meio do nada, e a uma rua fora do Retiro.

— É isso, David — insistiu Paula, olhando para a frente, para o nada.

Eu, obstinado, continuava sem compreender.

Então ela me pegou pelos ombros e, como se eu fosse uma criança, virou-me em direção ao morro.

— Isso?

Chamar de "montanha" aquele montículo era um evidente exagero. Forçando o olhar na penumbra, distingui duas pequenas esfinges de calcário que ladeavam um muro de pedra. Era a única coisa notável em um lugar que devia ter conhecido tempos melhores. Em conjunto, tratava-se de um canto bagunçado, sem graça, como se tivessem se passado séculos desde que algum jardineiro tivesse se dignado a capinar o mato que agora o dominava.

— É isso que dá nome à escola? — perguntei, incrédulo.

— O maior mérito é que ninguém repara nela — replicou Paula, sem responder de fato à pergunta. — Terceiro mandamento da teoria dos segredos: se quiser pôr a salvo um tesouro, deve escondê-lo à plena vista. Em um lugar qualquer. Onde ninguém que o queira pense em procurar. Lembre-se do graal de hoje. Alguns versos perdidos no meio de um poema medieval não parecem grande coisa, mas veja só: faz mil anos que falamos sobre eles.

— Mas isso não é o graal. Nem tem mil anos — protestei.

Paula concordou, ainda que a contragosto.

— Não chega a duzentos, é verdade. Essa colina foi erguida nos tempos do rei Fernando VII como parte do programa decorativo do parque. Não foi a melhor época da Espanha. Depois que as tropas de Napoleão destroçaram o Retiro, explodindo e perfurando por todos os lados, o rei quis restaurá-lo. O lugar era propriedade dele, e essa colina, seu capricho favorito.

— Capricho? Está mais para excentricidade.

— Bom, assim foram chamadas as edificações que surgiram daquela reconstrução. Pense que, depois da guerra contra os franceses, o país estava em ruínas. As pessoas passavam fome. Fernando VII, por sua vez, preferia se esconder de tanta miséria levantando jardins. Desses caprichos, poucos continuam em pé: a casinha do príncipe aí atrás — disse apontando para o pagode —, a casa de vacas ou a fonte egípcia, que é um pavilhão bastante feio, por sinal.

— Não que isso seja uma beleza...

— Talvez agora não pareça, mas para o monarca a montanha foi o lugar mais especial de todos. Era o coração dos jardins reservados da época.

— Não sei por que, mas me custa acreditar — indiquei, sorrindo.

— Pois é preciso ter olhos adequados para ver — disse ela, muito firme. — Sério que dá a impressão de não ser mais que um morro? Pois dizem que está oca por dentro. Eu não vi, afinal faz anos que está fechada e ninguém pode visitar sua abóbada secreta. Ninguém sabe por que foi feita assim, mas, nos planos antigos para o parque, esse lugar era chamado de "montanha artificial". Teve até um castelo em cima!

— Você está de gozação. Aí não cabe um castelo.

— Pois existiu! Vi fotos em jornais de 1900. Era chamado de "Tinteiro".

— Nome um pouco ridículo, não? — repliquei, tratando, na realidade, de disfarçar quanto estava cativado pela paixão que ela expunha em palavras.

— Não seja tão irônico! O perfil daquele castelo era muito parecido com os antigos tinteiros dos escrivães. Mas recebeu nomes piores. — Ela olhou para mim, com certa gozação. — Como a colina dos gatos, por exemplo. Passou anos infestada por esses animais.

— Então foi um lugar marginal, abandonado. Um espaço a se evitar...

— Você que pensa. Em meados do século XIX, converteu-se em um dos recantos mais populares de Madrid. Como estava na zona mais elevada e se erguia no que, naquela época, eram os arredores da cidade, de suas torres era possível observar toda a capital. Dizem que foi para isso que o rei a levantara. A montanha era seu mirante particular.

Não me custou muito imaginar Fernando VII pintado por Goya, com suas grossas costeletas enquadrando sua cara de animal esquivo e primitivo, bisbilhotando com uma luneta as hortas e os muros dos conventos. Não era um monarca com quem eu simpatizasse. Meu avô o odiava. Ele me mostrou os retratos goyescos que ilustravam alguns dos maiores livros de sua coleção. Exibiam um homem de mandíbula quadrada e expressão tosca, quase obscena. Ele dizia que esse desgraçado traiu primeiro os espanhóis, depois os franceses, e fez fracassar as cortes de Cádis, que levariam a democracia à Espanha, combatendo com afinco o Iluminismo que chegava da Europa para nos desfazer. Definitivamente, foi o homem que nos garantiu um lugar de honra no rabo do mundo.

— Está bem... Sei que o rei traidor não era um homem com fama de sensível nem de amante da natureza — aceitou Pa, ao me ver hesitante —, mas para ele esse era um espaço mágico, especial.

— Ele se importava com isso?

— Mais do que você imagina. Naquela época, um lugar assim, sagrado, era entendido como enclave onde convergiam o divino e o humano. E isso era transcendental.

— Você parece muito segura do que diz.

— Sim, David! Estudei bastante essa história, sei do que estou falando.

— E também sabe se o rei descia para a caverna? — Apontei o coração escuro do túmulo.

— Não. Isso, não. Esse lugar era propriedade dele, e não há relatos do que acontecia aí dentro. Suponho que fazia parte de sua intimidade.

Até esse momento, eu não havia percebido que a pequena montanha do rei era rodeada de umas cercas de arame provisórias, que bloqueavam o acesso ao cume. Eram altas e davam a impressão de estar ali havia algum tempo. Pa me contou que a Prefeitura decidira fechá-la para evitar acidentes enquanto durassem as obras. A montanha, disse ela, estava a ponto de desabar. As raízes das grandes árvores a haviam perfurado, dando espaço às infiltrações. Corriam até rumores de que a prefeita estava pensando em demoli-la. "Não vai fazer isso", acrescentou. "Seria um escândalo." Ao dizer aquilo como se fosse a coisa mais natural do mundo, ela empurrou uma das cercas, abrindo um buraco grande o suficiente para que passássemos.

— Que diabos você está fazendo? — Eu a repreendi, olhando para todos os lados.

— Estou entrando! — disse ela, levando o indicador à boca. — Vamos, venha. Quero mostrar outra coisa.

Amparados pela penumbra, subimos por um caminho que ziguezagueava entre a espessa vegetação. O trajeto, visto com dificuldade, estava sinalizado por degraus rústicos arrematados com ripas de madeira que quase não se distinguiam do solo. E o que vislumbrei na metade do caminho me pareceu desolador. Se um dia houve ali um castelo, ele havia se esfumaçado deixando no lugar uma horrenda plataforma de cimento coberta de grafites. Do antigo mirante, só restava a vista.

— Aqui não tem nada — murmurei, decepcionado.

— Por isso este morro foi escolhido! — replicou, exultante, levantando os braços para o céu. — Você não percebe? É como o castelo do graal. Aparece e desaparece conforme quem olha para ele.

— Tenho a impressão de que Lady Victoria os hipnotizou com o conto de Chrétien.

Paula baixou os braços de repente, cruzou-os sobre o peito e deu de ombros, incomodada.

— Não a julgue mal — pediu. — Isso é a vida dela. Faz anos que quer escrever um romance que explique esses enigmas. Ela diz que é sobre o graal, mas acho que está mais relacionado à capacidade de ver o invisível, de se aproximar do que não existe para a maioria e aprender a questionar isso até fazê-lo aflorar diante dos olhos de todos. Por isso compartilha a fascinação pelo que o graal simboliza com cada novo grupo da Montanha. E o faz cada vez sob uma ótica diferente. Num ano, o romance histórico; no outro, os mitos; neste, começou analisando as bases da literatura na Europa e sua dívida com Chrétien de Troyes. E ainda alimenta a esperança de encontrar algum aluno que a ajude a concluir sua obra antes de morrer.

— E por que se rodeia de gente que não sabe nada sobre o graal? Não seria melhor se cercar de especialistas? De medievalistas?

Ao ouvir aquilo, Paula recuperou seu meio sorriso.

— Porque sempre vê os novos alunos, brilhantes em outras disciplinas, como o Perceval do conto. Jovens de mente limpa e coração puro. Sem preconceitos nem interesses já consolidados. Capazes de perguntar pelo absurdo, pelo castelo que ninguém vê, e de encontrar a forma de fazê-lo aparecer diante de mentes adormecidas.

— Não me pareceu que Lady Victoria quisesse dizer nada disso — respondi.

— Claro que não. Ela não pode falar sobre essas coisas com qualquer um. O inimigo está sempre à espreita.

— Esse inimigo seria...

— Imagine se ela contasse que deseja ver o que ninguém vê. Achariam que está louca. Afirmariam que perdeu o juízo! A última coisa que pensaria em explicar a alguém é que o romance do graal é o projeto da vida dela — acrescentou, deixando que a frase flutuasse entre nós por um segundo, como se me desse tempo para compreender que lá estava a chave para interpretar a atitude veemente de Lady Victoria. — Acredite em mim, David: nada lhe agradaria mais que culminar sua carreira literária com esse livro e fazer abrir, de súbito, a janela da alma de todos.

— E vai defender que o graal não é o cálice de Cristo?

— Digamos que, por enquanto, "graal" para ela é só uma palavra. Uma palavra poderosa. Acho que é por isso que precisa de você — indicou, apoiando de novo a mão em meu braço.

— Eu realmente não sei como ajudá-la. — Dessa vez correspondi, fazendo-lhe uma carícia leve. Notei como meu contato a abalava.

— Lady Victoria se sente como o rei Pescador de *Contes* — disse ela. — O guardião a quem confiaram algo valioso, mas que não pode compartilhar com ninguém, apenas se lhe formularem a pergunta adequada. No fundo, buscar o graal é muito parecido com escrever um romance: você precisa partir de uma dúvida formulada com clareza e deve resolvê-la página a página. Agora ela precisa que alguém faça essa pergunta. Suponho que — acrescentou, mais confiante —, como em *Contes*, aquele a formulá-la deva ter o coração puro.

— Às vezes *puro* significa ignorante — repliquei.

— Acho que *puro* também quer dizer sem preconceitos. Guillermo era assim. Mas, por desgraça, ele nos deixou logo antes de transmitir a ela sua pergunta.

Guillermo?

Quando ouvi aquele nome outra vez, nossa frágil cumplicidade se desvaneceu. Foi culpa minha. Nossas mãos se soltaram e eu olhei para ela com renovado receio.

— Então, se Lady Victoria é o rei Pescador, quem são vocês para ela? Os cavaleiros da Távola Redonda?

— Você, por ora, ela chamou de Perceval. Sinta-se lisonjeado — disse Pa, com uma expressão enigmática.

15

Durante as horas que passamos no alto da montanha artificial do Retiro, perdemos a noção do tempo. A conversa nos absorveu tanto que sequer nos movemos quando as portas do parque se fecharam, deixando-nos presos do lado de dentro. Ouvimos o chiado das dobradiças da grade mais próxima, o rumor elétrico de uma patrulha e até o crepitar dos *walkie talkies* dos seguranças dizendo um para o outro que era hora de ir embora. Nada daquilo importou. De fato, permanecemos quietos como duas crianças escondidas no guarda-roupa da mãe, sem parar de cochichar.

Eu, mais entretido que preocupado, observei Paula com o canto do olho enquanto tratava de imaginar o que passaria pela cabeça dela naquele instante. A penumbra e a quietude pareciam tê-la feito relaxar. Em sua atitude, porém, notava-se uma tensão que resistia a desaparecer, como se fosse imposta por algo ou alguém.

Quando tivemos certeza de que já não restava ninguém lá fora, dei-lhe a mão e juntos escalamos até a parte superior do cimentado sobre o qual um dia se erguera o castelo. O lugar era magnífico. Um mirante invisível, no meio da grande cidade, do qual distinguíamos alguns de seus pontos mais importantes. O Palácio das Comunicações, o relógio da torre de telefonia, a Minerva de bronze do terraço do Círculo de Belas-Artes, o anjo do edifício Metrópolis, a torre mudéjar das antigas escolas Aguirre. Cada monumento parecia posto ali para comtemplarmos. Ficamos um momento boquiabertos, observando tudo, de pé, sob a abóboda escura da noite, lamentando que o fulgor da capital eclipsasse tantas estrelas. A temperatura era amena, e logo encontramos um lugar para nos sentarmos e continuarmos a conversa. Estávamos tão próximos um do outro que cheguei a sentir a suave fragrância de seu perfume e sua respiração ofegante pela subida.

— Queria confessar uma coisa — disse ela, com cautela, acariciando meu antebraço com suavidade: — Em algum lugar estava escrito que eu chegaria a esta montanha.

Fui surpreendido pelo tom solene escolhido por ela para romper sua mudez.

— Você acredita em destino? De verdade?

Ela assentiu.

— Você não? Não é tão estranho — respondeu, reforçando a gravidade de suas palavras. — Aconteça o que acontecer, todos sabemos como a vida vai terminar. E, se o capítulo final já está escrito, por que o restante não haveria de estar?

— Um segundo... — Eu me mexi inquieto sobre o chão de cimento, buscando melhor posição. — Minha intuição também diz que existe algo além da vida. Até certo ponto, parece uma conclusão lógica. Mas daí a considerar que não podemos nos desviar de um roteiro escrito de antemão há um abismo.

Pa respondeu, quase sem levantar a voz:

— Para você é fácil pensar desse modo. Aquele que cresce com tantas possibilidades ao alcance costuma supor que é dono absoluto da própria vida. Mas eu acho que não é assim.

— E o que a faz deduzir isso? — protestei no mesmo tom que ela estava utilizando comigo. — Você não sabe nada sobre mim. Posso garantir que não tive uma vida fácil.

— Victoria me deu alguns detalhes. Talvez, se eu tivesse tido uma educação tão impecável quanto a sua, a mesma presença ou a mesma posição, também não me preocupasse com o destino. Estaria satisfeita com meu lugar no mundo e não precisaria buscar alguma ordem em meio ao caos.

— Você está enganada. Só as almas elevadas, os místicos ou os grandes sábios aceitam o que são. Garanto que neste momento não me encontro em nenhuma dessas categorias.

— Ah! Eu não quis ofender você...

Ia abrir a boca para responder de novo, mas não encontrei a frase adequada. Ela aproveitou minha hesitação:

— ... Mas tente ver a si mesmo pelo lado de fora por um momento. Às vezes não acontecem coisas que parecem projetadas por algo superior? Você nunca se viu em situações que pareciam esperar havia algum tempo para acontecer?

— Como esta? — sussurrei, buscando desconcertá-la mais uma vez.

A julgar pela expressão de surpresa, consegui.

— Ah, vamos! Não brinca — resmungou, consciente do jogo que acabávamos de retomar. — Quer dizer que você imaginou que acabaria aqui, preso em um parque público, falando sobre a teoria dos segredos com uma desconhecida? É isso que eu chamo de "destino".

— Não sei... — Titubeei. — Admito que é uma situação bastante peculiar. Fazia muito tempo que eu não me divertia tanto, mas resisto a ver nisso algo além do acaso. De qualquer forma, se pensar assim é reconfortante para você, vá em frente.

Paula recuperou a seriedade no rosto.

— Não me interprete mal — disse. — Eu sou uma pessoa batalhadora. Tive que conquistar com meu próprio esforço cada uma de minhas metas, lutando contra quase tudo. Gosto de minha vida tal como é. Mas, veja bem, até isso eu acho que estava escrito em alguma parte.

— Pois é, nisso eu concordo.

— Sério? Convenci você? — Sorriu de novo.

— Quis dizer que vejo em você uma segurança atípica — eu disse, notando como ela se desconcertava de novo. — Admiro aqueles que constroem a si mesmos. E quer saber? Tenho a impressão de que, se pudéssemos comparar, no essencial, sua visão da vida e a minha não seriam tão distintas.

Pa ficou pensativa, como se precisasse avaliar minhas palavras.

— Você acha? Mesmo? Às vezes me sinto muito diferente do resto do mundo. E muito sozinha. E gostaria de saber por quê. Isso me ajudaria a compreender meu destino.

— E esse desejo é o que a instiga a buscar a ordem que o Universo esconde?

— É. — Ela se virou para mim, surpresa. — Agora que você falou, é exatamente isso, David.

Aquele último comentário, feito sem intenção particular, desatou algo em seu interior. Algo profundo. Percebi sua confusão e talvez o temor de que eu tivesse visto qualquer coisa que ela não estava disposta a revelar a um desconhecido. Murmurou, então, algumas palavras que não entendi. Disse que o Universo devia ser entendido como um holograma em que cada uma das partes sempre continha a informação do conjunto. E sem me deixar acrescentar nem meia palavra, chegou à conclusão de que a única forma de me demonstrar a existência desse "plano diretor" em que acreditava às cegas era desenrolar diante de mim os pequenos elementos da própria vida.

Foi assim que soube que ela tinha nascido em Canfranc havia vinte e sete anos e morado lá até ter que deixar os Pirineus para estudar história medieval. Contou que os pais teriam preferido que ela estudasse direito ou medicina, mas acabaram aceitando a paixão da filha pelas pedras e suas histórias. Huesca, a província mais elevada da Espanha, talvez a latitude com maior número de igrejas românicas do planeta, era culpada por tudo. Era difícil não se interessar pelo passado vivendo em um lugar com semelhante riqueza patrimonial e sendo testemunha, diariamente, de como os colecionadores e os traficantes de arte saqueavam esse legado abandonado por falta de recursos. Foram as aulas de um professor chamado José Luis Corral, um sábio heterodoxo que também escrevia romances, que inculcaram nela a ideia de que um bom historiador é aquele que, chegado o momento, se mostra capaz de defender qualquer ruína como se fosse um ativista do Greenpeace. Com comprometimento. E também aquele que, pondo um ouvido sobre as pedras, é capaz de escutar o que elas têm a contar.

Ao amadurecer, contou-me, esse jogo se transformou em vocação. Paula estudou tudo. Crônicas, cânticos e até lendas. Mas, como era previsível, sua insistência em se tornar guardiã da história rendeu também seus primeiros desgostos. O pai, que não era o que se pode considerar rico ou influente, precisou acompanhá-la várias vezes aos tribunais por culpa de suas malucas campanhas para evitar espólios. Andrés Esteve logo se indispôs com "os desejos" da filha. De nada valeram suas boas notas, as bolsas de estudo e sua crescente reputação como historiadora local. As repreensões que recebia em casa cada vez que defendia uma abside românica ou alguns pedaços de pedra lavrada criaram um sentimento de culpa do qual nunca se livrou completamente.

Todo verão, quando as aulas acabavam, ela voltava para casa por alguns dias. Um ano para se documentar na biblioteca do Instituto de Estudos Altoaragoneses. No outro, como ministrante de algum curso de verão. O terceiro ano foi o que mudaria sua vida para sempre.

— É. Eu acho que meu destino estava escrito — repetiu, como se fosse um mantra, fechando os olhos. — Eu lembro muito bem. Naqueles dias, estava pensando o que fazer da vida. Não sabia se me candidatava à docência universitária, escrevia um livro sobre alguma de minhas pesquisas ou simplesmente pegava uma mochila e ia percorrer o mundo.

— E então você conheceu Lady Victoria — antecipei.

— Foi como se todos os astros tivessem se alinhado. Imagine: eu tinha acabado de ler um romance dela no dia anterior. *A chave de ouro*, conhece? Conta como os templários se instalaram em Jerusalém e escavaram os alicerces do antigo Templo de Salomão em busca de relíquias.

— Claro. Li faz algum tempo — assenti.

— De manhã, uma amiga que trabalhava na oficina de turismo de Huesca me telefonou — continuou. — Bem naquele dia, em meio às festas de São Lourenço, a autora desse livro tinha se apresentado em seu balcão, perguntando por mim. Quase tive um troço.

— Perguntando por você? Mas ela a conhecia?

— Parece que Lady Victoria tinha lido uma entrevista que fizeram comigo no *Heraldo de Aragón*, na qual eu explicava alguma das lendas da igreja de San Pedro El Viejo, no centro de Huesca, e quis me conhecer.

— Quer dizer que você, à própria maneira, também era uma celebridade...

— Não precisa ser irônico! — Ela corou. — O jornalista era meu amigo.

— Não estou sendo. Só me chamou atenção como tudo se encadeou para que vocês se conhecessem.

— Não é para tanto. No fundo, foi muito simples. Naquela tarde, nós nos apresentamos, fomos tomar um café e eu me ofereci para lhe mostrar os recantos mais desconhecidos do templo.

— San Pedro El Viejo.

— É uma igreja românica maravilhosa — confirmou, mais satisfeita. — Século XII. Das mais antigas. Eu a infiltrei na sacristia, a levei atrás do retábulo, mostrei a pedra que dizem ter sido vomitada por uma bruxa durante um exorcismo e até fiz que subisse na torre; ainda assim, o que mais lhe interessou foi o claustro.

— E depois desse passeio, Lady Victoria a convidou para trabalhar com ela. Foi assim, não foi?

— Bom... Ambas sentimos algo especial. De alguma forma, nós nos identificamos. Não sei explicar direito. Quando a visita terminou, foi como se nós nos conhecêssemos de outra vida. Começamos a compartilhar confidências e risadas, e ela até me pediu para guardar um pequeno segredo.

— Isso tampouco me surpreende — murmurei. — *Segredo*. Parece que essa sempre foi a palavra-chave de vocês.

— Bem notado. A questão é que ela me contou que havia anos estava escrevendo um romance sobre o graal. Naquela época, ninguém sabia disso. Disse que procurava alguém para ajudá-la com o trabalho. E quer saber? Eu, que queria descobrir que rumo dar à vida, me deixei levar.

— Sei do que está falando. — Passei o braço pelos ombros dela. — Não esqueça que senti na pele a persistência Lady Victoria.

— Ah, vamos, não seja malvado... Em sua defesa, devo dizer que ela nem precisou insistir muito. Só precisou me tentar com mais um detalhe. Disse que o que mais lhe interessava naquele momento eram as lendas aragonesas sobre o Santo Cálice, e essas eu conhecia bem.

Arqueei a sobrancelha, forçando uma expressão de estranheza que não lhe passou inadvertida.

— Lendas aragonesas sobre o graal? — Retirei o braço, cruzando-o com o outro. — E por que vocês não falaram sobre isso hoje mais cedo?

— Falamos sobre o termo "graal", cunhado em 1180 para se referir a um objeto prodigioso, não sobre a relíquia que pode tê-lo inspirado. Sua existência pertence, por ora, ao reino da lenda.

— Está bem... — Exagerei uma careta de desconfiança. — Todas as hipóteses de vocês são tão etéreas.

— David! — protestou. — As histórias sobre o graal nos Pirineus são muito anteriores ao poema de Chrétien de Troyes. Ali, todo o mundo as conhece.

— Mas lendas e histórias não são a mesma coisa — eu disse, dando continuidade à provocação.

— Nisso tenho que concordar — aceitou. — Pode ser que só se tratem de contos trasmitidos de clérigos a fiéis, de bispos a reis, de forma oral. Ainda assim, preenchem a grande lacuna que nem Chrétien de Troyes nem outros trovadores medievais explicam: como o graal chegou à Europa. Em particular, às montanhas de Huesca.

— Ou seja, são relatos não comprovados.

— Mas o que contam é muito interessante — afirmou, eludindo minha insistência. — Basicamente, explicam que essa prodigiosa relíquia está escondida na Espanha há pelo menos dezoito séculos e descrevem como foi levada de Jerusalém a Roma, e de lá aos Pirineus.

— E por que Lady Victoria estava interessada nisso? — insisti, com certa ironia. — Pensei que ela não aceitasse a existência histórica do graal.

Tive a impressão de que Pa não gostou do tom com que formulei minha pergunta, porque, nesse preciso instante, ficou muito séria. Circunspecta. Afastou-se de mim como se quisesse estabelecer uma distância segura daquele descrente e respondeu:

— Ela não busca o graal, e sim como nasce a ideia do graal. Não é a mesma coisa, David. Ela não está interessada na relíquia em si, mas em que momento, como e para que foi inventada. Sua verdadeira motivação é descobrir o propósito do graal. Esse "a quem serve" que Perceval não averiguou.

Ao ver que ela levava aquilo a sério, decidi me recriar na paixão destilada por seus olhos verdes e mostrar mais interesse em seus argumentos. Definitivamente, eu estava gostando de Paula Esteve.

— E já tem alguma ideia sobre "a quem serve"? — indaguei.

— Bom... Lady Victoria acredita que durante séculos o graal atuou como uma marca, uma espécie de sinal que indicava onde alguém preparado conseguiria se comunicar com o supremo, com o inefável. Ao mesmo tempo, ela sabe que não vai ser fácil provar. Por isso, afirma que, para conhecer as raízes de qualquer ideia, é imprescindível explorar os lugares onde ela surgiu. Sem solo não há raiz. E sem raiz não há ideia. Entendeu?

— Claro. Sinto muito — aceitei, apagando todo rastro do tom anterior. — Quer dizer que ela foi a Huesca em busca das raízes da relíquia mais famosa do mundo?

— A tradição oscense diz que o suposto cálice de Cristo foi escondido no norte da península Ibérica na época das perseguições romanas aos primeiros cristãos. E que chegou ali porque, na época, a antiga Hispânia em geral e suas montanhas em particular eram literalmente o fim do mundo e o melhor esconderijo para ocultar algo tão valioso.

— Quer saber? — Olhei para ela. — Você parece brilhante demais para defender uma lenda como essa. Uma historiadora não deveria sequer considerar uma narrativa tão exótica.

— Mas... — protestou, evasiva. — Não fui eu que a inventei! Você pode lê-la em quase qualquer folheto turístico da região. Não há oscense que não recite de cor e salteado que a relíquia chegou à cidade por volta do século III, quando Roma sofreu uma das piores campanhas contra os cristãos. Sabe-se que, naquela época, além de serem lançados aos leões, eles eram despojados de todos os bens. Por essa razão, vendo como suas igrejas eram saqueadas, o Papa Sisto II decidiu pôr a salvo seus objetos mais preciosos. Entre eles, ao que parece, estava o cálice dos bispos, a taça que São Pedro havia levado de Jerusalém a Roma após a morte de Cristo.

— E do jeito que esse mundo é grande, Sisto II pensou justo em Huesca... — Estalei a língua, cético.

— Faz mais sentido do que parece. O homem de confiança do papa foi um diácono da Hispânia chamado Lourenço. Naquela época, a península Ibérica era a última fronteira do Império Romano, um autêntico *finis terrae*, então Sisto II pediu que ele levasse o "cálice da ceia" e o escondesse ali.

— O cálice da ceia? Falando assim, parece título de filme do Indiana Jones — brinquei.

— As lendas são assim. Contundentes. E, lógico, no século III ele ainda não era chamado de "graal". Isso, como você sabe, não aconteceria até 1180, com Chrétien. E acredita-se que o que estou contando aconteceu oito séculos antes!

— Ou seja, estamos diante da proto-história do graal... — bufei.

— Exato. Segundo esse mito local, Lourenço enviou o cálice aos pais na antiga Osca, Huesca — continuou. — Primeiro, eles o esconderam no que hoje é uma pequena ermida nos arredores da cidade, depois o levaram a um lugar mais digno, o mosteiro de San Pedro El Viejo. Então, com o avanço do islã pela península a partir do século VIII, acredita-se que tenha sido transportado por todo o Pirineu, de Yebra a Sásave, de Siresa a Jaca, e de lá ao mosteiro de San Juan de la Peña. Tudo para evitar que caísse nas mãos dos mouros.

— Então, San Pedro El Viejo foi o primeiro grande recinto construído para protegê-lo. O primeiro "templo do graal". Por isso o interesse de Lady Victoria.

Paula assentiu antes de prosseguir:

— Essa igreja começou a ser construída em 1117, na época do rei Afonso, o Batalhador. Não importa se você acredita na lenda ou não; esse rei, um dos fundadores de Aragão, acreditava. De fato, nos Pirineus existe a crença de que toda igreja, ermida ou catedral importante consagrada a São Pedro tenha protegido o cálice em algum momento para impedir que ele caísse em mãos muçulmanas.

— Em 1117? — Eu me detive na data um instante, relembrando a análise cronológica daquela noite na casa de Lady Victoria Goodman. — Espere. Vou dizer por que Lady Victoria tinha tanto interesse nela.

— E com certeza você vai acertar! — Pa sorriu, dando-me outra chance.

— Quando se iniciou a construção de San Pedro El Viejo, ainda faltavam mais de sessenta anos para que Chrétien de Troyes escrevesse seu livro.

— Excelente, David — aplaudiu. — Só esse detalhe prova que os Pirineus espanhóis foram o primeiro lugar onde o graal foi adorado, não a França nem a Inglaterra. A tradição arturiana, o Santo Graal de Glastonbury e todos os demais viriam depois.

Gostei da veemência com que Paula defendia sua posição; então, animado pelo rumo da conversa, perguntei se Lady Victoria tinha descoberto nessa igreja algo que provasse que o graal fora "inventado" ali.

Ela olhou para mim.

— Sim. — Sorriu, encantadora. — A prova de que você necessita está no claustro.

— É um capitel? — apostei.

— Na verdade, não. Apesar de ainda se conservarem dezoito das colunas originais decoradas, essa prova está escondida em outro lugar. Vou mostrar. Tenho aqui comigo.

Paula apoiou as costas em mim de leve, até alcançar a bolsa que havia deixado no chão, a alguns centímetros de nós. Remexeu em busca do celular, um pequeno *smartphone* preto, e abriu a pasta em que guardava as fotos. Durante um minuto, passou imagens com o dedo, a toda velocidade, tentando encontrar uma...

— Pronto! Está aqui.

E aproximando a cabeça da minha, estendeu o celular para que eu visse.

A imagem que havia selecionado, uma gravura antiga tirada de algum livro, iluminou o cume da colina com um brilho ilusório. A tela mostrava um tímpano românico no qual se apreciava um cristograma muito bem conservado. Embaixo, lavrada em uma grande lasca de pedra, havia uma sequência de personagens que se aproximavam cerimoniosos da Virgem Maria e seu divino filho.

— Isso ainda pode ser visto acima da porta que separa o claustro de San Pedro El Viejo do interior da igreja. Hoje, todos os visitantes do templo passam por baixo desse umbral — especificou.

— Isso é um relevo dos reis magos! — murmurei, desconcertado, ao reconhecer a estrela gravitando sobre o grupo.

Para meu assombro, Pa fez que não com a cabeça, como se fosse capaz de identificar na foto algo que me escapasse. Deu dois toques na gravura, ampliando a área do tímpano para que eu pudesse ver melhor a cena.

— Preste atenção no objeto que o primeiro dos reis está oferecendo a Jesus. Pode ampliar, se quiser.

Fiz o que ela me pediu, deslizando o indicador e o polegar sobre o centro da imagem. O que vi, então, me deixou ainda mais desconcertado.

— Isto não é o graal! — protestei. — Parece uma tigela.

— Isso, David, é exatamente um graal — replicou, contundente.

— Não entendi.

— Pois é — aceitou. — Eu ainda não falei que o que Lady Victoria buscava na igreja era uma tigela, não uma taça.

— Uma tigela? — Dei de ombros, incapaz de compreender aquilo. — Mas o graal que foi escondido nos Pirineus não era a taça da Última Ceia? Não era um cálice?

Paula negou.

— Estudando com atenção as fontes literárias do graal, Lady Victoria percebeu que essa relíquia sempre fora descrita como espécie de tigela. Curiosamente, a bendita palavra "graal", no começo da Baixa Idade Média, só era usada no reino de Aragão. Lady Victoria, com a ajuda de especialistas da universidade, encontrou inclusive testamentos do século XI nos quais, ao se inventariar os utensílios domésticos de um senhor de Urgel no ano 1000, apareciam citados vários *grazales*.

— *Grazales* — repeti, digerindo a palavra com dificuldade. — Se bem me lembro, hoje à tarde ela mencionou esse termo.

— Na realidade, *grazal* ou "graal" é uma palavra que procede do provençal antigo. Lady Victoria está obcecada por ela. Os franceses do sul denominavam assim uma peça particular de sua louça, muito comum na Idade Média, um tipo de travessa, uma malga em que se comia e bebia. "Graal" deriva daí.

— Deixe-me ver se entendi. — Neguei com a cabeça, pensativo. — Lady Victoria estava buscando, na igreja de São Pedro, uma representação do cálice de Cristo em forma de tigela, não de taça. E a encontrou... em um relevo dos reis magos. Que absurdo! — concluí.

— Não tanto quanto parece. Veja só. Ela estava interessada em examinar pinturas e esculturas anteriores a 1180, anteriores ao texto de Chrétien, que mostrassem esse tipo de objeto. Ela acreditava que encontraria sua primeira representação gráfica em algum recanto de San Pedro El Viejo. Na realidade, estava atrás da imagem mais próxima de sua "invenção"... e encontrou.

— Por que em uma cena natalina e não em uma Última Ceia, como seria lógico?

Tímpano da Epifania, igreja de San Pedro El Viejo, Huesca.

Ela recuperou o celular, roçando timidamente os dedos nos meus, e ampliou ainda mais o detalhe do recipiente. Agora parecia uma tigela decorada com duas linhas paralelas perto da borda superior.

— Eu também não tinha ideia até que Lady Victoria me contou a teoria dela — murmurou. — Quer ouvir?

— Acho que você vai me contar de qualquer forma. — Fingi resignação enquanto voltava a ser rondado pela ideia de beijá-la.

Ela me olhou de esguelha, como se calculasse mais uma vez o alcance do meu senso de humor.

— Quando Lady Victoria chegou a Huesca, fazia meses que estava estudando representações como esta, nas quais sempre se via o rei Melquior oferecendo a mesma tigela a Nosso Senhor — disse Pa. — Ela acredita que, por volta do século XI, alguém (um professor, um monarca, um bispo, talvez) tenha se encarregado de difundir essa imagem por toda a região. A questão é que existem inúmeras representações dos reis magos nas igrejas dos Pirineus. Naquela época, eram muito populares. Provavelmente porque recordavam ao povo que o senhor feudal era um homem com certos poderes ou conhecimentos. Até obras de teatro foram escritas com esse intuito. O primeiro texto teatral hispânico de que se tem registro foi intitulado *Auto de los reyes magos*, é de princípios do século XII e procede dessas terras. Pintá-los ou esculpi-los com a tigela em mãos era uma forma de dizer que nessas igrejas havia se recebido algo sagrado de muito longe. Algo levado por monarcas. Algo do céu, que lhes conferia uma legitimidade de origem divina diante dos súditos. Não deixa de ser curioso que tal iconografia só exista nesse recanto da Europa e que tenha aparecido justo quando eram fundados reinos com novas dinastias governantes que precisavam se legitimar.

— Quer dizer que o graal foi inventado para dar prestígio a uma nova família real, em um território que na época estava sendo reconquistado dos muçulmanos? É isso?

— Exato. Esse é claramente o caso de Aragão. Quando surge o reino no século XI como uma cisão do de Pamplona, a obsessão de seus primeiros monarcas foi buscar "razões antigas" que justificassem seu território. Puseram os cronistas para inventar histórias. E, entre outras, foi cunhada a ideia de que Aragão em geral (e os Pirineus de Huesca em particular) foi depositário da tigela que albergou o sangue de Cristo. Segundo essa lenda, desde Ramiro I, o Fundador, passando por seu filho Sancho Ramírez ou pelos filhos deste – Pedro I, Alfonso I, o Batalhador, e Ramiro II, o Monge –, e ainda muito depois da reconquista da Espanha aos mouros, todos os reis de Aragão foram protetores dessa relíquia. Dizem até que aproveitaram a fundação de novos assentamentos para lhes dar nomes que recordassem o fato de que essa era a terra do graal. Povoados como Calcena (Cálice da Ceia) ou Graus (da mesma raiz que "graal") são a prova dessa campanha publicitária de mil anos atrás.

— Você acredita mesmo que o graal teve esse papel? — insisti. — Não é estranho que Luis tenha se ofendido...

— Não contamos isso a Luis.

— Melhor. O graal como propaganda! Posso imaginar como ele reagiria!

— Bom... Na realidade, Lady Victoria não o reduz a mera propaganda — corrigiu-me. — Ela admite que o mito deve ter se baseado em algo mais. Algo que ainda lhe escapa, mas que ela supõe ter tido alguma conexão com o mundo das ideias, com a transmissão de algum saber oculto, talvez hoje relegado a textos literários. Eu já falei: ela vê o graal como um sinal. Um aviso. Uma marca que durante séculos serviu para indicar lugares especiais onde era preciso se deter por alguma razão que esquecemos.

— Como San Pedro El Viejo?

— Exatamente. E há vários outros. Alguns muito próximos.

— Parece mais interessante.

— Viu? Foi o que aconteceu comigo! De repente, senti que minha vida estava destinada a explorar esse arcano, a buscar esses lugares marcados... E aqui estou. Ou melhor — acrescentou, com refletido mistério —, aqui estamos. Em cima de um deles, também construído por um rei.

— Você quer dizer que a montanha artificial é...

— Fernando VII foi um grande devoto de São Lourenço. — Sorriu, enigmática, deixando que eu me aproximasse dela. — Ele foi educado nas histórias do graal dos reis de Aragão, e talvez tenha erguido este túmulo no século XIX com um propósito parecido com o de San Pedro El Viejo.

Não respondi. Não me atrevi a romper o frágil feitiço que sua proximidade acabara de lançar entre nós. O brilho de seus olhos havia me deixado sem palavras, convidando-me por um momento a refletir sobre qual seria a função definitiva daquela tigela radiante. No entanto, outra ideia atropelou esse pensamento. Foi algo tão efêmero quanto potente. Percebi que, na realidade, Paula havia se transformado no mistério que eu mais queria explorar. Mais até que o graal. Eu não me lembrava da última vez que uma mulher me deixara uma impressão assim, nem da última vez que estivera tão absorto em uma conversa dessa natureza.

Por fim, tentando preencher o silêncio absurdo que suas palavras haviam deixado, juntei coragem suficiente para lhe lançar três frases breves. Só três.

— Sabe de uma coisa? Acho que não foi o destino que me trouxe aqui, Pa. Foi você.

Ela não respondeu. Não teve tempo.

16

Justo quando ia me responder, os cedros que nos protegiam começaram a projetar sombras vermelhas, brancas e azuis sobre nós. Foi um momento estranho. Quase irreal. A frágil magia dos últimos minutos se quebrou em mil pedaços. De repente, o cume da montanha artificial ficou lúgubre, engolindo inclusive a serena luz da lua.

Nós trocamos uma expressão de assombro, até que compreendemos o que estava acontecendo. Eu me levantei primeiro, peguei a mão dela e a puxei para ajudá-la a ficar em pé.

Uma ambulância acabara de estacionar em frente ao edifício de Lady Victoria, iluminando a rua vazia. Olhei para o relógio. Faltavam seis minutos para as seis da manhã. Logo amanheceria.

Achei estranho que aquele Ford, uma enorme viatura médica, tivesse se detido bem em frente ao prédio, mas principalmente que um casal de socorristas entrasse correndo, levando consigo uma maca e equipamento de emergência. Minha surpresa se transformou em preocupação quando as sete varandas do quinto andar do edifício, incluindo as da sala em que estivéramos debatendo algumas horas antes, se iluminaram ao mesmo tempo.

— Isso é?... — Minha pergunta soou retórica. Ambos sabíamos de quem era aquela casa. Paula empalideceu.

— Meu deus... — Ela segurou meu braço com força. — Outra vez.

— Outra vez o quê?

Notei que um ligeiro tremor percorria seu corpo.

Pa, atordoada, liberou-se em seguida, arrependida de ter dito aquilo.

— Não. Não é nada...

— O que foi? — insisti, levantando seu queixo com suavidade.

— Nada — murmurou.

Eu a notei tão abalada que não insisti. Propus, então, que nos aproximássemos para ver o que estava acontecendo; ela concordou, ainda que contrariada.

Descemos do mirante às pressas e nos dirigimos à saída mais próxima do parque. Infelizmente, a porta do Retiro continuava fechada e a grossa corrente que trancava o portão não cedeu nem um milímetro quando tentamos movê-la. Estudei a possibilidade de escalar as grades e pular, mas desisti. A cerca do Retiro é composta de uma sucessão de lanças de ferro que não me pareceram fáceis de transpor. Fizemos o percurso pelo lado de dentro até o ponto mais próximo da casa, a tempo de ver alguém deitado na maca entrando pela parte posterior do veículo, e como saíram disparados dali.

Fiz menção de gritar para eles quando Paula, que ainda tinha o olhar fixo na entrada do prédio, me deteve.

— Não faça isso — sussurrou, de repente, com voz gélida. — Eu sei para onde está sendo levada.

Meu rosto estava grudado nas grades, pois fiquei muito impressionado.

Foi então que o vi. Do outro lado da rua, fora do parque, sob a tímida luz da vitrine da loja de móveis de luxo, um homem parecia contemplar a mesma cena que nós. Estava sozinho. De pé, no meio da calçada. Eu o observei por acaso, só porque o lampejo fugaz de um isqueiro e a fumaça das primeiras baforadas de um cigarro me chamaram atenção. Aquela sombra se encontrava a apenas uns trinta metros de onde estávamos. Eu teria jurado que se tratava do mesmo indivíduo que eu vira no hotel no dia em que cheguei a Madrid. Vestia sobretudo e boina idênticos, e calculei que tinha mais ou menos minha altura.

— Vamos, Pa! Temos que sair daqui. Precisamos ir com ela! — protestei, sem perdê-lo de vista.

Não estava certo de que Paula tivesse notado a presença do homem. De fato, eu ia comentar sobre isso quando, mais uma vez, ela me cortou.

— Você não pode ir — disse.

— Quê?

— Você não pode ir — repetiu, em um tom mais firme. — Lady Victoria não disse a ninguém que sofre esses ataques.

Sacudi a cabeça sem assimilar o que Paula estava dizendo.

— Epilepsia, David — antecipou-se. — Faz um ano que ela tem sintomas no lobo temporal, mas se nega a fazer os exames para que diagnostiquem corretamente.

— Epilepsia? Ela tem epilepsia e mora sozinha?

— Sozinha, não. Tem três empregadas que estão em casa vinte e quatro horas por dia. Raquel deve ter chamado a ambulância.

— Então é grave — deduzi.

— A epilepsia obedece a um súbito aumento da atividade elétrica no cérebro. A dela é de um tipo singular. Chamam de Gastaut-Geschwind. Em casos extremos, as crises levam a preocupações obsessivas por temas filosóficos, a passar horas escrevendo de forma compulsiva e a sentir presenças invisíveis ao redor.

— E por que ela não quer se tratar? Não entendo.

— Você não conhece bem Lady Victoria. Artistas e místicos como Madre Teresa, Van Gogh e Dostoiévski padeceram dessa doença. No fundo, isso a consola. E ainda que não seja poético sofrer de algo assim, o mais importante é que ela não se machuque durante um ataque, batendo em alguma coisa. Por enquanto, teve sorte de as crises logo passarem. Ela fica exausta, sim, mas até agora sempre se recuperou sem sequelas.

— Sempre? Você quer dizer que acontecem com frequência?

Os olhos de Paula se nublaram.

— Ultimamente os ataques se intensificaram. Na semana passada, ela teve dois. Saiu do hospital na quinta, e desde então eu a notei mais estranha que de costume. É difícil explicar, David. Lady Victoria é uma força da natureza. No entanto, desde que teve esses últimos episódios, ficou taciturna. Como se intuísse que está sendo rondada por algo ruim. Escreve o tempo todo, devorada pelo que chama poeticamente de "fogo invisível", e não para de falar sobre a busca do graal, sobre o romance dela, que se sente vigiada pelo mal... — Pa se deteve um instante, respirou fundo e acrescentou com tristeza. — Sabe, ela só se animou quando soube que você estava em Madrid... A última reunião, como já falei, foi a noite mais ativa que ela teve em semanas.

— Compreendo que não queira conversar sobre isso, mas posso acompanhar você ao hospital. — Tentei reconfortá-la enquanto procurava o homem que avistara do outro lado da rua. Foi inútil. Ele tinha se desvanecido.

— Não — respondeu. — E prometa que não vai contar isso a ninguém, por favor.

Paula havia ficado de costas para a rua, virando-se para mim com os olhos arregalados.

— O que exatamente você não quer que eu conte? — perguntei, baixando a voz e intuindo que sua reticência abarcava algo além da doença de sua mentora.

— Tudo. Isso da Lady Victoria. Que passamos a noite inteira na montanha. Sobre o graal, a epilepsia... Tudo!

Aquela urgência me pegou desprevenido. Eu não soube interpretar a expressão de Pa. De repente, parecia haver brasas em seu olhar, um brilho inquietante mesclado com um pavor que tinha muito pouco de racional. Eu a notei tão alterada, tão abalada pelo que me dissera, que me aproximei, a atraí para perto e a abracei.

— Calma. Não vou falar nada. Prometo.

Meu gesto a desconcertou, mas notei como relaxava em meus braços.

— David. — Soltou-se, segundos depois, cravando aqueles olhos verdes em mim. Estava nervosa e decidida ao mesmo tempo, como se tivesse se dado conta de algo importante enquanto me empurrava contra a cerca. — Há na teoria dos segredos um quarto mandamento que ainda não contei.

— Sério? — questionei, sem perder seus lábios de vista.

— Quando um novato é iniciado em um arcano, em algo que deve ser mantido em segredo, é conveniente entregar a ele um símbolo que o faça ter sempre em mente seu compromisso.

— Um símbolo? — eu disse, intuindo que tínhamos acabado de atravessar uma fronteira física de difícil retorno.

Apoiei as costas nas grades do Retiro. Levantei a mão e afastei uma mecha de cabelo do rosto dela. Percebi que Pa estava corada e que meu coração batia mais forte. — Você se refere a um golpe de espada como quando o nomeiam cavaleiro? Ou a uma ferida na palma da mão que forme uma cicatriz?

— É — continuou, vacilante. — Mas também valeria isto.

A comissura de seus lábios desenhou um breve sorriso enquanto seu corpo me pedia para chegar mais perto. Então ela levantou o queixo suavemente, segurou minha cabeça entre as mãos e, aproximando os lábios dos meus, me beijou.

Eu queria ter feito isso antes, ter usado meus beijos como um bálsamo para suas preocupações, mas ela se adiantou.

Foi um beijo suave, leve, carregado de algo que ainda não consigo explicar. Naquele instante, não foi só o tempo que parou. Também minha mente se bloqueou. Senti calor. Frio. Angústia e prazer. E, de repente, tudo isso desapareceu.

— Não é o que parece — disse ela, como se saísse de um transe.

Eu a olhei surpreso, mudo, incapaz de reagir.

— Você não vai falar nem uma palavra sobre isso para ninguém, por favor — acrescentou, comovida. — Esse vai ser o selo de nosso segredo.

17

Minutos depois, por volta das seis e vinte da manhã, abriram os grandes portões do Paseo de Coches do Retiro. Eu estava confuso com a reação de Paula, com um desassossego estranho no estômago e um sabor doce na boca. Nem sequer me dei conta de como tinha me desgrudado da cerca do parque e de como havíamos chegado à saída. Ao mesmo tempo, eu me lembro bem de como dois policiais municipais encarregados do serviço de abertura nos deram uma lição assim que nos viram surgir do fundo do recinto. Eles nos olharam com certa ironia. Pediram documentos e avisaram muito gentilmente que nos próximos dias receberíamos uma multa por ter feito "uso indevido do espaço público".

— Não pense o senhor que vai se livrar dessa por morar no exterior — disse-me um deles enquanto anotava o número de meu passaporte.

Eu me senti desconfortável pela segunda vez em minutos. Suponho que até esse momento não havia me passado pela cabeça que estivesse fazendo nada indevido com Paula Esteve.

Terminamos aquele trâmite sem resistência e, com cara de culpa, saímos de lá. Pa se despediu de mim às pressas e entrou no primeiro táxi livre que passou.

— Nem uma palavra sobre tudo isso para ninguém — repetiu antes que eu fechasse a porta e a visse desaparecer pela rua.

Quase senti o alívio dela ao se afastar.

Regressei caminhando até o hotel. O corpo me pedia para dormir, mas também para organizar as ideias. Desde que pusera os pés em Madrid, eu havia encontrado uma mulher que não via desde a infância, fora arrastado para dentro de sua peculiar escola de letras, exposto ao legado de meu avô José e me envolvido em uma discussão sobre a verdadeira natureza do Santo Graal. Como se não bastasse, aquele grupo acabara de perder um de seus integrantes, e eu encontrara uma garota por quem ainda não sabia o que sentia.

Não podia tirar da cabeça a impressão de ter sido içado, em poucas horas, por algo selvagem. Algo ancestral, mais forte que minha vontade.

Era esse o destino de que Paula falava?

Eu precisava refletir sobre isso.

Envolvido naquele turbilhão de sensações e sentimentos contraditórios, cheguei ao hotel pensando em voltar para a academia. Estava convencido de que uma boa sessão de aeróbicos, algumas voltas na piscina e umas horas de sono me ajudariam a colocar os pensamentos em ordem.

DIA 4

Daimones

18

Errei.

    Naquela manhã, em sonhos, fiz o que nunca deveria ter feito: regressei à montanha artificial do Retiro. Meu subconsciente deixara lá algo por resolver e, impiedoso, decidiu me devolver aos pés da colina para cumprir com essa obrigação.

    Dessa vez, pelo menos, era dia. Paula estava lá, usando um vestido leve, branco e de renda, quase como se fosse um anjo me esperando. Não nos cumprimentamos. Ela simplesmente olhou para mim com seus enormes olhos cor de esmeralda e indicou, para a subida ao cume, um caminho que não havia visto antes. Aquela trilha se abria em duas e circundava uma bela cascata aberta na brita e protegida por duas leoas que a vigiavam feito esfinges do antigo Egito.

    — Está preparado? — perguntou ela, sem qualquer indício de cumplicidade.

    Eu, na verdade, não tinha nem ideia do que "aquela Paula" esperava de mim. A única coisa que desejava – a razão pela qual acreditava que o sonho me devolvera a esse lugar – era beijá-la outra vez. Por isso, assenti. Os sonhos, porém, funcionam com uma lógica distinta. Neles, com frequência, as coisas não acontecem conforme o esperado. Paula pegou minha mão, mas não permitiu que eu a beijasse. Nem sequer me deixou falar. Limitou-se a me guiar montanha acima, pedindo para eu apertar o passo atrás dela.

    Embora eu soubesse exatamente onde estávamos, vi muitas coisas que não reconheci. O gramado, por exemplo, era diferente. Tudo se percebia mais cuidado, podado, e não havia nem sinal das cercas metálicas que precisáramos pular na noite anterior. Faltavam também as árvores altas que tanto me impressionaram, e o caminho parecia ladeado de cavernas e janelinhas que não davam para lugar nenhum. Deixei passar aqueles detalhes pensando que as coisas sempre parecem diferentes ao sol; no entanto, quando chegamos ao topo da montanha, fiquei realmente preocupado.

    Ali onde eu esperava encontrar uma plataforma de cimento cheia de grafites, erguia-se agora uma pequena estrutura, uma espécie de palacete oriental recém-caiado, com três torres. As duas laterais eram redondas e terminavam, cada uma delas, em uma cúpula coroada de agulhas. Eram feitas de tijolo e não mediam mais que seis metros de altura. A do centro, por sua vez, era uma ameia ligeiramente maior. Havia sido coberta com um telhadinho de quatro águas e dispunha de oito magníficas janelas góticas. O acesso ao interior daquela espécie de templo se abria sob um alpendre de pilastras metálicas com reminiscências mouriscas.

Paula me esperou analisar tudo. Deixou que eu tocasse, inclusive que me aproximasse da balaustrada de grades do alpendre. E quando viu que eu começara a digerir meu assombro, rompeu o silêncio.

— Quer ver lá dentro?

Aceitei seu convite, mas com certas reservas. A Paula que falava comigo era uma mulher distante, diferente da que havia me acompanhado a esse mesmo lugar horas antes. *Aquilo*, pensei, no nebuloso sonho, *devia ser o "tinteiro" que ela mencionara*. O castelo que Fernando VII mandara construir. O edifício original que selava a verdadeira montanha artificial.

Entramos em completo silêncio, atravessando um umbral sem porta que dava para um cômodo amplo e bem ventilado. Nossos passos ecoaram pelo local. Fiquei surpreso ao descobrir que a sala era ainda muito mais exótica que o exterior do edifício e ocupava todo o andar. Tratava-se de um aposento livre, sem móveis, com paredes rebocadas ao redor de um óculo enorme localizado no chão. O buraco, que devia ter uns quatro metros de diâmetro, se abria perfeito no coração do edifício, como se o vazio que ele encarnava fosse sua mais valiosa possessão. De lá emanava uma escuridão negra e úmida que era quase possível apalpar.

— O que é? — perguntei, vendo como os ladrilhos desenhavam um mosaico no pavimento ao redor daquele ponto.

Paula não respondeu. Ela me conduziu até a borda e me incentivou a chegar mais perto.

Fiz isso, não sem certa precaução, e, apesar de não ter visto nada naquela negrura, meus ouvidos acreditaram ter captado algo. Era uma espécie de sussurro. Um silvo longo e tênue, distante, como uma cantiga flutuando no ambiente. Como o canto das sereias ouvido por Ulisses. Como se uma corrente de vento constante circulasse pelo ventre daquela colina e só se deixasse ouvir naquela espécie de umbigo.

Levantei o rosto, deixando transparecer minhas dúvidas para Paula.

— Não precisa ter medo. É o oráculo do rei. — Sorriu. — Pergunte o que quiser.

Senti um ligeiro calafrio ao ouvir aquilo. Suas palavras se perderam montanha adentro, retumbando na caverna que nascia sob nossos pés. Por um instante pensei que se um de nós caísse em tais poços, jamais nos veríamos de novo.

— Posso mesmo perguntar o que quiser?

Ela, solene, assentiu.

— Sim. Mas você deve saber uma coisa — acrescentou, tomando seu tempo. — Só merecerá receber a verdade como resposta se fizer a pergunta adequada.

Respirei fundo. Avaliei o que tinha acabado de ouvir e, armando-me de coragem, preparei-me para formular a questão.

Nesse preciso instante, ao dirigir a voz à escuridão, descobri, horrorizado, que de minha garganta só saía um guincho estridente. Um grito agudo e reiterado. Um apito...

Triiim. Triiiim. Triiiiim.

Acordei com a cabeça zonza e a angústia de não reconhecer onde estava. Desajeitado, busquei o telefone e atendi.

— Alô... — balbuciei. — *Hello?* Quem é?

— Oi, David. É a Pa. Desculpa, acordei você?

Sua voz suave me despertou. Por sorte, no tom não havia nem sombra da obscuridade com a qual ela tinha acabado de me falar do "outro lado".

— Pa — pronunciei o nome dela, aliviado. — Não, não se preocupe. Tudo bem? Como está Lady Victoria?

— Bem melhor, obrigada — respondeu. — Passei a manhã com ela no hospital; fizeram alguns exames e, felizmente, parece que não teve nenhum dano neurológico sério. Foi só outro susto.

— Que horas são? — perguntei, atordoado.

— Tarde. Receio que você já tenha perdido o café da manhã.

Notei um quê de cumplicidade em suas palavras. Talvez também uma pitada de ironia. E embora as sensações do encontro no parque tenham aflorado outra vez assim que a escutei, eu me abstive de mencioná-lo.

— Onde vocês estão? — perguntei, já mais desperto. — Posso vê-las?

— Lady Victoria me pediu para telefonar exatamente por isso — respondeu, séria, como se a explicação fosse o prólogo de algo mais importante. — Ela gostaria que vocês se reunissem o quanto antes. Disse que é urgente. Está esperando você em casa.

— Pensei que vocês ainda estivessem no hospital.

— Não. Não mais. Ela recebeu alta há meia hora. Acabamos de chegar.

— Fico feliz. — Sentei-me na beira da cama, tentando pôr as ideias em ordem. — Nesse caso, diga a ela que logo apareço. É só o tempo de me arrumar e tomar um café.

— Claro. Obrigada, David.

Foi dificílimo criar forças para me mexer. Enquanto tomava banho, fazia a barba e escolhia algo decente para vestir e sair, avaliei até que ponto as férias estavam ficando complicadas. Tinha esquecido quase completamente o *Primus calamus* com que Susan Peacock me convencera a viajar a Madrid. Podia ter percebido, então, que aquilo não passara de uma isca. Uma armadilha. Em outras circunstâncias, a dra. Peacock teria me ligado todos os dias mostrando-se interessada nos avanços ou teria deixado mensagens na recepção pedindo que eu lhe telefonasse. No entanto, desde que pisei na Espanha, não tinha acontecido quase nada disso. Tampouco eu tentara localizá-la. Era como se minha mãe e ela tivessem tentado deixar o terreno livre para que a loucura de Lady Goodman me envolvesse em sua teia de aranha.

Aquele foi, definitivamente, o momento em que protelei de uma vez por todas esse assunto, convencido de que a pista do colecionador espanhol que pretendia se desfazer desse livro não levava a lugar nenhum. Peacock tinha me dado um único número de telefone que ninguém nunca atendia e cuja titularidade – conforme verifiquei com a ajuda de uma das recepcionistas do hotel – mudara quatro vezes nos últimos dois anos. Os proprietários tinham sido pessoas comuns, sem vínculo aparente com antiquários, livreiros, editores ou amantes de uma obra dessas.

A questão é que não me importei muito com essa falta de sucesso. De repente, minhas prioridades eram outras. Sentia-me levado por uma curiosidade que ia muito além de "caçar" uma raridade bibliófila do século XVII. Na academia de Lady Victoria, eu começava a intuir a existência de um tesouro de valor infinitamente superior: ali se falava de literatura de verdade, do tipo que abre as portas a outros mundos; do fato de Juan Rulfo ter ou não se inspirado, para criar a Comala de *Pedro Páramo*, no evanescente castelo de Chrétien de Troyes; ou se a assiduidade de Victor Hugo ou Rilke a sessões de espiritismo deixara rastro tangível em suas obras. Em que outra tertúlia eu escutaria algo semelhante? Nem sequer nas melhores de Londres, Dublin ou Paris. Não seria essa, afinal de contas, uma forma sublime de aproveitar os dias livres?

Pois bem, sendo bem sincero comigo mesmo, a única coisa que eu queria de verdade era ver Pa e tentar descobrir mais informações sobre a reação que tivera na noite anterior. Minha experiência prévia com o universo feminino e minha atenção quase obsessiva pelos detalhes me dizia que ela não havia me beijado só para *selar* um segredo. Eu poderia convidá-la para jantar outra vez e tentar persuadi-la a me tirar algumas dúvidas sobre a teoria dos segredos e esses *selos*. Outra coisa era que para chegar a Pa seria preciso voltar a passar por Victoria Goodman. Era um sacrifício que eu estava mais que disposto a assumir. Provavelmente, a essa altura, a dama do mistério já teria preparado um novo argumento para me convencer a fazer parte sua escola de letras. *Vale a pena continuar resistindo?*, perguntei a mim mesmo. Se aprendi algo com minha mãe e a dra. Peacock, foi que os recursos que uma mulher tem para dobrar a vontade de um homem são infinitos.

— Tenha cuidado, David. Vão meter você em confusão. Não diga "sim" a tudo — sussurrei para mim mesmo, quase sem querer.

19

Apesar do que eu havia suposto, Lady Goodman e Pa não estavam me esperando sozinhas. Encontrei Lady Victoria em pé, no centro do círculo de poltronas da Montanha Artificial, rodeada do grupo completo. Achei estranho não detectar nela nem sombra do que costumamos ganhar nos prontos-socorros de um hospital: não mostrava qualquer sinal de cansaço nem de falta de ânimo. Parecia um pouco nervosa, isso sim. Até mesmo impaciente. Tinha se vestido de branco, com um conjunto de saia e blusa de algodão bem de verão, e olhava para os alunos, um por um, dizendo algo que, de longe, consegui ouvir.

— … então, estamos todos de acordo. Não há outra opção, não é mesmo?

Observei Luis concordar no fundo da sala e não entendi nada. O regente de orquestra havia regressado ao lugar do qual saíra mal-humorado e frustrado na noite anterior. Tinha agora o rosto prostrado e o olhar de quem assume que fez algo errado. Ocupava o que considerei seu assento habitual, mas em sua atitude faltavam a energia e a determinação da véspera. À esquerda dele, Ches parecia absorta nas palavras de Lady Goodman, enquanto Johnny, de costas para mim e vestido com as mesmas camiseta e jaqueta de malha do dia anterior, passava a mão pela barba numa atitude descontraída. E Pa. Pa estava linda. Eu a vislumbrei atrás de Lady Goodman, em pé como a senhora, segurando o que me pareceu um pequeno bloco de cartões. Havia prendido o cabelo num coque e trocado o vestido por uma simples camiseta branca e uma calça jeans.

—Bem-vindo, David. — Ela me fez um gesto com a mão para que eu me juntasse à reunião, e outro, mais sutil, que interpretei como um lembrete do pacto de silêncio que havíamos selado no parque.

Lady Victoria esperou que eu deixasse para trás as mesas abarrotadas de papéis que me separavam do grupo e, assim que me sentei, se dispôs a continuar a fala. Retomou no ponto exato em que interrompera. E eu, ainda sem entender direito o que estava acontecendo ali, busquei a poltrona mais próxima para acompanhar suas explicações.

— Guillermo sempre cumpriu sua missão — continuou Lady Goodman. — Eu o enviei aos lugares onde acreditei que encontraria provas da invenção do graal na Espanha, mas cometi o erro de lhe pedir que fosse sozinho. Agora lamento não os ter informado antes sobre nossos avanços. Ontem à noite, porém, depois do que aconteceu aqui, percebi que estive prestes a cometer outro erro, ainda pior. Vejam bem, ainda vivendo a dor de ter perdido um de nossos colegas, quase provoquei a dissolução do grupo.

Todos se olharam, sem dizer nada. Até Johnny trocou sua expressão habitual, indiferente, por outra mais severa.

— De todo modo, não se preocupem — prosseguiu. — Tomei duas decisões importantes para impedir que isso aconteça e gostaria de contar com a aprovação de todos os senhores. A primeira — buscou-me com o olhar — é pedir publicamente a David Salas algo que já fiz em privado, em nosso primeiro encontro, e ao que ele ainda não me respondeu: que se una à Montanha Artificial e ocupe o lugar deixado por Guillermo.

Todos os presentes voltaram o olhar para mim.

— David é o candidato perfeito — explicou-lhes Lady Victoria. — Guillermo, como sabem, estudou simbologia na Faculdade de Belas-Artes de Barcelona. Tinha um sexto sentido para descobrir coisas ocultas e contava com todos os ingredientes para se tornar um grande escritor. Capacidade de observação, mente flexível para relacionar ideias, instinto e uma grande obstinação. Sua recente tese de doutorado demonstra isso. O dr. Salas também reúne esses dotes. O mundo dele são as palavras, que não são senão uma forma depurada de símbolos, e surgiu para nós precisamente quando mais necessitávamos.

— Bom... — A proposta dela me pegou de surpresa. — Não sei se eu, agora...

— E a segunda decisão? — interrompeu-nos Johnny, como se não se importasse com minha possível resposta.

Lady Victoria se virou para ele.

— A segunda, queridos, afeta a todos. Guillermo deixou um trabalho inacabado — acrescentou, esquecendo-se de mim. — Nas últimas semanas, estive prestes a abandonar esse projeto várias vezes, mas ontem à noite, no hospital, compreendi que, com isso, teria deixado aberta uma grave ferida.

— No hospital? — Ches arregalou os olhos.

— Sim. Fui parar no pronto-socorro depois de desmaiar — disse, como se minimizasse a importância do ocorrido —, mas nesse momento me dei conta de uma coisa. Às vezes acontece. A vida nos faz parar para que assumamos o que temos de fazer.

— Mas a senhora está bem? — insistiu Ches.

— Ah, sim, querida. Estou ótima.

— E de que se deu conta? — indagou Johnny.

— De algo tão simples quanto transcendental: que a única forma de reivindicar a memória de Guillermo e descobrir o que lhe aconteceu é concluindo, nós, a busca que ele começou. Deveríamos reproduzir suas últimas semanas. Reconstruir seus passos. Isto é, queridos, tentar encontrar o graal... Seja ele o que for — disse ela, olhando para Luis.

O maestro se remexeu na poltrona, como se a menção a Guillermo lhe gerasse um profundo mal-estar.

— Guillermo esteve em muitos lugares — respondeu ele. — Ele nos contava coisas do trabalho, mas, na realidade, só a senhora sabe em que ponto exatamente ficaram as investigações...

— Tem razão, querido. Foi por isso que eu os chamei. Pa, por favor...

Pa, que continuava em pé no centro do círculo, compreendeu o que tinha de fazer. Segurou com as mãos o bloco de cartões e começou a distribuí-los, dois por pessoa.

— Logo antes de morrer, Guillermo me confiou seu último achado — disse Lady Victoria. Observem com cuidado o que estou lhes entregando.

O que Paula nos deu eram dois postais de formato grande cujas ilustrações achei familiares de imediato. Talvez as tenha visto em algum livro de história da arte, mas no momento fui incapaz de me lembrar em qual. Mostravam um Cristo e uma Virgem sentados, usando grandes túnicas, em atitude muito severa.

— Examinem as imagens com calma, por favor — pediu ela. — E digam se algo lhes chama a atenção.

Todos nos concentramos naqueles ícones. O Cristo do primeiro postal fazia um gesto notável com a mão direita: levantava os dedos indicador e médio em direção ao céu, enquanto na mão esquerda segurava um livro. A Virgem do segundo, por sua vez, protegia com os braços um menino Jesus que, talvez por acaso, talvez por se tratar do mesmo personagem, dirigia os mesmos dedos à direita, como se apontasse para um homem com coroa que se inclinava diante dele com atitude reverente. A ligação entre as pinturas era óbvia. Era provável que fossem do mesmo mestre ou que fizessem parte de um programa iconográfico comum.

Após estudá-las com certa meticulosidade, virei os cartões.

"Afrescos românicos das igrejas de São Clemente e Santa Maria de Taüll", li.

Taüll. Repeti esse nome para mim mesmo algumas vezes. Sabia que era uma estação de esqui nos Pirineus de Lérida, só isso. Incapaz de identificar a natureza do que via, observei também que os postais haviam sido impressos para o Museu Nacional de Arte da Catalunha (MNAC).

Museu Nacional de Arte da Catalunha (MNAC)
Abside de São Clemente de Taüll, 1123

— Receio que não seja capaz de contribuir muito... — murmurei para que todos me ouvissem, examinando os cartões. — Meu campo de estudo são as palavras, não as imagens.

— Dê mais uma olhada, David — insistiu Lady Victoria, com amabilidade e dirigindo-se também ao restante do grupo. — É importante. Na véspera de sua morte, Guillermo veio me ver com dois postais como esses para me contar que finalmente tinha a prova de que o Santo Graal fora inventado nos Pirineus.

— Sério? — Ches, a musa melancólica, voltou a fixar seus olhos celestes naquelas cenas.

— Trata-se de duas absides maravilhosas, talvez as melhores do mundo, que foram transportadas a Barcelona nos princípios do século XX — precisou Lady Goodman enquanto assentia. — Hoje estão exibidas no Museu Nacional de Arte da Catalunha.

— Mas não vejo o graal em nenhuma delas — eu disse, tentando encontrar indício do cálice de Cristo. — Nem sequer retratam cenas da Última Ceia.

— Na realidade, ele está, sim — corrigiu-me Pa, com um doce sorriso, como se quisesse me dizer algo mais.

Seu comentário me fez lembrar do que ela havia me mostrado horas antes em seu celular. Na igreja de San Pedro El Viejo, a representação do graal também não ocupava um lugar óbvio. Voltei a baixar o olhar para o postal da Virgem com a imagem de uma tigela, ou um *grazal*, fresca em minha memória... e o vi. Ali estava. Um objeto idêntico ao de San Pedro El Viejo descansava nas mãos dos reis magos.

A pintura de Santa Maria de Taüll era conceitualmente idêntica ao tímpano românico que Paula me mostrara. Nela era possível ver a Virgem majestosa segurando um menino que apontava para um rei, que, por sua vez, oferecia-lhe uma tigela. A única diferença notável era que sob os monarcas do postal estavam escritos – quase como se fosse uma legenda – os nomes: "*Melhior*: Melquior"; "*Gaspas*: Gaspar"; "*Baldasar*: Baltazar".

O achado me deixou pensativo por alguns segundos, até que o mostrei ao restante do grupo. Lady Victoria, satisfeita, entregou-me uma pequena lupa de plástico e convidou-me a examinar o outro postal, o do Todo-Poderoso de São Clemente. O grupo inteiro se levantou das poltronas e se amontoou ao redor.

— Você consegue ver alguma coisa aí também?

Intrigadíssimo, voltei a percorrer essa abside com a lente. Fiquei impressionado ao encontrar o olhar severo do Cristo que segurava um livro no qual era possível ler "*Ego Sum Lux Mundi*", "Eu sou a luz do mundo". O conjunto, sem dúvida, era soberbo. Um alfa e um ômega desciam de uns fios pintados de ambos os lados do rosto dele. Os meandros que rodeavam a mandorla eram belíssimos. O azul do fundo, intenso. E os quatro evangelistas que ladeavam Cristo apontando-o com os dedos, impressionantes. Desta vez, contudo, não consegui ver tigela alguma.

Museu Nacional de Arte da Catalunha (MNAC)
Abside de Santa Maria de Taüll, 1123.

— Continue procurando — insistiu Lady Goodman.

Um pouco depois, repassando os arredores do Todo-Poderoso, encontrei algo no friso de apóstolos que servia de base para a cena. Parecia outra tigela. Uma bandeja, talvez. O objeto não estava em posse de um rei, e sim nas mãos de uma senhora mal-encarada que o segurava à altura de seu ombro esquerdo, com um pano, como se não se atrevesse a tocá-lo diretamente.

Aquilo se parecia muito com o que eu vira na gravura de Pa. De fato, bastava observar um pouco para descobrir que os graais daqueles postais exibiam as mesmas duas linhas finas perto da borda superior que eu apreciara na imagem do tímpano de San Pedro El Viejo em Huesca.

Todos nos aproximamos desse detalhe.

O graal do Todo-Poderoso era talvez um pouco mais côncavo, mas o que de fato o fazia parecer especial – e foi aí que comecei a entender a insistência de Lady Victoria para que o buscasse – era outro pequeno detalhe. Se a lupa não me enganava, aquela coisa emitia uma espécie de fulgor. O artista, em seu primitivo esforço por nos fazer ver que estávamos diante de algo único, havia acrescentado ao recipiente uns raios que irradiavam desde o interior. Uns raios que não existiam no relevo de San Pedro El Viejo.

Museu Nacional de Arte da Catalunha (MNAC)
Detalhe da senhora com a tigela radiante.

— O quê? Já viram? — indagou, dirigindo-se a todos.

Eu não sabia ao certo o que era aquilo. Tampouco meus colegas pareciam ter alguma certeza. Lady Goodman, impaciente, esclareceu para nós.

— Não perceberam? Esse objeto radiante é idêntico ao que Chrétien de Troyes descreve em *O conto do graal* — disse ela, eufórica, levantando a voz. — Lembram-se do que eu disse ontem? O graal era algo que irradiava luz e que, quando resplandeceu na sala de banquetes do rei Pescador, "fez tão grande claridade que as velas perderam seu brilho".

— E o que isso quer dizer? — interveio Johnny, puxando os pelos da barba, pensativo. — Que Guillermo descobriu que o artista que pintou essas absides nos Pirineus havia lido Chrétien de Troyes?

— Não, querido. — Lady Goodman sorriu, misteriosa. — É claro que não. Foi o contrário!

— O contrário? — Ches deu de ombros, com uma candura especial.

A dama do mistério arrancou o postal de minhas mãos e o levantou para que todos o visualizassem melhor.

— Pensem antes de perguntar. — A frase soou a súplica. — E lembrem-se da grande lição de *O conto do graal*: só se fizerem a pergunta adequada merecerão a verdade como resposta...

— Que espécie de jogo é este? — protestei, ocultando um calafrio ao ouvir aquela frase.

— O que Guillermo descobriu sobre essas pinturas foi algo sensacional. — Lady Victoria me ignorou, virando o cartão e apontando a legenda. — Leiam de novo, devagar, o que diz em ambos.

Fizemos o que ela pediu.

— E então? — pressionou.

A chave estava, mais uma vez, na data. E eu ia sugerir isso, mas ela se adiantou.

— O achado de Guillermo está bem diante dos senhores — prosseguiu, como se enunciasse o primeiro mandamento da teoria dos segredos. — Prestem atenção. A pintura de Taüll data de 1123. Disso não há dúvida, porque na igreja de São Clemente, perto da abside, existe uma inscrição em que se dá essa data como a da inauguração do templo. Mas aqui vem o surpreendente: não se esqueçam de que *Li contes* foi escrito, no mínimo, em 1180. Seis décadas depois!

Aquele anacronismo, de fato, tinha um enorme significado.

— Quer dizer que o mestre de Taüll pintou o graal muito antes de Chrétien escrever sobre ele pela primeira vez?

— Exato! — Minha apreciação iluminou o rosto de Lady Victoria. — Guillermo descobriu que nos Pirineus de Lérida o graal já era venerado "muito tempo antes" de Chrétien decidir incluí-lo em seu livro e o descrever como objeto radiante. As implicações são enormes. Guillermo se aproximou de algo grandioso.

— Do verdadeiro graal — deixou escapar Luis, que estava atônito, acompanhando a explicação.

— De um graal que queima. Que mata. Ou pelo qual matam — disse Lady Victoria, reagindo com seriedade. — Se o graal for, como acredito, uma marca inventada no século XII para indicar algo nos Pirineus, seria preciso examinar essas pinturas e descobrir o que ele esconde de tão potente e que custou a vida de Guillermo.

Um acesso à origem das ideias sublimes, lembrei.

— Teríamos de descobrir! — Ches se levantou do assento.

— Um momento. — Os olhos de Johnny quase saíram das órbitas ao ouvir aquilo. — Guillermo morreu por se meter onde não devia...

— Mas agora estamos mais pessoas e estamos prevenidos! — replicou a musa, surpreendentemente exaltada. — Não podemos ficar parados.

Olhei para Ches atônito. De repente, a mosquinha morta da noite anterior havia deixado de lado todo sinal de languidez.

— Isso é verdade, querida. — Lady Goodman aplaudiu aquele prumo enquanto olhava o restante do grupo. — Sabem, ter claro o que queremos nos torna mais fortes. Estaremos juntos nisso, também.

— Então, vamos nessa? — insistiu Ches.

— Claro! – concordou Lady Victoria. — Vamos!

Num minuto, o que havia começado como uma pequena faísca de entusiasmo acendeu os ânimos de todos, diluindo em seguida qualquer sinal de resistência. Era a primeira vez que eu os via concordar em algo. Lady Goodman enalteceu a ideia, convencida de que devíamos agir imediatamente. Ela lembrou que seguir os passos de um colega requeria certa organização e que, se o grupo estivesse de acordo, poderiam finalizar os detalhes naquela mesma tarde. Em suas palavras descobri uma curiosa mistura de entusiasmo e alívio.

E eu, que estava assombrado – na realidade, perplexo – pelo efeito que aquela cadeia de revelações e tomadas de decisão causara em todos, observei-os pensativo, sem ainda de fato entender o que estava fazendo ali.

20

Lady Victoria Goodman deu a reunião por encerrada consciente de ter despertado nos presentes em sua ágora algo que ia além da literatura. Além de intuitiva, a dama do mistério era também sagaz. Logo percebeu que algo não ia bem comigo. Não me viu expressar especial entusiasmo pelas explicações nem por me unir à louca ideia de reconstruir os últimos momentos de Guillermo Solís neste mundo. Por isso, quando nos acompanhou até a porta da Montanha Artificial e me pediu para ficar um minuto com ela, eu já imaginava o que me diria.

— E você, David?

Lady Goodman fez a pergunta assim que o segundo elevador se perdeu andares abaixo – e com ele se foi a oportunidade que buscara a manhã inteira de falar com Pa. Ela a soltou sem rodeios, cravando em mim seus olhos ansiosos. Eu sabia exatamente a que se referia, mas dissimulei.

— A senhora tem uma capacidade enorme de fascinar o grupo — respondi, distraído.

— Não queria parecer impertinente, querido, mas, dadas as circunstâncias, sua ajuda nos seria de grande valor.

Disse isso séria, sem disfarçar uma urgência que não me passou batida.

— Entre. Vamos conversar.

Enquanto Lady Victoria fechava a porta e nós voltávamos ao salão, tentei não me pressionar pelo silêncio que ela deixou que tomasse conta do lugar. A Montanha, sem ninguém, havia se transformado em uma caixa de ecos na qual o distante tique-taque do relógio de parede parecia preencher tudo.

— Posso ser sincero? — sussurrei, afinal.

Seus pômulos ossudos se levantaram arrastados por um leve sorriso. Ela se aproximara de uma das janelas do salão e a havia escancarado.

— Claro, querido.

— Não pense que não estimo sua oferta — eu disse, recebendo da rua uma brisa surpreendentemente úmida. — Sinceramente, eu lhe agradeço. Aqui os senhores tratam de conceitos e referências que na Trinity sequer consideram. No entanto, não acho que seguir os passos de Guillermo seja minha missão. Não sei se a senhora compreende. Não é só uma aventura intelectual, teórica. Para ser franco, tenho a impressão de que não estou preparado para me envolver em algo assim.

— Preparado? — Ela se virou para mim com a expressão torta. — Por que diz isso? Por acaso sabe o que espero de você?

Tal pergunta me fez hesitar.

— Vou ser bem sincera. Você se lembra das vozes de que falamos ontem à noite, quando o pessoal nos deixou a sós após a discussão?

— A senhora está falando das que guiavam os pensamentos de Sócrates?

Ela assentiu.

— O que eu espero, David, é que elas se dirijam a você. Que falem com você. Que o guiem com revelações que nos poderiam ser úteis. Tenho a sensação de que, mais cedo ou mais tarde, elas farão isso.

Lady Victoria disse aquilo sem perder um pingo da compostura aristocrática, como se fosse a coisa mais normal do mundo se dirigir a alguém naqueles termos. Mas não era. Devo ter perdido um pouco do prumo ao ouvi-la, porque me senti atravessado por seu olhar firme e seu nariz empinado.

— Você está com medo? — acrescentou.

Sua pergunta não me ofendeu. Pelo contrário. De algum modo, despertou o pesquisador orgulhoso que havia em mim. Por isso, aquela expressão de mulher poderosa, de xamã, pôs-me em alerta, levando-me a responder-lhe em um tom que talvez tenha sido pouco cortês.

— O fato de saber que um sábio como Sócrates ouvia vozes não quer dizer que eu acredite em sua história de um modo literal... — eu disse, na defensiva. — Muito menos que eu tenha medo ou esteja disposto a passar pela mesma coisa.

Então, Lady Victoria fez uma expressão enigmática, como se estivesse satisfeita de ter me provocado, e aguardou que eu terminasse de falar.

— Além do mais, o que faz a senhora pensar que isso poderia acontecer comigo?

— Ah — sorriu —, é simples, querido. Você é neto de alguém que as ouvia em alto e bom som. E como se não bastasse, sei que já tentou se comunicar com elas antes. Você me contou em sua primeira visita a esta casa, quando me falou da tese sobre Parmênides, lembra? Você não me engana, David Salas. Faz uma vida que quer ouvi-las.

— Aquilo foi só um experimento acadêmico! — protestei. — Além disso, foi um fiasco!

— Não faz diferença. O que realmente importa é que José Roca preparou você desde criança para que pudesse ouvi-las. E o momento chegou.

— Como assim? — Empalideci.

— Querido, por que você acha que ele o incentivou a estudar um dos primeiros homens que as buscou? Por acaso pensa que o interesse dele em que você estudasse Parmênides de Eleia foi um capricho? Além disso... — acrescentou, abrindo desmesuradamente os olhos claros e intensificando a voz. — Por acaso você e ele não compartilham os mesmos genes?

— Desculpe, mas não estou entendendo.

Seu olhar se tornou, então, desafiador.

— Claro que não está entendendo, querido. Mas não se preocupe, você vai compreender assim que vir o que quero mostrar.

21

Lady Goodman me conduziu, então, a um pequeno cômodo, retangular e estreito, que parecia um depósito, com as paredes pintadas de cinza. Ficava na parte de trás da casa, perto de um quintal aberto para um jardim interior, que eu ainda não havia visto. O lugar, iluminado apenas pela luz que se filtrava da rua através de uma persiana quebrada, não devia ter mais que seis metros quadrados.

— Aqui — sussurrou.

Ela pediu que eu me aproximasse de uma das paredes.

— Você vai gostar.

O tabique para o qual Lady Victoria apontava revelou-se um espaço literalmente coberto de fotos, gravuras, postais, diplomas e velhas lembranças. Os itens formavam um mosaico caótico, um universo expandido que eu vira nascer nos longos corredores do imóvel e que ali se encarnava em quadros de todos os tamanhos, com molduras de materiais bem diversos. Alguns tinham a aparência de ser muito antigos. Outros, pelo contrário, pareciam recém-comprados.

— Olhe por aí para ver se algo chama sua atenção, querido — disse, como se quisesse me testar.

Dei uma olhada sem saber onde me deter. Na realidade, naquele lugar havia muito a observar. Gostei da poltrona com orelhas que estava logo atrás de mim. Examinei várias pilhas de jornais velhos. E também uma estante laqueada de branco que se arqueava pelo peso de dezenas de livros sobre a Segunda Guerra Mundial. Então lembrei-me do que Cícero escreveu – "uma casa sem livros é como um corpo sem alma" – e supus que aquele quarto devia ter uma alma enorme. Contudo, eu continuava sem adivinhar que diabos ela queria que eu visse.

Lady Goodman, alheia a minhas dúvidas, apontou um dos quadros.

— Veja.

Curioso, eu me detive no conteúdo de uma moldura de madeira barata, áspera e cheia de nós, entrecerrando os olhos para distinguir melhor o que havia ali.

De primeira, não me pareceu nada deslumbrante. O quadrinho preservava um cartão manchado, do tamanho de um postal, no qual alguém havia desenhado o contorno de uma colina. Parecia um mapa, feito de qualquer jeito, às pressas, mas não chegava a ser exatamente isso. Talvez o que desse essa impressão fosse a letra "A" maiúscula escrita dentro da pequena montanha, numa espécie de caverna traçada com vagareza, como se o nome desse acidente geográfico pudesse se reduzir a uma única vogal. O "A" tinha um braço transversal partido em dois e dava a impressão de que o desenhista o quebrara para incluir no vão resultante uma estrela que irradiava feixes de luz. Perto dali, alguns traços sucintos compunham uma igreja e, mais ao longe, havia um tipo de aspa ou de roda de bicicleta mal desenhada para o qual não encontrei nenhum sentido. O desenho tinha um traço aguado, sinal inequívoco de ter sido feito com uma caneta antiga, de pena e tinteiro, e havia uma curta dedicatória.

Aproximei-me para ler:

A José Roca.
Nunca um cicerone tão jovem havia iluminado tanto a mente de um velho escriba.
Deixe que sua alma voe.

— Não é fascinante? — indagou Lady Victoria, entusiasmada.

Ao ver o nome de meu avô nessa espécie de dedicatória, voltei a debruçar-me sobre ela e analisei o esboço em busca de algum outro detalhe. Debaixo das breves linhas, identifiquei uma rubrica pomposa, na vertical, mais desenhada que escrita, com a mesma pena: "Valle-Inclán. Outubro de 1935".

— Valle-Inclán? — A descoberta, unida à relíquia de meu avô, avivou-me.

A imagem da dama do mistério falando-me dele dois dias antes resplandeceu em minha memória como um raio. A frase "deixe que sua alma voe", que então havia sido atribuída ao patriarca dos Roca, estava agora registrada de próprio punho por um dos escritores espanhóis mais ilustres do século XX.

— Não sabia que Valle-Inclán e meu avô tinham se conhecido — murmurei.

— Há muitas coisas que você ainda desconhece. — Sorriu, satisfeita ao me ver hesitar.

O prumo de Lady Goodman se inflou ao me ouvir refletir sobre a data daquele cartão. Valle-Inclán faleceu em 1936, pouco antes do início da guerra civil espanhola, então deve ter redigido aquilo já doente. Ela me escutou, mas assim que pôde soltou uma ladainha desordenada e um pouco confusa sobre os anos madrilenhos de Ramón María del Valle-Inclán, o grande autor de *Luzes da boemia*, o inventor do *esperpento*, dramaturgo de sucesso, poeta de uma época e um dos melhores retratistas das misérias da Madrid da República. Infelizmente, eu não sabia muito sobre ele além do fato de que ficou manco por causa de uma briga em um bar e de sua fama de rude. Na Irlanda, não é muito conhecido. É um desses gênios da literatura *lost in translation*, perdido na tradução, quase impossível de entender longe da mentalidade espanhola.

Ela, porém, não se importou com isso. Parecia ansiosa para me contar que meu avô conhecera essa figura tão célebre quando tinha apenas quinze anos. Na época, ao que parece, Valle-Inclán era um dândi preocupado com a morte e frequentava os grandes médiuns de seu tempo. Ela até comentou fugazmente o fato de que o célebre autor o havia obrigado a ler um de seus livros mais estranhos, *A lâmpada maravilhosa*, antes de aceitá-lo como discípulo em suas tertúlias.

Pensei que estava indo depressa demais. De fato, algo em seu modo de pronunciar a palavra "médium" me pôs em alerta.

— Espere um momento — eu a interrompi. — A senhora disse "médiuns"? Naquela época a Espanha era um país muito católico. Como a Irlanda. Tem certeza de que Valle-Inclán era espírita?

Um olhar de fina inteligência iluminou seu rosto.

— Adoro surpreender o jovem professor. Algo me diz que isso não acontece com frequência.

— Não respondeu à pergunta, Lady Goodman... — reiterei, evitando descaradamente sua indireta.

Ela levantou a sobrancelha.

— Os biógrafos de Valle-Inclán quase não falam dessa faceta — sorriu, condescendente —, mas, sim, foi um frequentador das sessões de espiritismo de Madrid e das consultas a astrólogos de certo prestígio. Como bom galego, era obcecado pela comunicação com o além, meditava como um iogue e até acreditava que a verdadeira inspiração só chegava quando ele se punha em sintonia com esse tipo de força sobrenatural que estaria por trás de tudo.

— Como Conan Doyle nas letras inglesas... — sussurrei.

Lady Victoria fez uma cara de aprovação e prosseguiu.

— Valle conheceu até a grande vidente italiana Eusapia Palladino, uma senhora capaz de fazer aparecer o rosto dos espíritos com os quais falava na lama úmida de uma bacia. No México, dom Ramón invocou mortos com a ajuda de uma das irmãs do presidente da República, Porfirio Díaz, e na...

— Tá bom... — Sacudi a cabeça, zonzo. — Eu acredito. Não fazia ideia. Admito. Ainda assim, não entendo por que a senhora está me contando isso com tanta ênfase.

As pupilas quase transparentes de Lady Victoria se contraíram de repente, como se tivesse sido ofuscada por um golpe de sol. Apontou a dedicatória do quadrinho.

— Quer saber por quê? — Ergueu-se. — Porque seu avô foi o último médium que Valle-Inclán frequentou. Esse desenho é a prova disso. E porque você tem esses genes. E eu os necessito para minha busca.

Então acrescentou, muito séria:

— Se não quiser fazer isso por mim faça ao menos pela memória de sua família. – E voltando a me olhar com seus olhos penetrantes de xamã, disse: — Compreende agora, querido?

22

Claro que compreendi. E muito bem. A Montanha Artificial não era uma simples escola de literatura experimental, tampouco Lady Victoria era uma escritora veterana que desejava transmitir conhecimentos a futuras gerações de leitores e escritores de elite. Aquilo era, na realidade, uma gigantesca teia de aranha na qual habitava uma enorme tarântula ávida de carne fresca. Ou de espíritos. Sua armadilha, preciso admitir, era magnífica. Com deliberada ambiguidade, a dama do mistério levava as pessoas a refletir sobre as fontes da inspiração, arrastando-as por terrenos tão lodosos quanto atraentes. O graal e as vozes dos *daimones* eram suas iscas. Estavam bem apresentados, eram perfeitamente coerentes em sua loucura e poderiam deixar maluco até o mais lúcido dos intelectuais.

Ainda um pouco intimidado, percorri a casa com ela, em silêncio, até o átrio. Lady Victoria e eu nos despedimos com um beijo no rosto, e deixei minha promessa de lhe dar uma resposta no dia seguinte. De fato, eu já decidira não mais pisar naquela casa. No entanto, para não desfazer dela nem embaçar com isso a memória de meu avô, garanti que não deixaria Madrid sem avisar. No fundo, era quase a mesma coisa que dizer não, mas de forma mais suave. Agradeci, contudo, a hospitalidade com que tinha me recebido e por ter me mostrado as fichas de trabalho de meu ilustre antepassado, e prometi mandar lembranças de sua parte a minha mãe assim que tivesse chance.

Não considerei necessário dar mais explicações. É certo que teria gostado de examinar aqueles cartões outra vez; entretanto, o que havia visto e ouvido entre aquelas quatro paredes bastava para compreender que, se ficasse ali, as coisas só se complicariam. E não apenas por seguir os passos de Guillermo, que me parecia outra excentricidade de Lady Victoria, mas também pela jovem tão enigmática quanto atraente de quem agora eu lamentava não ter me despedido.

Abandonei, portanto, a Montanha Artificial o mais depressa que pude e peguei um táxi até o centro histórico. Pensei que dar uma olhada nas ruelas que rodeiam a Porta do Sol, perdendo-me entre tabernas e barulhentas cafeterias, ajudaria a lembrar que eu estava em Madrid de férias, não numa convenção de pesquisadores de relíquias.

O plano funcionou. Foi só pôr o pé na praça mais frequentada da capital para sentir outros interesses tomarem o controle de meu ser. A proximidade da chocolateria San Ginés – um clássico tradicional e um pouco sem graça – ativou, de repente, minhas papilas gustativas.

San Ginés era um lugar antigo, de mesas de mármore branco com porta-guardanapos metálicos e balcões de madeira. Fazia mais de um século que socorria gerações inteiras de transeuntes sem horário. Eu descobri o estabelecimento quando era adolescente, no ano em que mamãe Gloria e eu desfrutamos de nosso primeiro fim de ano na capital. Ali passei minha primeira noite em claro. Foi a do Ano-Novo de 1996. Eu tinha apenas dezesseis anos e achei deslumbrante que existisse um lugar assim. Uma espécie de pub irlandês de plantão, aberto vinte e quatro horas, trezentos e sessenta e cinco dias no ano, pronto para servir algo quente para reconfortar a clientela.

Só quando cheguei percebi o sinal parmenidiano na porta. Ao lado da entrada da viela que dá nome ao local, uma placa que parecia nova prestava homenagem a Dom Ramón María del Valle-Inclán. De novo, ele. A lápide de mármore recordava Max Estrella, o desventurado poeta que Valle inventou para sua mais famosa peça de teatro, *Luzes da boemia*, um texto em que criticava com amargura como era difícil ser escritor na Espanha e pelo qual, paradoxalmente, colheu glória e admiração eternas. Bem ali participou de uma briga de bêbados que terminou com seus protagonistas na cadeia, o que tornou a esquina famosa para sempre.

Aquilo deveria ter me alertado. Era a segunda vez em poucas horas que a sombra de Valle-Inclán cruzava meu caminho, o que não podia ser normal. Ainda assim, não levei em consideração.

Busquei uma mesinha afastada em um canto em que o ar-condicionado pudesse ser sentido, sentei-me numa de suas velhas cadeiras de ferro, as mesmas que devem ter aguentado alguma vez o ilustre admirador de meu avô, ou quem sabe se também Unamuno, ou Baroja, e pedi um café e alguns churros.

Estava quase terminando de comer, já pensando em qual dos teatros perto dali me refugiaria até mais tarde, quando vi entrarem duas silhuetas que, sem titubear, se dirigiram a mim. A princípio não notei nada estranho – à contraluz não as distingui bem e pensei que fossem turistas, como eu –, mas assim que chegaram a uma distância de alguns passos, reconheci.

— Ora essa! — Engasguei, cumprimentando-os. — O que estão fazendo aqui?

Johnny Salazar e Luis Bello me devolveram o gesto e se aproximaram.

— Bonito lugar para finalizar a jornada — disse o primeiro deles, farejando o local como forma de reconhecer território. A camiseta dos Ramones foi a primeira coisa que identifiquei. — Estou surpreso que você o conheça...

— E eu estou surpreso de ver vocês. Moram aqui perto?

O rapaz da barba suméria e o maestro trocaram um olhar cúmplice. Pediram dois cafés ao garçom e se acomodaram em minha mesa, ocupando-a com dois envelopes tamanho ofício e os respectivos celulares.

— Na verdade, seguimos você.

Não detectei qualquer indício de ironia.

— Temos que falar com você, David. Sobre Guillermo Solís.

— Por favor... — Lancei minha melhor expressão de aborrecimento. — De novo, não, pessoal. Acabei de me despedir de Lady Victoria e preciso de um tempo.

— Sentimos muito, mas você precisa nos escutar. É importante — insistiu Johnny, em tom amável.

— Importante a ponto de interromper meu café?

— Receio que sim. Precisamos contar algo que pode ser de seu interesse — anunciou Luis, tão cordial e educado que tornou impossível que eu recusasse.

Nem sequer respondi. Não soube como. Fiz um gesto para que dissessem rápido o que quer que fosse e me deixassem sozinho de novo.

— Nós o conhecíamos muito bem, fomos amigos dele — continuou. — Não sei se você sabe que Guillermo era de Barcelona, um bom rapaz, com futuro. De fato, ele tinha vindo a Madrid só para acompanhar as reuniões de literatura experimental. Era alguém razoavelmente feliz, mas...

Luis falava devagar, escolhendo bem os termos, como se não quisesse me assustar.

— ... mas no último dia 8 de julho um vizinho de Lady Victoria o encontrou estatelado, de boca para cima, flutuando em um pequeno lago no Retiro. O homem o reconheceu assim que o viu. Eles haviam se cruzado no edifício algumas vezes, então, claro, ele logo chamou a polícia...

"Um lago? No Retiro?"

Fiquei olhando para ele com certa perplexidade. De repente, lembrei que Pa tinha me levado justo a um lugar como esse, aos pés da montanha artificial de Fernando VII, e que olhara para lá com uma expressão estranha.

Luis, alheio a minhas deduções, prosseguiu:

— O que queríamos que você soubesse é que a morte dele está rodeada de incógnitas, David. Johnny e eu começamos a fazer algumas descobertas por conta e, olha, quanto mais sabemos, mais preocupados ficamos.

— Vocês investigaram a morte de Guillermo?

— Mais ou menos — assentiu Salazar, hesitante. — Descobrimos que a última pessoa que o viu vivo foi Pa e que...

— Espere. — Luis o deteve, segurando-o pelo braço.

O regente olhou, então, ao redor para se certificar de que ninguém nos vigiava e abriu um dos envelopes que havia deixado em cima da mesa.

— É melhor você ver isto — disse ele, espalhando o conteúdo entre as xícaras que já ocupavam a mesa.

Eram três recortes de jornais datados de 10 de julho; falavam do descobrimento do cadáver de um tal G. S. P. no Retiro e, à parte, duas fotos em branco e preto com uma marca-d'água da polícia nacional, impressas em tamanho ofício e nas quais se viam um difuso primeiro plano e uma imagem de corpo inteiro de um jovem moreno, de cabelo comprido e desarrumado, o rosto mortalmente pálido, os lábios escuros e os olhos abertos com as pupilas viradas para cima. Estava estendido sobre uma manta térmica, rodeado de alguns pertences que pareciam ter caído de uma bolsa. Um cadáver.

— É Guillermo? — indaguei, dissimulando minha repulsão e meu assombro de que tivessem aquele material em mãos.

Luis assentiu, sério, mas sem perder um pingo da cordialidade.

— São fotos do arquivo do caso — confirmou. — Conseguimos com um amigo, junto com o relatório completo. Dizem que o encontraram de boca para cima no lago dos patos, aquele que margeia a Casinha do Príncipe, mas o tiraram dali em seguida. Não foi roubado e não se observavam no corpo sinais de violência. Tampouco tinha marcas de agulhas, hematomas ou feridas consideráveis. Com isso, puseram um ponto-final no caso, considerado um desafortunado acidente.

— Parada cardíaca. É o que dizem sempre que não sabem o que aconteceu — completou Johnny, com a mesma expressão de incredulidade que eu vira horas antes na casa de Lady Victoria. — Claro que teve uma parada cardíaca! O coração para quando a gente morre...

— Os relatórios toxicológicos da autópsia também não revelaram nada estranho — continuou Luis, folheando um conjunto de papéis timbrados tirados do mesmo envelope. — Aqui diz que não havia ingerido drogas, não estava bêbado nem tinha tomado pancada; negativo para sinais de toxicidade no sangue que justificassem essa perda de equilíbrio. Guillermo deve ter entrado no parque à noite, dado uma volta pelos arredores da montanha e, na sequência, tido uma "morte súbita".

— Então não foi homicídio — eu disse com certo alívio, vendo que a polícia havia feito bem seus deveres.

Luis levantou o olhar dos papéis.

— Esse é o problema, David. Nós não estamos tão convencidos disso. Há certas informações que não se encaixam.

— Temos motivos para supor que tenha sido algo premeditado. Um assassinato sutil, bem concebido — acrescentou Johnny, concluindo da forma que eu temia que acontecesse.

— Assassinato é uma acusação muito grave — murmurei. — Suponho que vocês tenham provas para defender algo assim.

— Infelizmente, todas foram descartadas pela polícia, alegando que se tratam de meras coincidências — precisou Luis, pesaroso.

Olhei para eles cada vez mais perplexo, esperando que meu silêncio os influenciasse a dar mais explicações. Quem fez isso foi Luis, para minha surpresa.

— Na realidade, tudo começou a ir mal há uns dois ou três meses. Lady Victoria estava muito próxima de Guillermo. Ele era seu aluno favorito e passava mais tempo com ela que com qualquer um de nós. Ou seja, já suspeitávamos que estavam tramando alguma coisa, porque Lady Goodman o enviava para lá e para cá. Agora sabemos que eram viagens relacionadas ao graal.

— Ao museu das absides, o MNAC...

— Exato. Visitava bibliotecas, arquivos, consultava especialistas nos locais, passava alguns dias fora e depois a informava sobre seus avanços. Nenhum dos dois falava muito sobre isso, mas um dia ele me ligou para contar que tinha a sensação de que alguém o seguia.

— Ah, sim? — Achei estranho ouvir aquilo. — Ele disse isso?

— Sim, uma semana antes de morrer. Estava preocupado porque uma sombra o seguia por todos os lados. Era alguém que não o perdia de vista e que aparecia toda vez que ele iniciava alguma missão para Lady Victoria.

— A questão — interrompeu Johnny — é que nós também notamos coisas estranhas. Nós vimos. A sombra.

Ao ouvir aquilo, arregalei os olhos, ainda mais surpreso.

— Bom... — hesitou o maestro. — Alguns dias depois, terminando meus ensaios no Auditório Nacional, um homem entrou na plateia e se dirigiu a mim. Ele disse que era melhor eu parar de frequentar a academia de Lady Victoria, pois isso só me geraria problemas.

— Você o conhecia? — perguntei, preocupado.

— Nunca o havia visto.

— E como ele era?

— Estranho. Estava vestido de preto, como um padre. Parecia rude. Era mais... como dizer? Mais sinistro.

Precisei fazer minha melhor cara de paisagem a fim de dissimular a surpresa e a inquietude que tal descrição produzira em mim.

— E você acha que pode ser a mesma pessoa que seguiu Guillermo?

— Não posso provar, claro. Mas talvez seja.

— Vocês contaram isso à polícia?

— Contamos, mas não ligaram muito — bufou Johnny.

— É claro que também contamos a Lady Victoria — acrescentou Luis. — Ela nos advertiu de que devíamos ter cuidado. Que essas sombras lhe recordavam muito as que seu poeta favorito, Percy Shelley, vira um tempo antes de morrer. E mais.

— Shelley? Eu conheço bastante sobre Shelley e não me lembro de nada assim — eu disse.

— Lady Goodman afirmou que era um relato pouco conhecido. Ao que parece, foi escrito por Lord Byron quando seu amigo Shelley morreu. Numa noite, o poeta estava lendo uma obra de Calderón de la Barca quando, de repente, um homem mascarado e vestindo uma capa entrou em seu escritório e começou a fazer sinais para que ele o seguisse. O poeta obedeceu, e quando o intruso se deixou ver, descobriu que era... um sósia dele próprio! Contam que ele gritou horrorizado até desmaiar de susto.

— É uma história bem vitoriana. — Sorri. — Provavelmente apócrifa. Esse povo adorava os fantasmas, sabe...

— É. Nesse caso, porém, tem mais uma coisa. — Johnny me cortou com os olhos bem abertos, ainda mais sério. — Lady Victoria pode ter mencionado esse fato para tirar a importância do ocorrido. Mas conte a ele sobre as datas, Luis.

Luis, inabalável até o momento, remexeu-se incômodo em sua cadeira de metal.

— Isso é o mais impressionante de tudo, David. Guillermo morreu no último dia 8 de julho.

— E o que tem de especial? — Dei de ombros.

— Dia 8 de julho é... Bom, é o aniversário de morte de Shelley. Você pode achar que somos dois paranoicos — disse Luis, baixando a voz. — No entanto, quem assassinou Guillermo sabia desse detalhe e tinha conhecimento do que Lady Goodman havia nos dito quando lhe contamos sobre as sombras. É como se, ao acabar com ele, enviasse um sinal a ela.

Não movi nem um músculo.

— Além disso, sabe que livro Guillermo carregava na bolsa quando o encontraram? — Os olhos do regente de orquestra relampejaram enquanto apontava o canto de uma das fotos. — *Curiosamente* — enfatizou —, era outro poema incompleto, como o de Chrétien de Troyes...

— Há mais de um poema inconcluso na história da literatura — sussurrei, sem de fato ver aonde aquilo ia parar.

— *Don Juan*, de Lord Byron.

— Pense, David. Shelley morreu afogado em 8 de julho, a bordo de um barco chamado *Don Juan*, em homenagem a essa obra de Byron — acrescentou Johnny. — Lady Victoria é uma grande admiradora de ambos. O aluno dela foi assassinado em um lago perto da Montanha Artificial e levava ou colocaram um *Don Juan* perto dele. Acho que são coincidências mais que significativas.

Sacudi a cabeça, um pouco confuso. Se essas eram as provas com que haviam ido à polícia para que abrissem investigação por homicídio, não me estranha que não tivessem dado importância. Era uma visão muito específica da morte de um colega. Muito... literária.

— Um momento. — De repente, ao parar para pensar, dei-me conta de uma coisa. — Vocês não estão insinuando que Guillermo foi assassinado por alguém da Montanha, alguém que o conhecia e sabia das discussões de vocês, estão?

Meus dois interlocutores mantiveram silêncio, expectantes, demonstrando satisfação com o fato de eu ter chegado a essa dedução.

— Entendemos que, dito assim, pareça difícil de acreditar — sussurrou Luis.

— De fato, temos suspeitas — acrescentou Johnny.

— Provavelmente você ficará surpreso com o que vamos dizer, mas...

— Mas?

Uma ideia absurda cruzou fulgurante minha cabeça. O raio me fez levantar a voz além da conta.

— Paula?! — Não sei que cara fiz ao dizer aquilo. — Acham que foi ela? Vocês estão loucos?

— É só uma hipótese — disse Luis, fazendo-me um gesto para que moderasse o tom. — Há outras, é claro. O fato é que quem matou Guillermo sabia que ele estava, como nós agora, buscando o Santo Graal. É alguém próximo à Montanha Artificial.

Nesse instante, fui eu quem se agitou, incomodado.

— Esperem. Não me metam nisso. Não estou buscando nada...

— Faz algum tempo que, tecnicamente, você está, sim — observou Johnny Salazar. — Não percebe? Lady Victoria nos arrastou a sua *quête* particular. Quer que reconstruamos os passos de Guillermo atrás do graal. Você a ouviu. Além disso, está convencida de que vamos descobrir quem o assassinou e por que quiseram afastá-lo da investigação.

— Vou ser franco com você, David. — Luis, confidente, aproximou-se de mim. — Nós não podemos evitar embarcar nessa história. Guillermo foi nosso amigo e, como é natural, não queremos que a morte dele fique impune. Você, por sua vez, sim. Você acabou de chegar. É um homem formal, com uma reputação a zelar. E pode ser perigoso. Muito perigoso. Por mais que Lady Victoria diga que precisa de você, ainda está em tempo de se afastar.

— Agradeço a preocupação, mas por que estão me contando isso?

Johnny me encarou, sério.

— Talvez por você parecer legal. E também porque lemos muitos livros sobre honra e cavalaria.

— Isso é verdade — acrescentou Luis, olhando para mim com sincera preocupação. — O que seria do mundo se os cavaleiros não se alertassem a fim de evitar que os colegas escolhessem caminhos equivocados? Você não acha?

23

Juan Salazar e Luis Bello ignoravam que eu já havia decidido meu rumo. Fazia horas que meu instinto gritava que quanto mais longe ficasse da Montanha Artificial, melhor. E não só por causa do obscuro incidente de Guillermo Solís, do qual eu tinha acabado de ouvir todos os detalhes, mas também pela forma como Lady Victoria havia decidido me fisgar, apelando para meu passado.

No entanto, aquele revelador encontro com os dois alunos não terminou ali. Houve algo mais. Um gesto que não me passou despercebido e confirmou até que ponto eu estava me deixando contagiar por ideias paranoicas.

Foi quando nos despedimos. No aperto de mãos, o fã dos Ramones juntou apressado o material que eles haviam espalhado na mesa. Sua reação foi tão brusca que, naquele momento, eu não soube o que pensar. Luis e ele, de repente, encararam a porta com uma expressão alarmada, como se alguém os tivesse descoberto fazendo algo que não deviam. Eu, claro, me virei nessa direção, mas não cheguei a ver ninguém. Pelo menos, ninguém suspeito. Por um segundo, temi encontrar outra vez o cara vestido de preto, com boina e sobretudo, aquele que havia me sobressaltado em frente à casa de Lady Victoria, o mesmo que eu havia visto também no primeiro dia no hotel e que provocara uma reação parecida em Pa. Mas me enganei. Ali só havia um homem mais velho, com óculos metálicos e cabelo bagunçado, branco e abundante, que atravessou o local sem sequer reparar em nós e que se sentou a outra mesa e pediu um café.

— Obrigado pelo que me contaram — eu disse, pondo fim àquele instante de confusão. — Foi uma conversa muito esclarecedora.

Ainda um pouco perturbados, eles concordaram com a cabeça.

— Espero que encontrem o que estão buscando — acrescentei.

— E você? O que vai fazer agora? — indagou Johnny, curioso.

— Eu? O que já devia ter feito hoje de manhã, Juan — respondi, seco, pensando que, depois de tudo o que acabara de ouvir e ver, não ia esperar nem mais um minuto para concluir aquilo.

24

Um tremendo estrondo metálico me surpreendeu assim que pisei na rua. Demorei apenas um segundo para identificar de que se tratava. Sua onda expansiva ricocheteou entre as velhas janelas da viela de San Ginés como se quisesse arrancá-las da preguiça daqueles calores. De repente, senti um golpe de ar fresco. O clima havia se rarefeito, levando consigo os últimos feixes de luz do dia e trazendo sabe-se lá de onde um vento carregado de umidade que mergulhou a cidade num inconfundível aroma de terra molhada.

O impressionante repique logo foi seguido por mais dois. Uma tempestade de verão ensoparia tudo em minutos. Levantei o olhar para o céu, preocupado, e, nesse momento, ao vê-lo coberto de bulbos negros, tive um mau pressentimento.

Era uma escuridão insalubre. Anormal. Intimidado, apertei o passo até o ponto de táxi da rua Mayor, sentindo a imperiosa necessidade de falar com Paula e com Lady Goodman.

— Aonde o levo, senhor? — perguntou o taxista, animado diante da chegada de um passageiro.

— À esquina da Menéndez Pelayo com O'Donnell — indiquei, enquanto digitava o número de Pa.

O telefone tocou várias vezes, mas ela não atendeu. Tentei também o de Victoria Goodman – e aconteceu o mesmo. Nem sequer deu caixa postal. Não me importei. Confiava que ainda as encontraria na academia, naquela que apenas uma ou duas horas antes eu prometera não mais visitar.

— A rua Alcalá está bloqueada, senhor — interrompeu-me o motorista, que via aborrecido como as primeiras gotas de chuva começavam a borrar seu para-brisa. — Contornamos o Retiro pela Alfonso XII e o Paseo Reina Cristina?

— Claro... — respondi, indiferente —, como quiser.

Em minha cabeça, talvez agitada pelos ventos da tempestade, borbulhava todo tipo de sensação funesta. De alguma forma, Luis e Johnny haviam dado voz ao que minha consciência intuía havia dois dias: que a escola experimental de Lady Goodman ocultava um vespeiro absurdo do qual alguém como eu só podia sair mal. A decisão correta era encerrar o quanto antes toda relação com Victoria Goodman e afins. E fazer isso de forma educada, claro. Sem falsidades, mas com firmeza. Ainda que, até esse momento, eu não tivesse visto com meus próprios olhos os "inimigos" de que todos falavam, a verdade é que não tinha nenhuma intenção de tentar a sorte e encontrá-los por acaso.

Estava tão absorto em meus pensamentos que não prestei atenção nas notícias do rádio mencionando fortes chuvas na zona norte de Madrid e apagões em povoados da serra.

— Senhor — voltou a interromper-me o motorista. — Veja. Deve haver algum problema. A rua Alfonso XII também está bloqueada...

Dei uma olhada para ver a que ele se referia. A via, uma ampla avenida que transcorria longitudinalmente ao muro oeste do Retiro, estava bloqueada por dois ou três caminhões de bombeiros com as sirenes ligadas e as escadas estendidas em direção a um prédio. Não se viam chamas nem nada que justificasse a cena, mas uma patrulha municipal se empenhava em desviar o trânsito para outras ruas das imediações.

— Não se preocupe — eu disse, estendendo-lhe uma nota de dez euros e ignorando o barulho cada vez mais forte da chuva no teto metálico do táxi. — Não estou muito longe. Seguirei a pé.

Dez minutos depois, avistei a fachada de Lady Victoria, após subir o monte sobre o qual se desdobra o parque. Acabei com o cabelo e a roupa ensopados de chuva e suor, quase sem me dar conta de que o lugar ficara vazio. Os trovões, que soavam cada vez mais perto, tinham assustado até os músicos e os vendedores ambulantes. Os quiosques haviam fechado, e até o lago estava deserto. Não havia um único barco com passageiro. A chuva, mais intensa a cada minuto, deixara todos no cais, nenhum turista, e a bilheteria para a venda de ingressos estava no escuro.

Talvez por isso tenha me chamado tanto atenção o que vi ao chegar em frente ao meu destino. Bem debaixo das varandas da escola de Lady Goodman, um grupo de seis ou sete pessoas ocupava a estreita calçada, amparado por guarda-chuvas. Pareciam estar ali havia um bom tempo discutindo sobre alguma coisa. Junto com eles, contei dois veículos da companhia elétrica estacionados em fila dupla, com as portas traseiras abertas e o pisca-alerta ligado. "Apagão", deduzi, levantando o olhar para a fachada e comprovando que não havia nenhuma luz acesa em todo o quarteirão. Os semáforos não estavam funcionando. Os postes de luz e os painéis eletrônicos de propaganda, tampouco.

A tampa de um dos bueiros que havia em frente ao imóvel, no meio do asfalto, estava aberta. Mais que um escoadouro, tratava-se de uma portinhola com grade, de tamanho médio e que dava para uma escada de obra. O acesso havia sido limitado por simples cercas metálicas de contenção, sobre as quais se apoiavam três pessoas que não o perdiam de vista.

Observei. Uma delas era o porteiro de olhos de coruja do edifício. Sua expressão era sombria.

A outra era Paula.

Eu a reconheci em seguida. Embora usasse uma capa de chuva transparente, o coque, a grande bolsa de tecido pendurada no ombro e a calça justa a delatavam. Devia ter voltado à Montanha para preparar a reconstituição dos passos de Guillermo atrás do graal, então a falta de energia a obrigou a descer para a rua. Talvez seu celular estivesse na bolsa e, com o movimento, ela não o tivesse ouvido.

Alguns metros atrás, Lady Victoria e Raquel, sua enfermeira noturna do cabelo azul, falavam entre si com cara de contrariadas. Lady Goodman parecia indignada. Segurava uma sombrinha cor de lavanda, antiga, mais própria para conter o sol que a chuva. Também estava na rua por causa da falta de luz no quarteirão. Tinha os olhos cravados nos de um operário de baixa estatura que segurava uma caixa de ferramentas. O homem dava de ombros, sem saber o que responder, enquanto a interlocutora, que portava uma pasta debaixo do braço, acusava-o com o indicador.

Estive a ponto de levantar a mão e cumprimentá-las do outro lado da rua quando uma terceira cena me chamou ainda mais atenção. À porta de uma das poucas garagens da rua, um homem falava com alguém que estava numa moto de alta cilindrada. O veículo tinha o motor ligado, roncando sobre os trovões que continuavam estremecendo o céu. Prestei atenção neles porque os trabalhos no bueiro haviam interrompido o trânsito ali e não havia mais veículos circulando.

O motorista, um rapaz magro, com envergadura, usava um capacete com a viseira levantada e exibia óculos escuros e uma jaqueta sem emblemas nem remendos. Parecia concordar com o que lhe diziam, embora tenha sido impossível distinguir suas feições. No entanto, ao contrário dele, o homem de preto que estava ao lado me pareceu familiar: sua tez era branquíssima, doentia, e ele estava virado para o mesmo grupo de vizinhos que eu. Vestia roupa de inverno, casaco comprido e boina escura. Não tive dúvidas. Era o sujeito que eu vira no bar do hotel em meu primeiro dia em Madrid. E que voltei a encontrar a apenas alguns metros dali, na esquina da casa de Lady Victoria, que agora estava ocupada pelos operários da companhia elétrica. Pressenti que ele só geraria problemas.

De fato. A um gesto seu, o rugido da moto se intensificou logo antes de sair em disparada para perto do bueiro. Espirrou uma nuvem de água suja. Pensei que o piloto evitaria aquele canto e seguiria a faixa lateral, mas ele acelerou ainda mais, dirigindo-se contra o grupo.

Pa se virou ao ouvir o motor.

Os eletricistas que inspecionaram o bueiro ergueram os olhos a tempo de ver com espanto de onde procedia aquele estrondo.

Um único segundo depois, a moto – uma Kawasaki Z1000 preta, de quatro cilindros, impressionante – passou bem perto deles e fez que tanto Paula quanto uma mulher de uns quarenta anos que estava ao lado dela caíssem de costas sobre uma poça.

— Filho da puta!

Uma avalanche de impropérios perseguiu o motorista em fuga.

Notei o estranho detalhe de que aquele monstro de aço não tinha placa – e algo que me deixou ainda mais perplexo. Contra todas as previsões, como se tivesse ouvido os insultos, o piloto freou de repente no cruzamento com a O'Donnell e começou a dar meia-volta.

Pa, ainda atordoada, continuava sentada no chão, com os olhos bem abertos, cravados no capacete preto.

Meu Deus!, pensei.

Foi como um raio.

De repente, tive a certeza de que ele se lançaria de novo contra ela.

Sabia que não era um idiota qualquer. Nem um estúpido a bordo de uma máquina de mais de mil centímetros cúbicos de motor. Nesse instante, meu corpo inteiro se arrepiou. Por uma imprevisível associação de ideias, lembrei-me do sonho no castelo do Retiro e de como Pa havia me obrigado a me aproximar daquele grande buraco sem fundo. Voltei a sentir o medo de cair ali dentro. Ou de que ela caísse. E quis gritar.

Infelizmente, não tive tempo.

O motorista soltou o freio e se lançou rua abaixo a toda velocidade, inclinando-se sobre o tanque de combustível.

A rua retumbou outra vez.

Nessa fração de segundo, senti claramente que tinha de fazer alguma coisa. Qualquer coisa. O que quer que fosse.

Sem pensar, corri para interferir. Sabia que, se atravessasse na frente dele, se só o roçasse com um braço, o derrubaria.

Cheguei perto do bueiro e voei até me agarrar a uma das cercas com que os eletricistas haviam demarcado a área de trabalho. Nem sequer vi Pa. Só tinha olhos para aquele objeto metálico pintado de amarelo. Com o coração disparado, trombei com ele, empurrando-o alguns metros à frente. Era o que eu queria. Aquela parte da cerca se soltou das outras e, vacilante, girou sobre si mesma, deslocando-se em direção ao centro da calçada. O estrondo provocado foi tão grande que, quando o motorista derrapou para não bater ali, arrastando seus tubos cromados pelo chão, todos prendemos a respiração.

Durante aquela fração de segundo, o tempo parou.

Vi Paula se levantar em câmera lenta e, a um grito de Lady Victoria, fugir e buscar refúgio na entrada do edifício, com Raquel. Observei como o "cavaleiro obscuro" erguia sua moto com má vontade, girando a cabeça devagar em minha direção. Olhou para mim. Verificou os danos. Depois, prestou atenção em quem era. Nesse instante, senti toda a sua ira contra mim.

Aquele cara tinha acabado de me identificar como o novo alvo.

Agarrado ao acelerador, a moto que levava entre as pernas urrou como uma besta ferida.

Foi uma estupidez. Eu sei. Mas não tive nenhuma ideia melhor senão correr pela rua. Sabia que ele iria atrás de mim e que minha chance de escapar era mínima. Não olhei para trás. Não quis. Se soltasse o freio de novo, aquele sujeito me atropelaria em questão de dois ou três segundos.

O rugido voltou a se intensificar.

Trovejou. E, com ele, também o céu, derramando-se sobre nós.

De repente, percebi um alvoroço atrás de mim. Quis acreditar que os funcionários da companhia elétrica e os moradores estavam gritando para aquele psicopata que parecia disposto a passar por cima de mim. No entanto, não vi nada. Tinha me empenhado apenas em alcançar a curva até a rua Menorca e me proteger entre os carros estacionados ali.

Algo, porém, me disse que já era tarde para isso. O barulho da moto estava muito perto.

— Não, não, não! — gemi com a cara ensopada de chuva e o coração prestes a sair pela boca.

Nãããao!!!

Só tive tempo de ir para o lado. Foi um movimento instintivo. Veloz. Como se com o canto do olho, com o olhar inundado, tivesse percebido algo que não deveria estar ali. Alguém falou meu nome.

— David!

Não reconheci a voz rouca, raspada, estridente, mas ouvi com clareza. Duas vezes.

— David!

A única coisa que consigo afirmar é que foi um timbre masculino e que a exclamação se mostrou imperiosa. Supus ser o homem que momentos antes discutira com o motorista, mas tinha acabado de deixar para trás a garagem em frente à qual os vira… e não havia ninguém ali.

Então, aconteceu.

Nem bem virei o rosto em direção ao canto de onde haviam me chamado, notei que algo batia na lateral de meu corpo e me empurrava para fora da calçada. Senti um golpe no peito, uma explosão de dor no ombro esquerdo ao tocar o solo e a confusão de me ver rodar contra o para-choque de um carro. Vi a rua girar e até notei como a moto que me perseguia se afastava dali deixando um desagradável cheiro de gasolina queimada.

Nesse exato instante, soube que aquela voz acabara de salvar minha vida.

25

— Meu Deus, querido! Você está bem?

O perfil aristocrático de Lady Victoria foi a primeira coisa que avistei ao me levantar. Eu o notei um pouco desalinhado, como se um golpe de vento tivesse desarmado seu penteado e, com isso, arrastado também parte de sua compostura. De fato, gaguejei algo ininteligível tentando acalmá-la, mas estava muito alterada. Apontava com o dedo indicador de sua mão direita para algum lugar indeterminado enquanto sua cabeça se movia nervosa em todas as direções.

— Fomos atacados, David! Você viu? Minha nossa. Fomos atacados!

— Pa está bem? — Eu a ignorei, buscando-a no átrio.

— Calma — bufou. — Fique tranquilo. Ela está a salvo. Em casa. E você, você...

Lady Goodman se encontrava a apenas trinta centímetros de mim, cravada como um arpão no lombo de uma baleia, equilibrando-se com sua sombrinha e sua pasta. Tinha as pupilas pequenas. Petrificadas. Tentei evitá-la para localizar também a voz que havia gritado meu nome alguns segundos antes, mas só tive tempo de trocar um olhar com um desconhecido que me observava a uma prudente distância. Era um homem mais velho, de cabelo grisalho comprido e bagunçado, com óculos, que ao descobrir que eu era capaz de me mover sorriu para mim do outro lado da rua e desapareceu rumo ao parque.

Mais uma vez, o tempo parou.

Não sei explicar, mas senti uma estranha inquietação ao vê-lo partir. Foi algo irracional. Esquisito. Nesse momento, não tinha como saber se havia sido ele quem me salvara de ser atropelado, embora algo me dissesse que sim. E também – isso me alarmou – não era a primeira vez que o via. De fato, estive prestes a gritar alguma coisa para ele quando a dama do mistério se interpôs entre nós, voltando a apontar apreensivamente pela rua.

— Meu Deus, você poderia ter morrido — repetiu, trêmula, como se a angústia tivesse vencido seu falso sossego. — Precisamos nos preparar, David. Eles vão voltar!

Percebendo seu estado de nervos, parei de pensar no desconhecido, segurei-lhe as mãos e disse a ela que me encontrava em perfeito estado, que estava tudo bem, que ninguém tinha se ferido. No entanto, Lady Victoria não parecia me escutar. As franjas de sua saia branca de algodão tremiam agora ao ritmo de seus cachos, reforçando a sensação de aflição que se instalara em seu rosto. Observei, então, o contêiner de lixo que estava virado a dois passos de nós. Jazia feito besta encalhada, com seu ventre aberto apontando para nós, suas pequenas rodas pretas para o ar e meia dúzia de sacos de lixo estourados, espalhados no asfalto. Sim. Definitivamente, aquilo me acertara. Tinha sido o que alguém – talvez aquele senhor sorridente – jogara em mim para me salvar.

Duas vezes tentei perguntar a ela se reconhecia quem teria sido. Em vão. Em seguida, eu me dei conta de que Lady Goodman não tinha visto nada; estava como a mãe que acabava de perder os filhos num parque de diversões: incapaz de se preocupar com qualquer coisa que não fosse o problema dela. Talvez por isso tenha mandado Paula se refugiar no átrio, e sua única e insistente preocupação era telefonar para o restante do grupo e saber se estavam bem.

— Você viu, David? Você viu? — balbuciava sem parar enquanto subíamos no escuro, pela escada, ensopados, os cinco andares que nos separavam da Montanha Artificial. — Fomos atacados! Atacados!

Minutos depois, o quarteirão já tinha energia elétrica novamente. Os operários fecharam o bueiro e guardaram as cercas em seus veículos; antes que a rua se iluminasse por completo, o trânsito se restabelecera.

Quando subiu ao apartamento, Pa continuava em estado de choque. Demorou alguns segundos para me reconhecer, mas assim que o fez se levantou de onde estava e correu para me abraçar.

— Você está bem? — perguntei a ela, segurando seu rosto com cuidado.

Ela se limitou a assentir, afundou a cabeça em meu ombro e desabou a chorar.

— Calma. Já passou...

Luis, Johnny e Ches chegaram pouco depois. Lady Goodman havia ligado para eles assim que subira. Paula teve o tempo justo para se recompor enquanto Lady Victoria os colocava a par do acontecido. Primeiro ela sozinha, depois com a ajuda de Pa, descreveu a cena que acabáramos de viver. Os recém-chegados, impressionados, nos bombardearam com perguntas. Especialmente a Pa, que não parava de secar as lágrimas e de me agradecer pelo que havia feito por ela. A pobre insistia, sem muito convencimento, que o mais provável era que tudo tivesse sido um estranho mal-entendido.

É óbvio que a dama do mistério não estava de acordo. Seus argumentos eram de tal veemência que o regente e o jovem engenheiro não se atreveram a contestar. De fato, troquei com eles alguns olhares interrogativos. Se as suspeitas de Lady Victoria eram fundadas e estávamos diante de um novo ataque de quem havia assassinado Guillermo Solís, então aqueles dois já podiam apagar Paula da lista de suspeitos. Simplesmente não encaixava que a tivessem atacado. E, então, quem restava? Ches? A musa frágil que de repente se entusiasmara tanto com aquela busca? Aquilo começava a soar ridículo.

A presença do homem de preto no cenário do atropelamento frustrado me convenceu de que mais alguém vigiava o grupo de Lady Goodman e que, tal como temiam, sobre os integrantes pairava um perigo real. Um perigo exterior.

— Pelo menos agora temos a certeza de que os inimigos da Montanha declararam guerra. — A dama do mistério sorriu, desanimada, dirigindo-nos ao círculo de poltronas. — E isso nos obriga a agir.

Longe de se sentir desencorajada pelo acontecido, tive a impressão de que o incidente havia lhe dado novos brios. Nós, seus cinco acompanhantes, parecíamos muito mais abatidos do que ela. Era possível adivinhar a preocupação, o medo e o desconcerto em cada um. Em meu caso, contudo, a sensação tinha origem distinta. Enquanto o restante debatia sobre o ocorrido e começava a compartilhar suspeitas, eu lutava para tomar uma decisão justa. Depois daquilo, com que critério me separaria de Paula? Como lhes diria que me retirava, que aquilo não era comigo?

E eu?

Será que estaria melhor sozinho agora do que rodeado de todos eles?

— Sei como enfrentaremos essa ameaça. — Lady Victoria interrompeu meus pensamentos, exigindo nossa atenção. — Ouçam-me, por favor. Acho que encontrei uma solução.

No centro do círculo, buscou Johnny com seus olhos azuis.

— Salazar — disse ela —, aquele fórum cifrado que você criou para nós na internet ainda funciona?

O barbudo assentiu, agora realmente estranhando.

— A senhora se refere ao *Diários da Montanha*? Nunca chegamos a inaugurá-lo.

— Bom, eis o momento. — Exibiu um sorriso carregado de determinação. — Mude o nome, Johnny. Deixe *Diários do Graal*, e continuaremos exatamente com o plano que criamos para ele. Vamos refazer a investigação de Guillermo, dividindo-nos em três equipes e reconstruindo as viagens que ele realizou antes de ser assassinado. Quando descobrirmos por que o mataram, vamos saber quem são e acabaremos com isso de uma vez por todas.

— Vamos... vamos nos separar? — Uma sombra nublou a expressão beatífica de Ches.

— Se nos separarmos, será mais complicado que nos vigiem.

— Vigiem? A senhora sabe quem são? — Pa afogou um tremor.

Talvez Lady Victoria tenha compreendido que havia algo naquela sua determinação que escapava a todos nós porque, solícita, se apressou a sublinhar as próprias palavras.

— Estamos sendo vigiados, sim. E não é novidade. Nem subjetivo. Acho que desde a morte de Guillermo todos nós tivemos essa sensação. Paula foi seguida no dia em que foi receber David no hotel. E sei bem que algum dos senhores também se sentiram espreitados antes. E hoje... Bom, hoje ficou confirmado, acima de qualquer suspeita, que nossas comunicações estão interceptadas.

— Acha que grampearam nossos telefones? — perguntou Johnny, intrigado, pegando seu celular e olhando para o aparelho com certa apreensão. — E como pode ter tanta certeza? Não é fácil descobrir algo assim...

— Nossos inimigos também cometem erros, Johnny — respondeu a ele. — Quando acabou a luz, liguei para Pa, para que me trouxesse uma documentação importante. Cometi a imprudência de falar além da conta, de lhe dizer que com esses papéis encontraríamos o que estávamos buscando. Disse exatamente isto: "O que estávamos buscando". E isso é o que deve tê-los alertado.

Johnny Salazar entrecerrou os olhos.

— Não sei se entendi aonde quer chegar — disse ele.

— É muito fácil. Justo antes de Pa fazer o que eu lhe havia pedido, liguei para ela de novo e disse que a esperava na rua. Queria saber o que estava acontecendo com o apagão. E quando ela chegou... Bom... Lá estava também esse motorista.

— E o homem vestido de preto... — Pa se atreveu a verbalizar, deixando transparecer um medo que eu não havia visto até esse momento.

— Não tenho dúvida alguma de que estão nos espiando — cortou Lady Goodman, dirigindo-se ao restante do grupo. — Esses homens se apresentaram aqui para roubar esse material. Para conhecer nossas intenções e nos manter afastados de Guillermo e de nossa *quête*. E isso nós não podemos permitir.

— Material? Que material?

Johnny, Luís, Ches e eu nos entreolhamos.

— A documentação que pedi a Paula eram umas pastas com os planos de trabalho que tenho para os senhores.

— Mas, senhora, se for verdade o que está dizendo, como pretende despistá-los? — indagou de novo o barbudo, talvez o único de nós capaz de medir o alcance daquele comentário.

— Muito simples. Primeiro, deixando para trás este lugar. Se estão nos vigiando, desapareceremos daqui por alguns dias. Amanhã mesmo sairemos de Madrid por rumos distintos e comunicaremos nossas descobertas somente pelo fórum. Se bem me lembro, o senhor o criou com um código de acesso de alta segurança.

Seus olhos brilharam de repente.

— Na realidade, trata-se de um blog que só pode ser acessado por convite, usando um navegador especial chamado TOR.

— É seguro?

— Totalmente — assentiu. — Cada vez que alguém o utilizar, o sistema buscará um *proxy* que se conectará a outro computador com um número de IP que não é o seu e que o tornará ilocalizável. Os sistemas de rastreio habituais são incapazes de espiar algo assim. Se quiser, enviarei a todos um endereço com um domínio ".onion" de dezesseis caracteres alfanuméricos e um código de acesso. — Ele se virou para os demais — Vão gostar. Vocês vão ver. Só tem um pequeno inconveniente.

— Qual?

— Precisa de Wi-Fi ou de uma boa conexão de internet. O navegador demanda bastante.

— Suponho que tudo bem. Envie-nos as senhas e ponha-o em funcionamento o quanto antes — disse Lady Victoria. Depois, olhando para o restante, acrescentou: — Pensei também que, por trás dessa barreira digital, devemos criar um sistema de troca de informações que tem algo do século XIX... mas funciona. Trata-se de um método que nos manterá unidos como se estivéssemos juntos fisicamente, convidando-nos a pensar e a agir quase como se fôssemos um só.

Nenhum de nós piscava.

— Vamos descobrir o que custou a vida de Guillermo — prosseguiu. — Mas, em vez de fazer isso isolados, sem prestar contas a ninguém, como fez ele, correndo o risco de que o que achemos volte a se perder, deixaremos cada um de nossos passos por escrito. No fórum. Desse modo, se acontecer alguma coisa a algum de nós, o restante saberá com exatidão até onde chegou.

— Seria preciso ter muita força de vontade para fazer um diário nessas circunstâncias, senhora — objetou Johnny. — Ninguém escreve bem quando se sente perseguido.

— Eu sei, querido. Eu sei. Por isso, gostaria que vocês levassem isso como um desafio, não como uma obrigação nem como uma fuga. E tenho uma ideia. — Lady Goodman deixou que aquela frase flutuasse livre por um segundo antes de continuar: — Queridos, vou convidá-los a um duelo com textos.

26

Eu nunca havia ouvido aquela expressão.

Duelo com textos? A que se referia exatamente?

Logo compreendi.

Lady Goodman, em sua obsessão para que nada da nova busca do graal se perdesse, havia decidido apelar para as diferenças de critério entre os distintos membros do grupo a fim de transformar aquela sorte de fuga em um desafio sublime. Repetir as últimas viagens de Guillermo não o devolveria à vida. Descobrir seus assassinos talvez gerasse algum reconforto aos colegas. Mas encontrar o que Lady Victoria e ele buscavam discretamente... Essa, sim, parecia uma recompensa a considerar. Para ela, transformar semelhante decisão em um desafio manteria a mente do grupo ocupada num quebra-cabeça em que cada um contribuiria com algo. E ao mesmo tempo afastaria de nós a paralisia que sempre atrai o medo.

No entanto, o que de nenhum modo pude imaginar nesse momento foi que por trás daquela singular etiqueta se escondia, mais uma vez, a fascinação de Lady Goodman por Lord Byron e Percy Shelley.

— O duelo com textos foi inventado em uma tarde tempestuosa como esta, mas em 1816 — explicou quando lhe perguntamos.

Sua origem estava, portanto, em uma história clássica da literatura universal.

— Naquela noite — prosseguiu Lady Victoria, exuberante —, Lord Byron, com vinte e oito anos; seu médico e secretário pessoal, John William Polidori; Percy e Mary Shelley, que naquela época ainda eram amantes; e sua meia-irmã Claire haviam ficado isolados pelo mau tempo em sua residência de verão perto do lago Léman, em Genebra. Sem poder sair, decidiram exorcizar seus medos e seu tédio de um modo único: eles se desafiariam a um "duelo". Iriam se separar e se concentrar nos quartos à luz de velas, e voltariam com um texto que servisse para afugentar seus terrores. — O rosto de Lady Goodman se alterou enquanto nos contava isso. — Foi um exercício de improvisação absoluta — disse ela. — Os cinco começaram a fantasiar com personagens, lugares e crimes impactantes que cobrissem seus medos mais mundanos. Não tinham nada à mão, salvo a imaginação. Desconheciam que aquele ambiente seria o mais propício para a criação. Os trovões retumbando nas montanhas os levaram a fazer a mais suprema das magias. Criaram mundos como se fossem deuses!

— E isso é o que pretende que nós façamos? — Ches a interrompeu, um pouco atordoada.

— De alguma forma, sim. Espero que esconjurem os que assassinaram Guillermo despertando o fogo de sua mente criativa. O dr. Polidori afugentou suas sombras escrevendo a primeira novela de vampiros da história oitenta anos antes do *Drácula* de Stoker. E Mary Shelley fez o mesmo engendrando *Frankenstein* para aquele desafio. O medo tornou-os fortes e imortais.

— Acho que a senhora supervaloriza o poder da pena sobre a espada — objetei. — Não tenho certeza de que, dadas as circunstâncias, fazer um diário seja de muita serventia.

— Pensei em tudo, até o último detalhe, querido — disse, virando-se para mim. — Não se trata apenas de escrever. Nós nos dividiremos em três equipes de investigação. Ches e eu integraremos a primeira. Luis Bello e Johnny, a segunda. E Pa e você farão a terceira dupla. As anotações não deverão ser só uma crônica fiel do que encontrarem. Aproveitem o ímpeto da busca para impactar os demais com seus achados. Se as sombras que nos perseguem são o que imagino, essa será a única forma de derrotá-las. Acreditem em mim.

Ao ouvir aquilo, senti um frio na barriga. Havia verdadeiro *entheos* em suas palavras. Os olhos de Lady Goodman liberavam uma emoção contagiosa. A xamã estava de volta, decidida a transformar nossa aflição em empenho.

— Vocês dois vão a Barcelona e retomarão a última investigação de Guillermo justo no ponto em que ele a deixou — continuou com seu delírio alquímico, dirigindo-se a Paula e a mim. — Visitarão o Museu Nacional de Arte da Catalunha a fim de averiguar se ele descobriu mais alguma coisa nas pinturas românicas além daquilo que contei a vocês. Assim que…

— Desculpe — interrompeu de repente Luis Bello, erguendo-se da poltrona como se saísse de um sonho. — Não sei se é uma boa ideia, Lady Victoria.

A expressão de contrariedade que escureceu seu semblante de repente me chamou atenção.

— Veja… — O maestro titubeou, limpando a garganta. — O que a senhora nos contou hoje de manhã sobre essas absides parece apontar a existência do graal como objeto real. Acredito, sinceramente, que eu cumpriria melhor essa missão.

Lady Victoria não pareceu tão surpresa quanto o restante.

— Na verdade, querido, pensei em algo muito melhor para o senhor — respondeu, sem perder o sorriso. — Lembre que o achado de Guillermo em Barcelona foi de natureza artística, não arqueológica. Para buscar um objeto físico, um graal que possamos tocar com nossas próprias mãos, Johnny e o senhor viajarão amanhã a Valência.

— Valência? — Luis, desconfiado, retorceu o bigode.

— A catedral dessa cidade guarda o cálice que durante mais séculos foi venerado como o verdadeiro Santo Graal. É o que fundamenta a tradição.

Enviei Guillermo para lá há algum tempo para que averiguasse se era o verdadeiro cálice de Cristo, mas ele nunca terminou o relatório. "A melhor postura" é que sejam os senhores a se aproximar dele e a fazer um texto que estabeleça a verossimilhança dessa relíquia.

— Sério que quer que investiguemos um cálice exposto numa catedral? — Johnny se sobressaltou.

Sua pergunta emergiu carregada de ironia, mas nem isso incomodou Lady Goodman, que havia se aproximado de uma das mesas da sala e se esforçava para tirar umas pastas vermelhas debaixo de uma pilha de livros.

— Não subestime meu convite, Salazar. Não é um simples cálice. Se derem uma olhada neste material — disse, entregando-lhe as pastas —, verão que se trata da única relíquia com essas características que foi venerada na Europa como o verdadeiro graal desde, pelo menos, fins do século XIV. Atualmente, é o cálice favorito da hierarquia católica. Há alguns anos, os Papas João Paulo II e Bento XVI até organizaram viagens pastorais a Valência para celebrar missas com ele.

— Isso não prova nada — objetou Johnny enquanto folheava aquele material. — Há pelo menos uma dúzia de cálices que se passam pelo de Cristo...

— Mas nenhum conta com a documentação histórica desse. No relatório que lhe entreguei, verá que o graal de Valência apareceu descrito pela primeira vez em um documento de 1399 com o qual o rei aragonês Martim I, o Velho, reclamou-o ao mosteiro de San Juan de la Peña, em Huesca. É plausível que se trate do mesmo que, segundo a lenda, foi escondido por São Lourenço nos Pirineus.

— Mas "plausível" não quer dizer certo...

— A Igreja é muito prudente com esse tipo de objeto — interrompeu Paula, evitando que os ânimos voltassem a se exaltar. — Faz várias décadas que o bispado não permite que nenhum pesquisador se aproxime do graal de Valência para tirar dúvidas. Não querem se arriscar a sofrer outro fiasco como o do Sudário de Turim. Há alguns anos, aplicaram a técnica da datação por carbono-14 à tela e se viram obrigados a datá-la como sendo do século XIII.

— Viu? — Luis se virou para Lady Victoria como um raio. — Paula está mais preparada para ir à Valência do que eu. Deixe-me ir a Barcelona no lugar dela.

— Já lhe disse por que não, Luis. O senhor busca o graal como um objeto, e nessa catedral há um que a Igreja protege discretamente... O que mais poderia querer?

— E as duas, o que farão? Vão ficar em Madrid? — Johnny, então, interrogou Ches e a escritora.

— A srta. Ches Marín e eu temos outra missão — respondeu. — Percorreremos alguns marcos da rota pirenaica do graal de carro. Guillermo a explorou há algum tempo. Por sorte, Ches dirige, é prudente e tem os conhecimentos de medicina necessários para fazer que eu me sinta segura. Acreditem, estarei em boas mãos.

— E para que vai se incomodar tanto? — grunhiu Luis Bello, retorcendo o bigode com infinita desconfiança. — A senhora não disse ontem que o graal é uma invenção?

— Não se engane, querido. — Ela o atravessou outra vez com seus olhos brilhantes. — Aqui estamos buscando algo que existe, que foi nomeado por um escritor. Algo poderoso, que outros dissimularam por trás de mitos a fim de protegê-lo como o mais valioso dos tesouros. Pense nisso. Acredito que Guillermo tenha descoberto que o verdadeiro graal era uma chave, algo visível que permite a um humano acessar o invisível.

— E essa foi a razão para o matarem? — inquiri, estranhando.

— Não sabemos o motivo exato para terem feito isso, querido. Ainda assim, não tenha dúvidas de que ele encontrou algo importante a ponto de obrigar seus inimigos a silenciá-lo. Tenho certeza de que somente descobrindo do que se trata poderemos estar a salvo de seus algozes.

— E não tem sequer uma suspeita do que seria? Não imagina o que Guillermo encontrou? — O maestro a pressionou.

— Acredito que ele tenha descoberto como chegar ao invisível a partir de algo tão mundano quanto um dos cálices utilizados por Cristo em sua Última Ceia. Já disse São Paulo em carta aos romanos que esse tipo de busca, que permite ir *per visibilia ad invisibilia*, ou transcender a partir do tangível, sempre desata a ira dos que desejam ver os homens encadeados à matéria.

— Essa é uma resposta mística demais, senhora. Não parece muito plausível que tenham matado Guillermo por algo assim…

— Prove — disse, apontando para ele com seu indicador trêmulo. — Com essa missão, dou ao senhor a oportunidade de fazer isso. De qualquer forma, se não gosta da hipótese, fique ao menos com o duelo com textos para fazer parte de uma corrida entre mentes criativas em busca de um objetivo supremo. Como alpinistas empenhados em alcançar o cume de uma obra inspirada. Um choque de sensibilidades, desde a mais racional até a mais sobrenatural, em busca de um sopro de talento. Definitivamente, uma busca de luz para expulsar as sombras.

Dizendo isso, sorriu, antes de acrescentar:

— E acredito, querido, que tanto ao senhor quanto a mim não fará mal afugentar nossas sombras. Não acha?

DIA 5
Duelo com textos

27

A estação Atocha, no coração de Madrid, amanheceu úmida naquela manhã. O céu havia se esvaziado de tempos em tempos durante a noite inteira, e ainda se viam pequenas poças de prata nas calçadas, nas quais se refletia uma ou outra nuvem atrasada.

— Será que vai chover de novo? — Eu ainda estava meio dormindo.

— Tomara. Hoje vai fazer calor. Por sorte, já não vamos estar aqui...

Pa disse aquilo sem entusiasmo, com a sombra da preocupação instalada em cada uma de suas expressões, justo quando descemos em frente à entrada do jardim tropical da estação ferroviária. Ela acabara de me buscar no hotel, onde havia me deixado na noite anterior, depois de terminada a reunião com Lady Victoria. Eram sete em ponto, e não tínhamos tomado nem café preto. Levando uma bagagem leve – ela, uma simples mala de viagem; eu, uma mochila –, deixamos para trás os lagos com tartarugas e palmeiras e nos dirigimos à bilheteria que vendia passagens para o próprio dia. Compramos os bilhetes para o primeiro AVE com destino a Barcelona e conseguimos embarcar no que saía dali meia hora.

Embora Pa estivesse desanimada, intuía que aquela viagem lhe faria bem. Ela repetiu duas vezes que mal havia pregado o olho a noite inteira e que passara o tempo olhando pela janela, tentando adivinhar a razão de aquele motorista quase tê-la matado. Percebi um inconfundível resquício de medo em seus olhos. Desde que fora me buscar, olhava de soslaio para todos os lados. Eu, por prudência, não puxei o assunto do homem de preto. Nem voltei a perguntar pela tatuagem dela – que nessa manhã aparecia debaixo de um penteado preso improvisado, que a escondia parcialmente –, tampouco pela teoria dos segredos que havia derivado naquele beijo já quase esquecido, no parque. Naquela manhã, tudo aquilo parecia anedótico. Tinha a impressão de que nada disso havia ocorrido. De que tudo era fruto de minha imaginação.

Sendo assim, em vez de alimentar os fantasmas de nosso curto passado, concentrei-me no conteúdo da pasta que Pa tirou da bolsa e me entregou assim que nos sentamos no trem.

— Já sei o que tem aí — disse ela, apertando os lábios.

A pasta era idêntica à que Lady Goodman entregara a Luis e Johnny na tarde anterior. Uma pasta como a que, ao que parecia, haviam tentado roubar.

— Dê uma olhada e me diga o que acha.

Abri. Não era muito grossa. Havia alguns nomes e endereços que, para mim, não diziam nada; uma reserva de hotel na praça de Espanha, em Barcelona; e alguns recortes de jornal cuidadosamente colocados em envelopes de plástico. Enquanto folheava, tentei me livrar da sensação de que aquela circunstância – fazendo minhas as palavras de Paula no cume da montanha artificial do Retiro – tinha algo de predestinação. De algum modo, nas últimas horas, minha vida se alinhara para que nós dois voltássemos a estar a sós. E eu gostava disso. Tínhamos dois quartos reservados para dois dias. Mais que suficiente para descobrir se a mulher ao meu lado guardava outro segredo de mim.

— Aqui também está a senha do fórum? — inquiri, remexendo os pensamentos.

— Claro. Johnny a deixou ontem à noite em minha caixa de correio, dentro desse envelope. Ele não quis correr o risco de me enviar as senhas por mensagem de celular.

— Esperto.

— A propósito... — acrescentou —, Lady Victoria já marcou nossa primeira reunião. Pediu que comparecêssemos assim que chegarmos a Barcelona.

— Não podemos perder tempo, né?

— É com essa mulher... — disse, aproximando-se.

Paula indicou uma das páginas de jornal que estavam abertas em meu colo. Era do *La Vanguardia*, arrancada de uma edição de quase seis meses antes.

— Beatrice Cortil. — Li o nome na manchete. — Você a conhece?

— Li alguns artigos dela. É historiadora. Uma autoridade em sua área.

A mulher que aparecia na foto tinha rosto afilado e olhar inteligente. A legenda dizia que era diretora da área de coleções e restauração preventiva do Museu Nacional de Arte da Catalunha, além de autora de um exaustivo estudo sobre as pinturas românicas de Taüll, as mesmas em que Guillermo encontrara o graal.

— Ela já sabe que vamos vê-la?

Paula sorriu.

— Você tem dúvida? Lady Victoria cuidou de tudo.

— E os demais? — disse enquanto o trem começava a se mover. Naturalmente, eu me referia ao restante do grupo. — Já saíram?

— Sairão ao longo do dia. Vamos entrar em contato com eles hoje à noite, pelo fórum. Só espero que o criptografado do Johnny não nos cause problemas.

— Tomara.

Barcelona nos recebeu três horas mais tarde com um calor úmido, muito distinto do fresco que havíamos deixado em Madrid. A viagem transcorreu entre os vaivéns de uma longa e descontraída conversa que serviu para serenar os ânimos de Paula. Eu a convidei para tomar café. Falamos de como Espanha e Irlanda são diferentes, do tanto que o clima influenciava o caráter de um povo e de como eu tinha ouvido falar bem daquele trem de alta velocidade em meu país. Tudo o que tinham me dito sobre ele era pouco. Gradualmente, as camadas de medo e inquietude que cobriam minha acompanhante foram se dissolvendo e nós recuperamos a cumplicidade deixada no parque. O cansaço e a necessidade de se sentir a salvo ganharam terreno, até que ela adormeceu apoiada em meu ombro. A sensação de embarcar em um veículo de ficção científica e o frio na barriga que senti ao ver passar as paisagens agrestes de Guadalajara e Aragão a mais de duzentos quilômetros por hora com Pa ao meu lado, anestesiaram minhas expectativas. O trajeto transcorreu sem incidentes, tranquilo. Ninguém me avisara, porém, de que aquele salto para o futuro terminaria numa estação decadente, que parecia tirada de um filme ruim dos anos 1980, escura, que quebraria bruscamente o encanto da viagem.

"*Benvinguts a Sants-Estació*", lemos ao pôr os pés em Barcelona, recordando algo.

Por sorte, minha companheira soube como se virar naquele fervedouro caótico de passageiros, lojas de recordações, totens luminosos com anúncios de restaurantes de *fast-food* e velhas máquinas de venda de passagens de trem. Atravessamos o enorme hangar da chegada enquanto ela, outra vez nervosa, começou a vigiar com canto de olho ao redor, como se precisasse se certificar de que ninguém nos seguia.

— Estamos muito longe? — perguntei quando chegou nossa vez de pegar um táxi, acomodando nossa pouca bagagem no porta-malas.

— O museu fica perto. E fará você esquecer essa imagem ruim da estação, pode acreditar.

— Aposto que você não sabe de onde vem o nome *Sants* — eu disse, querendo distraí-la, surpreso de que ela tivesse interpretado o que eu pensava do lugar.

Pa, intrigada, aguardou a explicação.

— *Sants*, "santos" em catalão, procede de uma igreja românica que havia aqui, a Santa Maria dos Santos.

— Como você sabe?

— Sei mais coisas do que você imagina — respondi, enigmático, sem revelar que minhas fontes eram antigas leituras sobre a Espanha e a etimologia local. — Por exemplo, depois que essa igreja desapareceu, outra foi erguida no lugar e consagrada ao santo favorito: São Lourenço.

Passamos o trajeto até o MNAC conversando sobre as histórias que os nomes de cidades antigas escondiam. De fato, Paula compensou meus comentários contando que o lugar a que nos dirigíamos era um palácio de princípios do século XX levantado sobre o cume mais famoso de Barcelona, o Montjuïc, *Mons Iovis*, "monte de Júpiter".

— Os romanos acreditavam que estava vivo — disse ela, enfatizando suas palavras. — Diziam que era uma espécie de criatura colossal que havia se instalado na baía de Barcelona e à qual convinha cultuar para que não se irritasse.

Olhei para ela um pouco incrédulo.

— Não faça essa cara! — repreendeu-me, com carinho. — Lady Victoria me contou que, apesar de ter sido utilizada como pedreira durante séculos, a serra nunca se esgotava. Acreditavam que se regenerava sozinha. Como o rabo das lagartixas. É uma montanha poderosa.

— Lady Victoria sempre tão interessada nas montanhas, pelo que vejo...

— Na realidade, interessada nesses lugares singulares. — Riu.

28

Chegamos à porta principal do Museu Nacional de Arte da Catalunha quase sem percebermos. De repente, os apartamentos da cidade haviam se esfumaçado, empurrando-nos para o coração de uma zona de bosques bem cuidada. Nosso destino se revelou como um edifício solene, de cor terrosa, coroado por uma imensa cúpula que me lembrou a do Capitólio de Washington e com uma entrada com colunas de gosto neoclássico. Parecia miragem. Como o castelo de Chrétien.

Na majestosa recepção, localizada atrás de imensas portas de vidro automáticas que mantinham o ar-condicionado, uma assistente com um chamativo *piercing* de prata atravessando o septo nasal indicou-nos que Beatrice Cortil nos receberia.

— A doutora está esperando — disse, sem emoção alguma, ao mesmo tempo que nos entregava uns adesivos de credencial. — Deixem as bolsas no guarda-volumes e entrem.

— Desculpe, mas onde disse que ela nos aguarda?

— Eu não disse. Os senhores a encontrarão nas salas medievais — respondeu, apontando para um hall enorme e abobadado. — É por ali.

A coleção medieval estava perfeitamente sinalizada. Nós a encontramos sem esforço algum. As salas, situadas em uma área especial do imóvel, eram um reduto lúgubre, uma espécie de adega colossal de pé-direito alto, fresca, salpicada por esculturas de madeira que se exibiam sobre tapumes de gesso provisórios. Assim que entramos, uma pequena constelação de rostos hieráticos, pintados sobre paredes de mil anos, deu-nos as boas-vindas em silêncio.

— Os senhores foram pontuais. Gosto disso — cumprimentou-nos uma mulher bem-vestida que, pela mudança de luz, custei a reconhecer. Ela observou os adesivos que tínhamos colado no peito e continuou: — Victoria Goodman me telefonou hoje de manhã e pediu que os recebesse. Fiz um encaixe na agenda. Não tenho muito tempo. Sigam-me, por favor.

Era Beatrice Cortil. Ela se apresentou, estendendo-nos a mão. Fizemos o mesmo, dizendo-lhe nossos nomes.

Desde o primeiro momento, a dra. Cortil me soou como uma deusa guardiã do lugar. O tom de suas primeiras palavras foi pedante, mas em seu cumprimento também notei um ar de tristeza. Enquanto atravessávamos salas cheias de tábuas pintadas e estátuas de madeira, eu a observei com atenção. Seguíamos uma mulher muito mais atraente que a que fora retratada no jornal *La Vanguardia*. Devia ter mais ou menos quarenta e cinco anos; era magra, morena, exalava um perfume discreto, e seus modos denotavam uma pessoa formal e refinada. Vestia um conjunto com blazer risca de giz que contornava sua figura e se agarrava a uma pequena bolsa com o logo do MNAC em relevo.

— Lady Goodman me contou sobre suas suspeitas — disse, quando chegamos a uma sala ampla, com uma penumbra calculada, onde reinava um silêncio quase sacro. Em um tom estudado que me lembrou o de professores da Trinity, deixou que aquela frase ecoasse nas abóbodas que nos rodeavam. — Guillermo — silabou o nome como se fosse quebrá-lo. — Sinto muito. Era um rapaz extraordinário.

A dra. Cortil havia se detido diante de um conjunto escultórico que identifiquei como Paixão de Cristo. Pensei que nos contaria algo sobre ele, mas quando vi que estava prestes a retomar o caminho, a abordei.

— A senhora o conheceu bem?

— Guillermo era sobrinho de um dos encarregados de manutenção do museu. Todo mundo aqui o conhecia. Nós lhe demos uma autorização especial para estudar nossa coleção de obras medievais e, sim, tivemos bastante contato. Um jovem inquieto. Horrível o que aconteceu com ele...

— Então, suponho que ele contaria à senhora em que estava trabalhando — interveio Pa, sem camuflar a ansiedade. — Gostaríamos de falar sobre isso, caso não se importe.

— Claro, por que não? — Cortil a examinou sem rodeios, como se medisse o mérito que Paula tinha para se dirigir a ela com aquela urgência. — Direi claramente, senhorita: Guillermo Solís pretendia revolucionar nossa visão da arte românica. Ele era um rapaz ambicioso e tinha uma ideia um tanto volátil sobre nossa obra-prima, o pantocrátor de Sant Climent de Taüll.

— Sabemos qual é — eu disse.

— Guillermo passava dias e dias quase sem sair desta sala. Vinha cedo, se instalava ali com seu inseparável caderno de anotações e andava de um lado para o outro. Na semana de São João, que foi a última em que o vi, até autorizei um dos seguranças a lhe levar a comida que a mãe trazia. — Aquela lembrança adoçou sua expressão de repente. — Sabem, é proibido entrar com alimentos nas áreas de visitação do museu, mas eu não queria que ele desmaiasse na frente de todo o mundo. — A seguir, com seu primeiro sorriso ainda esboçado no rosto, acrescentou: — Vocês imaginam o que acontece com esse tipo de relação. Com o trato, de tanto fazer vista grossa para que recebesse os sanduíches de frango de casa, a equipe acabou se afeiçoando a ele.

— E não tem ideia de que tipo de anotações ele fazia sobre o pantocrátor, doutora? — inquiriu Paula.

— Para falar a verdade, não. Ele ia periodicamente a meu gabinete para tirar dúvidas, mas nunca teve a amabilidade de me deixar ler seus escritos, por mais que eu tenha pedido — reconheceu, deixando que uma expressão de irritação se desenhasse em seu rosto. — Era muito cuidadoso com suas coisas.

— Cuidadoso e trabalhador — especificou Pa.

— Sem dúvida. E também perseverante. Duas qualidades bastante positivas.

— Perseverante até a obsessão — precisou, outra vez.

— Isso, exatamente. Era perseverante, meticuloso e um pouco obsessivo. Hoje, porém, suponho que o que realmente querem saber é até onde chegaram seus achados, não é? Lady Goodman insistiu nesse ponto.

— Seria ainda melhor se pudesse nos mostrar — intervim, vendo que ambas podiam se perder em lembranças.

— É claro — concordou. — Foi por isso que os recebi. Sigam-me, por favor.

Os saltos da dra. Cortil nos guiaram por aquele dédalo de biombos e expositores cheios de maravilhas de outro tempo. Estava quase na hora do almoço e o museu começava a esvaziar. Lá havia tanto um crucificado de madeira quanto um capitel, um frontal de altar tirado de alguma igreja perdida dos Pirineus e cenas de martírio sanguinárias e um pouco *naïfs*, nas quais indivíduos apetrechados de grandes serrotes partiam ao meio mártires indefesos.

— O que Guillermo Solís acreditou ter encontrado em nossa coleção foi a primeira representação artística já feita do Santo Graal — comentou ao chegar a uma balaustrada que se aproximava de uma grande sala em penumbra. — Mas isso os senhores já devem saber, não?

— Aquela que se encontra na abside de Sant Climent de Taüll, suponho — confirmei.

— Exato. É uma das nossas obras mais emblemáticas.

— E a senhora lhe deu o crédito desse achado, doutora? — Eu quis saber.

— Bom... — titubeou. — Deixem-me explicar algo. Essa era uma afirmação feita por alguém de fora, por um amador, e os senhores já imaginam como nós, conservadores, somos ciumentos com nossas coisas. Não gostamos do fato de alguém que não é da área apontar detalhes que passaram despercebidos, por mais familiar ao museu que fosse. No entanto, ele estava tão exultante com a descoberta que decidi escutá-lo. No último dia em que o vi, lembro que se apresentou em meu gabinete para dizer que o mestre de Taüll não tinha sido o único a pintar o graal nessa região da alta montanha. Achei que estivesse ficando louco com o assunto, mas ele me fez levantar da mesa e acompanhá-lo a essas salas.

— Como assim, não foi o único? — reagiu Pa, ao ouvir aquilo. — O que quer dizer? Que há mais?

— Exatamente. O mestre de Taüll não foi o único artista que pintou o graal. — Ergueu o rosto. — Guillermo encontrou mais graais em outras pinturas desse período... na coleção. O que os senhores sabem sobre o acervo românico do MNAC?

— Não muito — admiti, falando por nós dois. — Apenas que é um dos melhores do mundo.

— O melhor — precisou, com evidente orgulho. — Não existe em outro lugar mostruário como o que temos aqui. Na França ou na Itália, esse tipo de pintura costuma ser conservada nas igrejas originais, em povoados remotos ou em ermidas quase inacessíveis, mas não em um museu ao alcance de qualquer pessoa, no centro de uma grande cidade.

— E como vieram parar aqui? — perguntei, interessado, enquanto caminhávamos sozinhos pelo museu.

— Existe uma razão poderosa. Esses acervos começaram a ser reunidos a princípios do século XX, quando um grupo de catalães amantes da arte se deu conta de que norte-americanos, franceses e alemães estavam comprando, por insultantes somas de dinheiro, afrescos antigos aos quais nessa época ninguém aqui dava valor. Chamamos esse período de "febre americana". Nessa época, as leis que protegiam o patrimônio eram muito fracas, raramente se aplicavam, e permitiam que aquelas maravilhas saíssem do país sem problemas. Esses entusiastas, contudo, intuindo o tesouro de que estavam nos despojando, começaram a percorrer as províncias de Lérida e Girona para arrancar as pinturas antes que outros o fizessem. Os fundadores deste museu agiram como heróis. Salvaram a maioria de nossos tesouros.

— Um momento, a senhora disse "arrancar"?

— Exato. Essas pinturas foram arrancadas das paredes. Utilizaram uma técnica inventada um pouco antes na Itália.

— *Strappo* — especificou Paula.

Fiz cara de quem não entendeu.

— Consistia em colar as pinturas das absides em telas. Eles deixavam secar e depois puxavam as telas energicamente para remover as pinturas da parede.

— Mas que barbaridade! — deixei escapar, do fundo da minha alma.

— Pode parecer, de fato — respondeu Cortil, sem se alterar, como se estivesse acostumada com essa reação. — No entanto, foi o que permitiu que essas pinturas ficassem aqui. *Strappo* é uma de minhas palavras técnicas favoritas. Graças a essa invenção, aqueles que foram resgatá-las voltaram a colá-las em uns bastidores de madeira que imitavam a forma côncava das absides originais... e aqui estão. Essas obras de mil anos atrás voltam a ser exibidas tal como eram. Estão vendo?

A dra. Cortil fez um gesto para que erguêssemos a cabeça ao teto do enorme pavilhão que estava alguns metros além. Pa e eu vislumbramos várias abóbodas de madeira distribuídas como se contivessem a embalagem de uma exposição em montagem.

— Na face interna de cada uma dessas estruturas há apoiada uma abside arrancada.

— E quantas são? — perguntei.

— Seis completas, mais oito frontais de altar e vários fragmentos de pintura mural. Trata-se, como eu estava dizendo, da maior coleção do mundo.
— Rodeou uma delas e se deteve do lado oposto, onde se via uma pintura iluminada com *leds* suaves.

Em seguida, nós nos demos conta de que aquela estrutura era muito mais que uma simples cobertura. Nós estávamos diante de um vão de uns cinco metros de altura por três de largura. Na parte côncava, resplandeciam os fragmentos de um friso desgastado pelos séculos. Mostrava seis personagens aureolados, pintados sobre fundo escuro, ricamente ornamentados.

— Prestem atenção. Essa foi uma das últimas absides que chamou atenção de Guillermo. — Cortil nos posicionou em relação à obra. — No dia, ele me ensinou a vê-la. Como podem comprovar, trata-se de um conjunto magnífico, apesar de menos conservado que o de Sant Climent de Taüll.

O que ela dizia era verdade. O tempo – e talvez também o *strappo* – havia danificado imperdoavelmente a maravilha que tínhamos diante de nós. Só sobreviveram alguns fragmentos do pantocrátor na parte mais alta. As figuras dos profetas que o acompanhavam também se encontravam em lamentável estado de conservação. Conforme nos explicou, o conjunto havia sido arrancado do altar-mor da igreja do mosteiro abandonado de Sant Pere del Burgal, em um povoadinho perto de Escaló, em Lérida. Tratava-se do exemplar mais primitivo da arte românica dos Pirineus.

— Mas não se alarmem — acrescentou. — A parte das pinturas que interessava a Guillermo chegou intacta até nós.

— Ah, é? — Pa se aproximou da falsa abside.

— Deem uma olhada no friso de apóstolos que sustenta a abóboda. Isso nós chamamos de "tambor". À direita está São João Batista com o Agnus Dei no colo; junto com ele, São João Evangelista.

— O autor do Apocalipse — sussurrei.

— Exato — concordou Cortil. — Detenham-se na esquerda. Identificam São Pedro segurando as chaves do céu? Veem a Virgem Maria ao lado? E, principalmente, reconhecem o que ela tem na mão esquerda?

Pa e eu nos aproximamos.

— Mas isso é...

— Isso é o graal — completei a frase dela.

Cortil esboçou um leve sorriso e retrocedeu um passo para nos dar a oportunidade de apreciar a imagem em todo o seu esplendor.

Contemplamos em silêncio durante um momento. Embora fosse tosca e rudimentar, a pintura irradiava algo muito potente. A Senhora de manto azul e olhar severo emanava autoridade. Segurava algo parecido com uma lâmpada, e sobre ela descansava um pequeno recipiente côncavo do qual emergiam vistosas iridescências. Ultrapassei o perímetro de segurança da obra para apreciar melhor. Então me detive. A mão direita parecia querer me manter distante, como se avisasse que a relíquia podia ser perigosa.

— Um momento, doutora... — disse Pa, tirando a bolsa do ombro e pegando o celular. Ela o desbloqueou e buscou algo no álbum de fotos. — Aqui está. Essa Virgem é iconograficamente idêntica à de Sant Climent de Taüll. Olhe a posição da mão direita. Viu? E observe como esconde a esquerda sob o manto. São idênticas! É como se ambas evitassem tocar o objeto...

Cortil observou, impassível, aquela imagem que conhecia de cor.

— Os traços também são muito parecidos. Duros. Frios — continuou Paula.

Museu Nacional de Arte da Catalunha (MNAC)
Abside de Sant Pere del Burgal, c. 1095-1120

— Como se pretendessem que não nós nos aproximássemos muito — acrescentei.

A doutora balançou a cabeça algumas vezes diante dos comentários.

— Compreendo o interesse — disse ela, afastando-se da tela —, mas infelizmente não existe um único texto científico que nos ajude a interpretar esses gestos que tanto lhes chamam atenção, nem que expliquem por que foram repetidos tantas vezes pelos artistas que decoraram essas igrejas. Vou mostrar outra para que tenham uma ideia.

— Ah! Então tem mais? — sussurrei.

— Devo admitir que quanto mais observamos, mais nos envolvemos em seu mistério.

— Diga, doutora, essa pintura data de quando, exatamente? — perguntou Pa, sem tempo de se deter na plaquinha que já deixávamos para trás.

— Curioso... — Suspirou. — Essa pergunta obcecou Guillermo durante sua estadia por aqui. De fato, ele encontrou uma resposta inquietante.

— Ah, sim? Qual? — insistiu Pa.

— Já vão ver — continuou, com a voz mais baixa, olhando de soslaio para dois turistas atrasados que tinham acabado de entrar. — Diferente do que acontece com os afrescos de Sant Climent de Taüll, aqui não foi conservada nenhuma inscrição que nos ajude a datá-los. No entanto, os autores nos deixaram um detalhe revelador: trata-se da figura feminina que vemos sob o friso dos apóstolos e da Virgem, no rodapé, e que provavelmente representa a mecenas que encomendou a obra.

Pa e eu nos viramos na direção indicada. De fato, no extremo inferior direito da abside, como se saísse da composição, uma mulher pintada em tamanho natural parecia nos observar. Demonstrava uma atitude intimatória. Outra senhora sem sorriso, severa. Segurava alguma coisa – uma vela, talvez – e estendia a mão direita como se, também, quisesse impedir que alguém se aproximasse dela.

— Seu rosto é sisudo — murmurou Pa.

A efígie estava usando uma túnica fina, com bordados e rendas que ressaltavam sua condição aristocrática.

— Quem é? — perguntei.

— Acreditamos que se trate de Lucía de Pallars, esposa do conde Artau, um nobre excomungado no século XI por roubar terras do bispado de Urgel. É provável que ela tenha edificado essa igreja para exonerar o marido e poder enterrá-lo em campo sagrado.

— Desculpe, disse "Urgel"? — eu a interrompi.

— Sim. Sant Pere del Burgal se encontra a apenas quarenta quilômetros de La Seu d'Urgell. Toda a região pertencia ao condado de mesmo nome.

— Não foi onde você disse que se escreveu a palavra "graal" pela primeira vez? — Eu me virei para Paula. Acreditei ter detectado um leve brilho em seus olhos.

— A palavra "*grazal*", para ser mais exata — afirmou ela. — É verdade. Apareceu em um testamento do mesmo século que essa abóboda.

— E então, de quando é essa pintura, exatamente? — perguntei mais uma vez à doutora, que nos escutava com curiosidade, como se precisasse medir o alcance de nossos conhecimentos antes de responder.

— Lucía de Pallars governou a região até morrer, o que aconteceu por volta do ano 1090.

— Quer dizer — acrescentei, tentando moderar a surpresa — que a imagem é inclusive anterior ao graal de São Clemente. E sua presença coincide com a primeira menção histórica da palavra "graal" em um documento civil. Isso nove décadas antes de *O conto do graal* ser escrito!

— Vejo que conhecem bem o período — concordou a responsável, fazendo um gesto para que eu baixasse a voz. — Mas devo avisar que isso não é tudo. Guillermo descobriu, ainda, a existência de outras sete igrejas com pinturas que mostravam a Virgem segurando uma tigela ou uma taça, sempre com um manto.

— Oito igrejas no total? Incluindo a de Taüll?

— Exato. E todas em uma área de menos de cem quilômetros de diâmetro.

— Uma área geográfica certamente limitada... e significativa — comentei.

— Acreditávamos que a de Sant Climent de Taüll fosse exceção — interveio Pa. — *Unicum*, em termos de arte.

— Bom, parece que não é — precisou Cortil. — Ainda que o que tenha deixado Guillermo mais admirado, pelo que entendi, não tenha sido o número de igrejas, todas de uma mesma região geográfica no antigo condado dos Pallars, mas o fato de esse motivo da Senhora com a tigela radiante ter sido representado apenas durante um período muito reduzido, quarenta ou cinquenta anos. Depois, por alguma razão que ignoramos, deixou de ser usado e não se estendeu a nenhum outro lugar.

— Nenhum?

— Nenhum... Nenhum lugar no mundo — destacou. — No acervo de toda a Idade Média, não há outras imagens da Virgem entre os apóstolos segurando um graal. Se me lembro bem, Guillermo chamou essas virgens de "senhoras do graal". É uma boa definição.

— E a senhora as viu?

A dra. Cortil assentiu.

— Naturalmente. A maioria está neste museu.

— Podemos ver também?

29

Beatrice Cortil esboçou uma sutil careta de aborrecimento, mas que não passou despercebida a nenhum de nós dois. Provavelmente, ela chegou a pensar que já havia nos contado tudo de que precisávamos saber; ainda assim, concordou em nos conceder um pouco mais de seu valioso tempo. Em silêncio, dando olhadas fugazes no relógio de pulseira de ouro, conduziu-nos às outras absides com senhoras do graal. Tal como dissera, comprovamos que havia tigelas radiantes em todos os lados. Ali estavam. Inconfundíveis. Estranhas até tocarem o etéreo. Quase idênticas entre si. A iconografia que as envolvia também era muito parecida em todas as abóbodas: sempre a Virgem segurando o *grazal*, com grande reverência. Por alguma razão, ali ele não foi pintado na mão de nenhum homem, apesar de eles o terem escoltado de perto. E apenas em um desses afrescos Nossa Senhora parecia rodeada unicamente de mulheres. A obra datava de meados do século XII, mas não se sabia exatamente de quando. Procedia do altar de Santa Eulália d'Estaón, um remoto assentamento do vale pirenaico de Cardós. Uma fila de devotas acompanhantes ladeava Jesus sendo batizado, no Jordão, pelas mãos de São João. Mais distante, era possível identificar a mãe da Virgem, Santa Ana, e também Santa Luzia e Santa Eulália, a patrona do templo. No meio de todas elas, Maria segurava uma espécie de bandejinha da qual irradiavam esses estranhos feixes de luz.

— Devo admitir que esse é o afresco mais atípico de todos — disse a dra. Cortil quando nos detivemos um pouco mais diante da pintura. — Guillermo dedicou atenção especial a ele. Até quis ver a localização da igreja original, mas não teve oportunidade.

— E o que as outras mulheres estão segurando, essas que aparecem do outro lado do tambor e que a acompanham? — perguntei, dando uma olhada nas duas senhoras aureoladas à esquerda da abside.

— Lâmpadas. Pelo modo como seguram, o pintor deve ter acreditado que eram tão sagradas quanto o graal.

— Lâmpadas maravilhosas... — indiquei, lembrando-me da obra de Valle-Inclán.

— De qualquer forma, parece que estamos diante de um símbolo. Um ícone com significado preciso, que devia ser entendido por pintores, eclesiásticos e fiéis.

— Eis a chave do assunto, jovem — aceitou Cortil, satisfeita com a explicação de Pa. — Seu colega estava obcecado por descobrir o significado real desse ícone, mas infelizmente só falei sobre isso com ele algumas vezes. Guillermo era muito reservado quando chegava a esse ponto. Como eu disse, nem sequer me mostrou suas anotações quando pedi, e sempre que comentávamos a teoria mais aceita a respeito, a oficial, ele encerrava o papo.

Museu Nacional de Arte da Catalunha (MNAC)
Abside de Santa Eulália d'Estaón, meados do século XII

— Uma teoria? — Achei estranho ouvi-la dizer aquilo. — Então há uma teoria oficial sobre esses assuntos?...

— Suponho que para os senhores não será problema eu entrar em alguns tecnicismos, não é?

— Não. Claro que não — disse Paula. — Vá em frente.

Beatrice Cortil acariciou o cabelo escuro antes de continuar.

— No começo dos anos 1970, alguns especialistas em arte românica como Otto Demus e Max Hirmer já identificaram esses objetos como "graais radiantes". Ninguém deu muita importância, e o assunto não passou de mera menção em seus livros. Depois surgiram trabalhos como os de Joseph Goering, que confirmaram tal atribuição.

— Pensei que tivesse dito que Guillermo fora o primeiro a descobrir esses graais... — sussurrei, um pouco desconcertado.

— Tem razão, David — disse ela, lendo meu nome na etiqueta de identificação. — Tecnicamente, Goering foi o primeiro a se dar conta de que esses graais pintados se adiantaram mais de meio século à primeira descrição literária desse objeto na Europa.

— A senhora, claro, conhece bem isso de *O conto do graal*...

— Exato. E sei que Guillermo levou essa ideia muito mais longe que essas referências. De fato, foi ele quem me fez ver como era estranho que esse romance, escrito na longínqua fronteira entre a França e a Alemanha, em 1180, mencionasse justo o mesmo objeto luminoso que decorava nossas abóbodas na Catalunha, a mil quilômetros de distância. No entanto... — acrescentou, baixando o tom de voz e tornando-o mais sombrio, como se a simples menção do que diria a intimidasse. — O que acho difícil de acreditar é que uma descoberta desse tipo, puramente intelectual, tenha custado a vida dele.

— Talvez não tenha sido tão intelectual quanto a senhora acredita... — soltou Paula.

Beatrice Cortil deixou escapar um leve calafrio.

— Foi o que pensei também, sabia? Talvez por isso ele não tenha me deixado ver seu caderno. Ou talvez estejamos fazendo suposições vazias. Vai saber.

— Lady Victoria lhe contou suas suspeitas, não contou? — perguntou Pa, com certa apreensão.

— Contou, claro. Ela acredita que o mataram por algo que descobriu nessas pinturas. Por isso pediu que eu lhes dissesse tudo de que me lembrasse, até o menor detalhe. O problema, como podem ver, é que Guillermo só me deixou dúvidas. Muitas. E todas elas bem teóricas. O que inspirou os mestres de Taüll, Estaón ou Burgal a representar essas tigelas? Acreditavam pintar o mesmo objeto utilizado por Jesus na Última Ceia? E por que sempre o representaram luzindo? Será que tiveram um modelo? Ou o retrataram de ouvir falar? E por que deixaram de fazer isso de repente e limitaram seu programa iconográfico a oito igrejas? Algo os deteve? Nesse caso, o quê?

A dra. Cortil compreendeu que ficássemos mudos.

— As respostas a essas perguntas não são fáceis para um especialista em arte — acrescentou. — Ainda assim, por mais complexas que sejam, resisto a acreditar que estejam relacionadas à morte dele. A menos que... – Hesitou.

— A menos que o quê?

Nossa interlocutora ficou pensativa por um segundo, então levantou o olhar para os anjos justiceiros com asas cheias de olhos.

— A menos que o graal, tal como parece nos advertir a gestualidade dessas "senhoras", seja algo perigoso em si mesmo e destrua quem se aproximar dele de forma imprudente.

Paula e eu nos entreolhamos.

— Ah, a senhora acredita mesmo que o graal pode matar? — perguntamos.

— Na verdade, não importa no que acredito, mas aquilo em que se acreditava na época em que foi pintado. O graal dos poemas medievais dava a vida eterna, mas mal manipulado também podia tirá-la. Imaginemos que se trate de algo parecido com o uso moderno do átomo. Ou da eletricidade. Sua benignidade depende do que fazemos com ele. O problema... — continuou, voltando a dar uma rápida olhada no relógio. — O problema é que não saberemos enquanto não descobrirmos o que é ou o que foi exatamente esse bendito graal. Para dizer a verdade, é um assunto que está começando a me incomodar bastante.

— Incomodar? — reiterou Pa, vendo que a qualquer momento nossa interlocutora poderia desaparecer. — Em que sentido?

— É obvio. Ao redor desse assunto paira algo sinistro.

— Desculpe, doutora, mas não estou entendendo mesmo — Pa deu de ombros.

— Não pretendo assustá-los, mas acho que ainda não se deram conta de um pequeno detalhe: o programa pictórico de todas essas igrejas foi inspirado no Apocalipse de São João. As cenas não têm nada a ver com a Última Ceia, em que o graal supostamente esteve. Nelas, o pantocrátor era a imagem de Jesus regressando no fim dos tempos. E os apóstolos que o acompanham são os que o Evangelhos de Mateus* garante que voltarão junto com Ele. Prestem atenção. A maioria dos que vêm admirar essas pinturas só busca contemplar arte, mas, para além do estético, nelas se vislumbram uma fé e uma angústia profundas. Atávicas. Essas pinturas foram executadas para infundir o temor a Deus. São imagens do fim do mundo. Do além. Uma advertência sobre o que nos espera do outro lado. Eu, às vezes, fico assustada.

— A senhora é historiadora, então sabe abordar esses ícones com certa distância — eu disse.

Relutante, Beatrice Cortil concordou.

— Ainda assim, antes de historiadora, sou um ser humano.

— Quer dizer que as imagens a sugestionam mil anos depois de terem sido pintadas? À senhora?

A doutora nos examinou, surpresa. Provavelmente, ninguém nunca lhe fizera pergunta como essa.

— Há algo que o homem moderno não compreende — respondeu, mais séria ainda. — Essas maravilhas foram pintadas em igrejas tenebrosas, em edifícios de muros de pedra maciça com janelinhas que mal deixavam passar a luz do sol. Para nós, é difícil imaginar como eram no século XII. As paredes estavam completamente cobertas de pinturas e os fiéis as descobriam à luz de velas, envolvidos num silêncio sepulcral. Quando a vista se acostumava, os apóstolos, a Vir-

---

* Mateus 19, 28.

gem e sua tigela, até Nosso Senhor Jesus Cristo, deviam parecer criaturas vivas. Não se esqueçam de que aqueles que entravam ali não sabiam ler nem escrever. Nunca haviam visto um manuscrito iluminado nem uma pintura mural, provavelmente tampouco conheciam o mundo além do vale onde levavam uma vida precária. Ali dentro, contudo, sob o olhar dessas figuras quase sem pálpebras, os fiéis sabiam que estavam na antessala do céu. Sentiam-se abrumados pelo peso do divino. Tenho certeza de que a maioria deles nunca pensou que aquilo fosse uma representação. Tomavam como algo real. E, de alguma forma, era mesmo.

— Os lugares isolados, os recintos fechados submetidos a um controle da luz e da ventilação, sempre foram um paraíso para os visionários do mundo antigo — eu disse. — Sei por experiência própria.

— Então deve compreender que, se passamos muito tempo entre imagens como essas, acabamos sucumbindo a elas. O senhor mesmo disse: não devemos nos esquecer de que estamos diante de imagens visionárias. E o visionário é contagioso.

— A senhora acha que foi isso que aconteceu com Guillermo? Que ele se sugestionou?

— Como eu disse, seu amigo passou dias inteiros sem sair daqui. Talvez tenha se sentido nesse Apocalipse. E talvez... — hesitou — ... talvez isso o tenha matado.

A dra. Cortil deixou escapar, então, uma compreensível careta de desgosto, como se a ideia de que aquelas pinturas pudessem matar alguém a desagradasse profundamente. De forma descarada, consultou o relógio pela terceira vez e anunciou, por fim, o que Paula e eu temíamos havia um bom tempo.

— Sinto muito, mas preciso ir. Tenho outras visitas para atender.

30

— Qual foi sua impressão? O que achou?

Pa mal conseguiu esperar que saíssemos pelas portas automáticas do MNAC para me interrogar sobre o que acabáramos de ouvir. Foi só o tempo de pegar nossas coisas no guarda-volumes do museu e buscar a luz do dia como se fôssemos duas mariposas desesperadas.

— Tive impressão de que a doutora deu algumas bolas fora — respondi, atordoado pela luminosidade que nos recebeu na rua. — E você?

— Pensei a mesma coisa — concordou.

Paula indicou uma escada entre estátuas que pareciam escorrer montanha abaixo, convidando-me a descer por elas.

— Isso de que as pinturas a assustam me pareceu bem estranho — acrescentou.

— E você não achou curioso que tenha dito que a descoberta de Guillermo não caiu bem porque era de alguém de fora? Se ele praticamente cresceu entre aquelas paredes!

— Bom… — Franziu a testa. — Na verdade, o que achei mais peculiar foi essa insistência em ver o caderno de anotações dele.

— Olha, nisso dou razão a ela. Não há nada mais revelador sobre um pesquisador do que ter acesso às anotações dele.

— Sei, mas por que ele não mostraria? Não faz sentido. Principalmente se eles se viam com tanta frequência, como ela disse.

— Ele mostrou para você? — repliquei.

Paula se deteve no primeiro patamar que alcançamos, admirada com a pergunta.

— Não. Tem razão — suspirou, reflexiva. — Também não mostrou para mim.

De repente, ao levantar o olhar adiante, pensativo, notei onde estávamos. Daquela balaustrada de pedra se via a imensidade de Barcelona. Uma fresca brisa mediterrânea varria a cidade com delicadeza, limpando-a e deixando à vista seus monumentos mais emblemáticos. As torres venezianas da praça de Espanha se erguiam bem a nossos pés e, atrás delas, como num mosaico brilhante, acreditei identificar a Sagrada Família no meio de uma rede ordenada de ruas retas, admiráveis, que haviam entrado para a história da arquitetura urbana como uma das melhores soluções do século XIX. De tudo aquilo, eu havia lido ou visto alguma coisa, com a admiração de uma criança que contempla um tesouro em um museu. Pa se deu conta, então, de que era a primeira vez que eu presenciava semelhante espetáculo e parou um minuto para me contar que estávamos num mirante privilegiado, o melhor de Barcelona, rodeado de edifícios do século XIX que imitavam antigos palácios do Renascimento, jardins umbrosos, cascatas e cavernas artificiais, para não falar da Font Màgica – uma enorme fonte de cimento em forma de prato que, à noite, explicou ela, lançava enormes feixes de luz para o céu em meio a um espetáculo de água e música que transformava o lugar num grande símbolo da cidade.

— Acabei de perceber uma coisa… — disse Pa, levando ao rosto os óculos escuros que pegara na bolsa. — Você se lembra dos endereços que Lady Victoria nos deu?

— Um era o de Beatrice Cortil. O segundo, de outra mulher. Não era?

Busquei na pasta que Pa havia me dado no trem. Logo encontrei.

— Aqui está. Montserrat Prunés, rua Larrard, 63.

— Não imagina de quem se trate? — Sorriu, misteriosa.

Fiz que não com a cabeça.

— É da senhora que levava os sanduíches a Guillermo no museu — respondeu.

— A mãe dele?

— Exato. E talvez ela, sim, saiba onde está o caderno de anotações dele. Deveríamos vê-la agora mesmo.

31

A rua Larrard é uma das mais íngremes de Barcelona. Ladeada na maior parte por hoteizinhos de um único andar, sua verticalidade me provocou certa aflição.

Em seu afã por evitar que alguém seguisse nossos passos, Pa pedira ao taxista que nos deixasse no começo da rua, na esquina com a bem frequentada Travessera de Dalt, onde uma multidão de japoneses munidos de paus de *selfie*, chapéus de palha e máscaras antipoluição se preparava para empreender sua escalada ao parque Güell.

— Subiremos a pé — anunciou, empurrando-me em direção ao grupo. — Você vai adorar esta parte da cidade. Estou surpresa de que Guillermo nunca tenha me dito que morava aqui.

— Sério? — Bufei. — O que tem de especial?

— O parque Güell é quase tão famoso quanto a Sagrada Família. Também foi projetado por Gaudí, e esta rua é seu principal acesso. Se você morasse numa via emblemática como esta provavelmente comentaria, não?

Movi a cabeça com o olhar perdido na encosta.

Demoramos um pouco menos de dez minutos para alcançar nosso objetivo. Ofegantes e com a roupa colada ao corpo, chegamos à frente do imóvel marcado na nota de Lady Victoria. Levei um minuto para verificar o endereço e recuperar o fôlego. Era um prédio bastante feio, de quatro andares, com grades de ferro, vidro chanfrado e vista para um estacionamento de motos. Pelo menos tinha uma loja de suvenires no térreo, ainda que eu tivesse preferido uma sorveteria.

Decidimos nos apresentar à casa de Montserrat Prunés sem avisar; então, quando tocamos a campainha do segundo número à direita, uma mulher miúda, vestida com uma camisola longa e cinza até os tornozelos e chinelos de quarto gastos pelo tempo, abriu a porta com uma expressão de assombro esperável. Ao contrário do que fizera com Beatrice Cortil, Lady Victoria não a avisara sobre a visita, e logo que a vimos soubemos por quê. A sra. Prunés quase bateu a porta em nossa cara quando dissemos que queríamos falar com ela sobre seu filho.

— Não meu filho está — balbuciou, como se lhe custasse falar.

No fundo da casa, uma televisão ligada afogava sua voz trêmula a ponto de quase torná-la inaudível.

— Nós sabemos, senhora, e sentimos muito — disse Paula, com toda a doçura de que foi capaz.

Montserrat, que devia rondar os sessenta anos, replicou então algo que nos deixou desconcertados:

— Não sei quando virá. Se é que virá. Voltem tarde mais.

Tarde mais?

Observei melhor nossa interlocutora. A sra. Prunés tinha as bochechas tão rachadas que me lembraram o craquelê de algumas pinturas renascentistas. Sobre elas, agarradas como carrapatos, umas olheiras arroxeadas e enormes delatavam falta de sono quase crônica e um preocupante desleixo nas habilidades sociais. Se nesse momento o patamar da escada estivesse mais iluminado, eu teria notado também o olhar perdido.

— É sobre Guillermo que queremos falar — reiterei, antes que fechasse a porta.

Ela não pareceu se alterar.

— Somos amigos de Madrid — insisti.

— De Madrid? — Aquela menção pareceu interessá-la. — Guillermo vai muito para lá.

— É, então... Nós sabemos. Podemos entrar, por favor?

Montserrat Prunés, esquiva, deu um passo para trás e, como se tivéssemos pronunciado palavras mágicas havia muito esquecidas, concedeu alguns centímetros à porta para entrarmos. Pa e eu nos entreolhamos surpresos. O apartamento da mãe de Guillermo se resumia a uma sala que fazia papel de hall, cozinha e sala de estar. Um pequeno corredor ao fundo devia conduzir aos quartos e a um banheiro. Era isso. Não tinha ar-condicionado nem lustres. Só bocais com lâmpadas de baixo consumo prestes a cair. Tudo o que nossa vista alcançava estava bagunçado, com roupas e revistas misturadas com embalagens de comida vazias, velhas fotos de família em molduras quebradas e pequenas pilhas de caixas de remédios. Não cheirava mal, mas o ambiente era sufocante, e apenas um desengonçado ventilador movia o ar, preguiçoso. Perto da TV – um antigo aparelho de tubo –, havia uma espécie de console com um botão vermelho, grande, que deduzimos estar conectado a alguma companhia de atendimento médico, e uma lista de telefones de emergência colada na parede.

— Bagunçado está — murmurou enquanto fechava a porta e buscava o controle para abaixar o volume da televisão. — Desculpem. Visitas não esperava.

Era evidente que aquela mulher não estava bem. As caixas de comprimido que víamos por todos os lados eram de antidepressivos, e seus olhos – que agora, sim, consegui notar – olhavam, mas não enxergavam de verdade.

A sra. Prunés desocupou um espaço para nós no único sofá da casa e voltou a insistir que não sabia quando o filho voltaria.

— Quanto... Quanto tempo faz que a senhora não o vê? — sondou Paula.

— Hoje de manhã ele tomou café comigo, depois foi ao museu.

Senti uma pena infinita dela. Não era difícil deduzir que havia ficado sozinha e tinha perdido completamente a noção do tempo. Nos porta-retratos que vi do lugar onde estava, reconheci alguma foto sua em traje de banho, em alguma praia do Mediterrâneo, com um marido e um filho que, com esforço, reconheci ser Guillermo, cujas fotos Luis e Johnny haviam me mostrado no dia anterior.

— Guillermo esqueceu seus cadernos aqui e nos pediu para buscar — disse Pa, com uma naturalidade espantosa. — A senhora sabe onde estão?

— Estranho é — murmurou a sra. Prunés, coçando a cabeça e remexendo em um monte de revistas de fofoca atrasadas. — Muito estranho. Guillermo nunca esquece suas coisas... Mas vamos procurar.

— Posso acompanhá-la?

— Claro, filha. — Sorriu. — Você é amiga dele.

Vi como as duas, durante alguns minutos, exploravam aquele caos disforme, levantando almofadas e pratos descartáveis sem nenhum resultado. Eu me uni a elas com certa apreensão, tomando cuidado para não alterar demais a desordem. Afinal de contas, tal pandemônio devia ter algum sentido para ela, como tinha para mim a maré de livros e papéis que havia anos dominava meu escritório em Dublin.

Após várias manobras infrutíferas que só me levaram a descobrir um par de patins e um capacete de bicicleta que pertenceram a Guillermo, deixei-me cair no sofá mais uma vez para aplicar a única técnica que funcionava comigo em lugares assim: observar tudo sem sair do lugar e imaginar onde eu deixaria algo tão prático como um caderno de anotações.

Foi então que vi.

Perto da porta da rua.

Em cima de um minúsculo aparador em que havia um cinzeiro de cerâmica cheio de chaves.

A princípio, passei batido, achando que fosse um velho cabo de telefone, mas depois percebi que se tratava de outra coisa. Um bloco de espiral.

— Posso? — perguntei.

— Não foi isso que Guillermo esqueceu — respondeu a sra. Prunés ao notar minhas intenções. — É a agenda dele.

— Talvez sirva. Posso?...

Paula se aproximou, interessada em dar uma olhada. A agenda em questão era outra massa disforme de papéis e post-its coloridos, rabiscados com canetas de todos os tipos. Era de 2010 e exibia uma bela paisagem de alta montanha na capa sob a palavra "Dietario". Nem ela nem eu reconhecemos a imagem, então fomos às últimas anotações para ver se nos davam alguma pista. Também não havia grande coisa nelas. Apenas listas da compra de material de escritório, cupons fiscais de algumas livrarias do centro de Barcelona, horários de alguns programas da TV e anotações sem muito sentido. Em uma das páginas, na correspondente à semana de 5 a 11 de julho, encontrei envelopes e abri para ver o que continham.

Ao fazer isso, busquei os olhos de Pa.

— Quando?... — A sra. Prunés olhou para mim; então interrompi a frase de repente, justo a tempo de reformular a pergunta: — Aquilo do Guillermo não foi no dia 8 de julho?

Pa captou o sentido.

— Foi. Por quê?

— Veja isto. — Entreguei-lhe os envelopes. — Ele pretendia viajar de Madrid a Barcelona nesse dia para assistir a um concerto... com Beatrice Cortil!

— Está aí?

Paula viu o mesmo que eu.

— Que estranho. Não nos contou nada... — disse, examinando o material com os olhos bem abertos, como se algo naquelas linhas impressas não fizesse sentido. Eram dois ingressos comprados pela internet na página do teatro do Liceu de Barcelona para assistir a uma ópera em homenagem a Francesc Viñas.

—E você reparou no que eles iam ver? — perguntei, capcioso.

— *Parsifal!* — exclamou, absorta. — A ópera que Richard Wagner dedicou ao graal.

— Curioso, não? Talvez devêssemos fazer mais algumas perguntas à dra. Cortil.

— E você não viu mais nada? — Paula me devolveu os envelopes, que escamoteei em um dos bolsos.

— Nada chamativo, salvo um nome que se repete muito nos últimos dias de junho. Não sei se diz algo a você...

— Ah, é? Qual?

Ela deu outra olhada na agenda, detendo-se em várias datas. Vinte e quatro de junho. Vinte e oito desse mês. E três de julho. Em todas figurava a mesma anotação a caneta. Ainda assim, fez que não.

"Professora Alessandra. Consulta. Museu."

— A senhora a conhece? — indagou a Montserrat Prunés.

A mulher estava agachada recolhendo umas revistas do chão, como se não se importasse muito com nada ao redor.

— Alessandra? Não. De nome, não... — Sacudiu a cabeça ao ler as anotações. — Não amiga de vocês é?

Pa segurou a agenda mais um tempo, examinando com renovado interesse. Comentamos que talvez fosse alguém da equipe de Cortil. Uma das especialistas que questionaram as teorias dele. Mas a hipótese foi derrubada assim que a vi passar as últimas páginas de agosto. A maioria estava vazia. Imaculada. Com as finas linhas horizontais esperando para receber uma ou outra anotação.

De repente, nós nos detivemos em uma data que havia sido rabiscada.

— Veja. Está aqui outra vez — disse ela. — A professora Alessandra.

De fato. Um novo evento, com a mesma letra que os anteriores, dizia: "Professora Alessandra. Congresso Nacional de Magia e Bruxaria".

Escrutei Paula, vendo-me tão surpreso quanto ela. "Magia" e "bruxaria" não pareciam se encaixar no quebra-cabeça.

— Espere. Você reparou na data? — murmurou.

Voltei a olhar.

— Hoje!

32

Aquilo só podia significar alguma coisa. Disso, tínhamos certeza.

Antes mesmo de abandonar o apartamento da sra. Prunés, Paula havia pesquisado no celular que, de fato, naquela semana seria realizado um congresso nacional com esse nome num recinto da cidade. A programação anunciava a conferência-colóquio da professora Alessandra Severini – "canalizadora, vidente e especialista em ciências ocultas" – e dizia que sua intervenção ocorreria em menos de uma hora. "A arte como porta de comunicação com o transcendente", intitulava-se.

— Você não vai acreditar onde está acontecendo o congresso... — Pa levantou o olhar do celular, entre divertida e impressionada.
— Onde? — Tremi. Eu já conhecia aquela expressão.
Sabe onde fica o Palácio de Congressos de Barcelona? — Naturalmente, fiz que não. — Aos pés do Montjuïc.

Chegamos a tempo. Em cima da hora, mas a tempo. Por um momento, nós nos esquecemos do caderno de Guillermo e de que nossa busca fracassara. De repente, tínhamos outro objetivo... e este não escaparia.

O Palácio de Congressos – um bloco moderno de vidro e metal localizado bem perto da praça de Espanha – fervia de atividades quando uma das recepcionistas aceitou nos vender os ingressos para a última sessão. Embora provavelmente tenhamos passado, horas antes, pela frente da enorme faixa do congresso com um *Grande Bode* goyesco de tamanho dinossauro, não reparamos nela. Acho que, ainda que tivesse dado de cara com as barraquinhas de feiticeiros e tarólogos, não teria parado para espiar. Nunca me interessei por esse tipo de evento. Na verdade, eu os evitava. Na Irlanda, já me bastava aguentar as intermináveis celebrações pagãs do Samhain, do Lughnasadh ou os *happenings* com falsos druidas e sacerdotisas que estragavam o campus da faculdade a cada solstício de verão, enchendo-o de lixo.

Aquilo tinha um ponto mais vulgar, se é que era possível. Junto com as previsíveis mesas de venda de livros e amuletos, havia uma insondável constelação de possibilidades com que perder algumas centenas de euros. Leitura de aura, terapia de cristais, filtros magnéticos para a água e até escâner para detectar vidas passadas eram oferecidos na entrada de um imenso salão decorado com algo que me chamou atenção na hora.

— Você viu isso? — sussurrei, atônito, para Pa assim que entramos.

A conferência tinha acabado de começar e no telão se projetava uma pintura das absides românicas do vizinho MNAC.

— Shhh. Fica quieto... — advertiu ela, deixando a bolsa sobre uma poltrona vazia.

Nós nos acomodamos em uma das últimas fileiras pensando em descobrir quem era a tal professora Alessandra. A sala estava bem cheia. Mil assentos ocupados por um público que olhava extático em direção ao tablado.

No fundo, um homem com paletó vermelho de tecido grosso, de rosto ovalado e cavanhaque, movia-se segurando um microfone. Nos monitores colocados nos corredores, a câmera o seguia em um plano médio. O homem transpirava. Usava a camisa aberta e meia dúzia de correntes com estranhos amuletos no pescoço.

— Vocês sabem que Barcelona é um lugar *màgic*... — declamou para os espectadores, lançando uma ou outra palavra em catalão no meio do discurso —, não é verdade?

A sala se agitou.

— Aqueles que estiveram ontem no jantar de homenagem em Set Portes comprovaram que esse edifício do Port Vell está decorado com uma simbologia alquímica. — Um novo murmúrio sublinhou suas palavras, empolando ainda mais o *speaker*. — *Donc bé*: não é um caso único. Barcelona está semeada de casas e monumentos que transbordam simbologia ocultista. E não falo apenas da Sagrada Família, de Gaudí, onde há quadrados mágicos e outros detalhes esotéricos de maior envergadura. Eu me refiro a lugares tão emblemáticos quanto a basílica, que desde sempre atraíram magos e praticantes do oculto — disse, destacando a imagem da abside. — E sabem por quê?

Um burburinho de desconcerto se elevou do auditório.

O que isso tem a ver com magia?, eu disse a mim mesmo, unindo-me ao tumulto.

Ele se sobrepôs ao cochicho, respondendo à própria pergunta:

— *Molt fàcil*! — exclamou. — A Catalunha em geral, mas Barcelona em particular, sempre foi um cruzamento de caminhos para livre pensadores. Uma terra aberta aos heterodoxos. A sábios que saem da norma. Pensem em Dalí e suas pinturas cheias de magia. Ou no grande Antoni Gaudí, contraditório alquimista católico que encheu sua Sagrada Família de imagens cismáticas. Voltem ao bairro do Eixample e observem bem. Foi planejado por um maçom chamado Ildefons Cerdà e transborda mensagens para iniciados. E quase se pode dizer o mesmo do bairro gótico, do Borne ou das Ramblas...
— O homem de paletó vermelho inspirou fundo e acrescentou: — O que vocês devem saber, porém, é que toda essa paixão pelo oculto teve sua era de ouro em princípios do século XX, quando se ergueu o Palácio Nacional e essas pinturas foram levadas para lá.

Os assistentes ficaram embasbacados olhando a abside. Havia um crédito logo abaixo, confirmando o que eu suspeitava. Era uma das cenas que havíamos visto naquela manhã no MNAC. Uma das oito igrejas com graal da coleção. *Outra coincidência*, pensei ao ver a legenda que a identificava como a abóbada de Santa Maria de Ginestarre. A expectativa era quase papável. Paula e eu nos entreolhamos sem saber o que dizer.

— Sem dúvida, vocês se perguntam o que une essa arte religiosa com a magia e a bruxaria. Eu respondo: pinturas como essa, levadas de igrejas perdidas dos Pirineus para o museu de arte desta cidade, foram, na realidade, obras de videntes como a professora Alessandra Severini.

"Videntes." O termo retumbou em minha cabeça.

Nesse momento, houve uma ovação na sala enquanto uma mulher madura, não muito alta, com permanente louro pouco favorecedor, subia no tablado. Parecia uma boneca de porcelana. Chamou minha atenção que carregasse um pequeno cofre, uma espécie de porta-joias damasquinado que ela parecia tratar com bastante cuidado, e que se aproximasse do apresentador com certa desconfiança.

O homem do paletó vermelho prosseguiu:

— Alessandra sabe, como antes Dalí ou os arquitetos do Eixample, que aquelas pessoas de mil anos atrás não fizeram suas obras para decorar a igreja, mas com uma intenção profundamente sagrada — acrescentou, em tom de espetáculo. — A mais sagrada a que pode aspirar um ser humano: abrir com sua arte uma porta entre este mundo e o outro. Daí o título da conferência: "A arte como porta de comunicação com o transcendente".

Outra leva de aplausos ruborizou a conferencista.

— Obrigada, obrigada. — Ela sorriu, dirigindo-se ao público. Seu rosto luminoso ocupou a tela que antes fora dominada pelo apresentador. — A primeira coisa que gostaria de lhes propor é que deem uma olhada nessa imagem. O que veem?

O auditório se concentrou em rostos de traço grosso, rígido, vestidos com túnicas, que pareciam nos analisar. Paula e eu só tínhamos olhos para o retrato da única mulher do grupo, uma Maria de grande nariz, bochechas realçadas com duas manchas vermelhas e olhar penetrante. Segurava um graal com a mão protegida debaixo da túnica e dirigia a palma direita a nós.

Noli me tangere, "Não me toque", parecia nos advertir.

— O professor Uranus se esqueceu de dizer uma coisa — começou, em tom melodioso, simpático. Paula e eu aguardávamos, ansiosos. Mencionaria o graal? — Não lhes contou que as pinturas são inspiradas no livro mais obscuro e profético da Bíblia: o Apocalipse. Por isso diz que são visionárias. Ao mesmo tempo, suponho que não o tenha feito para não os assustar...

A plateia achou graça, mas nós ficamos intrigados. Era a mesma ideia que Beatrice Cortil havia nos transmitido de manhã.

— E não são? Não são visionárias? — interrompeu o tal Uranus. — Não vá me deixar mal agora...

A professora Alessandra engoliu em seco. Não gostava daquele homem.

— Bom... Uranus não é o único que defende esse ponto de vista, isso é verdade. No entanto, quem me ensinou o que essas maravilhosas absides significam foi dona Amalia, a quem prestamos homenagem neste congresso. — A foto de uma mulher de nariz reto e queixo proeminente, usando um chapéu antigo, surgiu na tela. — Como muitos de vocês sabem, ela foi uma ilustre antepassada minha, sevilhana, uma senhora das letras, que acabou seus dias

Museu Nacional de Arte da Catalunha (MNAC)
Abside de Santa Maria de Ginestarre, meados do século XII

em Barcelona como uma das escritoras mais injustamente esquecidas de sua época.

— Talvez alguns de nossos amigos não a conheçam — alertou Uranus, olhando para duas garotas na primeira fila, as quais logo foram mostradas nos monitores dos corredores.

Alessandra captou a indireta.

— É verdade. Desculpem-me. — Voltou a acariciar o cofre. — Minha antepassada se chamava Amalia Domingo Soler. Foi uma mulher extraordinária. Começou a escrever poesia aos dez anos e aos dezoito já tinha textos publicados. Se tivesse vivido hoje, seria como Victoria Goodman; no entanto, teve a desgraça de se adiantar ao tempo.

Ao ouvir aquilo, Pa e eu voltamos a nos entreolhar.

— Além do mais — prosseguiu —, publicou seus romances ao mesmo tempo que Unamuno e Valle-Inclán; foi desprezada pela crítica porque era o pior que se podia ser naquela época: mulher... e espírita.

— Viu? E você não acredita em sinais — sussurrou Pa, enquanto me fazia um gesto com o queixo para que prestasse atenção.

Senti um súbito ardor na garganta e preferi não responder.

Alessandra não parou mais de falar, nem para respirar. Contou, como se fosse a coisa mais natural do mundo, que, quando Amalia era jovenzinha, a mãe morta aparecia para consolá-la. Seu grande protetor no além fora o espírito atribulado de um "Padre Germano" e que, graças a ele, sua ilustre antepassada tinha andado de braços dados com os grandes médiuns de seu tempo.

De vez em quando, Alessandra acariciava o porta-joias que tinha em mãos e olhava com solenidade ao redor. A professora ia se fortalecendo.

— Um ano antes de morrer, minha tia-avó conheceu um importante fotógrafo de Barcelona — prosseguiu. — Era um cara nervoso, e ela o encontrou na redação de *La Ilustració Catalana*. A questão é que ele gostou de dona Amalia. Havia dirigido revistas e abandeirado movimentos pela igualdade das mulheres, e os dois logo se tornaram íntimos. O homem tinha acabado de regressar dos Pirineus, onde haviam lhe encomendado que fotografasse essas pinturas nas igrejas originais, e estava profundamente comovido pelo que havia visto.

— Em que ano foi isso? — interrompeu Uranus, interessado.

— Deve ter sido bem no começo do século passado. Não sei exatamente.

— *No passa res*. Não importa.

— Bom, imagino que os dois tenham se encontrado para ver essas fotos, porque dona Amalia ficou bastante impressionada. Tanto que, toda vez que alguém as recordava, ficava muito ensimesmada, e era preciso despertá-la com sais.

— Conte a eles, Alessandra, por que acontecia isso com ela — urgiu ele.

A professora engoliu em seco novamente, cada vez mais incomodada com suas interrupções.

— Vocês verão — disse, séria. — Além de acreditar nos espíritos e escrever muito sobre eles, minha tia-avó foi uma grande médium.

Pa percebeu minha surpresa.

— E por que acontecia isso com ela? — pressionou Uranus.

— Caramba, professor. O senhor deveria saber disso melhor que ninguém — respondeu, ríspida. — Como eu disse, essas pinturas haviam sido para ilustrar o Apocalipse. Embora agora saibamos que não foram tiradas apenas dele, como nos contou o dr. Antonio Piñero na conferência de ontem. Não lembra?

— Uma conferência magistral, sem dúvida — sublinhou o mestre de cerimônias, alheio à alfinetada. — O dr. Piñero é um dos grandes especialistas em textos evangélicos, canônicos e apócrifos. Um catedrático sábio como poucos... O que ele disse?

Alessandra bufou.

— Que, se prestarmos atenção em absides como a de Santa Maria d'Àneu ou a de Santa Eulália d'Estaón, veremos que esses anjos com asas cheias de olhos são próprios da visão do profeta Elias, não do Apocalipse. Ou que as rodas entrelaçadas que aparecem nessas absides correspondem aos transes do profeta Ezequiel. Dona Amalia acreditava que os que pintaram essas coisas fizeram isso como aviso, um sinal dirigido aos visionários da época. Na Idade Média, os Pirineus estavam cheios de profetas, bruxas e hereges que buscavam refúgio nas montanhas ao fugir das perseguições de muçulmanos e cristãos ortodoxos... E eles, é claro, reconheciam em Elias e Ezequiel pessoas com capacidade de ver o invisível. Acho que as pinturas honravam exatamente isso. E serviram de ponto de encontro para pessoas que devem ter sido muito especiais.

— Era nisso que acreditava Amalia? — indagou o professor Uranus.

— Bom... Foi o que ela intuiu vendo apenas as chapas em branco e preto daquele fotógrafo. Por alguma razão, convenceu-se de que as cenas tinham propiciado uma comunicação direta com o divino. De que eram uma espécie de máquina para a iluminação interior e que atraíam pessoas com o dom de ver o que outras não conseguiam.

— Máquinas! — Uranus, que me parecia um homem cada vez mais simples, aplaudiu. — Interessante. E você poderia nos mostrar como elas funcionavam, querida?

A senhora olhou para o tal Uranus como se fosse ele um completo idiota, mas se conteve.

— Aqui? Não acredito que seja possível, professor.

— Mas você trouxe algumas relíquias de sua antepassada, objetos poderosos que ela manipulou para abrir essas portas... — disse, olhando para o cofrinho de que Alessandra não havia se separado nem um instante.

— Receio que mostrá-las aqui não seria de grande serventia, Uranus. Sinto muito. Nem se subíssemos agora mesmo ao museu e nos puséssemos diante da pintura original poderíamos ativá-la.

— Ah, não? — Ele a olhou, estupefato.

— Claro que não. Essas pinturas foram arrancadas das abóbadas originais. A máquina não funcionaria. É como se tivessem sido desconectadas da fonte que as alimentava.

— Vamos, professora... Será que até você tem medo de recuperar os rituais de sua ilustre antepassada? — insistiu.

— Não tenho medo de nada — protestou, ofendida.

Aquela estranha conversa não durou muito mais. Uranus deve ter notado que a convidada não cederia um milímetro de suas pretensões, e mesmo assim o miserável ainda tentou forçá-la a que ao menos improvisasse uma meditação ("círculo de energia", disse ele).

Alessandra, com dignidade, se negou.

— Não é o momento... — encerrou. — Nem o lugar. Talvez amanhã.

Uranus não gostou daquilo. Ele percebeu que Alessandra deixara de ser a dócil interlocutora com que esperava entreter a audiência e, como bom jogador, decidiu dar a palestra por encerrada. Após pedir aplausos, solicitou que deixasse o tablado.

— Os que desejarem que a professora autografe suas obras poderão encontrá-la na livraria da entrada — anunciou, com uma animação que soou falsa. — Enquanto isso, seguiremos com a última apresentação da tarde, o mago Llobet e seus rituais de velas.

Pa e eu sabíamos que era nossa chance. Desde antes, tínhamos várias perguntas para ela, mas depois de escutá-la a lista de dúvidas havia se multiplicado. De onde Alessandra conhecia Lady Goodman? Foi por acaso que a mencionou em sua palestra? Por que decidiu ilustrar sua conferência precisamente com uma das absides que Guillermo havia estudado no MNAC? Será que Guillermo sabia e, por isso, anotou aquela intervenção em sua agenda? Era preciso reconhecer que tinha certa lógica que ele consultasse uma vidente moderna para compreender uma arte inspirada em visões, mas foi por isso que Guillermo a procurou?

Independentemente disso, tínhamos a sensação de estar prestes a resolver aquele mistério.

33

Um aroma de mil perfumes diferentes nos recebeu já na saída do auditório, envolvendo-nos ao mesmo tempo que uma multidão de senhoras de meia-idade, todas com penteados caprichados e bem-vestidas, aguardavam que a conferencista aparecesse no hall do Palácio de Congressos. Por um momento, estive prestes a retroceder e buscar outra brecha para chegar ao posto dos livros, mas Pa me empurrou para a frente. Entre cotoveladas e empurrões discretos, observei o tipo de obras que Alessandra Severini havia escrito: *Dez dias na luz: memórias de uma médium*, *O amor além da morte* ou *Eu vejo tudo* foram os títulos que avistei nas mãos do grupo. Eram edições bem encadernadas, luxuosas, com sobrecapas de cores vivas nas quais o nome da adivinha figurava com destaque, e a contracapa era ocupada pela foto da autora.

— O que acha que Guillermo queria com ela? — sussurrei a Pa enquanto uma dessas fotos quase se estampou em minha cara.

— Cuidado! — avisou ela. — Bom... Ela mesma nos dirá. Se bem que até posso imaginar.

— Sério? — Consegui me livrar da senhora que quase me deixara sem nariz com seu exemplar recém-comprado. — E o que você imagina?

— Você se lembra de como Lady Victoria definiu o verdadeiro graal? Algo visível para acessar o invisível. *Per visibilia ad invisibilia*.

— Então, você acha que Guillermo precisava de uma vidente para isso? Para chegar ao "invisível" e, assim, encontrar o graal?

Uma ovação a impediu de responder. A esperada autora chegara. A professora Alessandra cumprimentou o público com gentileza e se deteve para tirar fotos com algumas admiradoras; depois sentou-se atrás de uma mesa na qual só se viam uma pilha de livros e uma caixa registradora. "Aqui, aqui!", gritavam lá do fundo. "Quando voltaremos a ouvi-la no rádio?" "Vai publicar logo as suas memórias?" "É a senhora mesma quem atualiza as redes sociais?" A vidente ignorou com uma elegância natural a avalanche de perguntas, enquanto Pa e eu conseguíamos nos situar a apenas alguns passos dela. Com a ajuda de uma garota muito jovem, quase uma menina, fez um gesto à primeira senhora da fila para que se aproximasse e se pôs a autografar o livro de modo bem profissional.

Alessandra, apesar do que víamos, pareceu-me uma mulher discreta. Não usava joias nem maquiagem demais. Seu cabelo tingido de louro precisava de retoque, e não tive a impressão de que a bolsa que usava fosse cara nem de que ela ostentasse dinheiro ou posição social.

— E o senhor, como se chama?

De repente, suas pupilas cor de âmbar me encaravam. Éramos os próximos.

— A quem quer que eu dedique, cavalheiro? — insistiu.

— Professora, na verdade gostaríamos de falar com a senhora a sós.

— Ah, claro — disse ela, como se fosse a coisa mais natural do mundo, dando uma olhada descarada em Paula. E, dirigindo-se à assistente, pediu: — Clara, por favor, dê um cartão de visita a estes senhores. Telefonem quando quiserem.

A moça se livrou da algazarra, buscou algo em uma bolsa e me estendeu um cartão azul com letras em branco. A seguir, fez um gesto para que nos afastássemos.

— É sobre Guillermo Solís — acrescentei, antes de ser engolido pela maré humana.

Não sei se fiz bem, mas Alessandra Severini mudou de expressão. Ficou olhando para mim perplexa, prestes a me dizer algo, mas, antes de que fizesse isso, um safanão nervoso, urgente, me puxou para o lado.

— David... — A voz de Paula soou como um lamento. — David, olhe!

Virei o rosto em sua direção, alarmado. Ela estava pálida. Abalada.

— Atrás de você!... — insistiu.

Preocupado, virei-me.

Custei a acreditar no que estava vendo.

Ao lado de uma das portas de acesso ao Palácio de Congressos, um homem vestido de preto dos pés à cabeça, alto, robusto, com a pele branca como o mármore de Derry e uma boina escura cobrindo parte do rosto, observava ao redor. Parecia procurar alguém.

Por instinto, empurrei Pa para longe da mesa de livros, tentando protegê-la com meu corpo.

— Abaixe-se! — ordenei, buscando refúgio atrás de um grupo de quatro leitoras de Alessandra que nos olharam como se estivéssemos loucos.

— É?... — Seus olhos gritavam de terror.

— É, é o homem que vimos ontem — confirmei.

— Meu Deus! — Tremeu. — E agora?

Dei uma olhada rápida para o lado oposto da fila, tentando encontrar uma boa resposta à pergunta. A apenas alguns passos de nós havia uma porta que supus devia ser uma entrada de serviço. Se a alcançássemos discretamente, talvez evitássemos sermos vistos.

Paula, que ainda não tinha se desgrudado de mim, compreendeu o plano sem que eu dissesse nada.

O que ela não sabia era que, nesse momento, minha cabeça considerava outra opção. E se o enfrentássemos e resolvêssemos aquela situação de uma vez por todas? Estávamos em um lugar público, e era pouco provável que o homem fizesse um escândalo. Se nos dirigíssemos tranquilamente à saída e pegássemos um táxi ou nos perdêssemos no metrô, seria difícil que fizesse algo contra nós.

Ou não!

Eu o observei de novo. O gigante pálido continuava plantado no mesmo lugar, sem mover um único músculo do rosto, girando a cabeça pouco a pouco em todas as direções. Foi então que vi algo que me fez mudar de ideia. Enquanto reconhecia o terreno, ele ficou na ponta dos pés, deixando que o paletó levantasse. Durante um segundo, uma carteira de couro presa ao cinto se deixou notar sob a roupa. Uma arma. Pa também percebeu.

— Como ele nos encontrou? Como? — sussurrou, desesperada, puxando-me outra vez.

— Não importa agora. Vamos embora. Já!

Com olhar fixo no chão, mochila no ombro e bolsa a tiracolo, abandonamos a fila em direção à saída que tínhamos acabado de localizar. Avançamos quatro ou cinco metros até atravessar a única parte do hall onde ficaríamos à vista.

Sei que não deveria ter feito isso, mas fiz.

Eu me detive por uma fração de segundo e dei uma olhada para trás. Precisava saber se ele tinha nos visto.

E aconteceu.

Puta merda!

Meus olhos cruzaram fugazmente com os dele.

Estávamos distantes. A uns dez ou doze metros. No entanto, soube que nos reconhecera.

— Vai, Pa! — Eu a empurrei. — Corre!

Na mesma hora, muita gente se virou em nossa direção. O homem de preto reagiu e começou a correr atrás de nós, arrastando com dificuldade uma das pernas.

Mas tivemos sorte. E não só porque ele mancava. A porta que havíamos convertido em nossa primeira e última esperança cedeu com facilidade, abrindo-nos passagem para fora dali. E a fila dos seguidores da professora Alessandra, mais compacta do que imaginei, barrou um pouco a saída de nosso perseguidor. Ele topou com um senhor mais velho, de óculos e cabelo comprido, que por um momento me lembrou alguém. Não tive tempo de pensar em quem. Só vi que o homem de preto lhe gritou alguma coisa em um tom rude, surdo, quase mecânico, e que levou alguns segundos para se livrar dele, derrubando-o violentamente contra uma mesa de livros e causando um alvoroço considerável.

Esse esbarrão nos deu uma vantagem preciosa. Paula e eu saímos à rua como um sopro. A essa hora, os arredores do Palácio de Congressos estavam abarrotados de crianças pedalando, casais de namorados de mãos dadas e grupos de turistas com câmeras fotográficas. Nós nos esquivamos em zigue-zague, apressados e evitando parar sequer para tomar ar, e voamos até o cruzamento mais próximo, com a Gran Vía dos Corts Catalanes. Na fuga, ainda tive tempo de identificar sobre o monumento de inspiração barroca que decora a rotatória da praça um enorme incensário de bronze, com duas linhas paralelas perto da borda superior, rodeado de três senhoras com os braços levantados.

— Lá! — indicou Paula, que ia dois passos à frente, segurando sua bolsa. — Vamos para lá!

Do outro lado da rua, sobre a fachada lisa e cinza de um grande edifício com janelas quadradas, reconheci o nome do hotel que Lady Victoria havia reservado para nós. Catalonia Plaza.

Que bom!, pensei.

Em questão de segundos, entramos na recepção, vigiando a rua através das portas de vidro e com a respiração ofegante.

Não vimos ninguém.

34

— Temos que avisar os demais!

Os olhos verdes de Paula refletiam o medo. Ela não tinha percebido que o recepcionista do hotel e três ou quatro hóspedes nos olhavam atônitos.

— Acalme-se, por favor. Faremos isso agora mesmo — sussurrei, tentando não chamar mais atenção, enquanto acariciava seu braço para que reparasse no entorno.

— Os senhores têm reserva?

A pergunta do jovem que nos examinava de trás do balcão de aço trouxe Pa de volta à realidade. Admito que em tais circunstâncias talvez não tivéssemos a aparência de hóspedes de um estabelecimento de quatro estrelas, mas tirei de algum lugar um pouco de minha frieza britânica e compus um sorriso que o desarmou.

— Claro. — Eu me aproximei dele e lhe estendi o passaporte, fingindo normalidade. — Temos dois quartos em nome de Esteve e Salas. Pode dar entrada, por favor.

— E nos passe a senha do Wi-Fi — acrescentou Paula, fazendo um esforço para dissimular a adrenalina.

O rapaz deu de ombros diante de um casal tão díspar.

— Temos Wi-Fi grátis no hall. Nos quartos, é pago.

— Queremos a senha do que tiver conexão mais potente — pediu a ele, bem séria, dando outra olhada nervosa em direção à rua. — Rápido, por favor.

Eu me interpus entre eles com o melhor dos sorrisos para solicitar também que ele trocasse as acomodações que haviam sido reservadas para nós por duas *junior suites*, e que enviasse bebidas geladas, sanduíches e uma salada. Paula me agradeceu com um largo sorriso. Pensei que, depois do susto, ficaríamos mais confortáveis em um quarto amplo. O recepcionista mudou o tom ao ver meu Visa Titanium. Ele nos colocou em dois quartos consecutivos no décimo primeiro andar, com uma vista esplêndida para o Montjuïc, e prometeu que a comida chegaria em minutos.

— Você poderia já ligar o computador, David? — pediu Paula, com urgência, assim que chegamos ao andar, depois de abrir a porta da suíte dela e jogar a mala lá sem sequer ver como era.

— O computador? — Olhei para ela, entrando em meu quarto. — Quer escrever a Lady Goodman? Talvez fosse melhor telefonar.

Paula me dedicou uma expressão de assombro.

— Você ficou louco? — Seguiu logo atrás, fechando o trinco da porta ao entrar, deixando claro que não pretendia se separar de mim. — Não ouviu o que ela disse ontem sobre nossos telefones?

— Mas ela precisa saber que fomos seguidos.

Pa não desistiu. Deu uma olhada na praça de Espanha dali do alto, contendo um leve estremecimento.

— Se ligar para ela, você também prevenirá quem tiver dito a "essa gente" onde estamos.

— Acalme-se, sim? — Eu me aproximei, tomando a liberdade de apoiar no ombro dela.

Paula, nervosa, tirou minha mão, insistindo que eu pegasse o notebook na mochila e ditasse a ela as senhas para o navegador de Johnny.

— Faremos como Lady Victoria pediu. Combinado? É mais seguro.

— Combinado — concordei.

Demoramos mais do que eu pensava para nos conectar ao bendito programa de Johnny Salazar. O *download* do navegador TOR (siglas de *The Onion Router*) precisava de uma conexão rápida, e nem o Wi-Fi nem o cabo que conectamos ao aparelho – e que encontramos em uma das gavetas – nos proporcionaram isso. A internet do hotel era para usuários com necessidades normais, não para um *software* programado para não deixar rastro na rede.

— Estamos na *deep web* — murmurei enquanto o TOR baixava preguiçoso e eu vigiava a barra de *download* da beira da cama.

— Você já fez isso alguma vez?

— Não — respondi. — Sempre pensei que essa internet que ninguém vê fosse para atividades ilegais.

— Buscar o graal não é ilegal, né?

— Acho que não... — Sorri para acalmá-la.

Uma vez finalizado aquele passo, encontrar o fórum *Diários do Graal* foi bem mais simples. Bastou digitar um endereço estranhíssimo na busca para que uma sóbria tela verde nos desse as boas-vindas e pedisse o número de acesso que Johnny também tinha nos dado.

— Veja, David. — Pa apontou para a tela, indicando o menu que acabara de abrir. — Tem uma mensagem.

Nossas pupilas se detiveram no nome do remetente: Victoria Goodman.

— Quer ler antes de escrever a nossa? — perguntei.

— Temos tempo?

— Temos a noite inteira — respondi a ela, num tom mais grave do que pretendia. — Duvido que alguém nos encontre aqui dentro.

Paula distraiu os olhos da tela e olhou para mim com uma expressão indecifrável.

— Tem razão... — concordou, agarrando-se aos braços da cadeira e levando a cabeça para trás. — Vamos ler antes. Abra a mensagem.

A tela se iluminou com um branco imaculado. Após um breve intervalo, apareceu um texto.

35

Diários do Graal
Postagem 1. 4 de agosto, 20h56
Convidado

Queridos,

Faz quase vinte e quatro horas que nos despedimos na Montanha Artificial e vejo com certa preocupação que até agora nenhum dos senhores tenha deixado mensagem neste fórum. Não me interpretem mal. Não quero fiscalizá-los nem estou angustiada. Só espero que estejam bem e que a falta de notícias se deva ao fato de estarem tão empenhados na tarefa que ainda não encontraram tempo para escrever.

Ches e eu tivemos uma jornada intensa que não queremos deixar de compartilhar.

Estamos em Jaca, capital dos Pirineus aragoneses e um dos supostos esconderijos do Santo Graal. Devo recordá-los de que nos dividimos em três equipes para reconstruir as últimas viagens feitas por Guillermo antes de sua investigação lhe custar a vida. Jaca foi o penúltimo lugar onde esteve. Ele chegou aqui justo antes da viagem a Madrid e poucos dias depois de encontrar em Valência algumas pistas sensíveis que o levaram a visitar essas montanhas. Agora lamento que nunca tenha me explicado direito exatamente o que veio fazer em um lugar como este. Só sei que chegou no fim de junho, época das festas dedicadas a São João, Santa Eurósia e São Pedro, e que ficou muito impressionado de que houvesse tantas ermidas antigas, igrejas, fortalezas, praças e até bairros inteiros com o nome desse último santo, justo o que a tradição garante que guardou o graal de Cristo após a Última Ceia.

Guillermo, como eu disse, nunca compartilhou anotações comigo. Ele afirmava que preferia terminar a investigação que eu encomendara antes de me deixar ler suas conclusões. Um dia, porém, consegui lhe arrancar algo que hoje foi de tremenda utilidade para nós: na catedral de Jaca – monumento quase ciclópico, de pedra cinza, disforme, que dizem ter sido a primeira basílica da Espanha – ele havia sido recebido pelo diretor do Museu Diocesano, que o ajudara a centrar sua investigação como nenhum outro contato anterior.

Localizar tal diretor, como devem imaginar, foi nosso objetivo desde que chegamos. Na realidade, foi fácil encontrá-lo. O diretor do Museu Diocesano de Jaca é um homem muito conhecido no povoado. Tem setenta e nove anos e faz mais de trinta que está à frente de uma das coleções de arte românica mais importantes da península Ibérica. Dom Aristides Ortiz – esse é o nome dele – nos pareceu afável. Por trás de seus pequenos óculos de arame antigos e sua cara enrugada se esconde alguém de uma inteligência viva e serviçal... e de uma memória extraordinária.

— Guillermo Solís? — mastigou enquanto nos convidava a sentar diante de uma escrivaninha soterrada de toneladas de livros e papéis, sem se admirar de ter sido procurado por duas mulheres recém-chegadas de Madrid. — Sim. Claro que me lembro dele. Esteve aqui no começo do verão, mas foi embora logo. De fato, nem se despediu. Não gostei disso. Não mesmo.

Como devem supor, não nos atrevemos a contar o que aconteceu com ele. Explicamos, porém, que trabalhávamos juntos em um projeto que havia sido interrompido por sua repentina desaparição, e que havíamos decidido visitá-lo para tentar reconstruir seus avanços. Meia verdade. Incompleta. Mas, dada a sua disposição, bastou para que se dispusesse a nos ajudar.

Dom Aristides foi superdiligente nas explicações. Ele nos disse que Guillermo chegara a Jaca interessado em algo de que ouvira falar em Valência: que os romances do Santo Graal, tão famosos em toda a Europa, na verdade estavam baseados em fatos acontecidos aos primeiros reis da coroa de Aragão.

— Eu o felicitei por ter batido à porta certa. — Sorriu ao recordar. — Pois o homem que descobriu esse vínculo trabalhou justo nesta catedral.

Dom Aristides nos contou que, por volta dos anos 1920, trabalhou nessa mesma sé um sacerdote chamado Dámaso Sangorrín, que foi deão e cronista da cidade. Trata-se um homem de profundas inquietudes intelectuais, que começou colecionando lendas e anedotas da diocese e acabou obcecado pela tradição do graal jaquês. De fato, publicou vários artigos na imprensa provincial, nos quais demostrou que "sua" catedral começara a ser construída em 1077 por ordem do primeiro rei de Aragão e de Pamplona, Sancho Ramírez, e que a grandiosidade do edifício – um bloco de pedra imenso, que deve ter sido toda uma anomalia arquitetônica no século XI – obedeceu ao plano daquele monarca de dar uma sede nobre ao cálice consagrado por Cristo na Última Ceia.

— Guillermo passou três dias completos, de sol a sol, revisando os papéis de Padre Sangorrín — explicou ele. — Ficou fascinado por uma de suas conclusões: que Sancho Ramírez conseguiu situar a catedral, esta, à altura do Templo de Salomão e muito acima do de Santiago de Compostela. Isto é, construiu um castelo relicário para proteger um objeto diretamente conectado com a divindade, algo que a lógica dita que só pode ter sido o Santo Graal.

Contudo, dom Aristides acrescentou mais um detalhe.

— No entanto — disse ele —, é uma pena que seu amigo tenha se assustado tanto depois desse achado e tenha decidido ir embora do arquivo sem analisar todos os papéis.

— Ele se assustou por algo que leu nos arquivos? — perguntamos.

— Não, não... Nada disso — negou, enérgico. — Na realidade, acreditava que alguém o estava seguindo. Que iam buscá-lo. Que bobagem! Não é? Tentei tranquilizá-lo várias vezes, mas ele não se acalmou sequer quando mostrei as poucas provas físicas de que este foi o grande templo do graal. A verdade é que consegui o efeito contrário. Ele ficou ainda mais nervoso.

Nesse ponto, Ches e eu nos entreolhamos, cúmplices.

— Provas físicas? — sussurrou ela, ao mesmo tempo. — Poderia mostrá-las a nós?

— É claro — concedeu. — Não são nenhum segredo.

Já fora de seu gabinete, dom Aristides nos advertiu do pouco que resta hoje da catedral original de Sancho Ramírez. Esse templo do século XI sofreu alterações enormes desde então, e de sua decoração original não sobrou praticamente nada.

— Na época existiu até um zodíaco — disse ele.

Completo. De Aquário a Capricórnio. No entanto, seus signos foram desmontados há séculos e reutilizados para levantar outras paredes. O lugar também guardou representações de taças e tigelas, quase todas desaparecidas, que, conforme explicou, devem ter servido para transmitir uma ideia muito particular na Idade Média: que ali era possível transmutar o homem rude, rústico, daquela região, e convertê-lo numa criatura espiritual e elevada.

— Neste lugar acendia-se no *homo brutus* do fim do século XI a dimensão transcendente que a guerra e as más condições de vida mantinham apagada — sentenciou, muito sério. — Eles vinham aqui a fim de transfigurar a alma.

Imaginem o efeito que semelhante revelação, liberada sem qualquer ênfase, provocou em nós. A transmutação, como sabem graças aos textos que analisamos na Montanha, é uma das principais características do graal, senão a principal.

Definitivamente, Guillermo encontrou algo importante aqui.

Dom Aristides, então, nos guiou até a entrada principal do templo, um acesso no extremo ocidental da nave, bem debaixo do campanário. Ali, quis que admirássemos a *magna porta*, um portal emoldurado por arquivoltas reconstruídas havia não muito tempo. Sobre o dintel, inscrito numa meia-lua de pedra, ele nos mostrou a primeira das "provas físicas" que compartilhou com nosso colega: um cristograma. O maior e mais belo que já vimos.

Os senhores ouviram falar disso alguma vez?

Os cristogramas são peças decorativas singulares que só se encontram em algumas igrejas medievais. Costumavam ser colocados sobre vãos e passagens, e, em geral, resumiam-se a um círculo no qual se inscreviam as letras gregas chi (Χ) e rô (ρ), as duas primeiras do nome Messias, em grego (Χριστός). O exemplar de Jaca pareceu, entretanto, muito distinto de todos os que conheço. Está ladeado por dois leões simétricos, e suas letras, de relevo filigranado, formam um tipo de anagrama.

Dom Aristides nos entregou até uma gravura antiga para apreciarmos melhor suas inscrições. Estas, escritas em um latim repleto de arcaísmos, advertem quem entra de que só aquele que purifica a alma e se humilha nesse solo alcançará a vida eterna e superará a "lei da morte".

Detenham-se nesse ponto um momento. Não era precisamente a isso que aspiravam os cavaleiros dos relatos artúricos? Não foi a superação da morte o principal atributo do graal?

Para fechar esse simbolismo, sempre de acordo com as explicações de dom Aristides, o canteiro do cristograma destacou sua mensagem acrescentando-lhe oito margaridas praticamente endêmicas dessa peça. As flores se encontram entre os raios, talhadas com um detalhe encantador. São, disse ele, muito raras em um símbolo desse tipo, embora sua intenção deva ter sido bastante clara nos tempos de Sancho Ramírez: tratava-se de uma marca de pureza. Um símbolo de renascimento.

— Um sinal de outra das características do graal — concluiu.

— Mas aí não se vê nenhum graal... — murmurou Ches, decepcionada.

— Não. Não se vê. — Sorriu, com certa malícia no olhar. — Para isso devemos nos aproximar da segunda porta desta catedral. As senhoras me acompanham?

Magna porta, catedral de San Pedro de Jaca, Huesca.

Dom Aristides nos convidou a segui-lo até a fachada meridional do templo, virando a esquina. Junto a uma segunda porta românica, um conjunto de sete colunas sustentava um pequeno átrio que fazia sombra à entrada. Seus ornamentos nos pareceram impressionantes à primeira vista.

— Essas pedras foram talhadas cinco séculos antes do descobrimento da América — indicou, orgulhoso. — Estão esculpidas dos quatro lados. Os capitéis falam, senhoras. Têm o próprio idioma. Só precisamos escutá-los. E um deles tem algo muito importante lhes dizer.

Em um tom misterioso, o diretor do museu nos situou diante do átrio, observando uma cena em particular. Um homem com corte de cabelo de frade, vestido com roupas luxuosas, entregava algo a alguém.

— Trata-se de São Sisto, um dos primeiros papas da Igreja católica — disse, sem tirar o olho dele.

— São Sisto? — Tive um sobressalto ao ouvir esse nome. — O senhor se refere a Sisto II, o papa mártir?

O rosto de dom Aristides se iluminou.

— A senhora o conhece? Aqui em Jaca ele foi muito venerado. Não sei se as senhoras compreendem o alcance da imagem, mas, se me permitem dizer, seu colega as captou em seguida.

— É claro que conheço! Não foi Sisto o papa que confiou a seu diácono Lourenço o cálice com que os cristãos celebraram as primeiras missas em Roma? Não foi ele quem, para evitar as perseguições do imperador Valeriano, pediu que o levassem para o mais longe possível da capital dos césares? Esse deve ser... — eu disse, enquanto analisava o volume que as figuras seguravam. — Deve ser o mesmo recipiente que, de acordo com a tradição, Jesus Cristo utilizou na Última Ceia e que São Pedro levou à Itália quando começou a pregar no Ocidente. A mesma relíquia que mais tarde seria escondida em Huesca e passaria à literatura universal com o nome de Santo Graal.

Dom Aristides ficou mudo, satisfeito com minha explicação.

— O senhor se lembra do que Guillermo disse ao ver isso? — indagou Ches, certeira, sem tirar o olho daquela inescrutável trouxa que Sisto entregava a Lourenço.

— Ah, sem dúvida — respondeu ele, bastante sério. — Comentou algo estranho. De fato, a reação dele me deixou pensativo durante dias. Principalmente depois que não voltou mais ao arquivo e foi embora daqui assustado.

— O que foi? — insisti.

— Disse que os que recebem o graal estão condenados a uma perseguição perpétua. A fugir permanentemente de seus inimigos.

Nesse momento, Ches e eu nos entreolhamos, perplexas.

—Ah... As senhoras também acreditam nisso?

36

O relato de Lady Victoria se interrompia aí. Sem mais explicações. Ela o deixara em suspenso justo nesse ponto, como se de repente tivesse decidido que o concluiria em outro momento. Mesmo inacabado, contudo, seu conteúdo nos eletrizou.

Pa e eu terminamos de ler ao mesmo tempo, com rosto e o corpo descaradamente próximos. Conscientes da proximidade, permanecemos mudos diante do texto durante alguns segundos, sentados lado a lado, acomodando todas aquelas revelações na mente. De canto do olho, eu a vi repassar as duas imagens que a senhora do mistério inserira no relatório. Fez isso absorta enquanto tomava o último refrigerante do frigobar do quarto.

— E então? — murmurou, afinal, minimizando o TOR até transformá-lo em mais um ícone do monitor para abrir um navegador comum. — O que você acha, David?

Eu, ainda um pouco confuso diante da imagem do capitel de São Sisto, balancei a cabeça, perplexo.

— Não sei o que dizer. — O tec-tec-tec de seus dedos sobre o teclado, dando as últimas instruções para regressar à internet tradicional, afogou minha má resposta. — Não estudei história da arte. Não sei muito sobre cristogramas nem sobre reis medievais. Isso é com você. — Suspirei. — O que acha?

— Bom... — Paula sequer olhou para mim. A expressão *cristograma de Jaca* tinha acabado de aparecer na busca do Google, atraindo sua atenção. — Algumas coisas eu já conhecia, claro. Mas não consigo tirar da cabeça a ideia de que Lady Victoria está pedindo ajuda.

— Ajuda? — Estranho, pois o texto de Lady Goodman havia me parecido bastante triunfal. — Tem certeza?

— Absoluta. — Assentiu. — Lembra o que ela disse sobre o duelo com textos? Ela vê isso como uma cordada. Um empreendimento comum no qual cada um de nós dá o que tem ao outro. Ninguém avança se não recebe impulso constante dos colegas.

— Mas não está pedindo nossa ajuda — objetei. — Ela nem sequer nos convida a opinar sobre os achados.

— Eu entendo que está nos dando algo porque espera receber. Funciona assim.

Paula disse aquilo olhando em meus olhos, como se no fundo se referisse a nós, não a Lady Victoria.

— Tudo bem. — Simulei indiferença. — Nesse caso, será melhor focar nossa resposta no que Cortil nos contou, não?

— Boa ideia.

Ela parecia um pouco agitada. Pelo visto, eu não era o único ali a manter as emoções sob controle.

— Talvez o mais importante agora seja nos concentrarmos no que Guillermo pode ter descoberto. O resto podemos contar ao grupo depois. Não acha? — disse, referindo-se claramente a nosso percalço no Palácio de Congressos.

Concordei, um pouco admirado.

— Vai ser bom para Lady Victoria que a ajudemos com isso dos cristogramas — insistiu.

— Tudo bem. Como quiser. No entanto, há um segundo você não pensava assim. Tem certeza de que não os colocaremos em perigo omitindo essa informação?

Justo naquele instante, bateram à porta. Era o almoço. Abri o trinco, recebi o pedido e assinei a nota que o garçom me estendera, enquanto deixava que ele preparasse a mesa na pequena sala. Assim que ele foi embora, olhei para Pa e, sem dizer nada, ofereci-lhe a mão para que me acompanhasse.

— Vamos — tentei animá-la. — Vai ser bom comer alguma coisa antes de continuar.

Meu gesto teve efeito imediato. Ela prendeu o cabelo, esfregou os olhos, espreguiçou-se e, muito mais tranquila, sentou-se à mesa e começou a me perguntar todo tipo de coisa. Durante alguns minutos, falamos de simbologia, matemática, mestres construtores e até da transição do românico ao gótico. Nada daquilo nos levou a uma conclusão sensata, mas pelo menos nos entreteve.

A primeira ideia prática que tivemos foi comparar o croqui do cristograma da catedral de Jaca com o do friso dos reis magos de San Pedro El Viejo. Foi fácil encontrar no Google. Comprovamos que nas duas representações aparecia a figura do círculo cruzado com as iniciais gregas de Cristo, e que ambas estavam vinculadas de um modo ou de outro à lenda do graal. Também foi simples encontrar a transcrição completa dos textos do exemplar jaquês. Nesse dintel não se falava só da "purificação da alma", necessária para alcançar a vida eterna; mencionava-se também um misterioso conceito, "a segunda morte", e dava-se até as instruções precisas para ler aquele símbolo. As palavras haviam sido talhadas com esmero no círculo externo e diziam assim:

> *Hac in sculptura lector sic noscere cura: P, Pater; A, Genitus; duplex est SPS Almus. Hii tres iure quidem Dominus sunt unus et idem.*

"Leitor, nesta escultura, trata de conhecer isto: P é o Pai; A, o Filho; e a letra dupla, o Espírito Santo. Os três são, na verdade, por direito próprio, o único e o mesmo Senhor."

O P era, na realidade, o grande ρ (rô) que dividia o cristograma em duas metades. O A, um α (alfa). E a "letra dupla", o ω (ômega). Três caracteres gregos intercalados em um texto latino me pareceram de uma estranheza singular, e eu comentei isso com ela.

— Sabia que o primeiro símbolo utilizado para representar Jesus foi um peixe, não uma cruz? — perguntou, animada.

Eu, naturalmente, conhecia a história. Qualquer um que tivesse lido um pouco sobre cristianismo primitivo teria ouvido falar dela.

— Até onde sei, em grego antigo *peixe* se escrevia *Ichtus* (ΙΧΘΥΣ). Os primeiros cristãos, quase todos de origem gentílica, o escolheram como símbolo de Jesus porque formava um acrônimo da frase "Jesus Cristo, filho de Deus, o Salvador".*

— Muito bem, dr. Salas. — Sorriu. — Sendo assim, quando alguém familiarizado com essa fé via o esquema de um peixe desenhado em um pingente, sobre a proa de um barco, na porta de uma casa ou em um tecido, sabia que o dono era cristão. O peixe se converteu em sinal de reconhecimento.

— Então, você supõe que nosso cristograma seja algo assim. Uma espécie de sinal, de logotipo para que os membros de algum grupo se reconheçam.

— Só há um pequeno problema. — Indicou a tela. — Eu vi dezenas de cristogramas desde que me formei. A província de Huesca está repleta deles. Foram muito populares nas igrejas do Caminho de Santiago, mas bem poucos

---

* Em grego clássico, Ιησού Χριστέ, Υιέ του Θεού, Σωτήρα.

têm oito raios como esse. O mais comum é o CHI RHO, obtido do cruzamento do chi (X) com o rô (ρ). Quando sobrepostos, formam um símbolo de seis raios (☧). Simples assim.

— Então, de onde surgem os de oito? Devem significar alguma coisa.

— Esse é o problema, David. Parece que ninguém sabe! E o mais intrigante é que o de Jaca ainda tem mais oitos em sua estrutura.

Dei uma olhada no monitor com o cristograma.

— Observe bem. — Ela me convidou a me aproximar ainda mais. — Você acabou de ler na postagem de Lady Victoria. Esse relevo mostra oito margaridas. Viu?

— Oito... — Contei no esquema que ela nos enviara. Estava certo. — E além disso, as inscrições estão ordenadas em oito hexâmetros leoninos. São uma espécie de poema.

— O oito é um número raro no contexto religioso judaico-cristão — acrescentou, tão absorta na imagem quanto eu. — O sete é muito mais comum: os sete dias que Deus levou para criar tudo, os sete anos de vacas gordas e magras do sonho do faraó, os setes citados no Apocalipse: sete selos, sete trombetas...

— Então você tem razão: o oito deve ser uma pista. Algo que os criadores quiseram enfatizar.

— A questão é: uma pista de quê?

Paula sorriu, levantou-se, saindo de perto do computador, e foi à janela da suíte dar uma olhada na cidade. Barcelona começava a se cobrir de reflexos dourados. E nós dois percebíamos que, a menos que ocorresse um milagre, naquela noite não contribuiríamos com nenhuma ideia que iluminasse os passos de Lady Victoria. Exceto, talvez, explicar o que havíamos aprendido na visita ao museu, o que não era pouco.

— E Alessandra Severini? — perguntei de repente.

Pa virou-se em minha direção, esfregou os olhos e, pensativa, se aproximou da mesinha em que deixara o cartão-chave de seu quarto e outros papéis. Pegou um deles.

— O que vamos contar sobre ela? — perguntou, hasteando o cartão azul da vidente como se fosse fazê-lo desaparecer num passe de mágica. De repente, tive a impressão de que seu rosto refletia um cansaço profundo. — Que Guillermo a consultava? Sobre o quê? Desde quando? E por quê?

— É — admiti, ficando em pé e me aproximando dela. — Talvez você tenha razão. Então deveríamos informar o grupo sobre quem vimos. Pelo menos avisá-los de que estão nos seguindo.

O olhar de Paula se acendeu ao ver como eu recuperava um assunto que ela teria preferido nem verbalizar.

— Quer contar a eles sobre o homem de preto? — sussurrou. O medo escondeu de repente os sinais de esgotamento. — Esse indivíduo estava no Montjuïc, David. Sabia onde nos encontrar. Tenho a sensação — engoliu em seco — de que alguém que conhece nossos movimentos lhe informou sobre nosso paradeiro. E não são muitos os que sabem. É horrível dizer isto, eu sei, mas nem aqui estamos seguros.

— Você suspeita de alguém do grupo? — Tratei de que a pergunta não soasse acusação.

Ela assentiu.

— Não quero denunciar sem provas. Compreenda.

Eu a tranquilizei, repousando a mão em seu ombro.

— Quer que eu termine isso? — propus, olhando para o computador de soslaio. — Amanhã, se achar melhor, decidimos o que fazer.

Deviam ser quinze para as onze da noite quando me pus a digitar freneticamente na janela que o TOR oferecera para nosso resumo do dia. Tratei de recapitular a conversa com a dra. Cortil sem poupar detalhes e de deixar calculadamente ambígua a visita a Montserrat Prunés. Fiz isso o mais rápido que pude, mas ainda assim gastei um bom tempo. Pa, paciente, se refugiou em uma poltrona bem atrás de mim, como se não tivesse vontade de passar a noite sozinha no quarto ao lado. Se ainda tinha medo, não me disse, mas se acomodou entre as almofadas até cair no sono.

— Você se importa? — murmurou, com os olhos quase fechados.

— De forma alguma — respondi, virando-me na direção dela e acariciando levemente seu rosto adormecido. — Durma um pouco.

Na metade do trabalho, com o quarto na penumbra, lembrei-me de uma coisa. Precisava ver a velha gravura do tímpano da igreja de San Pedro El Viejo, a mesma que Paula me mostrara no Retiro. De repente, pensei que esse cristograma estava ladeado por dois anjos em vez de dois leões, e precisava ter certeza. Talvez, se a visse de novo, encontraria alguma pista sobre o uso do número oito e seu possível significado e a "cordada" ficaria agradecida. Pa, porém, estava dormindo.

Pensei só por um segundo. Tateando, fui até ela em busca de seu celular. Se o encontrasse, não levaria mais de um minuto para enviar a imagem ao TOR. Por sorte, logo achei. Estava quase escondido debaixo do controle remoto, então o peguei sem fazer barulho.

Não foi difícil acessar seu álbum de fotos e buscar aquela imagem. *Amanhã me desculpo com ela*, pensei. Nesse processo, porém, vi algo inesperado. Quando toquei a tela, o álbum de Paula se dividiu em um mosaico que permitia passar as imagens de seis em seis. No primeiro grupo reconheci algumas fotos do dia anterior, na casa de Lady Goodman, e outras obtidas da janela do trem nessa mesma manhã. No segundo, achei fotos de capas de livros e de paisagens. E no terceiro, a gravura que eu estava buscando... e também outra coisa. As cinco imagens restantes eram muito diferentes das anteriores. Eram fotos de uma mesma sequência, nas quais identifiquei Paula ao lado de um rapaz. Apareciam muito perto um do outro, fazendo-se mimos e sorrindo. Pareciam felizes. Radiantes.

Não sei quanto tempo gastei vendo essas fotos. A questão é que cheguei a ampliar e examinar uma por uma.

— O que... o que você está fazendo? — Pa se agitou, meio dormindo, surpreendendo-me com seu celular na mão.

Eu ia responder que precisava da foto do cristograma de San Pedro El Viejo e que não queria acordá-la por isso, mas só consegui lançar outra pergunta:

— Quem é?

— Dá isso aqui! — Pegou de volta o celular.

O jovem com quem estava fotografada tinha o cabelo comprido, escuro, preso em um rabo, e estava apoiado no ombro dela. Como a cabeça estava de lado, não dava para ver muito bem. Uma estranha inquietação tomou meu peito de repente. Ela tinha namorado?

Obviamente, não perguntei. Limitei-me a pedir a imagem de que necessitava, e ela, solícita, me enviou por e-mail. Não fez mais nenhuma menção às outras fotos. Nem eu.

Quando Paula terminou de ler o que eu havia escrito, já era mais de meia-noite. Fez isso com os olhos avermelhados por causa do sono e certo ar de suspicácia no rosto. Tive a impressão, entretanto, de que me agradecia por ter escrito aquele primeiro relatório para o *Diários do Graal* por ela. Ainda assim, algo me dizia também que ela tinha gostado de verdade era de eu não ter mais perguntado por aquelas fotos.

— Acho que foi o bastante por hoje — disse ela, abaixando a tela do notebook. — Amanhã, se quiser, ligamos para Alessandra e esclarecemos tudo. Vai ser bom dormir.

— Você acha mesmo que vamos esclarecer? — murmurei, contendo um bocejo.

— Tenho certeza, David. Quando algo nos preocupa com a intensidade desse assunto, nossa mente trabalha até dormindo.

— Duvido que minha mente consiga. — Esbocei um meio sorriso, sem dissimular o cansaço.

— Você nunca consultou o travesseiro a respeito de algum problema? Sempre funciona.

— Vou tentar.

Nesse momento, nenhum de nós percebeu que uma nova mensagem chegara ao fórum. Na verdade, tinha sido enviada havia apenas alguns segundos, a trezentos e quarenta quilômetros de distância.

37

Diários do Graal
Postagem 2. 5 de agosto, 00h11
Convidado

Peço desculpas. Por causa do encontro com dom Aristides Ortiz, quase me esqueço de mencionar o desagradável incidente ao fim de nossa primeira jornada em Jaca. Antes de dormir, ainda que de um modo sucinto, vou contar. Tomem como um aviso – mais um, se levarmos em consideração o que o diretor do Museu Diocesano nos disse sobre Guillermo – de que não podemos baixar a guarda nem um minuto.

Vejam. Depois da excitante tarde de descobertas na catedral, dom Aristides insistiu em nos acompanhar ao carro e nos dar as últimas indicações para os planos de amanhã. Acho que ficou tão assombrado pelo efeito que suas palavras diante do capitel de São Sisto tiveram em nós, que não hesitou em nos entregar cópias de alguns artigos técnicos e três ou quatro grandes tomos de fotografias editados pelo governo de Huesca, nos quais se fala dessa peça e, também, de outros cristogramas.

— O de Jaca — disse ele — tem uma espécie de "irmão gêmeo" que talvez lhes interesse.

Ao que parece, esse segundo cristograma se encontra na metade do caminho entre Jaca e San Juan de la Peña, e é protegido por uma igreja também da época de Sancho Ramírez.

— Se eu fosse vocês, não deixaria de vê-lo — ele nos incentivou. — Esses cristogramas indicavam onde o graal estava guardado. E suponho que não vão querer perdê-lo.

Isso ocorreu há pouco mais de três horas.

Com refinada amabilidade, quis levar a pesada bolsa com esse material até o carro. Nós o havíamos deixado em um estacionamento público atrás da catedral, em uma área aberta muito frequentada a essa hora da tarde. A questão é que, quando fomos retirar o veículo, notamos algo muito estranho: tinha os dois pneus da frente furados. Os dois.

Já consertamos. Não se preocupem. Nosso inesperado anjo da guarda jaquês prontamente telefonou para uma oficina e se encarregou de tudo. Graças a ele, trocaram os pneus. Como devem supor, não foi acidente. Alguém os rasgou com uma faca ou uma navalha, estragando-os. O assunto, claro, nos deixou um pouco nervosas. Ainda que na oficina tenham insistido que deve ter sido coisa de vândalo e que isso às vezes acontece no verão, quando há muita gente de fora do povoado, Ches pediu para dom Aristides nos acompanhar amanhã na visita que pretendemos fazer a San Juan de la Peña.

Para minha surpresa, ele aceitou. É um cavalheiro.

— Os buscadores do graal devem se ajudar, não acham? — disse ele.

Eu acredito nisso, sabem? Nós somos, de algum modo, a parte visível do graal. Lembrem que o objetivo da *quête* é precisamente encontrar aquilo que, sendo tangível e físico, nos permita saltar ao mundo do sublime, das ideias, do espírito. *Per visibilia ad invisibilia*, sim? Esse é o verdadeiro espírito da busca. Apoiar-se no visível para saltar ao que os torpes cinco sentidos não alcançam. Amanhã o colocaremos à prova.

Tenho certeza de que os senhores farão o mesmo onde estiverem.

DIA 6
Visões obscuras

38

Naquela noite, voltei a sonhar.

Fui me deitar – que absurdo! – sem parar de pensar na dica de Paula de que "consultar o travesseiro" ajudaria a entender a loucura em que tínhamos nos metido. Meu lado racional não acreditava ser possível. Pensava que aquela frase feita só podia ser o recurso de um povo do sul, hedonista, que adorava dormir sestas, mas estava enganado.

Por preconceito intelectual – provavelmente inculcado na época do avô José –, nunca conectei a ideia de levar os problemas à cama com as "incubações" de Parmênides nem com a necessidade que o cérebro humano tem de pôr ordem no caos das ideias conscientes. Que erro. Só agora que posso refletir sobre isso descubro que algumas das grandes contribuições à história do pensamento e da ciência foram tramadas nesse estado. Não é frivolidade que o grande químico russo Dmitri Mendeleiev tenha organizado durante sonhos a tabela periódica dos elementos. Ou que o alemão August Kekulé tenha encontrado a fórmula do benzeno enquanto cochilava. Ambos acreditavam que tudo na natureza funcionava graças a uma linguagem oculta que se expressava de forma matemática. Os números "falaram" a eles enquanto descansavam. Até mesmo Johannes Kepler intuiu em sonho que os planetas orbitam ao redor do Sol. Mary Shelley, naquele duelo de textos que tanto maravilhava os da Montanha, confessou ter visto em sonhos pela primeira vez seu Frankenstein. Eu, é claro, não os tive presentes naquela noite... mas o que aconteceu comigo durante a madrugada bem poderia engrossar essa lista de revelações oníricas.

Tudo aconteceu de modo brusco, estranho. Foi como uma ideia surgida de repente. Uma conclusão sussurrada. Uma revelação.

Minha conexão com essa particular fonte das ideias foi tão simples quanto evocadora: e se a chave do cristograma de Jaca que Lady Victoria buscava estivesse nas oito margaridas? E se o importante fosse o número? Onde mais eu tinha ouvido sobre ele durante o dia? Oito... Beatrice Cortil mencionara oito igrejas com graais pintados. E se essa cifra, a mais repetida da composição, fosse uma menção *para iniciados* às oito igrejas que Guillermo Solís estudara no MNAC? Por acaso não foram todas construídas ao mesmo tempo que a catedral de Jaca?

Quando acordei, tentei tirar essa ideia da cabeça. *Simples demais*, pensei. Contudo, não consegui. Era difícil não se admirar com quão bem aquilo encaixava no primeiro mandamento da teoria dos segredos: as oito tigelas das igrejas pirenaicas – todas situadas originalmente a pouco mais de cento e quarenta quilômetros de Jaca – estavam, sem exceção, nas mãos da Virgem e *eram muito visíveis*. Na iconografia cristã, Maria é muito associada às flores. Na pagã, a presença de flores costumava aludir à vida, à beleza e à esperança. De alguma forma, era um símbolo que compartilhava seu significado com o graal.

E a mente, solta, começou a considerar seus números:

Oito pontas do cristograma.

Oito flores.

Oito virgens com oito graais.

Oito igrejas.

A conexão parecia ter certo sentido.

Abri o notebook para comprovar a ideia. Bastou uma breve pesquisa para verificar que, de fato, os cristogramas de oito pontas são os mais raros. Os especialistas os chamam de "tipo jaquês" – precisamente o exemplar que tanto havia admirado Lady Victoria – e, além de escassos, eram tidos como os mais antigos.

Devíamos considerar essas oito pontas outra alusão às oito igrejas com pinturas do graal de que a dra. Cortil tinha nos falado? E se o cristograma fosse uma espécie de mapa? Ou um lembrete?

Eram só nove da manhã e eu já tinha a impressão de que minha cabeça ia explodir. Precisava de um banho.

Dez minutos depois, limpo e reconfortado pela água fria, telefonei para a suíte ao lado. Pa me deu bom-dia, disse que estava prestes a descer para tomar café da manhã... e admitiu que tinha algo urgente para me contar. Desliguei o computador, anotei minhas ideias em um papel com o logotipo do hotel e desci de escada até o andar do restaurante, pulando os degraus de dois em dois. O aroma de café e pão fresco abriu meu apetite. Pa estava sentada a uma das mesas do fundo do amplo e iluminado bufê, ao lado de uma janela da qual se apreciava claramente a tigela de bronze do monumento da praça de Espanha. Sorriu quando me viu e perguntou se eu tinha dormido bem. Assenti. Mas era ela quem parecia ter pressa para falar, então a deixei com a palavra.

— Você entrou de novo no TOR?

Neguei, sentando-me de frente para ela.

— Eu, sim — confessou, séria. — E não sei se as coisas estão bem, David.

Foi desnecessário pedir explicações. Ela se adiantou às perguntas e me atualizou: além de não termos notícias de Johnny e Luis, descreveu detalhadamente a última postagem de Lady Victoria.

— ... Então disseram que hoje vão à região de San Juan de la Peña com o diretor do Museu Diocesano de Jaca — concluiu.

— Nesse caso, se vão visitar mais igrejas, seria bom que eu contasse algumas coisas sobre os cristogramas — ponderei, tentando tirar importância do incidente dos pneus.

— Ah! — Olhou para mim. — Você descobriu alguma coisa?

Sentados diante dos cafés, eu a deixei a par de minhas suspeitas numéricas. Procurei fazer que a relação entre o oito do cristograma de Jaca e as oito igrejas com cálices radiantes do MNAC parecesse verossímil, mas ela não ficou muito impressionada. De vez em quando, eu notava seu olhar longe, na direção da montanha do Montjuïc, como se nada do que eu dissesse aliviasse a angústia dela.

— Você disse que essa ideia surgiu de repente. Não acha que pode ter sido colocada em sua mente por algo ou alguém enquanto você dormia? — apontou, parecendo distraída.

— Algo ou alguém? Você está falando sério?

— Claro. — Tomou um gole do café. — Sabe, eu acho que você deveria assumir que recebeu de herança de seu avô algo além de uma biblioteca.

Aquela observação me incomodou. Eu sabia o que ela estava insinuando e não gostei. Pa detectou meu mal-estar, mas se limitou a esboçar um tímido e distante sorriso.

— Lady Victoria acredita que você tem um dom oculto e está esperando que ele desperte — acrescentou. — Se isso acontecesse, estaríamos todos mais protegidos. Mais seguros. Talvez, inclusive, não tenha sido casual que ontem tenhamos seguido a pista de uma vidente, não?

— Você acha que alguém com esses... poderes... poderia nos proteger?

A pergunta soou estranha até para mim.

— Nesse caso, faríamos bem em ligar para ela — sugeri.

— Eu já tomei a liberdade de fazer isso — respondeu. — Fiquei com o cartão dela, lembra? A secretária me disse que hoje ela estará no Montjuïc o dia inteiro e que dentro de algumas horas pretende participar de outro evento do congresso. Ao ar livre. Deveríamos ir. Falar com ela.

— Você telefonou para a professora Alessandra? — perguntei, confuso.

— Não me olhe assim! Não gosto muito de voltar ao Montjuïc, mas acho que não temos opção.

— E você ligou do celular? — insisti, sem prestar atenção nela.

Pa negou.

— Não, claro que não, David. — Ela me tranquilizou, virando-se para mim. — Liguei do telefone do quarto. Acordei cedo e aproveitei para fazer outras descobertas.

— Pois eu adoraria ouvir — disse eu.

— Tudo bem — concordou, mais recomposta. — Entre as coisas que lemos ontem à noite no *Diários*, teve uma que rondou minha cabeça. Em Jaca, tudo o que é importante está dedicado a São Pedro. E isso, segundo Lady Victoria, se deve ao fato de ter sido o santo que herdou o cálice de Cristo depois da Última Ceia, objeto que foi guardado ali durante décadas. Naturalmente, estamos falando do que diz a tradição, não da história. Mas, David — continuou, enchendo de novo sua xícara de café —, em Huesca, a própria tradição garante que todas as igrejas que guardaram o graal sejam consagradas a São Pedro.

— Isso você já me contou no Retiro.

— É. Eu sei. Agora, porém, quero dar um passo além. Hoje de manhã, com essa ideia martelando minha mente, comecei a repassar os nomes das igrejas que vimos ontem no MNAC com a dra. Cortil. As que têm um graal radiante nas absides se chamam Sant Pere del Burgal, Santa Maria de Ginestarre, Santa Maria de Taüll... Até aí, todas são invocações com um claro sentido graálico. Pedro, o portador do graal. Maria, cálice vivo, portadora do sangue de Cristo. Mas... — engoliu em seco —, por que a mais impressionante de todas, a que pôs Guillermo atrás da pista dessa tigela radiante anterior a Chrétien de Troyes, foi dedicada a São Clemente?

Sacudi a cabeça, surpreso com a observação.

— Sant Climent de Taüll. Você tem razão... Seria mais lógico Sant Pere de Taüll.

Paula se endireitou na cadeira, deixando a xícara de lado, como se fosse acrescentar algo ainda mais relevante.

— Acho que descobri o porquê — anunciou. — Isso me tirou o sono, até que me lembrei da grande moral do livro de Chrétien de Troyes: que ainda mais importante que a resposta que você alcança é a pergunta que você faz. Então, veja só, eu me propus a descobrir se minha pergunta tinha ou não tinha sentido. Passei duas horas olhando diversos sites em busca de uma explicação.

— Você queria saber por que a igreja com a pintura do graal radiante mais famosa da cristandade foi consagrada a São Clemente, não a São Pedro?

— Isso.

— E descobriu? — perguntei.

— Sim — assentiu, com o primeiro sorriso da manhã. — E também outra coisa que eu não esperava. Você sabe quem foi São Clemente?

— Não tenho ideia. — Dei de ombros.

— Foi um dos primeiros papas da Igreja.
— Como São Sisto? — segui com o assunto.
— Exato. Só que São Clemente viveu quase duzentos anos antes. De fato, foi o homem que deu forma à estrutura hierárquica da Igreja tal qual a conhecemos. Um contemporâneo de São Pedro e um de seus primeiros sacerdotes.
— E é por isso que a igreja de Taüll foi consagrada a ele?

Pa fez que não com a cabeça.

— Não. Claro que não. Você se lembra do que Beatrice Cortil e a professora Alessandra disseram ontem sobre o programa iconográfico que as igrejas românicas têm com o graal?
— Como eu poderia esquecer? Elas disseram que representam cenas do Apocalipse de São João e do retorno de Cristo.
— Exato. E o que Alessandra disse na conferência sobre o tipo de gente que pode ter feito essas pinturas?
— Você está se referindo ao fato de que foram obras de videntes?
— Sim. — Seu sorriso maquiavélico me incomodou.
— Não entendi...
— Espere — ela me conteve. — No fundo, tudo tem um sentido.

Pa prosseguiu com as perguntas.

— Você se esqueceu de quando a dra. Cortil ficou muito séria e disse que ela era capaz de ver as pinturas românicas de sua coleção tal como as viam os campesinos do século XII?
— Ela sugeriu que essa era a única forma de entendê-las...
— Pois bem, descobri que São Clemente era papa em Roma quando São João redigiu o Apocalipse no fim do século I. E caso você não tenha percebido, esse livro surgiu de uma visão, de um ato de vidência puro, um transe no qual um velhíssimo João, o último dos discípulos vivos de Jesus, vislumbrou o retorno de Cristo encerrado numa caverna da ilha grega de Patmos. Tinha mais de noventa anos quando isso aconteceu.
— Isso soa a incubação — murmurei.
— Exatamente. — O semblante dela se iluminou. — E isso não parece significativo?
— A única coisa significativa aqui é que começo a ver videntes por todos os lados.
— Não é pouca coisa — concordou Pa, ignorando o tom cínico de minha resposta. — E já tenho uma hipótese. É como se a consagração de São Clemente em Taüll sob uma abside com uma visão do Apocalipse tivesse sido feita para apoiar dois conceitos dirigidos a quem soubesse entendê-los no futuro: que se tratava de uma igreja construída sob a proteção direta dos herdeiros de São Pedro, com Clemente como pai apostólico da Igreja e seu sucessor,

e que era uma obra de e para videntes. Por isso Guillermo quis consultar suas descobertas com Alessandra, uma intérprete à altura das pinturas!

— Bom... — Passei a mão em meu queixo, pensativo. Aquilo, apesar de ousado, tinha sentido. — Mas isso é só especulação. Nada nos garante que seja assim.

— A não ser que ele contasse isso em seu caderno.

— Um caderno que não encontramos — especifiquei.

— É. Tem razão. — Suspirou. — Mas também é possível que eu esteja ficando louca, claro.

— De qualquer forma, só existe uma pessoa para tirar a dúvida.

Pa concordou.

— Sim. Alessandra Severini.

39

Diários do Graal
Postagem 3. 5 de agosto, 11h23
Administrador

Bom dia, por assim dizer.

Aqui é o Johnny. Estou escrevendo do iPad porque, depois do que aconteceu conosco hoje de manhã, só agora consegui hackear uma conexão potente o bastante para acessar o TOR e fazer esta mensagem chegar a vocês.

Luis e eu fomos fazer um boletim de ocorrência por roubo numa delegacia de polícia do centro de Valência, e aqui o Wi-Fi é fabuloso. Não foi muito difícil acessar – vocês me conhecem. E não se alarmem. Quase posso ouvir os protestos. A única coisa que importa agora é que estamos bem, apesar de já termos sido vítimas de um furto. Por sorte, o que nos levaram não era de grande valor material. No entanto, depois de ler o que Lady Goodman escreveu ontem à noite aqui no *Diários*, decidimos avisar as autoridades.

A essa altura temos certeza absoluta de que alguém está nos seguindo e de que, como disse Lady Victoria, esta ferramenta é a única a nos proteger.

Vocês entenderão melhor assim que contarmos o que ocorreu.

Ontem à tarde, quando chegamos à cidade, só tivemos tempo de nos instalar e procurar um restaurante para jantar. Não vimos ninguém suspeito em nenhum momento, e no hotel a noite foi bastante tranquila. A única coisa ruim foi o acesso à internet dos quartos. Era tão precário que, quando acessei o TOR, só tive cobertura para baixar as mensagens de vocês e não considerei seguro responder por essa rede. O que lemos, é claro, nos preocupou – e hoje de manhã tomamos a decisão de agir de olhos bem abertos.

Graças à documentação que recebemos em Madrid, tínhamos bem claro por onde começar. A presença do graal em um lugar público, exposto ao culto todos os dias do ano no coração da terceira maior cidade da Espanha, cumpre perfeitamente o primeiro mandamento da teoria dos segredos. A relíquia – que aqui chamam de "Santo Cálice", não Santo Graal, por pura prudência cristã – está em Valência desde 1437, à disposição dos fiéis. E como todo bom segredo desse tipo, tem um guardião próprio. Um custódio que o protege e o vigia de uma distância prudente.

Guillermo, segundo as notas que Lady Victoria nos entregou, o conheceu há alguns meses. Esse custódio se chama Jaume Fort, e nós o localizamos no endereço que constava no dossiê.

O Padre Fort é um homem de uns cinquenta anos, encorpado, de traços angulosos, ruivo e com uma enorme barba cacheada. Ele nos recebeu cedo em seu pequeno escritório, em um edifício do bispado que se esconde logo atrás da catedral. Ali, surpreso porque soubéssemos a que se dedicava, recebeu nossa notícia. A verdade é que não foi como com Lady Goodman, Ches e o diretor do Museu Diocesano de Jaca. O Padre Fort não sabia que Guillermo Solís tinha aparecido morto em Madrid havia pouco menos de um mês e ficou muito abalado com a notícia.

— Eu disse a ele, eu disse... — murmurou, apertando as mandíbulas. Seu rosto ficou pálido e ele levou as mãos à cabeça. — O que esse rapaz pretendia era uma loucura perigosa!

Naturalmente, aguardamos que se acalmasse, o convidamos a tomar um café e perguntamos por essa "loucura perigosa" assim que tivemos chance.

— Não, não, não... — Ele se agitou, ofendido, quase perdendo a compostura. — De jeito nenhum! Não vou reproduzir o que ele pretendia fazer com o cálice desta casa. Nem pensar! Hoje, quanto mais extravagante é uma ideia, mais rápido ela se propaga.

A princípio, nem mesmo Luis, apelando a seus conhecimentos e aos anos de seminário, convenceu-o a nos contar. Mas ele tentou. E eu sei por que fez isso: no caminho a Valência, falamos muito sobre a busca do graal cair facilmente em algo sem sentido e sobre haver no próprio grupo – desculpe, Lady Victoria – uma tendência insalubre a buscá-lo em ideias metafísicas, não em coisas mais tangíveis. Luis, preocupado com esse extremo, pensou que, se um sacerdote sério como Fort nos falasse sobre essa loucura, talvez pudesse servir de reflexão aos demais.

O Padre Fort, homem de batina e barrete, custou a compreender. Antes, recorreu a um desses gestos duros de padre de colégio particular que nos faz tremer até a medula. Luis o dava por perdido ao ouvi-lo balbuciar ideias vagas, mas eu, que não tenho nada a perder nesse tipo de lance, voltei a insistir. No fim ele aceitou nos emprestar um livrinho que, ao que parece, havia fascinado Guillermo e que foi, segundo o Padre Fort, o que lhe deu essa "perigosa" ideia.

— Se os senhores, depois de ler, chegarem à mesma conclusão... bom — hesitava o padre barbudo —, nesse caso... mesmo assim, eu precisaria rever.

O que ele nos deixou foi um volume de poucas páginas, cento e trinta, de tamanho ofício, papel amarelado e grosso, intitulado *O santo cálice da catedral de Valência*.

— Trata-se do único relatório científico escrito sobre um Santo Graal em toda a cristandade — acrescentou, solene. — O único. Cuidem dele. É a última cópia que temos no Cabido.

Pegamos o documento com certa apreensão e sem saber se encontraríamos ali alguma chave para a questão. Impresso em 1960, logo descobrimos que se tratava do trabalho de um professor de arqueologia da Universidade de Saragoça, o dr. Antonio Beltrán, com tiragem de apenas mil exemplares. Fort nos disse para folheá-lo e para observarmos que a relíquia de Valência não era uma taça comum. Não é um cálice nem é de metais nobres, nem é de barro nem é de madeira. Na realidade, trata-se de um "composto" formado por duas tigelas minerais de ágata avermelhada, talvez cornalina, unidas a uma filigrana de ouro e pedras preciosas. Uma delas, a maior e mais antiga, ocupa a parte superior. A outra, mais chata, foi colocada na base, de boca para baixo, como um pé.

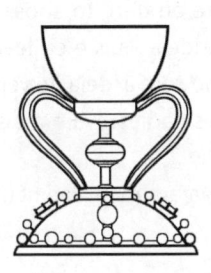

— Beltrán desmontou essa estrutura pela primeira vez, tirou os enfeites e as joias dela e mediu e fotografou detalhadamente as tigelas — explicou, enquanto nós examinávamos gráficos e esquemas. — Depois chegou a um parecer contundente: nosso graal é, na verdade, um copo típico das mesas de famílias abastadas do Oriente romanizado. Pelo aspecto, ele o situou entre os séculos IV a.C. e o I de nossa era. E concluiu, com certeza, que procedia do Egito, da Síria ou da Palestina.

— Isso foi o que interessou Guillermo, dom Jaume? — perguntou Luis. — O relatório pericial?

— Não. Não foi isso. A cronologia de nosso cálice só o interessou em parte — admitiu. — Mas prefiro não condicionar a leitura dos senhores, se me permitem.

Isso ocorreu hoje cedo.

Um pouco mais tarde, por volta das dez, Luis e eu estávamos outra vez na rua, diante da catedral, com um livrinho de meio século atrás em mãos e com o compromisso de devolvê-lo em algumas horas.

Tivemos a ideia de ir ao recinto onde guardam o graal e começar a ler na chamada capela do Santo Cálice. Haveria lugar melhor? Talvez vocês já saibam que, junto com o Miguelete – um desses raros campanários com nome próprio, como a Giralda de Sevilha –, há uma sala em que os fiéis adoram essa relíquia. Entrar ali não é de graça. Pagamos catorze euros. E precisamente esse detalhe o converte em um espaço quase esquecido. O curioso é que foi justo aí que nos roubaram.

Luis e eu nos sentamos para ler num dos bancos de madeira do lugar, diante do nicho com vidro blindado onde está guardado o famoso graal. Nesse momento, não havia ninguém lá dentro. Animados por ter aquela sala gótica apenas para nós, começamos a cotejar o relatório do dr. Beltrán com o livro *Li contes* que Lady Victoria nos deu. Luis foi o primeiro em se dar conta de algo. O poeta de Troyes nunca disse que o graal seria feito de pedra, mas escreveu que "no graal havia pedras preciosas de diferentes tipos, das mais ricas e das mais caras que há no mar e na terra". E era exatamente o que tínhamos à nossa frente.

Passamos um tempo murmurando sobre aquilo, emocionados, quase sem perceber que dois jovens haviam entrado na capela. Eles vestiam roupa esportiva, sentaram-se bem atrás de nós e começaram a rezar. A princípio eu os olhei de soslaio. Deviam ter no máximo dezessete ou dezoito anos. Pensei que fossem coroinhas ou algo parecido, então relaxei. Má ideia. Luis e eu levantamos para nos aproximar da vitrine onde o graal está protegido com a ideia de ver as joias mais de perto, e quando voltamos para o banco os rapazes não estavam mais lá. E o livro do dr. Beltrán também não!

O incrível é que eles não levaram meu iPad nem os celulares, que também estavam no banco. Só o livro.

Vocês não acham estranho?

Luis está terminando de fazer o BO. Depois iremos ao escritório do Padre Fort. Não sei como reagirá. De qualquer forma, manterei vocês informados.

40

O dia estava iluminado e fresco quando voltamos a colocar os pés na rua. Para nós, entretanto, ele pareceu tenso e lúgubre. Havíamos voltado a acessar o TOR alguns minutos antes, e a leitura da última postagem nos deixara mais preocupados, se é que isso era possível.

— Todos estamos com problemas — murmurou Paula.

Eu concordei, dominado por uma sensação cada vez mais incômoda. Se os três grupos recebiam ataques de uma forma ou de outra, talvez não estivéssemos enfrentando um inimigo interno, mas uma ameaça exterior que parecia saber tudo sobre nossos passos e nossas intenções.

— Não podemos nos deixar abater — eu disse a ela, tratando de reunir forças enquanto punha toda a atenção na rua.

Tínhamos mais de duzentos metros até chegar à entrada das torres venezianas da praça de Espanha, e um pouco mais para alcançar as escadas rolantes ao ar livre que nos conduziriam aonde a professora Alessandra estaria nessa manhã. Distante demais. Arriscado demais para um cenário que já sabíamos ser conhecido para o homem de preto.

Pa, que saíra do hotel usando uma camiseta branca com um chamativo *J'adore Paris* estampado no peito e prendera o cabelo em um rabo, colocou seus enormes óculos escuros e apertou o passo até o destino. Ela se aproximou, pegou minha mão de forma inesperada e, como se fôssemos um casal recém-chegado a Barcelona, atravessamos a Gran Via de les Corts Catalanes antes de parar um táxi.

— Se precisamos fazer isso, façamos de uma vez — disse ela ao entrarmos no carro.

Por um momento, eu me abstraí do perigo. Não havia motoristas sem placa nem homens de boina escura rondando por ali. Pelo contrário, havia uma mulher desejosa guiando meus passos. Seu prumo me lembrou a bela Brancaflor de certa cena de *Li contes del graal* que Lady Victoria havia evitado contar no dia em que comentara o livro. Talvez tenha considerado supérflua. Ou picante demais. Mas eu tinha lido no manuseado exemplar que levava comigo... e tinha adorado.

Em um dos primeiros capítulos, Perceval se detém em um castelo fortificado para descansar. A senhora do lugar é a bela e única Brancaflor. Ela o recebe, faz que se acomode ao lado e o enche de atenções. E quase sem trocar palavra – algo habitual naquela época entre desconhecidos de sexo distinto –, o casal se retira para descansar. À meia-noite, de surpresa, Brancaflor visita o quarto do cavalheiro e se deita em sua cama, implorando que ele a ajude a fugir...

— Estamos atrasados. Que droga! — comentou Pa, tirando-me da divagação.

— Como?

— A secretária disse que Alessandra começaria o ritual por volta da uma hora. E olhe que horas são.

O ritual?

Contornamos a fachada do Palácio de Congressos falando sobre assuntos aleatórios. Paula continuava pensando nas igrejas de Taüll e nos nomes, e um pequeno detalhe a deixava desconcertada. Ao pesquisar na internet, ela tinha se dado conta de que Taüll era um povoado de duzentos e setenta habitantes. É provável que fossem menos no século XI. Apesar disso, tinha duas igrejas decoradas de modo assombroso. Uma, a de Santa Maria, estava no centro do povoado e exibia a cena dos reis magos com um graal apagado que Lady Victoria nos mostrara em Madrid. A outra, a de São Clemente, estava nos arredores; era maior que a igreja principal e continha a imagem da tigela resplandecente sobre a mão coberta da Virgem. O que mais, senão a conservação de algo importantíssimo, justificaria a existência desses dois templos em um lugar tão afastado e despovoado? Foi isso que Guillermo encontrou?

Estávamos tão distraídos que quase não nos demos conta de que no fim do último trecho de escada rolante, logo quando descemos do táxi ao lado da Font Màgica, amontoava-se um grupo de pessoas ao redor de uma mulher ajoelhada. Entre o burburinho, identificamos uma voz que nos pareceu familiar de imediato.

— Aí está! — apontou Pa. — Não é essa a professora Alessandra?

Agucei a vista na direção onde ela indicava e concordei. De fato. A mulher que encontráramos na tarde anterior ocupava agora o centro de um novo grupo. Quando nos aproximarmos, ela se levantou sem reparar em nós. Sob a luz do sol, pude observá-la melhor. Estava com uma bata esvoaçante cor de marfim que se recortava contra a poderosa fonte que tinha às costas. Atrás do grupo, numa cuidada cenografia, Barcelona se estendia até se perder nos morros do Tibidabo, realçando ainda mais sua silhueta.

Tibi dabo, "te darei", em latim, ruminei.

Alessandra mantinha os braços ao céu, a cabeça para cima e os olhos fechados. Sob quatro imensas colunas jônicas, monumento aos patriotas catalães, lembrou-me as imagens antigas das sibilas emergindo de seus oráculos.

O ritual.

Os mais próximos a ela – acólitos vestidos de branco, com vistosos colares e pulseiras – tinham improvisado uma cadeia humana unindo as mãos e entoavam *om,* a sílaba sagrada, prolongando até a extenuação. Meia dúzia de jarras nas quais queimavam incenso haviam enchido a explanada de aromas místicos que chegavam a nós sem dificuldade. Observei os congregados com atenção e comprovei, aliviado, que o homem de preto não estava ali.

— Que se abram as portas do céu! — Alessandra começou a rezar uma ladainha.

— Que se abram — repetiu o coro.

— Que se livre o caminho da vida eterna!

— Que se livre.

— ... e que sua alma encontre nele a luz que você merece e possa nos guiar aos demais! — Nós a ouvimos terminar sua reza.

— Amém.

Alessandra me pareceu um pouco diferente da véspera. Não sei. Talvez mais etérea. Mais espiritual. Acho que foi a forma de se mover que me desorientou.

A mulher que tínhamos à frente não era a senhora rechonchuda e comedida que na tarde anterior se esquivava das insinuações do professor Uranus. Agora ela estava carregada de miçangas, tinha o cabelo trançado, preso com uma tiara bem chamativa, e exibia uma maquiagem muito mais intensa. Além disso, movia-se feito espiral de fumaça pela praça. Havia abaixado a cabeça até o chão em sinal de profundo recolhimento e, ainda com os olhos semicerrados, foi capaz de iniciar uma espécie de dança sagrada ao redor do pequeno cofre damasquinado que a acompanhava na tarde anterior e que agora estava apoiado no chão, sobre um pano de seda.

Pouco a pouco nós nos aproximamos, até nos situarmos atrás da primeira fila de seguidores.

— O que ela está fazendo? — cochichou Pa a uma das senhoras da fila.

— É uma cerimônia.

— Sei — assentiu. — De quê?

A senhora olhou para ela como se estivesse diante de uma perfeita ignorante.

— Ela está utilizando alguns objetos que pertenceram a uma antepassada para abrir um portal com o outro lado. É uma cerimônia de abertura.

A naturalidade com que a mulher respondeu aquilo nos surpreendeu.

— E como ela faz isso?

— Não está vendo? — replicou, um pouco incomodada, apontando Alessandra, que nesse momento tirava uma medalha do cofre e a colocava no pescoço. De onde estávamos, não identificávamos os símbolos representados nela, que eram bem pequenos.

— Para falar a verdade, não.

— A senhorita não entende nada de rituais de magia, não é? Observe bem. Ela está colocando a relíquia sobre o ônfalo e alinhando a mente com o mundo espiritual.

— Sobre... o quê?

41

Ônfalo. Assim se dizia "umbigo" na época de Parmênides.

Há palavras que têm a estranha capacidade de nos transportar pelo tempo, de nos arrancar de onde acreditamos estar e nos devolver de repente a outro momento da existência. São as chaves que abrem as portas da memória. E naquela manhã descobri que o vocábulo grego ὀμφαλός (*omphalós*) era uma delas.

Meu avô José foi a primeira pessoa que ouvi pronunciá-la.

Foi na manhã que se seguiu ao enterro da avó Alice.

A sonoridade do termo, ou talvez a combinação entre a palavra e o cheiro de incenso, me transportou àquele instante perdido.

A questão é que, ao ouvi-la, fechei os olhos e, dócil, como se necessitasse mergulhar em mim mesmo, deixei-me levar por algo que não rememorava havia anos.

— Vamos dar uma volta? — propôs meu avô, já pronto para sair à rua com seu casaco, sua bengala e seu chapéu. Era novembro de 1990. Sábado, dia 17, para ser mais preciso. — Venha, vamos. Quero que você veja uma coisa.

Olhei para ele como teria feito qualquer criança de minha idade. Com curiosidade, mas também com pena. Através de seus óculos de armação preta se percebia um ar cansado, cinza, que acreditei umedecido pela tristeza e pela solidão. Solícito, corri para buscar minha jaqueta e meu cachecol. Atravessamos a rua para entrar no jardim que tínhamos em frente de casa. Andamos a passo lento, em silêncio, lançando nuvens de vapor pela boca. Tinha parado de chover, e um cheiro de terra molhada inundava tudo de uma espécie de melancolia.

— Como você está, vô? —perguntei quando ficamos a sós.

Fazia muito tempo que não passeávamos juntos – e mais tempo ainda que eu não dava a mão a ele para fazer isso. Eu já tinha dez anos e me considerava um homenzinho. Nesse dia, porém, demos as mãos. Pensei que era a melhor forma de ressaltar minhas palavras.

— E você?

— Estou muito triste — admiti.

— Por quê? Porque você não viu a vovó hoje de manhã?

Assenti, contendo um soluço.

— Também sinto falta dela, David, mas é precisamente sobre isso que quero falar com você.

Meu avô se deteve no meio do parque e, inclinando-se até ficar de minha altura, sussurrou algo que me produziu um profundo desassossego.

— Você deve saber que, na realidade, as pessoas que amamos nunca saem de perto de nós. Talvez você não seja capaz de vê-las durante algum tempo, mas tenha certeza de que elas estão aí. O amor é um laço que não se rompe jamais. Por isso sei que sua avó continua aqui. Ela nos acompanha e nos protege.

Depois, mudando inesperadamente de assunto, ele me perguntou:

— Você já leu o livro que te dei?
— O... O estranho misterioso?
— Esse. O de Twain.
— Já, vô. Duas vezes.
— Então deve ter notado como o estrangeiro que visita os protagonistas do relato diz a eles que a vida é só uma visão. Que nada existe como acreditamos. Que, na realidade, tudo é um sonho. Seu sonho.
— Meu sonho?
— É, David — afirmou ele, com a cabeça, levando a mão ao chapéu. — Este parque, as nuvens, a casa em que moramos, a vovó, o enterro dela ontem ou mesmo eu somos parte de "seu sonho". De alguma forma, você tem a capacidade de criar o que o rodeia. Todos nós temos.
— Mas... — protestei.
— Não tem "mas". Acredite em mim. Se você pegasse um microscópio e analisasse a fundo qualquer uma das coisas que nos rodeiam, veria que são feitas de... nada! Esse nada é intangível, misterioso, uma energia que se condensa em átomos que, por sua vez, dão forma ao que os olhos veem. A matéria é feita de partículas sem corpo unidas por grandes, enormes espaços vazios. Há mais "nada" que "alguma coisa" nisto que chamamos de "realidade". Se fizesse o mesmo consigo, caso se analisasse sob a lente mais potente do mundo, veria que você não é exceção. No fundo, você não é o que pensa que é. É feito da mesma energia invisível que o restante do Universo, só que de alguma forma sua energia é autoconsciente e dá um jeito de fazer parte temporariamente dos sonhos dos demais.
— Eu... Não sei se entendi, vô.
— Você se lembra do dia em que me perguntou pela origem de minhas histórias? Pela fonte de minhas ideias?
— Le-lembro, claro — gaguejei outra vez.
— Pois elas nascem dessa energia que está em tudo e que nos une. E da capacidade que cada um de nós temos de nos conectar com ela durante os instantes fugazes que dura nossa inspiração. Nesse momento, surge um fogo, um ardor invisível, que nos acende por dentro. Venha. Vou mostrar uma coisa. Hoje é o dia perfeito para isso.

Meu avô José, que tinha o rosto severo, de grande barba branca e olhar examinador, como os que vemos em retratos dos edifícios do governo, puxou-me com carinho. Ele me conduziu ao centro do parque – ali, em Dublin, ainda o chamam de Jardim da Lembrança – e me fez descer a escada que dá lugar ao monumento mais emblemático. Era uma espécie de vala de estrutura cruciforme na qual um pequeno lago reto de águas limpas, ladeado por bancos de madeira, convidava as pessoas a se sentar e conversar.

Naquela manhã, sobre um altar situado no outro extremo de onde nos encontrávamos, um homem de preto queimava um incenso diante de um muro. Era robusto, de ombros largos, com dedos compridos e brancos que de longe pareciam de um esqueleto. A fumaça que saía do queimador formava belos caracóis até nós, enchendo-nos de uma fragrância muito parecida à que me havia catapultado de Barcelona até lá.

A grande escultura de alguns cisnes puxando para o céu o corpo de três crianças – eu sabia que eram crianças mortas – me comoveu. Eram os *Children of Lir*, símbolo de renascimento e ressurreição na tradição irlandesa.

— A chave de uma vida feliz, querido David, é dirigir bem os sonhos. A visão. É descobrir que forma dar a esse "nada" que ao mesmo tempo é "tudo". — As palavras de meu avô soaram muito sérias. — A visão é como esse caldeirão mágico dos antigos contos deste país, que se enche por si só e é capaz de satisfazer seu apetite e seus desejos durante a vida inteira. Tudo de que você precisa é encontrá-lo e garantir que ninguém o roube. Quando fizer isso, esse será o graal pessoal que sempre o alimentará.

Não soube o que dizer, então fiquei calado e baixei os olhos para o chão.

— Está vendo aquele senhor ali? — perguntou meu avô, levantando o braço e apontando o fundo do parque.

Assenti. Quando voltei a olhar para lá, o homem tinha interrompido aquele trabalho. Estava em pé, como se tivesse nos ouvido, e nos vigiava de longe com uma expressão expectante.

— É um velho inimigo da família. Talvez o pior que temos. O único que poderia nos roubar tudo. Inclusive a visão.

— Vo-você o conhece?

— Claro — respondeu, sem nem resquício de emoção. — De alguma forma, fui eu que o atraí.

Olhei para meu avô como se ele tivesse ficado louco.

— Não faça essa cara — censurou-me. — Na Grécia diriam que é um *daimon*.

— Um demônio?

— Não. Não é um demônio. — Ele me tranquilizou, ainda que não completamente. — Os demônios foram inventados pela Igreja para assustar os fiéis. *Daimones* e *diabolus* não são a mesma coisa. Os primeiros são uma espécie de emanação inteligente que se apropria da alma das pessoas e condiciona a vida delas a partir de dentro. A princípio, agem como vozes que falam com você do mais profundo de seu ser. Quanto mais forte, entregue e poderosa for a pessoa, mais forte é o *daimon* que a controla. O que você deve saber, David, é que em algumas ocasiões essas criaturas chegam a se tornar visíveis e agir de modo independente. Pitágoras ensinou que esses *daimones* superiores podem ser tanto divinos quanto malignos. Costumam ser positivos quando se mantêm dentro de você; quando emergem e pulam de corpo em corpo, porém, a coisa muda. Chegam a viver no mundo dos humanos e a se passar por qualquer um de nós. Antes que isso aconteça, só alguns poucos somos capazes de vê-los e contê-los.

— Somos? — gaguejei.

— Só os que têm alma de poeta. O grande trovador irlandês William Yeats os viu. Tratou com eles. Chegou a conhecê-los muito bem. E então advertiu o mundo, em um de seus escritos, de que só os que não têm inteligência nem sabedoria negam essa existência. Ele tentou nos avisar. É o que fazemos todos os que acessamos esse umbral de percepção.

— E... o que esse aí está fazendo? — Apontei para a frente, sem me atrever a olhar.

— Esse que está aí é meu... Um *daimon* que esteve em mim até que consegui expulsá-lo, tornando-me independente de seus ditados, e que agora, exilado no mundo exterior, luta para me roubar a criatividade. Eu batalho diariamente contra ele para que não me deixe sem nada.

— E por que ele quer roubá-la, vô?

Recebi um olhar condescendente no qual se notavam faíscas de uma remota preocupação.

— Ele quer recuperar o que acredita lhe pertencer. Essa luz interior que uma vez acendeu em mim com seus sussurros e que agora brilha sem sua intervenção.

— Mas ele é bom ou é mau? — Tremi.

Meu avô me encarou, dando-me um sorriso morno, apático.

— Sabe, o Universo que habitamos se sustenta na luta entre os opostos. O bem não existiria sem o mal. Não haveria luz sem sombra. Alegria sem tristeza. Saúde sem doença. Amor sem ódio. Nem criatividade sem vacuidade. Isso daí se esforça para se opor a mim. Quanto mais perseverante eu for em uma ideia contrária à energia dele, mais ele me enfrentará.

— *Isso?* — repeti, ainda sem entender. — O que você quer dizer? Não acredita que seja alguém real?

— Essa criatura agora faz parte do que é oposto a nós, David — explicou, levantando a bengala em sua direção. — Se está aqui, é porque não quer que nos aproximemos desse muro. Não deseja que eu mostre o que está escrito nele. Que eu transmita o que nessa parede se diz para você. O problema é que não posso destruí-lo. Seria como matar minha própria sombra. Receio muito — acrescentou — que você o verá mais vezes. Como o estrangeiro de Mark Twain, ele aparecerá sempre que você estiver prestes a dar um passo na direção correta. Em cada uma dessas ocasiões, tratará de fazer que se equivoque, de desviá-lo de seu destino. Lembre-se disso e evite-o.

— Mas se isso não é humano, o que é? — Senti um calafrio ao me ouvir dizer aquilo.

— Eu já disse. É um *daimon* superior. Uma ideia que de vez em quando se infiltra em um corpo humano para modificar nosso destino. Para roubar a luz que temos dentro de nós.

Meu avô enunciou aquela definição contundente sem perder o tal senhor de vista, o que não me tranquilizou muito. Deduzi que devia ser sua forma de contê-lo. Eu, sem soltar sua mão, também dei uma olhada nele, amedrontado. O *daimon*, ou o que quer que fosse aquilo, tinha a cabeça coberta com uma boina que mal deixava ver um rosto branco como papel. Eu até acreditei ter identificado nele uns braços inusitadamente compridos que quase chegavam aos joelhos. Daquela distância, achei impossível calcular sua idade, mas o olhar que nos dirigiu ficou gravado em mim. Era frio. Escuro. Penetrante. Quase podia senti-lo perfurar minha pele.

— E o que ele está fazendo? — balbuciei, paralisado.

— Está impedindo que nos aproximemos do ônfalo deste parque.

— Do quê?

— Do ônfalo, David. É o lugar onde os opostos se tocam. Onde as energias de sinais contrários do Universo se tornam tangíveis de vez em quando, em circunstâncias especiais. Um ponto geográfico singular onde é possível passar deste mundo ao outro, e vice-versa. Você deveria estudar os fundadores da filosofia grega. A maioria fala de ônfalos. Estão em todos os lados, embora nem sempre saibamos onde. Todos os oráculos do mundo antigo protegiam um desses. E a maioria dos templos também. Os arqueólogos acreditam que os ônfalos fossem apenas pedras mágicas, talvez meteoros com propriedades extraordinárias, mas não é bem assim. Um ônfalo pode adotar qualquer forma. Pode ser uma rocha, mas também um manancial, uma torre, um horizonte, uma joia ou uma pintura...

— E que forma tem o ônfalo deste lugar, vô?

Dom José abandonou a expressão severa por um instante ao ouvir minha pergunta e se inclinou sobre minha orelha.

— Aqui ele toma a forma dos versos que eu quero mostrar a você — murmurou. — Veja só: algumas simples palavras inscritas na pedra. Eu sempre os lia para sua avó.

— Sério?

— Sério. Ela sabia de cor. Por isso sei que foi para o "outro lado" sem contratempos e que pode voltar quando quiser. Então, veja só, agora que quero ler para você, para que nunca lhe falte essa chave, ele aparece...

— O que acha de irmos embora? — perguntei, puxando-o pela manga do casaco, amedrontado.

— O que acha de encará-lo?

Não respondi. Não pude. Minha garganta ficou seca de pânico.

— Só há uma forma de contê-lo.

— Não, vô...

Ele não ligou para mim. Livrou-se de minha mão com um gesto brusco e, como se encarnasse um dos heróis de seus livros, cravando os olhos penetrantes naquela espécie de sombra, dirigiu-se a ela com determinação. Avançou até o meio da escada de acesso à plataforma sobre a qual a criatura se encontrava, sem olhar para trás.

Nesse momento, a sombra voltou a olhar para nós, ficando alerta.

Eu fiquei para trás. Pálido. Sem saber o que fazer. Tudo o que vi foi como meu avô caminhava, colocando a mão no peito como se buscasse alguma coisa pendurada no pescoço. E deve tê-la arrancado dali, porque, de repente, empunhava algo que fez aquela sombra retroceder. Não disse palavra. Só lhe mostrou essa coisa com a mão esquerda, enquanto, de modo lento, teatral, levantava a direita com os dedos indicador e médio içados ao céu.

Tremendo, fechei os olhos, avancei até onde meu avô estava e me aferrei ao casaco dele.

Não sei o que aconteceu. Só lembro que fechei os olhos bem forte, tão forte que a dor me fez abri-los de uma vez. E quando abri, *aquilo* não estava mais ali.

42

— David... David... Você está bem? Acorde, por favor!

Um alvoroço de palavras distantes me arrebatou aquela lembrança.

Senti uma intensa dor de cabeça, quase como se tivessem tentado sugar meu cérebro. Por instinto, levei as mãos às têmporas para retê-lo.

Talvez tenha demorado para responder. Não conseguia articular nada.

Voltei a tentar uma, duas, até três vezes. Quando por fim as cordas vocais responderam às minhas ordens, descobri que minhas pernas doíam e que minhas costas estavam dormentes.

Uma constelação de rostos preocupados que não fui capaz de reconhecer me olhava de cima.

— Graças a Deus. Está voltando a si. — Identifiquei o timbre de Pa.

— O que... o que aconteceu? Estou com dor de cabeça.

— Você desmaiou, querido — diagnosticou outra voz.
— Chamamos uma ambulância — acrescentou outro alguém. — Com esse calor...

Ambulância?

Pedi que cancelassem o chamado. Não queria uma maldita ambulância. Não estava ferido. Só precisava de um tempo para me recompor.

Então uns braços fortes me levantaram pelas axilas até me deixar na vertical. Não vi bem quem foi, mas deduzi que um ou vários dos seguidores da professora Alessandra. Ouvi Pa dizer a eles que não se preocupassem, que estávamos hospedados bem perto, no Catalonia Plaza, ao pé da montanha, e que podíamos voltar tranquilamente andando.

— O que... o que aconteceu? — repeti.

No meio daquela confusão, porém, não entendi nenhuma das respostas.

Ajeitei-me como pude na beira do pequeno lago que recolhia a água das quatro impressionantes cascatas que caíam da fachada do Palácio Nacional. Ainda estava atordoado, mas, como Pa, tinha certeza de que logo me recuperaria.

— Respire fundo. O mais fundo que puder. Você é uma alma muito sensível no corpo de um homenzarrão... — disse, com admiração, alguém atrás de mim.

Ao me virar, descobri Alessandra Severini.

— Não se preocupe. Vai passar. Conheço os sintomas.

— O quê?...

— Nós nos conhecemos ontem e você me chamou atenção — interrompeu-me. — Lembra? Como você se chama?

— David... — sussurrei.

— Eu sou Paula, senhora. Paula Esteve — Pa acrescentou, sem se afastar nem um milímetro de mim. — De fato, nós a estávamos buscando. Queríamos falar com a senhora, se tiver um minuto.

— Eu sei sobre o que querem falar comigo. — A vidente a cortou, aproximando-se de mim. — Antes, contudo, vamos nos ocupar de David. Está se sentindo melhor? O que você viu? — perguntou. — Porque alguma coisa você viu, não foi?

Eu me sentia tão fraco que não encontrei jeito de evitar suas perguntas; então, sem pensar muito, murmurei não sei quantas frases desconexas. Atropeladamente, falei do ônfalo. Do avô. Do homem obscuro que acabara de ver e que – inspirei – de repente havia descoberto que me acompanhava desde a infância. E até dos versos escritos num muro de Dublin... Ela escutou tudo como se entendesse de verdade, embora algo me dissesse que não tinha compreendido de fato. Era impossível. Minhas frases não passaram de balbucios. Minhas palavras brotavam entrecortadas, torpes, esboçando absurdos ininteligíveis.

Pouco a pouco o aroma adocicado que emanava e o tato suave de suas mãos sobre as minhas me ajudaram a serenar.

— Não foi nada. Logo você estará melhor — prometeu.

Pa nos observou com urgência.

— Tem certeza? — A preocupação acinzentava seu rosto.

— Ah, sim, querida, absoluta — respondeu Alessandra, com um sorriso balsâmico no rosto. — Conheço bem essas situações. Às vezes, quando se abre uma porta como esta, as pessoas mais sensíveis experimentam desconexões da realidade. É normal. Acho que foi o que aconteceu com seu amigo. Mas não é nada grave. Não se preocupe.

— Uma po-porta? — sussurrei, atônito.

— Sim, foi o que eu disse — assentiu, olhando para mim. — Este lugar, todo ele, é uma porta. Um umbral para outros mundos. Por que acha que é chamado de Font Màgica?

Em meu cérebro piscou a profetisa que Eduardo Mendoza criara para seu romance *A cidade dos prodígios*. Mas principalmente suas alusões à Barcelona para a qual se erguera aquele monumento.

— Pensei que isso tinha sido feito pa-para... — hesitei — para a Exposição Internacional de 1929.

Alessandra, alheia ao que nesse instante acabara de passar por minha mente, me animou a continuar.

— Su-suponho que leve esse nome porque nessa época os jatos d'água e os espetáculos lu-luminosos deviam parecer mágicos aos barceloneses...

A professora sorriu, ainda mais beatífica.

— Foi isso o que fez que a maioria acreditasse, David. Mas receio que essa é só a resposta exotérica. Vulgar.

— Há outra, não há? Uma mais... esotérica — interveio Pa, que nos escutava com atenção.

— Claro — assentiu. — Minha família pertenceu à burguesia que reformou o Montjuïc para aquela exposição. Como seu amigo disse, os anos 1920 foram dos grandes maquinários, do telégrafo, da eletricidade. Tudo isso parecia mágico, sim, mas meus antepassados também foram pessoas profundamente religiosas. Quase místicas, eu diria. E não confundiriam um alarde técnico com um poder invisível. Se tivessem ido ontem à minha palestra, já estariam a par disso.

— Nós fomos — replicou Pa. — Achei fascinante.

— Mesmo?

— Mesmo. Fiquei surpresa de ouvi-los dizer que Gaudí, Dalí ou esses arquitetos famosos da Barcelona de princípios do século XX eram amantes do oculto — disse ela. — Sempre tive a imagem de uma alta sociedade muito apegada ao catolicismo, não tão interessada em "poderes invisíveis".

— Você leu a Bíblia, querida? — Sorriu a professora, com uma pitada de mordacidade. — Ela está cheia de alusões a lugares de poder. Desde monte Sião, onde se ergueu o Templo de Salomão, até Tabor, onde Cristo se transfigurou em luz.

— É verdade. Tem razão — admitiu.

— Acreditar nessas coisas faz parte do DNA do Ocidente. Por isso ninguém deveria estranhar que o que meus antepassados pretendessem fosse marcar para as futuras gerações um lugar que inspirasse, uma praça elevada, um altar do qual a cidade nunca perdesse o contato com o mundo espiritual. Uma ara. Foi como deixar uma "escada de Jacó" estendida de forma permanente, com a qual ascender ao supremo.

Um ônfalo, pensei, enquanto lidava com uma leve pontada de dor.

Minha cabeça retumbava. Ficava difícil seguir o rumo da conversa. A essa altura, a única coisa que eu queria era fechar os olhos e sair dali. Por sua vez, Pa olhava fascinada para Alessandra Severini, pedindo explicações.

— E para que construir algo assim? — perguntou.

— Muito simples — disse, misteriosa, passando os dedos pelo cabelo. — Todos precisamos desse canal de contato! Talvez não individualmente, mas como espécie. Desde a noite dos tempos, querida, todas as civilizações se sustentaram de um modo ou de outro em conexão com esse "algo" sublime que as tornou grandes. Os antigos sabiam que no invisível está a semente de todo o visível. Por essa razão deificaram o amor, a vida ou a sabedoria, e marcaram com seus edifícios de pedra, seus símbolos ou suas obras de arte os lugares onde essas forças invisíveis eram sentidas com mais intensidade.

— Arte para se comunicar com o superior — repetiu Pa para si mesma, como se precisasse processar aquela resposta. — Foi isso o que Guillermo Solís lhe perguntou quando foi vê-la, professora?

Alessandra Severini, que até esse momento havia sido doce, ficou tensa.

— Guillermo Solís... — Até mesmo sua voz se aguçou.

— Ontem, na palestra, a senhora mencionou pinturas que ele estava investigando... — soltou Pa.

— Verdade. E vocês gritaram o nome dele no meio do tumulto que se armou na saída. Foi imprudente.

— Precisamos saber o que ele lhe contou sobre as pinturas do Museu Nacional de Arte da Catalunha. Ontem a senhora começou a palestra com uma delas.

— Ele me pediu que o ajudasse a estudá-las, mas acho que não posso falar desse assunto sem sua permissão.

— Ele está morto — lançou Paula.

— Eu sei. — Os olhos da vidente hesitaram em se ancorar, perdendo-se em algum ponto além da interlocutora. — Eu soube agora. De fato, já entendi por que faz um tempo que o vejo atrás de você. E ele está dizendo... — Fechou os olhos. — Está dizendo que vocês deveriam sair correndo daqui.

43

Diários do Graal
Postagem 4. 5 de agosto, 15h50
Administrador

Nunca vi ninguém tão abalado com a perda de um velho livro quanto o Padre Fort.
    Acabamos de sair de seu escritório e corremos até a praça da Prefeitura, que não fica longe, para aproveitar o Wi-Fi – bastante potente, por sinal – e contar o que aconteceu. Maluquice.
    Depois de passar um bom tempo na delegacia – onde quase zombaram de nós por denunciar o roubo de um livro dos anos 1960 –, fomos contar tudo ao legítimo proprietário. O homem arregalou os olhos, ainda mais quando soube que os supostos ladrões eram dois garotos tão jovens.
    — Não veem que isso não faz nenhum sentido?!? — disse, alarmado. — Um ladrão nunca entra na catedral. Não vai pagar ingresso para entrar em um lugar que está quase sempre vazio... e não rouba um livro! Uma bolsa, uma câmara fotográfica talvez, mas um livro, não!
    — A não ser... — Luis tentou responder.
    — A não ser que soubesse exatamente o que estava levando... E do que estava privando os senhores. — Ele nos atravessou com o olhar.
    O Padre Fort fez outra de suas caretas severas antes de admitir que, apesar de raro, aquele exemplar de *O santo cálice da catedral de Valência,* do dr. Beltrán, podia ser encontrado em sebos.
    — Sabem o que o tornava único? — acrescentou. — Tinha anotações a lápis feitas pelo próprio Beltrán, com correções e emendas que agora estão perdidas.
    Fort, então, franziu a testa, apresentando outra questão que desconhecíamos: nos últimos meses, o templo foi objeto de outros furtos de documentação similar, como se alguém estivesse interessado em fazer desaparecer a história do cálice. Nenhum deles muito grave. Obrinhas sem importância, livrinhos de edição local e tiragem reduzida

com relatos sobre a influência do graal de Valência na pintura ou a respeito de como ele se salvou das campanhas de destruição de objetos religiosos durante a guerra civil espanhola. O que mais chateia, porém, é que esses roubos afetam o acervo da própria biblioteca do Cabido... e o nosso foi o último baque.

Luis se desculpou e se ofereceu para buscar outro exemplar a fim de repor o perdido quanto antes, mas, lembrando como seria bom compartilhar com vocês isso do perigo de se acreditar em um graal demasiado etéreo, aproveitou a circunstância para insistir no que Guillermo havia descoberto naquela obra.

Estávamos prestes a ter uma surpresa.

— Dom Jaume — ele o interpelou, muito sério. — Guillermo era nosso amigo. Queremos saber quem ou o que o matou, pois acreditamos que esteja relacionado com o que ele buscou por aqui. O senhor não vai nos ajudar mesmo?

Eu pensava – juro – que o padre se levantaria e nos expulsaria dali, mas em vez disso notei como ele amolecia e começava a mudar de ideia.

Por fim, contou-nos tudo. Acho.

Segundo ele, Guillermo chegou à catedral de Valência há dois meses, fascinado com a ideia de que o cálice seria formado, na realidade, por duas tigelas de pedra.

— Eu nunca tinha dado importância especial ao material de que era feito — admitiu —, até que ele me disse que fazia parte de um projeto de investigação que estudava as fontes do graal havia algum tempo. E que isso era fundamental para o grupo.

— É, nós fazemos parte desse mesmo projeto — admitiu Luis, dissimulando a surpresa diante de tal afirmação. — E suponho que ele deve ter falado de Chrétien de Troyes, claro.

— Ele falou, de fato. Disse que esse trovador nunca descreveu o graal com exatidão. Que deixou o trabalho incompleto e que só um de seus seguidores, outro poeta que viveu não muito longe de sua Troyes natal, revelou por fim o detalhe preciso da natureza do graal.

Luis e eu nos entreolhamos. Na Montanha Artificial, apenas mencionamos o assunto das continuações do livro de Chrétien; com isso, nós nos pusemos a escutá-lo.

— O texto que revela o material de que o graal é feito é outro romance. Foi escrito menos de vinte anos depois de *Li contes*. Trata-se da obra de um trovador da Baviera chamado Wolfram von Eschenbach. Seu título é *Parsifal*. Conhecem?

Eu nunca havia lido Von Eschenbach, só tinha ouvido Lady Victoria citar seu nome, mas Luis sabia que esse livro serviria de inspiração para uma das óperas mais famosas de todos os tempos: *Parsifal*, de Wagner.

— E lá está dito do que é feito o graal? — perguntei.

— Bom... Von Eschenbach foi tão ambíguo quanto Chrétien na hora de dizer como era o graal — continuou. — Lendo, dá a sensação de que o objeto é tão sagrado e tão inefável que descrevê-lo de certa forma seria maculá-lo. Ainda assim, dá uma pista fundamental: diz que é feito de pedra.

— De pedra? — Luis e eu compreendemos na hora o alcance daquele detalhe.

— Uma pedra caída da testa de Lúcifer, mais especificamente. Equivale a dizer que é perigosa se não for manipulada com cuidado.

O Padre Fort aproximou-se, então, de uma estante envidraçada na lateral do escritório e extraiu de uma das prateleiras uma edição de *Parsifal*, de Von Eschenbach. O volume estava semeado de pontos coloridos.

— Guillermo me deu este exemplar — disse, com uma sombra de nostalgia. — Vocês podem dar uma olhada. Está tudo aí.

Luis e eu passamos um tempo pulando de marcação em marcação.

— *Parsifal* foi o primeiro texto escrito para completar a aventura de Chrétien — explicou Fort, quando nos viu chegar ao fim. — Como devem ter lido nessa anotação vermelha grande, Von Eschenbach descreve a visita de Parsifal ao misterioso castelo do graal em termos quase idênticos aos de Chrétien, mas acrescenta detalhes saborosos sobre como esse objeto era, na realidade, uma *lapis exillis* (pedra) que "proporciona aos seres humanos tal força vital que sua carne e seus ossos rejuvenescem na hora". Também diz que toda Sexta-Feira Santa uma pomba que leva uma hóstia pousa sobre ele, e que é protegido pelos cavaleiros templários em uma fortaleza escondida numa montanha chamada Montsalvat, perto da Terre Salvaesche, a terra salva.

Luis e eu nos entreolhamos, confusos.

— O mais impressionante desse livro não é sua profusão de pistas e detalhes novos, e sim o fato de que fecha a peripécia de Parsifal depois de ele ter visto o graal e quase enlouquecido por não ter perguntado o que era. Von Eschenbach revela que o cavaleiro conseguirá se reencontrar com o rei Pescador, que descobriremos se chamar Anfortas, e conseguirá lhe fazer a pergunta não formulada da primeira vez. Graças a essa pergunta, ele o salvará de sua doença e garantirá, apesar de não explicar como, sua imortalidade.

— Há muitos nomes próprios — observou Luis. — Ninguém mapeou tudo isso?

— Seu colega Guillermo estava nesse processo. Ele se convenceu de que todos esses nomes, de Montsalvat a Anfortas, eram adaptações de topônimos e sobrenomes espanhóis.

— Espanhóis? A Espanha foi expressamente mencionada? — perguntamos, lembrando o que lemos na mensagem de ontem de Lady Victoria e desse Padre Sangorrín de Jaca.

— Von Eschenbach menciona nosso país várias vezes — assentiu. — Conta que conseguiu completar a peripécia de Chrétien graças a certo Guiot de Provins, trovador que conheceu devido a um livro escrito em árabe e encontrado em Toledo. Desse Guiot, dá inclusive mais uma pista: ele o chama de "duque Guiot da Catalunha". Sim. Definitivamente, a chave está na Espanha.

Montsalvat?

Terra salva?

Anfortas?
Toledo?
Catalunha?

Agora, com a licença de Lady Goodman, estamos certos de ter encontrado algo que vai além do mito. Se o que o Padre Fort disse for verdade, claro que os textos literários que "conceberam" o graal e que tão caros lhe são foram construídos para contar algo que ocorreu na península Ibérica. Qualquer medievalista sabe que era comum dissimular a história nos romances, inventando lugares e nomes que mascarassem os autênticos com o propósito de fazer circular certas ideias sem o temor de sofrer represálias. Anfortas e Parsifal escondem identidades hispanas. Montsalvat e Terre Salvaesche devem ser, consequentemente, topônimos nossos. Se os decifrássemos e localizássemos, poderíamos sobrepor esses nomes à história da região, a isso que Guillermo descobriu antes de morrer, e provavelmente teríamos que admitir que o graal de pedra de Valência é o que buscamos.

Luis, que como vocês podem imaginar está entusiasmado, não quis ir embora sem fazer ao Padre Fort a pergunta-chave:

— Então, o que Guillermo pretendia fazer com o graal?

— Ah, isso... — O padre se agitou em sua escrivaninha.

— Não sairá do grupo de trabalho — insistiu Luis. — Eu lhe dou minha palavra.

— Está bem, está bem. — Gesticulou. — É uma loucura, mas...

— Diga.

Os olhos de Luis brilharam.

— Guillermo quis ter o graal em mãos para examinar um detalhe que costuma passar inadvertido e que o dr. Beltrán descreve em seu livro.

— Qual? — perguntamos ao mesmo tempo, impacientes.

— É algo que... — hesitou. — Algo que Beltrán encontrou sobre a segunda tigela quando a examinou. De acordo com ele, o recipiente é um objeto mais moderno, talvez da época muçulmana, talhado para convertê-lo na taça atual e poder encaixar pérolas, rubis e esmeraldas.

— Entendi, mas o que ele encontrou nessa tigela? — insisti.

— Tem uma inscrição em um dos lados — disse ele.

— Uma inscrição?... O senhor se refere a um texto? Uma mensagem?

— Isso, exatamente — confirmou. — Ao que parece, é algo em caligrafia cúfica, a mais antiga forma conhecida de escrita árabe.

— Isso é absurdo! O que faz um texto árabe no graal? — perguntei.

— Não é absurdo. Pelo contrário. Segundo Beltrán, essa segunda tigela poderia ser um objeto de procedência muçulmana, talvez capturado em alguma das incursões cristãs da Idade Média aos territórios peninsulares dominados pelo islã. E, ao considerá-lo como tendo valor, o acrescentaram como pé ao cálice...

— Isso é só suposição, claro — disse eu.

— Sabe-se o que diz? Foi traduzido? — voltou a insistir Luis, mais prático para essas coisas.

— Ah, sim. É claro. Beltrán fez um grande trabalho. Ele contava no livrinho. Foi o que impressionou seu amigo.

Pegou, então, uma folha e, de memória, traçou nela alguns rabiscos ininteligíveis.

— A inscrição é esta.

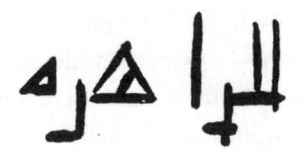

— O que significa?

— Diz *li-Izahirati*, "o que brilha". Ou, talvez, "para o que brilha". O que Guillermo queria era encontrar como fazer que a tigela antiga, a da parte superior do cálice, brilhasse de novo.

Luis e eu não soubemos o que dizer. Nós nos lembramos, isso sim, que Chrétien havia descrito o graal como algo capaz de fazer as velas sala de banquetes do rei Pescador perderem o brilho; ficamos arrepiados.

— Veem como é loucura?

44

— Guillermo... Ela o viu!...

As palavras de Pa soaram entrecortadas. Ela quase não respirava. Nervosa, apertava os punhos e tinha os olhos tão arregalados que parecia que iam sair das órbitas. A culpa era da absurda fuga que empreendêramos monte acima ao ouvir a ordem da professora Alessandra para que saíssemos correndo dali. Ela sugestionada e eu tonto após o desmaio, buscamos refúgio em uma das curvas do último trecho da escada, logo antes de chegar ao Palácio Nacional.

— Acalme-se... Às vezes se dizem coisas sem sentido... — eu lhe disse.

— Nós não... perguntamos... por que Guillermo... se reunia com ela.

Paula respirava com dificuldade. Sufocada, inclinada sobre o estômago, havia soltado a bolsa e tinha o olhar perdido.

— Perguntaremos, fique tranquila — murmurei, buscando algo que a relaxasse, ao mesmo tempo que também me recompunha. — Quanto a ver mortos... — sorri —, acho uma ideia muito mexicana. Se Juan Rulfo vivesse, tenho certeza de que faria disso um romance.

— Não é engraçado, David... — protestou. — Estão acontecendo coisas muito estranhas.

— Está falando da Alessandra? Ela é estranha mesmo.

— Não — interrompeu. — Estou falando de você.

Eu a olhei totalmente desconcertado. Ela se ergueu.

— Poxa, David. Quando você desmaiou, começou a balbuciar. Dizia algo sobre um demônio. E não sei o que de um jardim. Você me assustou, sabia?

Não fazia nem ideia de que falara em voz alta.

— Ponha-se em meu lugar — prosseguiu, sem tirar a expressão de urgência do rosto. — Primeiro foram as crises de Lady Victoria, e agora colocamos o pé aqui e você tem uma dessas. Tenho motivo para me preocupar, não acha?

Paula, que já tinha recuperado o fôlego, não hesitou em me interromper de novo quando tentei palpitar.

— Você está bem? Tem certeza de que não quer ir ao médico?

A preocupação parecia sincera.

— Não, não... Não precisa. Nunca tinha me acontecido algo assim — eu disse, como desculpa. — Deve ter sido o incenso da Alessandra. Deve ter sido... — deduzi. — O incenso me fez perder a consciência, depois me vi em outro lugar e...

— Espere um momento. — Pa me deteve, admirada. — Você se lembra do que viu?

— Lembro, claro.

Eu contei o pouco que podia: que o mero fato de ouvir a palavra "ônfalo" me transportara à época em que morava com meu avô em Dublin. Expliquei como ele, um dia depois de enterrar minha avó Alice, quis me levar a um parque onde havia uma parede com alguns versos gravados.

— Eu me deixei levar. Foi isso. Senti como se tivesse ouvido uma espécie de "abre-te, sésamo" que liberou uma brecha em minha mente, deixando escapar essa lembrança.

Pa se deteve em outro detalhe.

— Você disse que viu alguns versos? Que versos?

— Estavam inscritos em metal, no parque que ficava em frente a nossa casa, em Dublin, o Jardim da Lembrança.

— O parque de vocês se chamava Jardim da Lembrança? — indagou, cada vez mais nervosa. — Tem certeza?

— Tenho... absoluta. *Garden of Remembrance*. Por quê?

— É que isso é... extraordinário — murmurou. — Você precisa ver uma coisa!

Pa pegou sua bolsa e a revirou freneticamente.

— Lady Victoria me entregou algo em Madrid para você — explicou, sem parar de vasculhar suas coisas. — Ela me disse para lhe dar em algum momento tranquilo da viagem. E eu pretendia fazer isso, David, juro, mas ontem à noite, com tudo o que aconteceu, acabei esquecendo.

Então, encontrou um envelope grosso. Era retangular, pequeno, atado com vários elásticos. Parecia velho, quase como se tivesse acabado de ser resgatado da gaveta de um antiquário.

— São as fichas de seu avô — admitiu, um pouco corada, extraindo dele um maço de cartões amarelados com as bordas gastas. — Victoria achou que poderiam ser úteis.

Eu não soube o que dizer. Tinha praticamente me esquecido da existência dessas fichas.

— Não quero parecer intrometida — prosseguiu —, mas ontem à noite, como não conseguia dormir, dei uma olhada nelas, e teve uma que me chamou atenção...

— Sério?

— Sim. Muito. — Pa se deteve em uma ficha rabiscada de ambos os lados. — Veja. É esta: "Jardim da Lembrança". Seu avô a intitulou assim.

Ela me deu. Era, de fato, idêntica à que havia me mostrado em Madrid no dia em que nos conhecemos. Reconheci a letra alongada e meticulosa de meu avô e algumas cifras. Incluía um pequeno desenho que logo identifiquei como um mapa do parque. Na parte superior direita, ao lado de um xis maiúsculo, li: "Fonte: Jardim da Lembrança". Abaixo dessa anotação, "Liam Mac Uistin". E alguns versos. Os versos.

— Mac Uistin... — murmurei, tratando de relembrar aquele sobrenome.

— Achei tão curioso que seu avô desse essa referência, que ontem à noite pesquisei esse cara em meu celular — disse Paula, indicando o cartão.

— Ah, é? — Um estranho pressentimento me fez segurar a ficha com mais força. — E o que você descobriu?

— Pouca coisa. Liam Mac Uistin é um escritor um pouco mais jovem que seu avô. Ainda está vivo. Na Irlanda, é considerado especialista em tradições célticas. Também é o autor dos versos do Jardim da Lembrança de Dublin. Certamente os mesmos que dom José Roca quis mostrar a você naquele dia e não conseguiu.

— É surpreendente que você tenha tanta certeza. Poderia ser qualquer outra inscrição.

— O Google não falha, David. Um passeio virtual pelo parque me bastou para saber que são os únicos versos que existem gravados ali.

Fiquei absorto na caligrafia de meu avô. Ele havia escrito aquele poema três vezes – em irlandês, em inglês e em espanhol –, ocupando os dois lados da ficha. Além do pequeno mapa, do nome do poeta e dos versos, o destaque era a palavra "fonte". Mas fonte de quê?

— Os versos são inspirados em velhas lendas da ilha. — Pa se aproximou de meu ombro para ler comigo.

— É curioso que mencione uma fonte — murmurei, pensativo, com a sensação de que algo importante estava prestes a se encaixar. — E que agora você diga isso das velhas lendas. Na tradição celta pagã, já se falava de algo parecido com o graal.

Paula prestava atenção.

— Em textos celtas muito anteriores às pinturas de Taüll, menciona-se certo caldeirão mágico que, acreditava-se, continha tudo, saciava a fome e até concedia a ressurreição dos mortos — eu disse, relembrando as palavras de José Roca no jardim. — Sobre Mac Uistin… é um poeta amante das tradições folclóricas irlandesas. Tem um livro sobre "o caldeirão de Dagda", no qual conta a história de um recipiente que, como o corno da abundância dos gregos, não tinha fundo. Uma espécie de tigela milagrosa.

— Que coincidência esses versos aparecerem em seu transe, não acha?

— É — aceitei, com certo incômodo. — Mas aqui… — disse, indicando os versos na ficha — … aqui não se menciona especificamente o graal. O poema é sobre outra coisa.

— Eu já percebi. — Sorriu. — Fala de visão. Ele repete muito. A visão. Mas isso também tem sua graça. "Na escuridão do desespero tivemos uma visão…" — começou a ler. — "… No deserto do desânimo tivemos uma visão." David, isso, de alguma forma, parece falar de nós. — E enquanto repassava a ficha outra vez, insistiu. — Você não percebe? — perguntou, ainda afoita. — Viemos encontrar uma vidente, você entra num transe estranhíssimo e tem uma espécie de visão. Agora achamos esses versos que falam sobre isso e vamos regressar a um museu cheio de pinturas elaboradas por visionários… Eu não acredito que seja coincidência. Algo ou alguém quer nos transmitir uma mensagem.

— Você me lembra Yeats, o grande poeta irlandês — murmurei, evocando meu avô e ganhando tempo para avaliar aquela apertada lista de coincidências. — Yeats, assim como você, estava fascinado pelo visionário. O olhar interior. Essas coisas.

Pa me olhou sem imaginar aonde eu pretendia chegar.

— Em suas biografias, conta-se que sua mulher foi uma médium importante — prossegui. — Uma espécie de Alessandra. De fato, dizem que foi ela quem lhe ditou, num transe, o que seria uma de suas obras mais famosas. Ele a intitulou, curiosamente, de *Uma visão*.

— A visão... — O rosto de Pa resplandeceu.

— Yeats defendeu até a morte que aqueles versos foram elaborados do "outro lado". E disse mais uma coisa. Que a esposa teve graves problemas para recebê-los, como se tivesse lutado contra uma força empenhada em interceptá-los. Em destruir esse canal criativo por meio do qual sua mente se sintonizava com uma fonte superior.

— O que exatamente você quer dizer com isso? — O semblante afável de Pa logo se desfez.

Notei uma aspereza na garganta. Um nó que dissolvi ao tossir. Meu avô havia mencionado algo em meu desmaio que eu não compreendera por completo e que agora, de repente, adquiria certo sentido. Ele chamou de "*daimon*", termo de origem grega para se referir a uma força obscura, uma voz capaz de ganhar forma e se opor ao avanço de nossas ideias. De nossa criatividade. Yeats também o mencionava.

— Você sabe que nome ele deu a isso?

Paula, intimidada diante do que acabara de ouvir, fez que não com a cabeça.

— Frustrador — respondi.

Eu mesmo, enquanto a pronunciava, examinei a palavra como um avaliador diante de uma pedra preciosa. Tratava-se de um termo carregado de obscuras ressonâncias. Um vocábulo perfeito para definir essas criaturas que meu avô tanto temia, porque acreditava que podiam roubar sua inspiração. Por um momento, reconheci no homem de preto que havia nos seguido de Madrid, no "estranho misterioso" de Twain, nas "sombras" de que falava Parmênides e no *daimon* de meu avô a mesma pessoa. Nesse instante, como se surgidas do nada, regressaram a minha memória as palavras que meu avô José um dia me dissera: "Tome cuidado com os estranhos misteriosos, David. Eles são terríveis. Estão sempre à espreita. Sempre".

— Meu Deus... — murmurou Paula, alheia a todos aqueles pensamentos. — Lady Victoria me disse em Madrid. Você... você é médium. É capaz de reconhecer os *daimones*, como seu avô. É capaz de detectar o obscuro assim que o presencia.

Suas palavras, lançadas com admiração assustadiça, produziram em mim profundo mal-estar.

— Foi só um desmaio, Pa. — Resisti. — E talvez uma lembrança remota. Nada além disso.

— Eu não acho, David. — Uma nova expressão de inquietude eclipsou o rosto dela. — Para mim, isso é uma chave. Não acha que deveríamos contar a Lady Victoria o quanto antes?

— Não sei... Talvez devêssemos, antes, ver a dra. Cortil — propus, tentando adiar um pouco uma explicação como essa, para a qual eu não me sentia preparado. — O museu fica aqui, e nós temos várias perguntas.

Pa levantou a cabeça e se deu conta de que, de fato, a majestosa fachada do MNAC estava a alguns metros de nós.

— Tem razão — aceitou. — Podemos escrever para Lady Victoria mais tarde.

45

Chegamos à porta do Museu Nacional de Arte da Catalunha um pouco antes das três da tarde. Na recepção, encontramos mais movimento que o esperado em pleno verão, e com algumas das melhores praias do Mediterrâneo atraindo a multidão de turistas a poucos quilômetros dali. O edifício transbordava de gente, como se estivessem celebrando algo. A área dos detectores de metal e das bilheterias estava colapsada por um tumulto de visitantes barulhentos que pareciam... irritados. Achamos estranho. Por alguma razão, não estavam permitindo que eles acessassem o edifício, o que os havia deixado furiosos.

— E a recepcionista de ontem? — murmurou Pa, esticando o pescoço para descobrir o que estava acontecendo.

A moça do *piercing* no nariz porém, não estava. Quando abrimos passagem, descobrimos que tinha sido substituída por um homem com o uniforme azul dos Mossos d'Esquadra, que parecia examinar as câmaras de segurança. A expressão do agente era de tensão. Um dos seguranças do museu passava as imagens quadro a quadro enquanto aquele as analisava com ar profissional. Atrás deles, de pé, outros dois indivíduos, uniformizados e com fones de ouvido, olhavam para todos os lados como se tivessem perdido alguma coisa.

— Sinto muito, não podem ficar aqui — fomos advertidos por um terceiro, que nos indicava a porta. — Estamos fechando. Devem liberar a área.

Dando uma olhada ao redor, percebemos que três viaturas e uma ambulância haviam irrompido na área de estacionamento mais próxima da entrada do MNAC. A ideia de um roubo, primeira coisa em que pensamos, se desvaneceu nesse preciso instante.

— Voltamos para o hotel? — propôs Pa, em um sussurro. — Podemos ligar para a dra. Cortil e encontrá-la mais tarde.

Não respondi. Por um lado, a ideia de regressar ao quarto e me deitar um pouco era tentadora; ao mesmo tempo, eu temia que terminássemos outra vez ao computador escrevendo para o fórum sobre minha experiência na Font Màgica. Convenci Pa a esperar nas imediações do edifício e localizar Beatrice Cortil.

Ela aceitou.

Meu olhar se perdeu na imensidade que se abria ao redor. Só o edifício que guardava as grandes coleções de arte de Barcelona já era surpreendente. Se no dia anterior ele havia me lembrado o Capitólio de Washington, agora, enquanto decidíamos contorná-lo a pé para passar o tempo, pareceu-me uma espécie de catedral gigantesca, uma nova basílica de São Pedro. Um templo no qual, por alguma razão, havia acessos em cada uma das fachadas, disfarçando-os atrás de grandes massas arbóreas. Pelo que vimos em seguida, eram de entradas tranquilas, sem uso, quase sempre bloqueadas. Por isso a última delas – a que descobrimos prestes a completar a primeira volta no palácio – chamou-nos tanta atenção. Era a porta da fachada norte. Estava escancarada e, nesse momento, um furgão do serviço funerário recebia uma maca com um grande volume coberto por um plástico.

Estávamos a apenas cinco metros dele e não havia ninguém ao redor. Segundos depois, meia dúzia de agentes surgiram de dentro do imóvel. Eles se moviam inquietos e olhavam para todos os lados.

— Limpo! — ouvimos o primeiro deles gritar.

Assim que o avistamos, por instinto, nos refugiamos atrás de um veículo de entregas estacionado perto de nós. A escolta se adiantara alguns metros para alcançar uma visão melhor da área, e, como nossa posição ficava um pouco para trás, não nos detectaram. Assim que consideraram seguro, o agente de vanguarda – um cara enorme, com a cabeça raspada com máquina 1 e fone comunicador na orelha esquerda – fez sinal para que o furgão desse partida. O motorista saiu de trás de uma sombra e se moveu com lentidão.

Justo quando tomou o caminho de descida da montanha, identificamos algo mais.

Uma distante nuvem de poeira deu lugar a um Audi A4 preto que passou a toda velocidade pelo veículo funerário. Deu luz alta e se dirigiu diretamente ao grupo de policiais. Era um veículo civil, sem distintivo, com uma sirene portátil colada no teto. O motorista o deteve com tudo a apenas uns dez metros de nosso esconderijo. Então, do assento do carona, surgiu uma figura familiar.

Um homem de constituição robusta, rosto branco e gestos poderosos desceu do carro. Colocou uma boina preta, deu passos trêmulos como se arrastasse a perna e farejou o ar com expressão depredadora. Pa se agitou, horrorizada.

— É ele! — disse, antes que eu cobrisse sua boca com a mão.

O que a assustou por completo foi ver que os policiais o cumprimentavam com naturalidade. Não tanto, porém, como quando voltou a dirigir a cabeça em direção a onde estávamos e levou a mão à testa a modo de viseira.

— Siga-me! — Puxei o braço de Paula, escondendo-nos do lado oposto ao carro de entregas. — Temos que sair daqui.

Num piscar de olhos, de cócoras, vencemos a distância que nos separava da porta que haviam deixado aberta e nos infiltramos no edifício. Aquele acesso desembocava em um pequeno corredor, fresco e escuro, que logo dava em uma impressionante sala oval com arquibancadas. Pa e eu hesitamos entre atravessá-la ou não. Era um espaço aberto demais, uma espécie de quadra esportiva exposta a qualquer olhar. Comprovando que o lugar estava vazio, pensamos que o mais prudente seria cruzar a maior distância possível. Depois que a deixamos para trás, correndo, um enorme painel pendurado em uma das paredes indicava: "Escritórios. Acesso restrito".

— Vamos ver Cortil — sussurrei. — Agora!

Nós nos enfiamos em um corredor estreito, com paredes pintadas de branco, portas dos dois lados e pequenas placas de plástico com o nome e a função de cada ocupante. Todos pareciam vazios a essa hora. *O que aconteceu?* Não se ouvia nenhum rumor atrás das portas nem o familiar toque de algum telefone ou o som de uma impressora. "Arquivo, Carme Domènech e Emili Albi", lemos. "Aquisições, Empar Albert." "Empréstimos, Sofía Pastor e Raquel Gisbert." "Administração, David Zurdo." "Conservação, Beatrice Cortil."

— É aqui!

Paula observou atônita como coloquei o ouvido na porta e, após alguns segundos de espera, entrei, sem bater.

Por sorte, a fechadura cedeu sem opor resistência. O cômodo que se abriu diante de nós era pequeno, dispunha de duas mesas de trabalho, uma de frente para a outra, duas estantes metálicas cheias de pastas arquivos cuidadosamente rotuladas, um computador e vários cartazes promocionais do museu. A seleção dessas imagens nos chamou atenção em seguida. Sabíamos o que elas faziam ali. A dra. Cortil havia escolhido dois detalhes das absides de Taüll e Santa Eulália d'Estaón, nos quais só se viam as senhoras do graal com as tigelas. E, entre elas, um enorme olho do pantocrátor de Sant Climent de Taüll.

— Onde será que a doutora está? — murmurou Pa, absorta nos cartazes.

— Na verdade, poderíamos perguntar onde estão todos. Esta área parece vazia.

O silêncio nos animou a dar uma olhada mais a fundo nas mesas. A de Cortil se encontrava repleta de papéis. Nós a reconhecemos porque em cima de uma das pilhas estava apoiada a bolsa com o logotipo do museu com a qual havia nos recebido na manhã anterior. Ao lado dela, um iPhone 4 conectado ao carregador enviava sinais que informavam que a bateria já estava completa. Foi Pa quem se aproximou, com tranquilidade, sentou-se na cadeira dela e começou a explorar a paisagem.

— Não sei — murmurou, levantando algumas pastas. — Eu imaginava que ela teria um escritório mais solene. Mais cheio de bíblias.

— Cheio de bíblias! — Sorri. — Cada ideia.

— Bom... Ontem ela nos deu uma aula sobre o Apocalipse de São João, não? E aqui não tem nenhum exemplar.

— Você olhou nas gavetas? Os gideões deixam uma em cada quarto de hotel — comentei, meio de brincadeira.

Paula, porém, levou a sério. O gaveteiro da dra. Cortil não estava trancado, e minha colega conseguiu explorar, uma por uma, as quatro gavetas. De uma delas, tirou um curioso mostruário de tecidos. De outra, uma lupa de grande aumento e um caderno de desenho. Depois de alguns minutos, tomando cuidado para não deixar nada fora de lugar, chegou ao inferior e teve um sobressalto.

— Veja isso, David!

Parei de remexer nas estantes.

Da mão de Pa pendia uma caderneta preta, gasta, forrada com adesivos de escudos, bandeiras e logotipos de várias cidades, como aquelas malas de madeira, velhas e viajadas, de outra época. Sua expressão de surpresa me fez examiná-la com cuidado.

— É o caderno de Guillermo!... — anunciou.

— Tem certeza?

— Absoluta. É o que sempre levava com ele...

— Impossível — protestei. — A dra. Cortil disse que nunca o havia visto.

— Pois é o dele, David. Tenho certeza. Além do mais, veja. Esta etiqueta prova. — Indicou uma das muitas marcas gráficas. — "GSP", ou Guillermo Solís Prunés. Não há dúvida.

Li as três iniciais com incredulidade, tentando entender por que a dra. Cortil teria mentido sobre esse caderno, e pedi para ver. Assim que o abri, reconheci a caligrafia, a mesma que havíamos visto na agenda que a mãe dele nos mostrara. Uma letra pequena, bagunçada, que quase não deixava espaço entre as linhas e que quando se juntava demais era impossível de ler. Eu folheei, curioso, até chegar às últimas páginas escritas. Ali havia várias anotações curiosas relativas ao número oito. Distingui um tosco esboço do cristograma de Jaca ao lado de outros que não reconheci e algumas anotações mnemotécnicas que enunciavam conceitos sem desenvolver. Iluminação. Ressonância. Vibração...

— Veja só — acrescentei, mostrando a Paula uma folha solta, depositada na capa do caderno. — Parece que Guillermo estava trabalhando em algo acadêmico com a dra. Cortil.

Dobrada em quatro, a folha impressa mostrava a primeira página do que parecia ser um artigo técnico. Levava a assinatura de ambos, e sob o título figurava um resumo em inglês e outro em espanhol. "Além da força simbólica do graal pirenaico: teoria e prática da função transmutativa da arte."

Pa ficou imóvel. Seus olhos vidraram, como se fossem incapazes de interpretar aquela peça tão fora de lugar para seus esquemas.

— É melhor nós levarmos tudo isso — eu disse, compreendendo que ia precisar de tempo para examinar o material.

Ela olhou para mim alarmada, vendo como eu enfiava o caderno na mochila.

— O que você está fazendo? Ela vai perceber!

— Bom... E você não acha que ela deveria ter sido mais honesta conosco? Se o caderno tem que estar em algum lugar, esse lugar é na Montanha Artificial, não? — O zíper da mochila ressoou no escritório. — E além disso, tem o artigo. Os dois escreviam algo juntos.

— Sim, eu vi — aceitou, com certa tristeza estampada no rosto. — Guillermo nunca me disse nada sobre esse trabalho. E a dra. Cortil tampouco falou sobre isso ontem.

— Curioso, não? — repliquei.

— Vamos ver o computador antes de ir embora?

Olhei para ela sentindo-a mais cúmplice que nunca. Era o que eu queria que me propusesse.

Pedi a Paula para me deixar ocupar o assento de Beatrice Cortil por um segundo. Nós dois havíamos compreendido ao mesmo tempo que não podíamos sair de lá sem tentar descobrir se havia o texto completo em algum lugar. E o melhor lugar para encontrá-lo era no computador à nossa frente.

O que eu queria tentar era difícil, mas sabia que não teria chance melhor.

Movi o mouse para que o computador se ativasse; uma tela de bloqueio do MNAC me recebeu na hora.

— Merda! — grunhi.

Pa se aproximou por trás de meus ombros e viu a mesma coisa que eu.

```
    Insira sua senha:

    _ _ _ _ _ _ _
```

— E agora?

— É um programa de proteção antigo — resmunguei, examinando. — Ao menos, podemos inserir todas as senhas que quisermos sem que bloqueie.

Pa deu de ombros, não muito convencida.

— Será que é um número?

— Não — respondi. — Acho que não. Comprido demais para isso. E Cortil é uma mulher das letras.

— Então, são sete letras — contou.

— Tem alguma ideia?

— Experimente "SãoJoão". Ontem parecia entusiasmada com ele.

Era uma boa ideia. O autor do Apocalipse caía como uma luva à imagem da doutora. Mas não funcionou. Nem essa nem *graal00* nem *Tigelas*, tampouco *Abóboda*, *Absides* ou a versão espanhola de seu nome, *Beatriz*. Nenhuma variação desses elementos.

Pa, longe de desanimar, incentivou-me a continuar. Eu bufei.

— Não faça essa cara — repreendeu-me. — Se terminaram o trabalho, deve estar aqui. E se nós encontrarmos, saberemos exatamente o que a doutora está escondendo. Concorda?

Com as esperanças cada vez mais ínfimas, experimentei conceitos sobre os quais não tínhamos falado com ela, mas que poderiam encaixar. Quando digitei *Chi-Rho* e não funcionou, quase desisti.

— Deveríamos ir embora. Se nos pegarem, teremos que dar muitas explicações — eu disse.

— Espere. Só mais uma tentativa.

— Mais uma? Qual?

— Lembra qual ela disse que era seu termo técnico favorito?

— É verdade! — Dei um pulo. — *Strappo!*

— Tem sete letras. Experimente.

Eu digitei e... *voilà*: a tela se iluminou, dando acesso, por fim, à área de trabalho.

A palavra abre tudo, pensei.

Sem perder nem mais um segundo, introduzi o título do artigo no campo de busca do computador. Pa estava certa. Uma janela se abriu, oferecendo um único e preciso resultado.

Aqui está!
Clicamos e o arquivo abriu docilmente, exibindo o texto completo. Dez páginas.

— Podemos imprimir e levar, sem problemas... — sussurrei enquanto dava esse comando ao computador.

No entanto, um ruído brusco nos obrigou a virar em direção à porta.

— Mas só depois que este canto for liberado! — bramou, de repente, uma voz desconhecida no umbral do gabinete.

46

Nosso coração disparou. Um casal de agentes acabara de descobrir nosso esconderijo e nos olhava com expressão severa. Com as mãos apoiadas no coldre das pistolas, eles se limitaram a ordenar que saíssemos daquela mesa com cuidado, comprovaram que não estávamos armados e, um pouco mais calmos, vendo que não opúnhamos resistência, nos informaram de que estávamos detidos por violar o isolamento de segurança.

— Espero que tenham uma boa razão para estar aqui — disse a mulher, uma loura de baixa estatura, enquanto o colega chamava um terceiro pelo rádio e o informava em catalão sobre algo que não entendi. — Pelo que vejo, os senhores não são do museu — acrescentou, comprovando com um olhar a ausência de credenciais.

— É... — Pa hesitou. — Na realidade, viemos encontrar a dra. Cortil.

— Beatrice Cortil? — Inesperadamente, a agente se irritou um pouco mais. — Os senhores tinham marcado com ela?

Algo no modo de pronunciar o nome nos alarmou.

— Aconteceu alguma coisa?

A policial não respondeu. O colega tampouco. Eles se limitaram a nos escoltar ao saguão de entrada, que estava tomado pelos funcionários da segurança, e a pedir que aguardássemos instruções. Ficamos alguns minutos esperando ao lado de uma grande janela que dava para os jardins. Poderíamos fugir. A janela estava aberta. Pa, porém, tirou a ideia de minha cabeça, até vermos passar de longe uma sombra que, por um segundo, acreditei reconhecer. Quando por fim nos tiraram dali, descobrimos perto da livraria do MNAC três homens e uma mulher à paisana, com o distintivo dos Mossos d'Esquadra pendurados no pescoço; eles discutiam calorosamente.

— Desculpe, tenente. — A agente que havia nos detido se dirigiu ao mais alto do grupo. — Encontramos esses dois no gabinete da dra. Cortil. Acho que são os mesmos que aparecem nas gravações de ontem — acrescentou.

O tenente e os colegas de imediato interromperam a conversa e nos observaram com certa hostilidade.

— Alguém pode nos dizer o que está acontecendo, por favor? — consegui perguntar. — Não podemos ver a dra. Cortil?

O homem alto deu um passo adiante, aproximando-se de onde estávamos.

— Vocês vieram vê-la? Mesmo? — sussurrou.

Os dois assentimos.

— A dra. Cortil foi encontrada morta aqui no museu há duas horas — disse ele, seco, como se lesse um atestado. — Receio que terão de responder a algumas perguntas.

— Morta?! — Uma nuvem turvou meus olhos, devolvendo-me à cena do carro funerário.

Paula e eu cruzamos um olhar de franca preocupação enquanto a agente que havia nos detido se afastava para atender a uma chamada do celular. "Sim, senhor", disse ela. "São eles, de fato." "Voltaram." "Agora mesmo, senhor", acrescentou antes de desligar. Pa pegou minha mão. Eu notei sua angústia e apertei a mão dela de volta.

— Está bem. — A agente nos olhou enquanto guardava o telefone no bolso. — Os senhores terão que me acompanhar.

— Aonde?

O tenente se adiantou à colega.

— Vão responder algumas perguntas, como eu disse.

Pegamos um elevador que desembocava em outro labirinto de corredores e gabinetes que parecia muito com a área de escritórios que já conhecíamos. Em seguida, chegamos a uma ala do edifício na qual se abria um salão enorme, bem iluminado, que estava quase deserto e cheirava a aromatizante de pinho. Havia mesas separadas por prateleiras baixas e uma das janelas que dava para a montanha do Montjuïc estava encostada. Junto a ela, um homem de uns sessenta anos, impecavelmente vestido de preto, com a cabeça raspada, deleitava-se com um charuto enorme. Parecia nos esperar havia algum tempo. Deixou as cinzas caírem com parcimônia sobre o parapeito e nos recebeu demonstrando contrariedade nos lábios.

— Aqui estão, inspetor — anunciou nossa escolta, assim que chegamos.

— Excelente. Fique conosco, agente.

Eu conhecia aquele homem! Tive um calafrio ao reconhecer nele a sombra que acabara de ver passar com toda a pressa. *O homem de preto!*

— Boa tarde. — Deu um passo em nossa direção, claudicante, enquanto estendia a mão. — Sou o inspetor Julián De Prada. Agradeço que tenham vindo. A verdade é que não pensei que teria que me apresentar para os senhores tão cedo.

Suas palavras flutuaram no aposento, empurradas por um ar levemente ameaçador. O inspetor De Prada disse para nos sentarmos junto a uma mesa sobre a qual descansava uma pasta aberta, um pequeno notebook, dois celulares, um revólver fora do coldre e uma boina de veludo preta.

— Sei muito bem quem são os senhores — continuou, com um sorriso gélido, alheio a meu espanto. — Paula Esteve, vinte e sete anos. Historiadora. E David Salas, trinta. Cidadão irlandês e espanhol. Professor de linguística. Chegou à Espanha há apenas alguns dias. Ambos são alunos de Victoria Goodman, escritora, professora de filosofia. Sei que estão aqui porque ela os enviou para conversar com Beatrice Cortil. Esqueci alguma coisa?

Pa lhe devolveu um olhar trêmulo, como se tivesse acabado de ser surpreendida em algo vergonhoso. Não ousou responder.

— O que aconteceu com a dra. Cortil? — perguntei.

— Apareceu morta no museu, sr. Salas. Na área das absides românicas.

A confirmação da notícia de sua morte nos pareceu irreal, impossível.

— Estamos analisando as últimas horas dela no museu, e os senhores parecem ter sido a última visita que ela recebeu.

— Isso foi ontem, inspetor — aleguei, recuperando-me da surpresa. — Quando nos despedimos, ela disse que encontraria outras pessoas...

— Vejam — passou a mão na orelha enquanto balançava a cabeça, pondo-se a calcular nossa reação —, não tenho a intenção de intimidá-los, mas acredito que deveriam saber por que estou aqui. Pertenço a uma brigada especializada em delitos de patrimônio e sou responsável pelo caso da morte de Guillermo Solís.

— O senhor dirige a investigação sobre a morte de Guillermo? — Paula se sobressaltou, soltando minha mão, que até esse momento estivera entre as dela.

— Quando um garoto brilhante como ele, tão jovem, com uma promissora carreira pela frente, morre em um espaço público de modo tão estranhamente natural, nossa obrigação é investigar a fundo.

— Lady Victoria disse que a polícia tinha dado o caso dele por encerrado — objetei.

— A polícia, sim, sr. Salas, mas meu departamento não — admitiu, sem desgrudar os olhos de Pa. — Fazia meses que a visita dele a coleções e lugares patrimoniais levantavam suspeitas em minha unidade. Hoje de manhã, sem ir mais longe, eu tinha a intenção de me reunir com a professora Beatrice Cortil exatamente por esse assunto. Ela foi a última pessoa com quem Solís trabalhou, e sua pesquisa me interessava muito. Como viram, porém, quando cheguei encontrei duas coisas que não esperava: uma, que ela estivesse morta; outra, que os senhores, alunos de Lady Victoria, a tenham visitado justo antes de eu falar com ela. E agora reaparecem fuçando em seu gabinete. Estranha coincidência, não acham?

Eu me remexi, incômodo.

— O que está insinuando?

— Por enquanto, nada. — Fumou aquele grande charuto, levantando fumaça entre nós. — Mas, como devem compreender, chama bastante atenção que estejamos diante de duas mortes tão parecidas em tão curto espaço de tempo, sendo ambas vinculadas, de um modo ou de outro, à escola a que os senhores pertencem. Meu trabalho consiste em não acreditar nas casualidades. Suponho que compreendem.

O inspetor De Prada disse aquilo ainda encarando Pa, que não tinha parado de se mexer na cadeira, inquieta. Sua atitude, embora tranquila, irradiava algo profundamente obscuro. Como se quase não fosse capaz de conter uma ira prestes a transbordar. Foi o que me fez fechar a boca e não questionar a perseguição a que estava submetendo o meio de Lady Goodman, ou o mais do que reprovável incidente que ocorrera na frente da casa dela e que quase me custou um desgosto. Pensei que enfrentá-lo só nos geraria mais problemas.

— Srta. Esteve, peço que me esclareça algo, por favor. — Pigarreou com falsa amabilidade, voltando ao trabalho. — Há um mês, quando o cadáver de Guillermo foi encontrado em Madrid, a polícia suspeitou que lhe faltasse algum pertence. Sabe do que estou falando?

Pa afastou o olhar do inspetor, fugidia.

— Tudo bem — bufou De Prada, virando-se para a agente que havia permanecido o tempo todo em pé atrás dele. — Agente, por favor, abra a bolsa deles.

Compreendi de pronto o que ele estava buscando. Paula, pálida, também entendeu e, já de pé, instintivamente deu um passo para trás.

O som das coisas caindo em uma das mesas vazias que estavam à frente ecoou no ambiente.

— Não está aqui — disse, por fim, a policial, depois de revolver entre canetas, porta-moedas, frasquinhos de perfume e várias peças de roupa, misturando sem consideração nossa esquálida bagagem.

A expressão do inspetor se contorceu em contrariedade ao comprovar que o que sua subordinada dizia era verdade.

Pa se virou em minha direção. Muda, olhou para mim estupefata.

— O que está fazendo? — repreendi De Prada, sorrindo por dentro. — Não estará insinuando que Paula teve algo a ver com a morte de Guillermo Solís! Eles só se conheciam da escola de Lady Goodman.

O inspetor me examinou, ríspido. Notei sua frustração. Então, com uma atitude carregada de malícia, deu um passo titubeante para a frente e descarregou sua decepção em duas sucintas frases.

— Ah, sr. Salas. Sua amiga ainda não lhe contou, não é? — resmungou.

— Não me contou o quê?

O sorriso sinistro do inspetor deixou transparecer uma dentição amarelada pela nicotina.

— Que Paula Esteve e Guillermo Solís eram mais do que colegas. Estou enganado, senhorita?

Um pouco confuso, olhei para o inspetor. Depois para Pa, que passou da surpresa ao espanto em um décimo de segundo. Aquele comentário a paralisara.

— Não se engane, sr. Salas — acrescentou ele, saboreando o que interpretei como uma clara represália a minha atitude. — Se há alguém aqui que pode responder a minha pergunta, essa pessoa é ela. Sabe que pertence de Guillermo desapareceu após a morte dele? Sim ou não?

De Prada voltou a formular a pergunta com o rosto virado para Pa. Eu a notei atordoada, fora de lugar, com o olhar cravado no chão e as mãos sobre os joelhos.

— E então? — insistiu.

— Nós... não tínhamos nada sério — reagiu, enfim.

Nesse momento, levantei os olhos e mirei os dela. Ela desviou, ruborizada. Uma imagem me veio à memória de repente. Acabava de me dar conta de quem era aquele rapaz que eu vira nas fotos de seu celular e de quando eram.

Paula, girando a cabeça com leveza para o inspetor, acrescentou, em um sussurro:

— E não. Não dei falta de nada, senhor.

— Tem certeza? Estive analisando a transcrição de suas mensagens, seus e-mails e as chamadas que os senhores trocaram nos dias que antecederam a morte de Guillermo Solís, e fiquei surpreso de que fossem tão... Como posso dizer... profissionais.

— Então era o senhor quem interceptava as comunicações?! — protestei.

De Prada me ignorou. As suspeitas de Lady Goodman tinham fundamento, afinal de contas. O inspetor, impaciente, endureceu ainda mais a expressão e, aproximando-se de Paula, inclinou-se sobre ela.

— Se tiver mais alguma coisa para contar, este é o momento — insistiu.

— Nã-não.

— Diga-me o que souber, srta. Esteve. E acredite: é melhor que seja a senhorita a me contar. Se eu descobrir por meus próprios meios que ocultou alguma coisa, poderei acusá-la de obstrução à autoridade e encobrimento.

Tive a impressão de que o homem de preto conhecia minha companheira de viagem muito mais que eu; sabia como pressioná-la e tinha uma ideia clara do que necessitava dela.

Pa voltou a baixar a cabeça, assustada. Olhou para mim como se tentasse me dizer algo. Depois, após alguns segundos em que pareceu recompor um pouco o estado de ânimo, articulou uma resposta.

— Talvez não seja nada importante...

— Assim está melhor. — De Prada sorriu, afastando-se do rosto dela. — Continue, por favor.

— Guillermo e eu discutimos na noite anterior à morte dele.

Tive a sensação de que, na realidade, era para mim que ela estava prestes a confessar aquilo. Que, de algum modo, o que eu escutaria daria um sentido diferente a tudo o que ocorrera entre nós nos últimos dias e justificaria que não tivesse me dito palavra sobre seu vínculo com Guillermo.

— Nós nos conhecemos na escola de Lady Victoria — acrescentou, com um fiapo de voz e os olhos marejados. — Ele ia e vinha a Barcelona toda semana. Era um rapaz com uma vida intensa. Tinha conhecimentos de arte, de criptografia, se interessava pelos clássicos e por política... Fomos jantar algumas vezes e ele dormiu algumas noites em minha casa. De fato, aproveitava o tempo que ficava sozinho para ler e preparar os projetos do trabalho que realizava com Lady Victoria. Era uma pessoa bastante tranquila. Cuidadosa. Boa... Para mim, é difícil acreditar que alguém quisesse... — Engoliu em seco. — Que alguém quisesse matá-lo.

— E a senhorita tem alguma ideia de que projetos eram esses?

— Acreditava que sim, mas ultimamente acho que me ocultou muitas coisas. Ele e Lady Goodman haviam embarcado em algo que chamavam de busca do "fogo invisível".

De Prada saboreou aquele termo como se fosse um petisco gostoso.

— O fogo invisível. Muito bem. Continue.

— Conhece a expressão? — Paula olhou para ele desconcertada.

— Não subestime minha capacidade de investigação, srta. Esteve. — Sorriu. — Um pouco antes de seu amigo morrer, ele e a dra. Cortil deixaram escrito um artigo no qual essa expressão aparece com frequência. Meu departamento conseguiu interceptar esse texto há alguns dias no servidor do museu.

Paula e eu nos entreolhamos.

— É precisamente por isso que estou aqui — prosseguiu. — E quer saber? Descobri qual a origem.

— A origem? — Titubeou. Ela parecia pisar em areia movediça. — A que se refere?

— Seu querido Guillermo estava a par do delicado estado de saúde de Lady Victoria Goodman. Talvez a senhorita mesma tenha lhe contado. E sabia também que ela tinha ataques epilépticos durante os quais sentia que sua mente se iluminava, enchendo-se de imagens estranhas. Isso sua mentora chama em privado de "fogo invisível", e ele aproveitou essa informação para conquistar a confiança dela. Não se surpreenda. Ele conta tudo nesse artigo. E afirma também que os dois se tornaram inseparáveis. Lady Goodman confessou a ele que esse fogo, na realidade, a queimava por dentro. Que nesses episódios via pessoas que ascendiam ao céu, como Cristo no monte Tabor; místicos que tinham epifanias súbitas, compreendendo o sentido do Universo e seu funcionamento; cavaleiros que adentravam castelos intangíveis, que eram a metáfora do acesso ao mundo das ideias; ou mulheres maduras como ela que seguravam objetos radiantes que abriam as portas para essa dimensão como se fossem chaves. Decidiram que tudo isso só podia significar alguma coisa. Que, de algum modo, tratava-se de uma espécie de revelação que se abria em sua cabeça, e Guillermo Solís deu um jeito de se converter nos olhos e nos braços de Lady Goodman para investigar esse dom e ligar os pontos para ela. De fato, ele a convenceu a dominar esse "fogo" em que ambos viam a faísca absoluta da criatividade humana... até que, uma vez que compreendeu que o que Lady Goodman tinha não era nada novo, decidiu trocá-la por outro tipo de especialista.

— Cortil... — deduziu Paula, deixando transparecer a perplexidade.

— Sim. Beatrice Cortil. Eles se juntaram para explorar o fogo invisível e elaboraram um trabalho no qual afirmavam ter encontrado as chaves para dominá-lo nas pinturas românicas. "A função transmutativa da arte", o intitularam.

Vi Pa apertar os punhos de impotência, de raiva, e tive pena. Se era o que parecia, Guillermo Solís a traíra, e só nesse momento ela percebeu isso. De Prada também notou sua aflição e se pôs a finalizar o interrogatório.

— Seu amigo chegou à conclusão de que o cérebro de Lady Victoria estava danificado e recebia sinais equívocos — prosseguiu. — Então, quis deixá-la à margem de suas buscas. Ela, por sua vez, se irritou quando soube que ele decidira encontrar cérebros mais cristalinos que o seu, mais preparados para "receber", para explorar esse campo.

Um lampejo iluminou minha mente nesse ponto da explicação dele; a imagem das anotações com o nome de Alessandra Severini em sua agenda. "A substituta." No entanto, eu não disse nada.

— Em sua última visita a Madrid, achei que havia outra pessoa, mas não sabia quem era. Por isso discuti com ele... Não tinha o direito de nos deixar à margem de suas descobertas...

— Então, decidiu matá-lo. — A voz do inspetor De Prada congelou a frase de Paula.

— Não! Claro que não! — reagiu. — Guillermo tentou se reconciliar com Lady Goodman e comigo contando que estava sendo seguido. Que acreditava ter despertado, com seu trabalho, umas forças poderosas, obscuras, que não queriam que nada disso transcendesse. Ele se sentia vigiado por um mal atávico e profundo que tentava detê-lo a qualquer custo.

— Como os frustradores de Yeats — murmurei.

— Exatamente! — concordou. — Os mesmos que agora acabaram com a dra. Cortil.

— Ah, sim? — resmungou De Prada, olhando cada vez mais suspicaz. — E como foi que chegou a essa conclusão, srta. Esteve?

Pa voltou a inspirar.

— Não é óbvio? Beatrice Cortil e ele iam publicar esse trabalho que o senhor interceptou, revelando como funcionava o mecanismo do fogo invisível.

— E o que mais a senhorita sabe sobre isso? — Ele se ergueu.

— Nada, senhor.

— Que pena. — Estalou a língua, tirando outro charuto de uma caixinha de madeira na qual eu não havia reparado até então. Quando o acendeu, uma grande nuvem de fumaça voltou a preencher o espaço que nos separava. — Guillermo deve ter deixado suas descobertas escritas em algum lugar. Faz tempo que estou seguindo essa pista. Buscando essas anotações. Espero, por seu bem, que nem a senhorita nem seu amigo irlandês estejam ocultando nada a respeito disso.

— Está nos ameaçando, inspetor? — intervim, incomodado.

— Entenda como quiser, sr. Salas. Ao mesmo tempo, lembre-se de uma coisa: minha unidade se dedica à proteção do patrimônio. O graal, tanto se existir quanto se for uma força poderosa que ilumina Deus sabe o que ou quem, se ainda estiver neste país, deve contar com o amparo das autoridades. Ou o senhor não concorda?

47

Não. Eu não pensava o mesmo.

No entanto, não disse a ele.

O interrogatório não se prolongou mais. O inspetor De Prada o encerrou anotando cuidadosamente nossos dados e garantindo-se de que deixássemos o número de celular e o e-mail em um registro que a agente que o acompanhava guardou numa pasta.

— Talvez precise falar com os senhores de novo — disse ele, com um leve ar de ameaça.

Abandonei a sala em silêncio, sem olhar para Pa, com a sensação de ter estado esse tempo todo rodeado de mentirosos. De ter sido manipulado. Quando chegamos à rua, porém, ela nem sequer me deu tempo de pedir explicações.

— O que você fez com o caderno? — repreendeu-me. — Onde está?

Não respondi. Saí andando em silêncio até uma das laterais do edifício que já havíamos percorrido, e ela me seguiu. Ao lado de um arbusto, bem perto de um cesto de lixo, jazia o material de Guillermo Solís. Levantando o olhar em direção à enorme fachada do MNAC, Pa compreendeu que eu o havia jogado da janela após ver a silhueta de De Prada de longe.

Ela sorriu, entre admirada e preocupada, esperando uma confirmação que não chegou.

Pegamos o promissor arquivo tomando cuidado para que ninguém nos visse, com discrição. Meu coração estava em outro lugar. Pressenti que a falta de sinceridade seria difícil de superar. Eu pensava que Paula fosse minha amiga, algo mais que uma companheira de cordada, mas tinha me enganado. Estava me sentindo profundamente decepcionado.

Por que não havia me dito nada sobre seu relacionamento com Guillermo? Por que ninguém havia me explicado com clareza o que era esse "fogo invisível"?

A mentira é a mãe de todos os males. Mentimos para não parecer fracos, para não ofender, para proteger nossa integridade física e também para salvaguardar o que não é nosso. Mentimos e mentem para nós quase desde que nascemos. A infância está cheia de falsidades. Os reis magos, a fada do dente e o Papai Noel são as mais comuns, que todos aceitamos como se fossem normais, até mesmo boas. Quando adultos, essas farsas se refinam tanto que às vezes chegam a se institucionalizar. A ciência, a história, a arte, o esporte, a política e a filosofia estão semeados de histórias espúrias. Aprendemos a conviver tão bem com a mentira que só quando ela aparece nua e crua diante de nós nos damos conta de quão perversa é.

Pa não tinha me contado que Guillermo e ela haviam sido "bons amigos". Nem que passavam noites sob um mesmo teto. Foi um estranho como De Prada, o mesmo que a perseguia havia vários dias e que tratara de intimidá-la pessimamente em Madrid, que despertou minhas suspeitas em relação a ela.

Suspeitas?

Ou, talvez, ciúmes?

E ciúmes de quem?, quis reconsiderar. *De um morto?*

Infelizmente, não encontrei paz na reflexão.

Naquela tarde eu regressaria ao hotel com outra dolorosa sensação de impotência. Uma pessoa que acabáramos de conhecer tinha morrido. Alguém que também mentira para nós. Uma mulher que se aproximara do mesmo mistério que Guillermo Solís e pagara por isso com a vida.

Examinei Paula com severidade durante a descida do Montjuïc, sem ocultar minha irritação. Enquanto seguíamos pela escada rolante daquela montanha, rodeados por turistas de todas as nacionalidades, notei como ela fazia o possível para me evitar. Tinha o olhar perdido e o rosto imóvel. No entanto, quando chegamos à praça de Espanha e ela viu que já não era possível se esquivar, me encarou.

— Você não vai fazer eu me sentir culpada por não ter te contado a minha vida, David — disse ela.

— Nem pretendo — repliquei. — De fato, admiro sua capacidade de manter essa fachada de mulher imperturbável até nos momentos mais difíceis.

— Não posso acreditar no que você está falando.

— Ah, sinto muito — fingi. — Se quiser, a partir de agora falaremos apenas com eufemismos.

Paula franziu a testa.

— Não diga besteira. Esse homem — disse, apontando para o MNAC, em cima de tudo — nos seguiu. A preocupação deveria ser essa.

— Seguiu *vocês* — corrigi.

— E está buscando o caderno de Guillermo. Você viu.

— Está buscando *vocês* — insisti. — O grupo da Montanha Artificial.

— Não. Não se engane — corrigiu-me, mesclando melancolia e firmeza na mesma frase. — Ainda não percebeu como você, precisamente você, é importante nisso tudo?

— Importante? Pare de besteira! Vocês me manipularam!

— Vamos, David. Isso não é completamente verdade. Deixe-me explicar.

Pa se deteve à sombra das torres venezianas da praça, pegando-me pelo braço e cravando seus olhos verdes em mim. Suplicava um segundo de atenção.

— Está bem, pode falar — eu disse. — Mas já aviso que estou cansado disso. Não penso acreditar em mais nenhuma mentira de vocês.

— Escute-me primeiro, depois faça o que quiser. — Deu de ombros. — Mas saiba que quando Guillermo se afastou de Lady Victoria e de mim para encontrar uma mente pura, clara, com a qual alcançar o verdadeiro graal, nós buscamos você. Essa é a verdade. Esse homem aí não sabe. E também não sabe que temos o caderno. Por isso nos deixou ir.

— Como assim? O que vocês fizeram foi me acossar, me enganar... E para quê? — Fiquei vermelho. — Para me envolver numa peripécia inverossímil que pôs em perigo a vida de todos nós!

— Lamento que veja assim — disse, em voz baixa. — Se não acredita em mim, pergunte a Lady Victoria. Foi ela quem pediu para sua mãe o enviar à Espanha. Fez isso antes mesmo de Guillermo aparecer morto, mas sua mãe disse que você estava trabalhando. Que deveríamos esperar as férias. A Montanha Artificial precisava do neto de um médium que havia mais que provado que podia dominar o fogo invisível, o neto que havia sido preparado por ele desde criança para uma aventura como esta.

— Não me venha agora com isso de fogo — resmunguei, tentando recuperar a compostura. — Estou irritado demais.

— O fogo é algo que todos temos dentro de nós, David, mas que só em alguns se sublima. Há casos incríveis. Pense em músicos como Mozart e Mendelssohn, ou em Arriaga, na Espanha. Desenvolveram algumas de suas melhores criações na infância porque tinham esse rescaldo em si. Ou pense em Beethoven. No auge de sua fama, morreu entre delírios dizendo a mesma coisa que Guillermo contou a Lady Goodman antes de morrer: que seres hostis, sombras como os *daimones* de seu avô, o atacavam para impedir que trouxesse ao mundo mais luz do que este é capaz de suportar. Você não entende? Não vê que o que buscamos está ao alcance de nossa mão?

Olhei para Paula um pouco confuso. Ela pegou minhas mãos e deteve os olhos nos meus.

— Desculpe se você se sente assim. Juro que sua segurança e seu bem-estar significam muito para nós. Meu erro foi acreditar que...

— Acreditar que?...

— Acreditar que Guillermo era dos nossos. Eu me enganei. E se estou contando tudo isso agora, é porque não quero cometer o mesmo erro. Não com você.

Aquilo foi como derramar um jato de água fria sobre as brasas de minha raiva.

— Pense no que eu disse — insistiu. — Se eu quisesse esconder algo, não falaria assim.

Não respondi. Fiquei alguns segundos em silêncio, dando uma trégua que ainda nem sabia se ela merecia. A questão é que a ouvi e remoí suas frases, analisando-as com cuidado. Alguns termos começaram a retumbar em minha cabeça, um atrás do outro. Caderno. Fogo. Médium. Morte. Músicos. E como se uma ideia alheia tivesse aberto passagem em mim de repente, busquei as palavras adequadas para expressá-la.

— Você falou sobre isso com Guillermo alguma vez? — murmurei.

— *Sobre isso?* Isso o quê? — Pa notou que algo em meu tom havia mudado.

— Você mencionou músicos... e fogo, não?

Concordou, admirada.

— Sabe — inspirei, fazendo um esforço para dominar meu estado de ânimo —, talvez você tenha razão. Pode ser que ainda tenhamos um fio condutor.

Procurei, então, em um de meus bolsos e tirei dele algo que havia esquecido ali no dia anterior. Eram dois ingressos para a ópera *Parsifal*, que eu pegara da agenda de Guillermo. Eles tampouco haviam sido interceptados por De Prada. Abri aquele último vínculo entre Solís e Beatrice Cortil com certa curiosidade. *Provavelmente precisavam de algo dali*, pensei. Algo para finalizar o trabalho a que se dedicavam. Talvez soubessem que a única forma de encarar aquilo era seguir a velha ficha de meu avô que Lady Victoria me mostrara em Madrid e que dizia que *Oimês* e *Oimos*, o canto e o caminho, para os gregos, eram a mesma coisa. Que a única via de acesso às respostas de que precisavam se aproximava do mito graálico por meio do *Oimês*.

— O que você sabe sobre isto? — perguntei, agitando os ingressos no ar.

— Sobre a ópera *Parsifal*? — Hesitou. — Ele nunca a mencionou.

— Nem Wagner?

Pa ficou pensativa.

— Bom... Guillermo falava dele às vezes com Luis — reconheceu, pensativa. — Como esteve nos Estados Unidos estudando as entrevistas daquele crítico musical do jornal *The New York Times*, Bello contou que Wagner admitiu uma vez, enquanto trabalhava em *Parsifal*, que se conectava com algo como as "correntes do pensamento divino" e que daí surgiam seus melhores trabalhos.

— Foi outro médium, então... — apontei. Era justo o que eu esperava.

— Como todos os grandes gênios, sim.

— E Francesc Viñas? Nos ingressos diz-se — voltei a olhá-los — que o concerto do Liceu ao qual pretendiam ir era dedicado a ele.

— Viñas? — Pa arqueou as sobrancelhas. — Isso nós deveríamos perguntar a Luis. Acho que foi uma personalidade da lírica do século XIX, especialista em óperas de Wagner. Ficou famoso como Parsifal.

— O Parsifal, Parzival ou Perceval inspirado nos livros de Wolfram von Eschenbach e de Chrétien de Troyes... — concordei. — Quer saber? Você tem razão. Deveríamos pedir ajuda a Luis.

— É para já! — disse ela, repentinamente risonha. — Vamos mandar agora mesmo uma mensagem para ele.

Sorri. Tínhamos uma trégua.

48

Atravessamos o saguão do hotel sem olhar para ninguém. A urgência de compartilhar os fios soltos que começávamos a colecionar nos levou mais uma vez a meu quarto e a nos sentarmos em frente ao notebook, o qual eu deixara conectado na noite anterior. Pa logo enviou ao fórum uma mensagem, dirigida a Luis Bello, pedindo um conselho imprescindível sobre o tenor Viñas. Foi um texto sucinto, que não demorou para subir na *deep web*.

No entanto, justo quando íamos abrir um documento mais específico para lhes contar o que havia ocorrido no MNAC e informar a identidade da "sombra" que nos perseguira o tempo todo, algo nos deteve.

O TOR piscou, exibindo uma mensagem de Lady Goodman que estava para ser lida havia algum tempo.

Diários do Graal
Postagem 5. 5 de agosto, 18h40
Convidado

Queridos,

Desculpem-me por estas linhas atropeladas. Não costumo escrever por impulso, mas o que acabei de ver justifica tudo. Tudo.

Lembram-se do convite que dom Aristides nos fez ontem à noite, ao terminar a visita à catedral de Jaca? Recordam que, depois que vimos o cristograma da *magna porta*, ele comentou sobre uma igreja próxima, que nós não devíamos deixar de visitar?

Ah, Deus. O diretor do Museu Diocesano não estava exagerando. Nem um pouco. Hoje, esse homem conseguiu fazer – ainda não sei se consciente ou inconscientemente – que eu acariciasse a essência do verdadeiro graal.

Perdoem se me detenho aqui um momento. Preciso tomar ar. Parar e pensar. Estou um pouco confusa e pressinto que, se não quiser que esta postagem seja mal interpretada, devo me ater a uma explicação pausada e cronológica do que ocorreu.

De manhã cedo, por volta das oito horas, dom Aristides Ortiz chegou à recepção do hotel Reina Felicia, onde Ches e eu decidimos nos hospedar nestes dias. Ele apareceu com uma pasta de papelão debaixo do braço e um velho mapa de estradas dos Pirineus cheio de anotações. Ofereceu-me seus tesouros e me deu um sorriso de franca satisfação.

— Espero que isto faça a senhora relevar o inconveniente de ontem à noite — disse.

— Se o senhor está se referindo aos pneus furados, é muito amável de sua parte. Não precisava.

— Aceite como maneira de compensar o mau momento — insistiu, cortês. — Falei com a polícia local hoje de manhã, e parece que tudo foi um infame incidente. Outros cinco veículos foram vandalizados. O seguro do estacionamento se encarregará disso.

Peguei aquela pasta, surpresa, e abri enquanto ele estudava minha reação. O conteúdo daquele calhamaço de documentos me deixou boquiaberta: era, segundo ele explicou, a coleção completa de artigos que o Padre Dámaso Sangorrín publicara em uma revista local, entre 1927 e 1929, sobre o graal. Foi neles que o deão da catedral de Jaca tratou de justificar que a relíquia que hoje é venerada em Valência esteve entre os séculos XI e XIV em terras da província de Huesca. E eu, que tinha passado a noite inteira concentrada na leitura do *Diários do Graal*, repassando as propostas de Paula e David sobre os cristogramas e as revelações que o Padre Fort fez ontem a Luis e Johnny, fiquei boquiaberta. Tudo começava a encaixar.

— Isso foi o que seu aluno consultou na biblioteca da catedral — disse Aristides. — Pensei que a senhora gostaria de examinar. Aqui estão todas as descobertas do deão.

Observei seus olhos vivazes tratando de adivinhar as intenções que aquele presente escondia.

— Fico muito agradecida, mas a letra dos recortes é pequena demais. O senhor se importaria de me dizer o que exatamente o Padre Sangorrín descobriu? — perguntei a ele.

— Ah, senhora — gesticulou, satisfeito. — Os achados foram sensacionais. Quase uma revelação. Ele se deu conta de que primeiro Chrétien de Troyes e depois Wolfram von Eschenbach redigiram seus poemas do graal a partir de narrativas orais nascidas aqui mesmo, em Jaca. Histórias que atravessaram toda a Europa até chegar a seus ouvidos deformadas pela distância e pelo tempo.

— Histórias... reais? — eu o interpelei, cética.

— Bom... Segundo o Padre Sangorrín, a história de Aragão do século XI pode se sobrepor às que subjazem a *O conto do graal* e *Parsifal*. A prova está nos nomes próprios e nos topônimos que ambos utilizaram nos textos. Ele explica tudo aí — disse, voltando a indicar os papéis. — Veja. O segredo está diante de nossos olhos há séculos, mas, até ele despontar, ninguém havia se dado conta de seu alcance.

Acariciei aquelas folhas intuindo que dom Aristides apenas começava a falar.

— Se a senhora estudar o *Parsifal* de Von Eschenbach, verá que nele, por exemplo, o graal é descrito como uma pedra prodigiosa que foi escondida em um lugar inacessível, perto de um grande penhasco, o Montsalvat, ou monte Salvo. O poeta garante que esse enclave se encontra na região escarpada da Espanha, no caminho para a Galícia, perto de uma floresta chamada Salvatierra, em um recinto erigido por uma nova dinastia de reis.

Um sorriso ligeiramente malicioso tomou seu rosto.

— O fascinante é que todas e cada uma dessas indicações coincidem com o entorno do mosteiro de San Juan de la Peña, situado em pleno Caminho de Santiago, na estrada para a Galícia, no meio da região mais inóspita da península, perto de uma aldeia que ainda hoje se chama Salvatierra de Esca. Salvatierra! Além do mais, durante séculos Peña foi o lugar mais sagrado de Aragão. O ponto mais santo da península. E Sangorrín acreditou que a razão disso era que o graal fora escondido ali. Viu? É só saber prestar atenção.

Imaginem minha surpresa ao ler o que o Padre Fort contou a Luis e a Johnny sobre Von Eschenbach hoje. A ideia era, em essência, a mesma. Tão literal quanto. Para ambos, o continuador de Chrétien de Troyes apontou o norte da Espanha como esconderijo medieval do cálice da Última Ceia.

— Muito me admira, dom Aristides — eu disse, sem perder o sorriso.

— Sabem, na realidade a prova de tudo isso se encontra no nome dos lugares. Faz séculos que vai de boca em boca sem que ninguém tenha se dado conta. Se confiarem em mim, mostrarei que os topônimos da região são como livros abertos. Está tudo neles.

Vinte minutos mais tarde, dom Aristides estava como copiloto em meu carro, guiando Ches pela estreita estrada que une Jaca ao remoto mosteiro de San Juan de la Peña. Não parou de falar nem um minuto. De fato, sua conversa nos fez esquecer a sensação de ameaça constante com que convivemos nos últimos dias. Satisfeito, passou metade do trajeto invocando um diálogo de Platão, o *Crátilo*, no qual um personagem discute com outro o verdadeiro valor dos nomes. Enquanto ostentava sua cultura humanística e se posicionava a favor do protagonista e de sua máxima ("conhecer o nome significa saber o que a coisa é"), explicou que ali até as montanhas falam do graal. Para ele, cada um dos vocábulos empregados a fim de dar nome a este território é uma prova de sua existência.

— Senão, por que chamariam estas montanhas de "*sierra del Gratal*"? — disse ele, indicando algum ponto no velho mapa que me entregara. — E por que o fabuloso cume onde se esconde San Juan de la Peña recebe o nome de "Peña Oroel"... "El-Oro", "O Ouro"? A que ouro se refere, senão o do Santo Cálice?

Sacudimos a cabeça, perplexas.

— Não se preocupem — disse ele, inacessível a nosso ceticismo. — Eu lhes mostrarei uma última evidência.

Depois de várias outras curvas, perto de uma ampla região de grama, ele nos pediu que abandonássemos a estrada principal e estacionássemos na pracinha de um povoado afastado, de ruas de paralelepípedo e telhas de pedra, que parecia acabar em uma igreja fortificada nas afóras de uma pequena zona urbana. Aquele enclave se chamava Santa Cruz de la Serós.

— Prestem muita atenção nesse nome, senhoras — advertiu. — É fundamental.

Fico emocionada ao recordar.

Foi aí que tudo aconteceu.

No meio da rua principal, dom Aristides nos explicou que "serós", como "soror", é uma antiga derivação da palavra latina *sorores*, "irmãs", pois nesse lugar as irmãs do primeiro rei de Aragão e Pamplona, Sancho Ramírez, ergueram um convento e um templo formidáveis, onde, segundo a tradição local, protegeram o graal durante décadas.

À primeira vista, o conjunto nos impressionou.

A igreja românica era um edifício maciço, de silhares envelhecidos, solenes, incomumente alto para os padrões arquitetônicos do fim do século XI. No meio do nada, com um impressionante mutismo, suas paredes se elevam ao céu como se competissem com os cumes da região. Naquela praça aquecida pelo sol, o silêncio era ensurdecedor. Aristides o rompeu enquanto nós nos aproximávamos do templo:

— Recordando o que Chrétien, Von Eschenbach e todos os imitadores escreveram, o graal sempre aparece levado por donzelas de imaculada pureza. Pois bem, senhoras, donzelas desse tipo foram justamente as que viveram aqui. Este foi o lugar das senhoras do Santo Cálice. Provavelmente, o recinto em que Perceval viu pela primeira vez a tigela resplandecente do rei Pescador...

— As senhoras do graal? — Sobressaltei-me, levantando o olhar ao campanário.

Apesar do calor que fazia, senti um ligeiro calafrio. A expressão "senhoras do graal" me lembrou as pinturas do MNAC e o que David e Pa nos contaram ontem.

— Não pensem que a existência dessas senhoras é um mito. É história — cortou-me, alheio a meus pensamentos, enquanto nos convidava a chegar mais perto da igreja. — Aqui moraram as donzelas mais nobres do reino. As únicas com dignidade suficiente para conduzir uma relíquia tão sagrada como o cálice de Cristo. A primeira foi dona Sancha, filha de Ramiro I e irmã de Sancho Ramírez, viúva do conde de Urgel. Sancha viveu neste lugar até 1097. Em seu túmulo, inclusive, foi representada segurando um objeto rugoso, grosseiro, que bem poderia ser a "pedra do graal" citada por Eschenbach.

— Algo como o que se vê no capitel de São Sisto? — Dei de ombros.

— Sim. Algo assim. De fato.

Ches olhou para dom Aristides mais hesitante que nunca.

— E como em Jaca, também neste lugar é possível admirar a marca da presença dessa relíquia — acrescentou ele. — Um cristograma. O de La Serós é tão magnífico quanto o que as senhoras viram ontem. Talvez mais!

Dom Aristides nos conduziu, então, à entrada do templo, na face oeste da construção. Sua fachada estava na sombra, escurecida pelo resto da estrutura. Um soberbo portal românico protegido por um telhadinho com dossel xadrez resguardava, de fato, um cristograma gasto.

— Aí está. O sinal do graal. O que me dizem agora? — Sorriu.

Ches e eu o examinamos com interesse. A magnífica peça, talhada em um único bloco, presidia a entrada do templo, irradiando como um sol sobre o horizonte.

— Na Idade Média, a presença do verdadeiro graal era anunciada com esse símbolo — disse ele, solene. — Os leões representam as forças opostas, visíveis e invisíveis, que combatem para que jamais o encontremos... Ou, pelo contrário, para que, uma vez conquistado, gozemos dele por toda a eternidade.

*Portal ocidental do antigo mosteiro de Santa María
de Santa Cruz de la Serós, Huesca.*

Observamos a cena mais uma vez. O cristograma exibia as mesmas oito pontas que o de Jaca, aquelas que tanto chamaram atenção de Pa e David. No entanto, diferentemente do que vimos ontem, esse estava em estado de conservação muito mais delicado. O penitente caído sob as patas de um dos leões fora substituído por uma margarida enorme, como as de Jaca, e havia inscritas algumas letras latinas quase apagadas pelo tempo. Os caracteres alfa e ômega estavam talhados em lugares distintos, assim como a serpente ou o "S" que aparecia do lado direito do desenho.

— Senhoras — interrompeu-nos dom Aristides—, esse pórtico encerra uma lição magistral. Ele nos ensina que o graal não é apenas um objeto físico, e sim algo mais.

O rosto vincado do quase octogenário guia resplandeceu de repente. Levado por um entusiasmo crescente desde que deixamos o hotel, ele tirou os velhos óculos de armação tartaruga e deixou que seus olhos pálidos pela idade nos examinassem de cima a baixo.

— Seríamos uns tolos se a partir daqui só buscássemos um objeto tangível — disse ele. — Não podemos ignorar o fato de que o graal é também uma via de conhecimento. Von Eschenbach sugeriu isso em seu poema. E a inscrição que está na frente das senhoras confirma tal hipótese.

— O se-senhor pode ler isso? — pediu Ches, baixando o celular com o qual começara a fotografar o relevo.

— É só questão de vista boa, senhorita. — Um vislumbre de orgulho apareceu no tom de voz do diretor.

— Por favor. O que diz? — instei.

— A inscrição em volta do círculo é a mais interessante. — Pigarreou, erguendo os olhos para o cristograma. — "Eu sou a porta" — traduziu. — "Por mim passam os pés dos fiéis. Eu sou a fonte da vida."

— Soa bem graálico, realmente.

— E a legenda horizontal, a que está no dintel, é ainda mais: "Corrige-te primeiro para que possas invocar Cristo" — acrescentou.

— Diz "para que possas invocar Cristo"? Tem certeza? — Inclinei a cabeça, surpresa, olhando-o de soslaio. — Não diz "para que possamos invocar" ou "para que a Igreja possa invocar"? A frase está dirigida diretamente ao fiel?

— Isso mesmo, senhora. E fico muito feliz que perceba esse detalhe extraordinário. Concede ao que cruza a porta o privilégio de se dirigir ao filho de Deus sem necessidade de mediador. E isso, à época, em termos eclesiásticos, deve ter sido uma anomalia. Por muito menos queimaram os albigenses décadas depois.

— E como o senhor interpreta essa... anomalia? — indaguei, segura de que dom Aristides já tinha uma resposta pronta.

— Bom. — Ele acariciou o queixo. — É evidente que, para os que levantaram este templo, o graal não dava apenas a vida eterna, como também, sobretudo, a possibilidade de falar diretamente com Deus. Se pensarmos bem, os dois privilégios são bastante parecidos. Quem consegue se dirigir a Deus se põe por um momento à altura Dele. Vivencia o tempo e o espaço infinitos que Ele habita. Torna-se eterno. Imortal. E esse é o principal dom garantido pelo graal, a senhora não acha?

Senti uma ligeira tontura ao escutar essas palavras. Impressionada, sentei-me entre as jambas daquela porta para refletir sobre o que acabara de ouvir. A igreja estava praticamente vazia. Um frescor emanava de dentro dela. Só uma garota de uns dezoito ou dezenove anos se encontrava atrás de uma mesa cheia de folhetos da região, aguardando que decidíssemos comprar um ingresso. A moça reconheceu dom Aristides, cumprimentou-o e deixou que tivéssemos um tempo antes de entrar.

Para mim foi bom. Ainda não tinha compreendido o último comentário do diretor do Museu Diocesano; então, em um minuto, animada diante daquele giro em seu discurso, eu me atrevi a perguntar de que forma algo como um cálice ou uma tigela facilitaria a comunicação com o divino.

— Talvez tenha existido uma tigela de pedra chamada "graal" — concedeu, sentando-se ao lado. — Talvez até seja o que hoje é conservado em Valência. No entanto, mesmo que isso seja verdade, e Sangorrín tivesse razão, esse objeto não passaria de natureza morta para o propósito último do graal.

— Natureza morta? O que o senhor quer dizer?

— Pois exatamente isso. O cálice é um objeto inerte. Um legado submetido às leis da física, condenado ao envelhecimento e à destruição, mais cedo ou mais tarde.

— Continue — instei.

— Para que o graal fosse considerado a maravilha descrita pelos trovadores, não bastaria que fosse um objeto tirado da mesa de Nosso Senhor. Deveria ser um instrumento que fizesse algo sublime *per se*. Algo que acendesse o coração daqueles que se aproximassem dele, como aconteceu com os apóstolos quando receberam o Espírito Santo. Só assim, e seguindo o que é sugerido nos primeiros textos que falam dele, uma alma pura poderia aproveitar esse objeto e empregá-lo para falar de igual para igual com Deus. E é justamente isso (a manifestação da energia, não o graal em si) que é verdadeiramente difícil de encontrar.

Senti que aquelas palavras ressoavam fundo em mim.

— Na realidade, entender isso é simples. — Dom Aristides, de repente convertido em hierofante do lugar, em professor de noções ocultas, olhou fixamente em meus olhos. — Vou dar um exemplo: um celular sem bateria tem pouca utilidade, não é? A energia de que estou falando é para o graal o que a bateria é para esse telefone. Sem essa energia invisível, mas necessária, o objeto nunca revelará sua verdadeira função. Devemos, portanto, aprender a "carregá-lo" e então...

— E como se consegue essa energia? — interrompi.

— Bom. — Ele sorriu. — Precisamente para isso havia lugares como este.

— Como este? O senhor se refere a esta igreja?

— Na realidade — titubeou —, talvez seja mais correto dizer à sacristia desta igreja.

Elevação de Santa María de Santa Cruz de la Serós
A sacristia se levanta sobre a nave central

Dom Aristides deixou o termo flutuando entre nós.

— A sacristia? Mas o que é a sacristia? — reagi.

— A senhora ainda não reparou como este templo é peculiar quando contemplado a partir de fora? Não viu como é alto, mas como parece compacto?

— Vi, claro. Impossível não notar.

— Isso é porque à estrutura tradicional de um recinto românico, em geral de baixa altura, foi acrescentado um quarto secreto sobre a abóboda principal. E não foi por capricho, acreditem. Trata-se de um cômodo pequeno, que antigamente era acessado por uma escada de cordas e onde a tradição afirma que as senhoras do graal faziam suas invocações. Os ritos que eram celebrados lá não aparecem descritos em nenhum relato, embora seja inevitável supor que serviam ao propósito de iluminar o graal tal qual sugerem Von Eschenbach e Chrétien de Troyes.

— E onde está esse lugar?

— Bem acima das senhoras. Olhem. — Apontou.

De fato. Uns sete ou oito metros acima de nossa cabeça, encostado ao muro setentrional da igreja, vislumbrei um vão mais ou menos do tamanho de uma pessoa. Até o buraco, subia uma escada de caracol feita de ferro e com degraus de pedra, cujo acesso estava bloqueado por uma mesa com folhetos e exemplares da última missa.

— E as senhoras do graal subiam lá? — Engoli em seco.

— Sim, provavelmente por uma escada muito mais instável que essa, querida. — Ele sorriu.

— Não quero imaginar...

— Aí iluminavam o graal e depois saíam em procissão com ele até o Montsalvat de San Juan de la Peña. O templo de La Serós, senhoras, deve ser entendido como uma montanha artificial dotada de uma câmara de invocações que iluminava a tigela com algo que as oradoras lhe concediam.

Aquela revelação – imaginem – me impactou. *Uma montanha artificial.* Tremi. *Um lugar para conferir* spiritus *a um objeto.*

— E acha que... Bom... — Elevei a vista até o estreito buraco da escada. — Acha que podemos visitar?

— O aposento secreto? A sacristia? — Dom Aristides sorriu. — Sem dúvida. Agora não é mais um lugar proibido. Está aberto a turistas. Podem subir. Se ainda tiverem forças, claro.

Dei uma olhada na minúscula portinhola pendurada nas alturas do templo e hesitei. Seria capaz de fazer isso?

49

Três toques de leve nos arrancaram da leitura dos *Diários* de Lady Victoria. De início, custei a identificar a origem daquele som. Procediam de algum canto do quarto, para além da cama e de minha mochila. Pa olhou para mim distraída, como se eu devesse saber o que era aquilo.

— Não vai atender? — perguntou.

Os toques soaram de novo. Vinham do telefone sem fio que estava na mesinha de cabeceira.

Levantei os olhos do notebook e me virei naquela direção. Minha alma me pedia para ignorar aquela interferência e prosseguir com a peripécia de Lady Goodman. Ela anunciara ter visto algo extraordinário. Que acabara de "acariciar a essência do verdadeiro graal". No entanto, Paula insistiu.

— Atende.

— Ninguém fora do grupo sabe que estamos aqui — repliquei.

— Por isso mesmo. Talvez seja importante.

A contragosto, eu me levantei, dei uma olhada de frustração para o texto aberto na tela e atendi ao telefone.

— David? — Era uma voz de mulher.

— Sim. Sou eu. Quem é?

— Graças a Deus! — soltou, com alívio. — Sou Alessandra Severini. Nós nos vimos hoje de manhã no Montjuïc.

— Sim... Claro — hesitei. Olhei para Pa e, ao ver que continuava vendo o computador, decidi ir à varanda da suíte para falar melhor.

— Procurei vocês por todos os lados — acrescentou, com urgência. — Por sorte, antes de desaparecerem, sua colega disse em que hotel estavam.

— Mas... — A imagem da professora Alessandra, loura oxigenada, silhueta mais para gorda e rosto carregado de maquiagem me veio à mente com nitidez. — Diga, em que posso ajudar? Aconteceu alguma coisa?

Paula, ainda sentada, fez menção de se aproximar, mas eu a contive com um gesto de "um momento". Apontei o caderno de Guillermo em cima da cama, e ela entendeu que podia aproveitar a interrupção para dar uma olhada nele enquanto eu terminava a conversa. Por nada no mundo eu queria que ela continuasse lendo o texto de Lady Victoria sem mim.

— David, escute — insistiu Alessandra, tirando meu foco. — Você corre perigo. E sua amiga também. Eu vi.

— O quê? — Devo ter ficado pálido ao notar seu tom. — Tem certeza?

A ligação falhou.

— Você vai achar estranho o que vou dizer, mas hoje de manhã, quando fugiram da cerimônia, tive uma visão muito clara: o mal os espreita — soltou. Aquela frase, de fato, soou loucura. Extemporânea. Indiferente a meu silêncio, porém, ela continuou: — O que aconteceu com você quando desmaiou na fonte não foi acidental. Eu conheço bem esse tipo de desfalecimento. Na realidade, você recebeu uma advertência do além. Um aviso. Se não quiser acreditar, tudo bem, mas pelo menos ouça suas sensações. Há um antigo mal que encarnou e está buscando o fracasso de vocês. Hoje à tarde eu pus as cartas para descobrir mais alguma coisa sobre ele e... saiu o arcano da morte. Duas vezes. Estou preocupada.

— Um... um momento — interrompi, comprovando que Pa não nos escutava. Necessitava saber algo. — Você disse que *viu* tudo isso?

— Exatamente, querido. Tenho o dom de ver o que ninguém vê.

— Você viu isso assim como mais cedo viu Guillermo Solís nos rondando? Tive a impressão de ouvi-la suspirar.

— Exato.

— A senhora deve compreender que ainda estou me acostumando com esse tipo de afirmação...

— Eu sei, eu sei. Ao mesmo tempo, sei que não é a primeira vez que você ouve falar dessas coisas, não é verdade, querido?

A vidente tinha razão. *Não era a primeira vez*, pensei, ainda na varanda da suíte, enquanto olhava para Paula, que já havia se apropriado do caderno de Guillermo e começava a folheá-lo deitada em minha cama.

— Precisamos nos encontrar — acrescentou, imperativa. — Tenho que falar com vocês e lhes entregar algo para que possam se proteger do mal.

— O quê? Não precisa, eu...

— Hoje à noite, às oito em ponto, antes de fecharem o cemitério do Montjuïc, espero diante do túmulo de Amalia Domingo Soler.

— Mas...

Minha tentativa foi inútil. A professora Alessandra decidira não me escutar.

— Pode ir com sua amiga, se quiser — acrescentou.

E desligou.

50

— Quem era? — perguntou Pa, assim que me viu entrar no quarto.

Na realidade, foi uma reação automática, quase instintiva, porque nesse momento se encontrava abstraída no caderno que eu pedira que examinasse. Olhei para ela e hesitei. Desde o encontro com Alessandra Severini, o incidente do desmaio e nossa detenção no MNAC, tentávamos recuperar a confiança mútua. De repente, supus que, se voltasse a mencionar a professora, a sombra daqueles momentos regressaria e ficaria pior.

— Era da polícia — menti. — Queriam se assegurar de que havíamos dado nossos dados corretos.

— Sei... — admitiu, como se no fundo não se importasse com a resposta. Sua atenção estava focada em algo bem distinto. — Você viu isto?

As mãos de Pa manuseavam a caderneta de Guillermo com impaciência, detendo-se de vez em quando. As páginas rangiam. Seu olhar dançava animado entre algarismos e anotações que, para mim, de onde estava, eram ilegíveis. Curioso, eu me aproximei, fazendo que não com a cabeça.

— Encontrou algo interessante?

O caderno estava escrito quase até a última página. Assim como a agenda, o dono havia se encarregado de enchê-lo com uma letra apertada, meticulosa, caligrafada com canetas de várias cores, deixando grandes margens ao lado dos parágrafos, as quais depois preenchia com desenhos ou sinais de exclamação. Ali se distinguiam esboços do pantocrátor de Taüll, das tigelas de San Pedro El Viejo, de Burgal ou de Estaón. E listas de nomes e números. Listas por todos os lados.

— Só li algumas páginas, aqui e ali— admitiu.

— E...? — perguntei, sobrepondo minha impaciência à curiosidade dela.

— Bom... Veja. No fim do caderno tem um adesivo da Biblioteca Nacional de Madrid, daqueles que nos entregam quando nos cadastramos. Tem a data de 6 de julho, dois dias antes de sua morte.

E acrescentou:

— Parece que consultou as obras de um autor britânico. Alguém do começo do século XX. Um contemporâneo do Padre Sangorrín. Veja. Ele o menciona aqui. — Apontou o que parecia uma ficha bibliográfica escrita à mão. — Sir Oliver Lodge. Você conhece?

— Lodge? — Recordei. — Acho que foi um cientista.

— Sim. É o que diz aqui. — Leu: — "Depois de assombrar o mundo nos fins do século XIX com o primeiro experimento público de telegrafia sem fio da história, dedicou-se a investigar os mistérios do cérebro humano". Guillermo se interessou especialmente por um livro dele publicado em 1929... Este. — Indicou uma linha. — Foi intitulado *Por que creio na imortalidade da alma**.

— E diz por que chamou a atenção dele?

— Ah, sim, sem dúvida. Guillermo incluiu um resumo. Ao que parece, Sir Oliver Lodge acreditava que o cérebro humano era uma espécie de receptor, como os de rádio. E que tudo o que consideramos ideias, deduções ou genialidades são, na realidade, sinais de fora.

— Parece muito com o fogo invisível, não?

---

* Oliver Lodge, *Por qué creo en la inmortalidad personal*. Madrid: M. Aguilar, 1929.

— Pensei a mesma coisa — concordou. — De fato, isso de que quando criamos acessamos conteúdos que estão em algum lugar lá fora parece muito a nuvem dos modernos dispositivos eletrônicos. Johnny falou muito sobre isso.
Não sei se entendi direito.
— Nuvem?
— Na realidade, estou me referindo à origem das ideias, David. O lugar em que todas elas repousam. Só que, em vez de usar uma senha para acessá-las, você usa esse fogo.
— E os números? — perguntei, indicando as margens da caderneta, ocupadas por cálculos numéricos.
— Não tenho nem ideia.
Lembrei, então, que Guillermo havia escrito algo sobre o número oito em algum lugar. Eu tinha visto de relance no escritório da dra. Cortil, e fiquei curioso para saber se minha ideia de que o dígito oculto nos cristogramas era uma alusão às oito igrejas dos Pirineus com tigelas ardentes também ocorrera a ele.
Pedi o caderno a Paula e comecei a procurar aquelas páginas.
— O que está fazendo? — perguntou, admirada. — Quer ajuda?
— Guillermo anotou algo sobre o número oito em algum lugar...
Paula sorriu.
— Essas anotações estão no meio da caderneta. Contam que na época dos primeiros cristogramas, no começo do século XI, o Papa Silvestre II decidiu introduzir os números arábicos na cristandade. Também explica que a operação de substituição culminou durante as cruzadas, já na época de Chrétien de Troyes, cem anos mais tarde...
Rastreei as páginas de que Paula falava. A coincidência, sem dúvida, era significativa.
Em seguida, localizei um enorme oito arábico, filigranado, esquemático, antigo, que ocupava o centro da folha. Ao lado, aparentemente sem muito sentido, Guillermo havia incluído um esquema do cálice de Valência idêntico ao que Luis e Salazar haviam enviado ao *Diários do Graal*.
— Parece que, no começo, os cristãos não viam nesses números valor matemático, só um desenho. Estavam tão acostumados a usar os números romanos que esses algarismos novos eram interpretados em termos simbólicos. E no oito... Adivinha o que vislumbravam?
Não respondi. Parei um segundo para imaginar essa situação. Pensei em como eu mesmo via grafismos como os kanjis japoneses. Ou os ideogramas chineses. Ou os hieróglifos maias... Voltei a o olhar aquelas anotações e as analisei com cuidado. Tornei a contemplar o oito e a taça, a taça e o oito...
Foi então que vi.

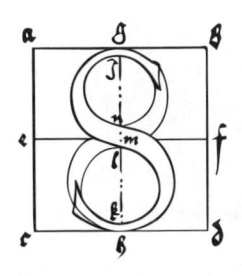

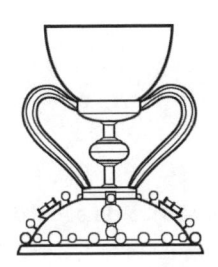

— Meu Deus! O oito é um graal!

Paula assentiu, satisfeita.

— Guillermo descobriu que nas terras pirenaicas o desenho do oito era interpretado como a união de dois elementos opostos – um dirigido ao céu e o outro, à terra –, tal como as tigelas de pedra do Santo Cálice se encaixariam durante sua permanência em San Juan de la Peña.

Eu ia dizer algo, mas Pa me deteve.

— Se você observar, o que mais o interessou nesse simbolismo foi o ponto de intersecção do oito, no qual os óvalos superior e o inferior se comunicam. Sabe como ele chama isso nessas anotações?

Neguei com a cabeça, desconcertado. Então, foquei em uma pequena palavra rabiscada com um traço limpo na cintura daquele oito e li.

"Ônfalo."

Eu sabia exatamente o que significava.

— Caramba... — murmurei. — Então Guillermo descobriu que o graal servia para comunicar mundos.

Paula fez uma careta que, de primeira, eu não soube interpretar.

— Comunicar mundos? — repetiu, arrebatando-me a caderneta. — As anotações que tirou do livro de Lodge também falam disso. Estão no fim. Veja aqui: "A inspiração e as ideias geniais surgem quando o cérebro se converte em receptor. E este funciona sempre melhor em contato com lugares especiais que favoreçam o trânsito entre mundos".

— Lugares especiais... — Sim, um lampejo interior me fez compreender algo além. — Não era num desses lugares que Lady Victoria estava prestes a entrar?

Paula se virou de repente para o computador. O TOR continuava aberto justo onde nós havíamos deixado.

— É claro!

Nós nos lançamos à tela.

51

Diários do Graal
Postagem 5 (continuação). 5 de agosto, 18h40
Convidado

Dei uma olhada naquela minúscula porta pendurada nas alturas do templo e hesitei. Seria capaz de fazer isso? O vão gravitava a uma altura considerável, além do conveniente para minhas forças.

— Tem certeza de que quer subir, senhora? — questionou dom Aristides, com certa cautela.

Eu já havia decidido.

— Acha que não sou capaz? — Eu o desafiei. — Não se preocupe. Subirei. E sozinha.

Talvez devesse ter sido mais prudente, admito. Tenho as articulações dos joelhos delicadas, e escalar nunca foi meu forte. No entanto, uma coisa é padecer de uma lesão própria da idade, e outra muito distinta é que um homem questione suas capacidades depois de tentar você com o graal.

Intrigada pelo que o diretor do Museu Diocesano havia dito sobre a sacristia, encarei a escada mais árdua que subi na vida. Aquele caminho começava bem atrás da pia batismal. Era de degrau incômodo, com o piso estreito, o espelho desconfortavelmente alto e tão reduzido que quase era preciso subir de lado. A garota que cuidava do lugar nos olhou com cara de quem não entende por que uma senhora com minha idade poderia se interessar por um lugar como esse, mas não questionou.

— Tenha cuidado — foi tudo o que disse enquanto dom Aristides e Ches vigiavam meus passos. — Se a senhora cair, o médico mais próximo mora a vinte minutos daqui.

Eu não caí. Nem sequer tropecei. De fato, alcancei o misterioso aposento depois de desembocar em outro corredor ascendente, ainda mais estreito e escuro, que nascia dentro da estrutura da nave, oito metros acima do nível do chão. Assim que foi possível levantar a cabeça e esticar os braços – dezenove árduos e irregulares degraus acima –, soube que o esforço valera a pena.

Era um aposento circular, um pouco irregular, situado sobre a vertical do cruzeiro da igreja. Ali poderia ter se reunido meia centena de "guardiãs do graal", sem problemas. Era amplo, iluminado por várias janelinhas verticais seladas com lâminas de alabastro e cheirava a ambiente há muito fechado.

Com a sensação de ter pisado em uma sala secreta, busquei o teto. O pé-direito era mais alto do que eu imaginava. Compreendi que o mais valioso do lugar devia ser precisamente aquela abóboda octogonal, harmônica e perfeita, assentada sobre quatro colunas que ainda conservavam os velhos capitéis decorados.

Os capitéis falam, recordei.

Impressionada, aproximei-me e os examinei, sem deixar escapar nenhum detalhe.

À primeira vista, não notei nada chamativo. Não sou uma especialista em arte românica, mas foi estimulante verificar que os personagens – montados sobre cavalos ou subidos a torres ameadas – mostravam o mesmo penteado de frade de São Sisto da catedral de Jaca. Pareciam feitos pela mesma mão. A cena mais conservada mostrava um maravilhoso anjo Gabriel com uma túnica na qual se identificavam todas as dobras e os pespontos. Muito sério, o enviado do Senhor contemplava uma mocinha ajoelhada, de belos olhos amendoados, que só podia ser Maria logo antes de ficar grávida. Seu rosto refletia submissão. E temor. Todo um prodígio para um canteiro que precedia em vários séculos Michelangelo Buonarroti, o inigualável Michelangelo.

Foi quando fiquei na ponta dos pés para examinar aqueles olhos que senti o que Henry James, em seu maravilhoso livro de fantasmas *A outra volta do parafuso*, chamou de "estado de espírito".

Não tenho expressão que descreva melhor. Nem referência literária tão justa.

Foi algo parecido com o ensimesmamento de quem vê uma ópera da qual não entende palavra, até que misteriosamente domina o enredo.

Uma revelação.

Uma espécie de sopro.

Uma epifania, talvez.

O fenômeno começou com uma suave corrente de ar que acariciou minhas costas. A sensação, gélida, breve, me fez afastar a vista do capitel e olhar para trás.

Cheguei a pensar que o tempo tinha mudado e que estava armando um temporal. Às vezes acontecem essas coisas nos Pirineus.

Ainda não consigo explicar como não me assustei, porque o que vi quando me virei era para ter me feito gritar e voltar para a igreja, rolando escada abaixo.

De repente, juro, o quarto não era o mesmo. Ou não exatamente o mesmo.

Soa estranho. Sou bem racional. Mas foi o que aconteceu.

Num piscar de olhos, "alguém" havia coberto as paredes da sacristia de estandartes de cor grená.

Era absurdo. Eu sabia. Minha mente gritava que era impossível, mas meus olhos me diziam o contrário. "Alguém" ou "algo" havia colocado um candelabro em cada canto e coberto o chão com esteiras e grandes almofadas. E, como se não bastasse, uma espécie de melodia monótona, quase imperceptível, começou a sossegar o ambiente, envolvendo-me numa estranha melancolia.

Pensei que estivesse alucinando. Que devia ter desmaiado por causa do calor, que minha mente divagava sem controle.

Mas não. Aquilo era real.

Até mais real que a realidade.

Ainda assim, o que me deixou de fato pasma estava por acontecer.

De repente, a apenas quatro ou cinco metros de onde eu estava, uma senhora vestida com uma túnica azul, ajustada com cordões e que lhe caía até os pés, me encarava com os olhos intemporais de quem estava lá havia uma eternidade.

Eu me senti morrer.

A mulher estava em pé, quase do lado oposto, a cabeça coberta por um véu e os braços estendidos como se segurassem algo.

Fiquei paralisada, sem mover um músculo. Então ela, alheia a minha surpresa, aproximou-se, lenta e majestosa, como se atravessasse um cenário e atuasse diante de um público invisível.

Garanto que não foi um delírio. Tampouco um sonho. Eu soube assim que o ar se encheu de um forte cheiro de incenso, inundando tudo com sua fragrância. E as alucinações não têm cheiro!

Aquela senhora se deteve ao meu lado.

Com prudência, eu a cumprimentei. Fiz isso levantando a mão direita. Ela não reagiu.

Era como se não quisesse falar comigo.

Como se não estivesse de todo ali.

Sei, de novo, que é difícil acreditar.

Eu mesma duvido de meu juízo enquanto escrevo.

No entanto, como se minha mente tivesse ligado os pontos de um desenho incompleto, compreendi que aquela senhora, a mulher da túnica azul, "tinha que ser" uma das senhoras do cortejo do graal descrito por Chrétien de Troyes.

Nunca lhes aconteceu de, ao tentar pôr em palavras algo com que sonharam, as frases soarem simplesmente ridículas?

É assim que me sinto ao descrever isso.

Não importa.

Ainda falta contar o mais impressionante.

Confusa, mas ao mesmo tempo cheia de alegria, venci os centímetros que me separavam da donzela e pousei a mão no braço dela. Ao contato, experimentei um surpreendente alívio. Por um momento, pensei que podia se tratar de um fantasma, mas eu a toquei! Era real! Tão real que reagiu, e seu rosto inexpressivo se animou como se acordasse de uma profunda letargia.

O que aconteceu a seguir foi o que mais me inquietou.

Quando a senhora cravou os olhos nos meus, eu a reconheci. E quando digo que a reconheci, afirmo isso além de qualquer dúvida racional.

Era Beatrice Cortil.

Sim. Eu sei. É estranho.

Muito estranho.

Estranhíssimo.

Onírico.

Quase surrealista.

No entanto, juro que não estava dormindo; estava tão consciente quanto estou agora de que Beatrice se encontrava naquele momento em Barcelona, provavelmente conversando com David e Pa sobre as pinturas de Taüll.

Infelizmente, não falou comigo.

De fato, não disse nada.

Limitou-se a mostrar o que carregava. Na realidade, ela não o tocava diretamente, mas por intermédio do tecido do manto, e o segurou à exata altura para que eu o examinasse com atenção.

Isso também foi extraordinário.

O objeto era uma tigela.

Uma pequena e bem talhada tigela de pedra translúcida, cor de sangue, que, como em *Li contes*, irradiou uma assombrosa luminosidade que encheu a sacristia de brilhos furta-cor.

Assombrada, eu me aproximei do recipiente. O que vi dentro dele me deixou extasiada.

No fundo, como se flutuasse, identifiquei uma espécie de símbolo. Um anagrama estranho. Como um "A" sem o tracinho transversal ao qual tivessem acrescentado uma estrela. Ele me lembrou de imediato o desenho que já faz tempo o avô de David me dera; ele o havia recebido de Valle-Inclán quase um século atrás. O símbolo esquemático de uma montanha com uma luz em seu interior.

Uma montanha... artificial.

Ao levantar os olhos e buscar os de Beatrice para pedir uma explicação, não sei como dizer... A senhora começou a escurecer.

Não entendo.

Beatrice – ou quem quer que fosse aquela senhora – começou a perder brilho de modo inexorável, como se suas células se tornassem cinzas e se diluíssem na escuridão do meio. Tive a impressão de que a donzela se apagava de dentro para fora, e eu, que já havia me livrado do braço dela, notei que a temperatura da sacristia despencava, fazendo-me tremer da cabeça aos pés.

A última coisa que ela fez foi levantar o braço direito e, abrindo a mão, esticar o indicador e o dedo médio para o céu, como se me indicasse aonde olhar. Acima dela, porém, não havia nada.

Nada.

Isso aconteceu mais ou menos ao mesmo tempo que ouvi a voz alarmada de dom Aristides Ortiz me chamando por um buraco da escada.

— A senhora está bem? — Eu o ouvi gritar. — Por que não responde? Está ficando tarde!

Então, virei-me para onde acreditava que a mulher do graal estava e, com o coração saindo pela boca, descobri que o aposento voltara a estar como no princípio. Pedra nua. Sem estandartes nem esteiras, nem Beatrice nem música relaxante... Nada!
Como?
Não sei.
Eu me senti desorientada. Confusa. Ignorante sobre o que acabara de acontecer comigo.
— Não se preocupem, estou bem! — gritei, ainda comovida. E, tateando, desci de volta ao mundo dos vivos.
Digam-me a verdade: O que acham? Estou louca?
De onde vem tudo isso?
De minha cabeça?
Ou são sinais?
E, nesse caso, sinais de quê? Ou de quem?
Um forte abraço a todos.
Respondam logo, por favor.

52

— O que vamos fazer?
Não percebi de imediato quão imperiosa era a pergunta de Pa.
— Parece que ela teve um dos ataques epilépticos — respondi, com calculada imprecisão, tratando de encontrar sentido para o que acabáramos de ler.
— Mas David... Ela viu Beatrice Cortil!
— Isso é impossível e você sabe. A dra. Cortil está morta.
— Exatamente! — Um leve tom de pânico apareceu em sua réplica. — Você não se dá conta? Nós não contamos... E ela acabou de encontrá-la como se fosse um fantasma. E se tivesse conseguido abrir esse ônfalo de que o caderno fala? — perguntou, brandindo mais uma vez a caderneta de Guillermo.
Aquilo me fez reagir.
— O que você quer dizer?
— Que... que ela viu alguém que está do outro lado desta realidade — soltou, levando as mãos ao rosto, como se aquela simples ideia a horrorizasse.
— Talvez tenha sido uma alucinação. — Tentei contê-la. — Um efeito colateral do estresse. Ou algo da epilepsia...

— Uma alucinação em que aparece justo alguém que acabou de morrer? Eu apostaria que até a hora da morte da dra. Cortil coincide com a da visão de Lady Victoria coincidem.

— Também não sei se significa alguma coisa.

A resposta não a convenceu. Ela fez uma expressão de desagrado, como se meu diagnóstico da situação fosse superficial e simples, impróprio de alguém inteligente. Depois, ela me deu as costas. Notei uma perturbação profunda. Levantou-se do sofá em que estávamos, fechou as cortinas da varanda para impedir a passagem do sol da tarde e, após tropeçar algumas vezes no tapete e em uma mesinha baixa do quarto, dirigiu-se ao frigobar para procurar algo. Escolheu uma garrafinha de gim e uma água tônica; serviu-se numa taça com algumas pedras de gelo e mexeu sem esperar.

— Quer um? — perguntou, bufando. — Eu preciso de algo forte.

Olhei para ela atônito, pois era a primeira vez que a via beber algo além vinho, e neguei com a cabeça.

— Desculpe. — Com o primeiro gole, recuperou certo prumo. — Esse assunto está me deixando nervosa. Faz meses que presencio as crises de Lady Victoria e nenhuma foi tão... tão impactante.

— Escritores são pessoas especiais. Com imaginação fértil. Acredite em mim, sei por experiência. Se tivessem alucinações, com certeza lhes custaria distingui-las da realidade — insisti.

— Tenho certeza de que não foi alucinação, David — disse e indicou a tela ainda ligada do computador. — Lady Victoria realmente encontrou algo. Ativou algo. Seu graal pessoal, talvez.

Suas palavras, apesar de sérias, soaram vazias. Tive a impressão de que só estava assustada e queria se convencer do próprio argumento.

— Não me olhe assim! — grunhiu. — Não é a primeira escritora que passa por algo assim.

— A que está se referindo?

As pupilas de Paula se dilataram na penumbra.

— Acho que Lady Victoria já falou de Valle-Inclán para você. Dom Ramón também buscou acender seu fogo invisível, seu graal interior, e acabou tão absorvido pelas próprias visões, tão embebido de ideias que não sabia de onde vinham, que recorreu a médiuns como seu avô para conseguir isso. Ansioso, buscou lugares de "inspiração" para se conectar com o sublime e, agora compreendo, recorreu à montanha artificial do Retiro para se iluminar. Depois dele existiram mais buscadores desses ônfalos. — Arqueou a sobrancelha, como se recordasse algo importante. — Outros autores famosos tiveram visões desse tipo. Alguns inclusive perto de San Juan de la Peña. Você não vai acreditar, mas...

— Outros escritores em San Juan de la Peña? Quais? — interrompi.

Paula terminou outra volta completa no quarto e, fazendo girar a taça, disse:

— Unamuno, por exemplo.

— Unamuno?!

— Miguel de Unamuno — assentiu, tomando um gole. — Outro clássico das letras espanholas. Ao lado de Valle-Inclán, talvez o autor espanhol mais influente do começo do século XX.

Eu já sabia algo sobre Unamuno. Meu avô tinha suas obras completas em nossa casa de Dublin. Alguma vez me falou sobre ele, admirado de como fundira ideias políticas e literatura, enfrentando as injustiças de seu tempo, procedessem elas do rei ou dos ditadores que a Espanha teve. Foi um escritor racionalista, republicano, adepto do socialismo e, ao mesmo tempo, um homem de fé comedida... Uma mistura que minha mente situava nas antípodas de uma visão em um santuário cristão dos Pirineus.

— E o que aconteceu com ele? — perguntei, preparando-me para qualquer revelação.

— Já idoso, quatro anos antes de morrer, viajou a Jaca. Percorreu castelos, igrejas, cenóbios e mosteiros como se buscasse algo que tivesse perdido. E viu alguma coisa. Ou acreditou ver. Fosse o que fosse, um deslumbre o impressionou o suficiente para escrever um artigo para o jornal *El Sol*, insinuando ter tido uma visão extática. Estudei esse texto na faculdade. Tinha quase me esquecido de como fiquei surpresa.

Eu a incentivei a continuar.

— Nosso professor de literatura medieval nos entregou esse artigo para analisarmos — prosseguiu. — Unamuno admitiu que teve uma "nuvem de visões"* perto de San Juan de la Peña, como se fossem sombras saídas do Inferno de Dante. Não foi muito explícito na descrição, mas disse que graças a elas compreendeu que aquela rocha era a porta para um mundo distinto, espiritual.

— Então... Pode ser o lugar o que provoca essas visões? — perguntei.

— Não tenho certeza. Talvez se trate de algo que se aninha na mente de alguns criadores — sugeriu, com os olhos brilhando de excitação. — Poe, Doyle, Yeats, Valle-Inclán, Unamuno, talvez Twain... Todos conviveram com essas sombras interiores. E, se quase nunca falaram ou escreveram abertamente sobre isso, foi por terem sido experiências inefáveis, impossíveis de compartilhar. Solitárias. Quase intransferíveis.

— Se existissem certos lugares que ativassem essas visões — murmurei, dando voz a meus pensamentos —, isso explicaria o que acabou de acontecer com

---

* Miguel de Unamuno, *El Sol*, 4 set. 1932.

Lady Victoria em La Serós. Até meu desmaio de hoje de manhã no Montjuïc teria sentido. Falaríamos de espaços capazes de afetar certos cérebros. — E, quase sem me dar conta do que dizia, acrescentei: — Se estivermos certos, o que Guillermo descobriu foi muito além desse graal nas pinturas de Taüll. Ele deve ter se dado conta de que no mundo antigo os lugares para se conectar com o transcendente foram indicados com sinais e legendas. O graal seria mais um. Talvez o último antes da chegada do pensamento racional.

Pa parou de andar pelo quarto, deteve-se e me olhou como se eu fosse um intruso. Primeiro se admirou, mas logo uma euforia súbita pareceu devorar as nuvens que a haviam ensombrecido até esse momento. Após regressar ao bar, serviu-se de outra bebida; em seguida, mostrou-me uma garrafinha de uísque e preparou uma segunda taça com gelo, para mim.

— Sim? Você não acha que Lady Victoria e eu estamos loucas? — Sorriu. — Admite que o graal pode ter servido para marcar lugares onde esses transes eram alcançados na Antiguidade?

— Bom... — A bebida queimou minha garganta, levando-me a responder. — Digamos que já estou preparado para aceitar isso. Mas, na realidade, só existe uma forma de saber.

Os olhos de Pa me olharam expectantes.

— Qual?

— Vamos fazer um experimento — eu disse, certo de que o que estava prestes a propor era uma loucura. — E se fôssemos à Font Màgica do Montjuïc e verificássemos se esse ônfalo continua funcionando? A professora Alessandra não disse que era um umbral para outros mundos?

— Você pretende entrar outra vez em transe lá?

— E por que não? Seria uma espécie de *incubatio*. Tenho experiência.

— Mas você disse a Lady Victoria que suas "incubações" tinham sido uma prática frustrada.

— Não importa — repliquei. — Vale a pena tentar.

— Não sei... — Tomou o último gole de gim-tônica. — Tenho medo.

— Medo?

Uma expressão estranha, diferente de qualquer outra que eu tivesse visto em Pa antes, instalou-se em seu rosto.

— Medo por você, David — respondeu. — O que lhe aconteceu lá hoje de manhã, o que aconteceu com Lady Victoria, é... tão estranho. Duas pessoas já morreram... E você... Você...

— Talvez você e Lady Victoria tenham razão, e algo em mim esteja despertando — interrompi. — Talvez seja esse dom de meu avô.

— Está bem. Mas você é importante para mim, sabia? Eu não suportaria que acontecesse nada de ruim com você — murmurou, levando as mãos ao rosto.

Fiquei em silêncio. Ela também. E, tomado por uma súbita ternura, aproximei-me de Pa e afastei as mãos dela, com cuidado. Seus olhos, convertidos em uma fresta, me olharam envergonhados. Provavelmente pensou que não devia ter dito aquilo. Que o álcool lhe pregara uma peça. Mas disse. E eu afastei uma mecha de seu cabelo com delicadeza e beijei suas pálpebras com suavidade, primeiro uma, depois a outra.

— Obrigado — sussurrei. — Também não deixarei que nada de ruim aconteça com você.

Ela exalou um profundo suspiro. E eu, levado por uma força que estava reprimindo havia vários dias, decidi que já era hora de fazer o que desejava desde que ela me conduzira ao parque do Retiro.

Eu a beijei.

Os lábios de Paula se fundiram com os meus, um pouco surpresos por aquela nova aproximação. O beijo se prolongou e, um segundo antes de eu decidir me afastar, sua boca se aferrou à minha com uma paixão que me pareceu doce e explosiva ao mesmo tempo. Senti alívio ao me deixar levar por essa impressão e não me sufocar por nenhum pensamento turvo. Acho que nesse instante nós dois compreendemos que seria mais fácil ceder ao desejo que nos rondava havia dias que tentar racionalizar aquele turbilhão.

Eu a apertei entre meus braços, já sem pensar em criar distância, e desci por seu rosto.

Pa correspondeu, sem inibição. Nós nos movemos pelo quarto escuro, dançando ao som de um ritmo invisível que derrubou as taças vazias e o notebook, fazendo rolar as últimas pedras de gelo pelo tapete. Ela afundou as mãos em meu cabelo, pressionando com força seu corpo miúdo contra o meu.

De repente, nada pareceu nos atrair mais que a enorme cama que presidia o cômodo. Havia sido primorosamente preparada com colchas e grandes travesseiros brancos que não demoraram a enfeitar o chão. Com a respiração ofegante e sem deixarmos de nos beijar, arrancamos a roupa um do outro.

A roupa não foi a única coisa que perdemos. Perdemos também a razão.

A camiseta *J'adore* foi parar do outro lado do quarto. Pa correspondeu desabotoando, com pressa, minha camisa. Quando terminou, sem dizer nada, voltei a atraí-la para mim e a beijá-la com paixão. Eu a peguei nos braços e a deitei com delicadeza sobre os lençóis de algodão enquanto ela lutava com os últimos botões.

Aquele verde insondável, estontenante, de seus olhos brilhava como esmeraldas na amortecida luz da suíte!

Tirei seu sutiã e a percorri com desejo. Era muito mais linda do que eu podia imaginar. Logo se livrou da calça e da calcinha, apenas movendo as pernas, até ficar completamente nua.

Não hesitei. Afundei o rosto na curva de seu pescoço, encontrando a tatuagem que ainda não havia visto. Era um "A" quebrado, que de imediato associei ao bilhete que Valle-Inclán enviou a meu avô e ao que Lady Victoria visualizara naquela igreja dos Pirineus. "O que é isso?", eu ia perguntar. Mas o instinto me deteve. Minhas mãos preferiram deslizar por seu corpo até alcançar a parte de dentro de suas coxas.

— David...

Meu nome soou como súplica em seus lábios.

— Paula — respondi. — Pa...

Pronunciei o nome dela com deleite, decompondo em minha boca as sílabas. Lembrei-me do dia em que confundi o diminutivo com o de um rapaz e sorri diante da ironia daquele encontro. Com o olhar iluminado, voltei a beijá-la, certo de que, se avançássemos por aquele caminho, a dor, a desconfiança e os equívocos que tínhamos enfrentado desde que nos cruzamos se apagariam.

Paula aceitou cada beijo, cada carícia, cada avanço. Deixou-se levar quando minha boca percorreu seus seios e desci por seu ventre. Então notei como se retesava de prazer, até que me coloquei sobre ela, buscando com um desejo atávico a união de nossos corpos.

— Olhe para mim — pedi, enquanto entrava nela.

O momento da união foi tão doce que estremeci ao descobrir como as lágrimas afloravam em seus olhos.

— Deixe que sua alma voe... — sussurrei.

Ela abriu os olhos como nunca tinha feito, e eu caí na escuridão de suas pupilas.

Seu corpo se integrou ao meu com uma naturalidade maravilhosa, compassando-se ao som de uma melodia invisível que nos manteve unidos durante um tempo infinito. Acho que nesse instante perdemos contato com o mundo. Nossas almas voaram e se reconheceram além do físico, dissipando todo o pensamento racional enquanto alcançávamos juntos o clímax.

Eu nunca havia experimentado nada parecido – juro por tudo o que é mais sagrado. A magia desse instante nos fez sentir plenos. Durante o tempo em que nos sincronizamos, houve algo entre nós, uma alma, uma energia que fez que nos reconhecêssemos além do explicável. Essa força se deixou ver por apenas um instante, mas sua imagem ficou gravada a fogo em minha memória.

Quando tudo terminou, ofegante, Paula se afastou de mim, se virou e cobriu os olhos com o braço... Compreendi que queria prolongar a visão interior que eu também vislumbrara.

Ficou em silêncio. Eu tampouco quis pronunciar palavra. No entanto, durante um bom tempo, notei sua agitada respiração e intuí cada um de seus pensamentos, como se nossas almas conectadas participassem da mesma energia.

Eu me virei na direção dela e a abracei pelas costas, pela cintura. Não vi seu rosto, mas ela entrelaçou seus dedos com os meus, aferrando-se a eles.

Permanecemos ali, deitados, com a brisa do Mediterrâneo entrando pelas frestas da cortina, acariciando nossos corpos, até que finalmente adormecemos.

53

Vinte para as oito, meus olhos se abriram. O quarto continuava imerso numa agradável penumbra, e apesar de ainda faltar mais de uma hora para o sol se pôr, seu escasso fulgor tingia tudo de um discreto brilho dourado.

Não demorei nem um segundo para entender o que tinha me despertado. Alessandra Severini.

A professora havia marcado um encontro conosco às oito em ponto, e Paula ainda não sabia disso. Eu a vi tão relaxada e tranquila depois de uns dias tensos que senti a obrigação de preservá-la do que quer que a professora fosse compartilhar conosco. Vê-la seria enfrentar outra vez a escuridão das últimas horas, e eu não desejava isso para Pa.

Vai ser melhor para ela ficar, decidi, maravilhado diante de seu perfil nu abraçado ao travesseiro. Eu me levantei com cuidado e, sem fazer barulho, rabisquei um bilhete num bloco que havia na mesinha.

Você é maravilhosa, Pa.
Vou à academia. Busco você às dez para jantar. Fique em meu quarto, por favor. Não suportaria não ver você nesta noite.

Depois, fechei a porta com cuidado.

À hora combinada, um táxi me deixou na porta principal do cemitério do Montjuïc. Pensei que chegaria atrasado, mas o trajeto durou apenas dez minutos. Era surpreendente que esse mar de túmulos estivesse tão perto do hotel e, ainda mais, que o terreno compartilhasse a área com galpões, guindastes e contêineres de multinacionais navais. O contraste parecia deliberado. Dava o que pensar. De um lado da estrada bramavam as sirenes dos cruzeiros e borbulhava a febril e incansável ambição humana de prosperar e vender. Do outro, o eterno sossego daqueles que já não necessitavam de nada.

Busquei a administração do lugar. Demorei a perceber que eram dois módulos pré-fabricados, alinhados alguns metros depois do ponto de táxi.

Um empregado jovem com jeito de estagiário me recebeu solícito e se ofereceu para me ajudar. Pedi e ele digitou o nome de Amalia Domingo Soler no sistema: mais de cento e cinquenta mil sepulturas, indexadas por identidade, data e confirmação de pagamento em dia.

Ao encontrar a ficha pela qual eu havia perguntado, sorriu.

— Descansa no setor dos espíritas — anunciou, com calculada formalidade.

— Setor dos espíritas? — Fiquei surpreso de que existisse algo assim. — É fácil de encontrar?

— Sim, sim — assentiu, entregando-me um mapa do cemitério e indicando com marcador vermelho uma área cheia de ruas e rotatórias. — Nós estamos aqui. E o túmulo que o senhor busca está aqui.

Tive a impressão de que marcava um ponto muito afastado da entrada.

— Não se preocupe — disse ele. — É bem perto, e agora que já está fresco o passeio é agradável.

Eu agradeci, não muito convencido, peguei o mapa que ele me oferecia e me pus a alcançar meu destino o mais rápido possível.

O cemitério estava deserto. Era impressionante.

De ambos os lados da ampla costa asfaltada que eu subia, vi estacionados alguns carrinhos de jardineiro, mas nenhum funcionário trabalhando. Os túmulos que apareciam no caminho eram mausoléus antigos que provavelmente não recebiam as lágrimas de ninguém havia uma eternidade. Um templo de colunas piriformes e um exuberante gradeado modernista descansava ao lado de outro conjunto escultórico mais sinistro, no qual um esqueleto de mármore segurava o corpo inerte do dono da tumba. Anjos, parcas, deposições de Cristo, senhoras cobertas por sudários de pedra, santos de difícil identificação e cruzes, centenas de cruzes, marcavam o caminho.

O passeio agradável lembrava um enorme jardim de ruas cuidadas, muitas delas sinuosas, separadas segundo épocas e estratos sociais. Os burgueses ricos do século XIX pareciam agrupados de um lado, na zona alta com vista para o mar. Os cidadãos ilustres da cidade, do outro. Clérigos e membros de ordens religiosas estavam alinhados em um terceiro lote. E no fim, espíritas, maçons e demais famílias suspeitas estavam amontoados nas margens de um meandro de asfalto um pouco mais estreito que o restante, sombreado por árvores que pareciam desfrutar de um solo ao qual, me estremeci só de pensar, jamais faltariam os nutrientes.

Naquele lugar reinava uma lógica que me escapava. Um ar histórico por um lado e íntimo por outro. Se prestássemos atenção, podíamos ler a biografia recente de Barcelona e imaginar sem esforço toda a dor que se encerrava ali.

Por que a professora Alessandra marcou comigo num cenário como este? Quando alcancei um grupo de eucaliptos, eu a vi.

Sua silhueta emergiu ao longe. Estava em pé, debaixo da sombra de uns ciprestes sem poda, com o olhar perdido num nicho branco e as mãos estendidas, segurando algo que daquela distância não reconheci. Distingui que estava usando um terno bastante elegante, mais parecido com o de uma funcionária de banco que com roupa de vidente, muito mais discreto que a bata que vestia na véspera. Foi seu cabelo louro e bagunçado que a destacou no ambiente.

Apertei o passo até ela deixando para trás uma coleção de epitáfios que, de repente, teria gostado de examinar com mais atenção.

"Aqui jaz o envoltório corporal de um homem honrado."

"Agora que desencarnou, está livre para sempre."

— David... Graças aos céus que você está aqui. Por um momento pensei que não se atreveria. — A professora se virou assim que notou minha presença. — Veio sozinho?

Assenti. Ela não fez mais perguntas.

Alessandra esperava diante da sepultura de Amalia Domingo Soler. Li seu nome gravado na pedra de mármore que ela estivera olhando. Vista de perto, a lápide mostrava a efígie de uma mulher de certa idade com cabelo preso num discreto coque. Segurava uma pena enquanto olhava para a frente, e uma cabeça surgida do nada parecia lhe sussurrar algo às costas. A imagem, pela peculiaridade, chamou-me atenção. Como nos outros túmulos do setor, este não exibia uma cruz nem outro símbolo cristão. "Aqui estão guardados os restos da célebre escritora espírita Amalia Domingo Soler", li bem abaixo do número do nicho, 35.

— Minha tia-avó foi uma grande mulher. Eu a admirei muito, sabe?

— Compreendo perfeitamente. Sinto o mesmo por meu avô.

— Minha família acredita que eu tenha herdado seu dom para ouvir as vozes... — Começou, vendo meu interesse pela "cabeça sussurrante" gravada no mármore. — E eu as ouço mesmo, mas infelizmente não herdei seu dom para a escrita.

— Vi como falou dela na conferência — respondi.

— Ah, é claro. — Assentiu. — O que nunca conto é que uma vez por ano trago a ela este cofre com seus pertences mais queridos.

A vidente baixou o olhar e acariciou o objeto que segurava. Tive a impressão de que estava prestes a se justificar pelo estranho lugar escolhido para o encontro, mas, em vez disso, fez-me ver que o objeto era a mesma caixinha damasquinada que levara ao Palácio de Congressos de Barcelona da primeira vez que nos encontramos.

— Você vai achar absurdo — acrescentou. — De tempos em tempos, trago estas coisas para que ela não fique com saudades e saiba que estão bem guardadas.

Nesse momento, tratando de ser cortês, estendi a mão para cumprimentá-la, mas ela, em vez de apertar a minha como eu esperava, depositou o cofre na prateleira do nicho e pegou minha mão, colocando-a virada para cima.

— Eu sabia. Você é uma criatura muito especial, David — cochichou, analisando a palma. — Tem o monte da lua bem proeminente. Veja esta linha. E estes dermatóglifos em forma de estrela. Hum... Isso indica uma mediunidade bem marcada. Justo o que eu imaginava... Eu também tenho. E Amalia também.

— Mas...

— Mas nada. — Continuou olhando.

— Professora — interrompi, sério, recuperando minha mão e sem compreender nenhuma palavra daquele jargão —, vim até aqui, como a senhora pediu. Disse que queria nos prevenir de um perigo. Que queria me dar alguma coisa...

— Sim, é claro. Você tem razão. Não há tempo a perder. As sombras nos espreitam.

Alessandra, então, deu uma olhada para um lado e para o outro, como se aguardasse a chegada de mais alguém. Era absurdo. Não havia ninguém. Estávamos sozinhos. Essa foi só uma curiosa maneira de sublinhar suas palavras. Uma sagacidade que, naquele contexto, encheu-me de uma inquietude fria e incômoda.

— Espero que o que vou entregar baste para protegê-los.

— O que isso quer dizer?

— Você e sua amiga estão sendo perseguidos — prosseguiu. — Eu não sou cega. Vi ontem quando acabou a conferência, da primeira vez que nos cruzamos, e de novo hoje de manhã. Não teria dito nada não fosse o fato de um dos perseguidores... Bom... — A professora Alessandra reprimiu um suspiro. — Um deles eu conheço muito bem. E é temível. Ele matou Guillermo.

Fui tomado por um calafrio profundo, doloroso. Alessandra tinha muitas coisas a esclarecer sobre sua relação com Guillermo, mas, em vez de perguntar a respeito disso, decidi sondar até onde ela sabia.

— Guillermo Solís apareceu morto em Madrid há pouco menos de um mês. Sem sinais de violência — eu disse.

— Quem os persegue não mata com violência visível. Limita-se a arrebatar a vida. Venha. Vou explicar. É uma energia tenebrosa que muda de forma continuamente, que tem os homens de que necessita para cumprir seus propósitos e cuja única obsessão é afastar as pessoas sensíveis e criativas como você do caminho da luz.

Ela me puxou pelo braço sem me dar opção de réplica e me pediu que a acompanhasse ladeira abaixo, enquanto comentava sobre a certeza de que nós, humanos, temos na verdade quatro olhos. Disse exatamente isso. E acrescentou que na África, entre os *nganga* de Camarões, isso era algo sabido.

— Dois olhos nós abrimos ao nascer, e os outros dois só se abrem quando morremos — acrescentou.

Disse, ainda, que algumas pessoas vêm ao mundo por acidente com os quatro olhos abertos e que, quando isso ocorre, elas são capazes de ver os mortos e esse tipo de energia que, segundo ela, nos espreitava.

— Vocês devem ter se aproximado de algo muito importante — disse. — Caso contrário, não estariam tão interessados assim em vocês.

Dei uma olhada adiante. Aquela mulher me levava pelo meio do mato, pisando em túmulos.

— Sabia que o Obscuro só aparece quando alguém se aproxima demais da luz?

— O Obscuro? — Eu olhei para ela tentando não pisar em nada que não devesse. — Como assim?

Suas pupilas se dilataram.

— O Obscuro, o Misterioso, o Vagueante, o Frustrador, o Inimigo... Você mesmo mencionou um homem obscuro da última vez que nos vimos, lembra? Você estava em transe. Tinha os quatro olhos abertos! Devia saber que o que os vigia é conhecido por todos esses nomes. Minha tia-avó lutou contra ele há cem anos e perdeu. Naquela época, a coitada não sabia que os escritores eram um coletivo especialmente vulnerável a sua presença, e muito menos que alguns deles terminaram devorados por seu apetite de luz.

Parou de repente quando voltamos a pisar no asfalto. Algo nublou sua expressão. Ao mesmo tempo, percebi que formulava uma nova frase.

— Ah... — Suspirou. — Você é escritor, não é?

— Eu não diria isso, mas meu avô foi. — Mordi o lábio para não dar muitos detalhes.

— Eu sabia!

Alessandra deve ter captado o susto em meus olhos. Sua menção explícita ao Frustrador, mesmo termo tomado de Yeats que veio a meus lábios quando Pa e eu falávamos de meu avô, deixara-me boquiaberto. Lerdo, balbuciei algo sobre sua antepassada e ela retomou seu discurso descrevendo como Amalia havia sido infeliz por viver numa época em que os homens dominavam a literatura e ninguém a levava a sério, exceto, talvez, o dândi Valle-Inclán. Eu quis saber mais, mas ela só disse que, durante uma dessas viagens a Barcelona, o exótico autor de *Luzes da boemia* confessou que também havia visto o Obscuro por perto várias vezes. Principalmente, acrescentou, enquanto escrevia seu livro mais incompreendido, *A lâmpada maravilhosa*, no qual despejou suas visões místicas com certa ambiguidade e teorizou sobre a origem sublime do pensamento literário. Foi o livro que, de acordo com Lady Victoria, o próprio dom Ramón obrigou meu avô a ler quando o recrutou por suas habilidades visionárias. O mesmo que, conforme indicou Alessandra, sem entrar em mais detalhes, continha pistas sobre como sair do tempo e chegar à criação verdadeira, evitando o Obscuro com a luz obtida pela inspiração. O Obscuro. Um inimigo que Valle-Inclán chamou de "sombra do desconhecido que nos acompanha".

Meu assombro, contudo, multiplicou-se de verdade quando, em vez de me entregar o que quer que fosse para dar por terminado aquele encontro, a vidente mudou o semblante e me observou com um olhar dominador, intenso, que me fez sentir transparente como vidro, incapaz de lhe ocultar qualquer coisa. Seus olhos se converteram em dois traços pouco separados. Parecia mirar o sol, mas, na realidade, não tirava a vista de mim. Murmurou duas ou três onomatopeias sem sentido e, sem mais nem menos, perguntou por meus pais.

— Você não é órfão. Seus pais continuam neste plano. Certo?

— Meus pais? — repeti, temendo outra revelação. — Minha mãe vai se casar no mês que vem.

— E seu pai?

A pergunta me incomodou bastante. *Meu pai?* Senti um estranho aperto no estômago.

— Não sei… Na realidade, não sei nada dele há anos.

— Pois eu o vejo, querido. Está rondando você… — disse, muito séria, enrugando a testa e levando as mãos às têmporas. — Eu o sinto como uma presença remota que de repente se ativa. Um homem dominado pelo Obscuro, que tenta se livrar dele e ajuda você.

— Ele está vivo? — perguntei, dissimulando uma angústia antiga, bem adormecida em mim. Os quatro olhos de Alessandra pareciam treinados para ver mortos, e isso me assustou.

— Sim. Está — sentenciou, muito séria. — De fato, ele o acompanha desde que você embarcou nesta busca. Você não percebeu?

— Meu pai está perto de mim?

A professora fechou os olhos, travando as mandíbulas.

— Eu o sinto mais próximo do que você imagina.

— Impossível!

Alessandra abriu os olhos. Por um instante, temi tê-la ofendido.

— Querido — soltou, surpresa —, o que vocês estão buscando?

Talvez por instinto, sabendo que já não poderia me livrar da pergunta, pus as mãos nos bolsos e dei de ombros. Nervoso, apalpei o celular e o cartão magnético do quarto do hotel, além de um papel dobrado que eu tinha esquecido por completo. E em vez de responder à pergunta, buscando uma desculpa com a qual evitar dar alguma informação sobre mim, tirei o que acabou sendo uma folha mal dobrada.

Ela assistiu à manobra, admirada, sem pestanejar.

— Essa é a resposta? — perguntou.

Quando terminei de desdobrar o papel, vi o que era: os ingressos da *Parsifal* a que Beatrice Cortil e Guillermo Solís nunca puderam assistir.

Para minha surpresa, Alessandra se alvoroçou ao compreender do que se tratava.

— Francesc Viñas! — exclamou.

A professora havia se detido na frase em negrito, na qual se anunciava a homenagem a esse artista. Eu, atônito, fiz que não com a cabeça, mas não adiantou. A vidente já tinha a resposta.

— Agora entendi tudo. — Sorriu, enigmática. — Se o que você busca está relacionado a ele, não pode ir embora daqui sem ver algo.

54

Devia faltar pouco para o cemitério fechar quando Alessandra apertou o passo e me puxou, como se de repente tivesse pressa. O barulho dos saltos ecoava nos muros que deixávamos para trás. As sombras dos túmulos eram cada vez mais alongadas, e a brisa marinha nos golpeava fria. Em breve, anoiteceria.

Enquanto atravessávamos aquela colina semeada com a morte, ela me lembrou de que não devíamos nos despedir sem que me entregasse o que levara para mim.

— É fundamental — murmurou.

E, convicta, previu que eu encontraria utilidade assim que o recebesse. Eu assenti mais por cortesia que por convencimento; na verdade, impaciente para sair dali e voltar para Pa.

A vidente se deteve no meio de uma curva pronunciada com vista para os velhos edifícios portuários de Barcelona.

— É aqui. — Suspirou. — Chegamos.

Atrás de nós, cresciam paredes inteiras de nichos e uma suave subida cheia de mausoléus um pouco mais solenes. Nenhum deles me chamou atenção.

— O que quero que você veja está bem à esquerda — disse ela.

Eu me virei esperando encontrar um cartaz indicativo ou o início de algum caminho, mas o que vislumbrei quase me fez desmaiar. A apenas alguns metros de onde estávamos, um conjunto escultórico dominado por uma enorme cruz de pedra protegia o lado mais agudo daquela paragem. Parecia monumento de uma praça pública, não um túmulo. Eram três figuras masculinas formidáveis, de tamanho natural, fundidas em bronze, com evidentes sinais de abandono. A do meio, situada numa espécie de pódio, vestia uma túnica longa ajustada por uma simples corda, e segurava uma taça com asas idêntica às das imagens do Santo Cálice que Luis e Johnny haviam nos enviado a noite anterior.

Caso me restasse dúvida de que aquele objeto era uma representação do graal, abaixo do "celebrante" estava inscrito, em letras maiúsculas:

PARSIFAL

Alessandra, que observava atentamente minha reação, percebeu a surpresa.
— Sabe o que é? — perguntou.
Neguei. Na frente do monumento não identifiquei nenhum nome nem data que desse uma pista.
— É o sepulcro de Francesc Viñas. O tenor dos ingressos. — Sorriu, misteriosa.
E acrescentou:
— E então? Vai me dizer de uma vez o que estão buscando?
Pedi um minuto para examinar aquela maravilha. O que buscávamos, reconsiderei, era o mesmo que Guillermo: compreender como fazer funcionar o verdadeiro graal, encontrar esse elemento visível que permite o acesso ao mundo superior, algo que havia custado a vida dele. No entanto, não tive coragem de contar a ela. Verbalizar algo assim fora da Montanha Artificial me parecia arriscado demais.

Vendo que eu não dizia nada, Alessandra Severini se animou a me explicar algo que eu já havia visto: que o cálice que a estátua de Parsifal segurava era uma réplica exata do "Cálice da Ceia" da catedral de Valência. A professora lançou, ainda, outro detalhe que eu, então, ignorava por completo: que o proprietário do monumento, após representar a ópera de Wagner em inúmeras ocasiões, acabou tão obcecado por essa relíquia que até escreveu um livrinho sobre o tema.
— É uma raridade para os bibliófilos — sussurrou.

Ia perguntar pelo título daquele trabalho quando um novo achado me distraiu. Na parte traseira, encontrei o único acesso ao interior do monumento. Uma portinhola de metal, selada, do tamanho justo para que coubesse um ataúde. E o que me atraiu mesmo foi que tivesse um anagrama em relevo fundido que ocupava quase toda a obra.

Parsifal segura o Santo Cálice de Valência no túmulo do tenor Viñas, no cemitério do Montjuïc, Barcelona.

Um cristograma de oito eixos.

— As verdades mais cobiçadas são sempre seladas atrás de grandes símbolos, diz a teoria dos segredos — sussurrou Alessandra, notando minha expressão de surpresa.

Eu me virei para ela. Ouvi bem? Ela se encontrava tão perto de mim e o lugar estava tão silencioso que era impossível tê-la interpretado mal.

— A senhora conhece a teoria dos segredos? — titubeei, encadeando um assombro atrás do outro.

— Claro que conheço, querido. E Francesc Viñas também conhecia. Assim como Valle-Inclán. E minha tia-avó Amalia. E com certeza seu avô. E Guillermo. Senão, por que você acha que ele veio me ver? Todos sabiam que, ao alcançar um conhecimento essencial, você está condenado a não compartilhá-lo mais que com os seus. Com os que percorreram antes o caminho que o levou a alcançá-lo e que sabem valorizá-lo.

— Com os seus... — Mastiguei o termo por um instante. — Curiosa forma de dizer.

— Você não precisa mais me dizer o que buscam. Eu já sei, querido. — E, levantando os olhos para o graal de bronze, acrescentou. — O graal é uma meta muito alta. É normal que o Obscuro siga seus passos.

Então, abrindo o cofre que carregava, extraiu dele uma corrente de prata com uma medalha do tamanho de uma moeda de um euro.

— Agora, sim, tenho certeza de que você precisa disto — disse. — Leve sempre com você. Ela o protegerá.

Peguei aquele objeto e examinei com curiosidade. Parecia um velho amuleto, similar aos que eu havia visto tantas vezes no Museu de História de Dublin sem prestar muita atenção. No relevo, achei um sinal familiar. Aquele "A" quebrado parecia muito com o que Lady Victoria vira no fundo do graal em Santa Cruz de la Serós. E, claro, era o mesmo símbolo que Paula tinha tatuado no pescoço.

— Minha tia-avó o chamava de "Sinal dos Oito". — Alessandra, alheia a minhas conjeturas, observou como eu o analisava. — Amalia dizia que era feito com oito traços que se repetiam várias vezes até o infinito. Oito caminhos. Oito trilhas. Oito vias. O oito lhe recordava o símbolo do infinito, a Lemniscata dos matemáticos. Evocava nela o enorme poder dos emblemas conectados a nossa busca. E, principalmente, tinha-o como um sinal que a protegia do...

— ... do Frustrador? — interrompi.

Alessandra concordou, não muito surpresa.

— Sim. É isso.

— E sabe de onde ela o tirou?

A professora negou antes de recorrer a um tom pesaroso para matizar a resposta.

— Isso eu ignoro, David. Ela dizia que o amuleto não era seu. Que era uma marca pela qual os buscadores da luz se reconheciam. Que só o tinha em depósito, à espera de que alguém o merecesse mais que ela. Eu sempre suspeitei que lhe tivesse sido confiado por Valle-Inclán em algum dos encontros que tiveram. Ele era galego, e isso tem um ar celta. Insistia que o medalhão guarda uma mensagem que só emerge se o dono entender o símbolo e o transcender. Se a alma voar ao contemplá-lo e captar seu significado olhando lá do alto.

— Obrigado. — Engoli em seco enquanto abria o fecho da corrente e a colocava no pescoço. — Tentarei estar à altura da dona anterior.

— À altura, exatamente. — Sorriu. — Sabe? Eu não disse isso de voar só por dizer. Esta era uma das frases favoritas de minha tia-avó: "Deixar a alma voar".

Assenti, mas não disse nada.

Eu tinha ouvido essa mesma frase de Lady Victoria. Paula também a havia pronunciado, atribuindo-a a meu avô e, antes ainda, ao próprio Ramón del Valle-Inclán. Eu inclusive tinha me apropriado dela havia apenas algumas horas. No entanto, ouvida ali, aos pés daquele Parsifal de bronze, sob a sombra de seu inesperado graal, adquiriu outras nuances. Talvez mais graves. Eu começava a vislumbrar uma trama de conexões sutis que não sabia se eram reais ou produto de uma imaginação que tinha começado a disparar. Teria gostado de perguntar a Alessandra por que no dia anterior mencionara Lady Victoria em sua palestra no Palácio de Congressos, mas não encontrei oportunidade. Tampouco a interroguei sobre sua relação exata com Guillermo. Nem tive a perspicácia de indagar mais sobre aquele Sinal dos Oito, que, de imediato, associei aos oito eixos do cristograma de Jaca, às oito margaridas de seu interior, às oito igrejas pirenaicas com pinturas graálicas guardadas no MNAC ou ao oito arábico, imitação do mesmíssimo graal com o ônfalo no centro. Tantas evocações – e a incômoda sensação de intuir por que Pa nunca quis me falar sobre a tatuagem – me deixaram reflexivo. Angustiado. Sem vontade de dizer nada.

Paula sabia mais do que havia me contado. Muito mais. Ela era, de algum modo, parte desse segredo.

Nesse momento, nem Alessandra nem eu percebemos que, do alto da montanha, uma grande van Mercedes preta descia devagar até nós. Estava escurecendo, e não havia luzes. Quando notamos a presença, já estava em cima de nós. Os vidros escurecidos impediam identificar o condutor. Supomos que fosse um veículo do serviço funerário. Passou sem que prestássemos atenção.

A van se deteve em plena curva, a apenas alguns metros de onde estávamos.

A partir desse instante, tudo aconteceu muito rápido.

A porta do veículo correu com estrondo. Só tivemos tempo de ver sair dali dois indivíduos vestidos com camisa e calça pretas, óculos escuros e balaclava cobrindo o rosto. A penumbra do anoitecer não nos ajudou a compreender quem eram ou que intenções tinham, e antes de que pudéssemos reagir, eles avançaram sobre nós e nos imobilizaram.

A imagem do Obscuro que eu vislumbrara em meu transe reviveu, paralisando-me.

Vi a professora Alessandra resistir diante de mim, enquanto um daqueles caras a arqueava para trás de modo ríspido. Com uma precisão que parecia fruto de treinamento profissional, pressionou o rosto dela com a mão aberta, empurrando-lhe a cabeça com violência para trás.

Vai dar um mata-leão, pensei, alarmado.

Não havia visto o golpe desde meus tempos de estudante de artes marciais. Feito com muita força, podia ser mortal.

A vidente deixou escapar um lamento surdo, mas não pude fazer nada. Meu agressor me deixava sem respirar da mesma maneira, enquanto se esforçava para cobrir meu rosto com o antebraço. Minhas artérias palpitavam desesperadas para bombear algo ao cérebro.

Estava quase desfalecendo.

E eu sabia exatamente o que aconteceria.

A última coisa que vi foi como Alessandra desmoronava, pálida, com o rosto inexpressivo, sem soltar um grito sequer. O cara que a segurava percebeu que sua resistência havia cessado e a deixou cair pela sarjeta, onde rolou até ficar inerte, com a cabeça virada numa posição estranha, ao lado do número do mausoléu de Francesc Viñas. Outro 35. *Três mais cinco, oito*, raciocinei, no cúmulo do absurdo.

— Você a matou? — Ouvi uma daquelas sombras dizer.

— Não se preocupe. Essa não incomodará mais — respondeu a outra.

Aquelas palavras, carregadas de uma raiva profunda, pareceram-me familiares, mas minha mente não teve tempo de explorar por quê.

Em seguida, tudo ficou obscuro.

55

Não sei quanto demorei para acordar, mas, quando consegui, foi dificílimo abrir os olhos. Minha garganta estava seca, os músculos das pernas, duros, eu sentia uma dor pungente no antebraço direito e outra que ia e vinha na base do pescoço.

Assim que reuni a força necessária, apalpei a área dolorida. Só então me dei conta de que estava com a corrente que a professora Alessandra me dera. O perfil metálico havia fincado em minha carne e deixara uma ferida que devia ter sangrado bastante, a julgar pela camisa, que estava pegajosa.

As imagens do que ocorrera relampejaram confusas em minha mente.

Aquela medalha, deduzi, *havia sofrido o primeiro impacto do mata-leão e muito provavelmente tinha salvado minha vida.*

Quando por fim foquei o olhar, vi que não estava mais no cemitério. Haviam me acomodado no assento traseiro de uma ampla van e me prendido com o cinto de segurança. Minha vista se deteve um instante no espaço vazio à esquerda, na caixa do sedativo com o qual supus que tinham me feito desmaiar – Flunitrazepam –, em minha mochila e na mala de Paula, assim como em um livro de grande formato, velhinho, no qual acreditei distinguir um nome, Antonio Beltrán, e logo abaixo *O santo cálice da catedral de Valência*. Não tive tempo de processar aquele detalhe, porque quando ergui os olhos encontrei algo que não esperava. À outra janela do veículo estava Paula, como uma boneca quebrada, inconsciente, com a cabeça afundada no peito.

Pa? Um calafrio me percorreu de cima a baixo. *O que ela está fazendo aqui?*

No assento do carona viajava um indivíduo cujo nariz de gancho e a barba, quase esculpida, reconheci: Johnny Salazar.

Johnny?

Sacudi o corpo, tratando desesperadamente de compreender o que significaria tudo aquilo.

— Johnny?

Quis pronunciar seu nome, mas de minha garganta só emergiu um grunhido ininteligível.

O engenheiro se virou para mim e me olhou com desprezo, afastando o cabelo do rosto.

— Nosso querido Percival acordou... — anunciou, olhando para a frente.

— Assegure-se de que a droga fez efeito — respondeu quem estava ao volante.

— Droga — sussurrei ao compreender que tinha uma dose no corpo.

A dor do antebraço ficou mais aguda.

— Nós avisamos, imbecil. Você deveria ter ficado longe dos caprichos de Lady Goodman — disse ele, dando em meu rosto umas palmadinhas que eu mal senti. — Agora não tem mais jeito.

— Á... gua. Águ... a — supliquei.

Aquilo ele entendeu. Johnny vasculhou numa mochila que tinha ao lado e me entregou uma garrafa de água mineral. O líquido desceu com dificuldade, mas ajudou em minha recuperação.

— O que... que estão fazendo? — O entorpecimento na boca me obrigou a tossir.

— Somos os cavaleiros que querem evitar que você dê um mau passo, lembra? — respondeu a voz que dirigia e que, na hora, já reconheci.

Era Luis Bello. *Luis Bello?* O ex-beneditino, respeitado professor de história da música e maestro, tinha tirado os óculos escuros, transformando-se de repente numa espécie de fera satisfeita por ter caçado a presa do dia.

Por um segundo, achei que era um grande engano. Um pesadelo.

— Como vocês me... encontraram?

Minha cabeça, porém, foi incapaz de assimilar a situação.

— Na realidade, nós nunca os perdemos de vista — resmungou. — Não é verdade, Johnny?

— Verdade. Como você é palerma. — Notei que o tom da voz dele se tornava especialmente ufano. — Você se lembra do dia em que nos conhecemos? Sabe aquele convite que enviei no celular para que você fizesse parte do grupo da Montanha Artificial?

Assenti.

— Pois era um localizador. Um *software* que me enviou sua localização em tempo real. Foi assim que mantivemos o controle.

Processei aquelas palavras e não indaguei mais. Minhas têmporas pulsavam, e eu sentia um calor sufocante. A van estava na penumbra, sacudindo feito gôndola na desembocadura do grande canal de Veneza. Só quando olhei pela janela me dei conta de que circulávamos rapidamente por uma estrada, longe do centro da cidade. Era noite fechada, e ao fundo se ouvia muito baixo o som da rádio do painel.

— Foi fácil — arrematou Johnny. — Vocês não têm nem ideia de protocolos de segurança.

Aqueles dois perturbados falavam como se fosse normal que Pa e eu estivéssemos quase inconscientes no assento traseiro da van. Eu me senti um estúpido por não ter me tocado antes...

— Hoje de manhã, em Valência, quando voltamos a ver o Padre Fort, ele nos deu uma pista importante. — Luis interrompeu meus pensamentos. — Disse algo que nos animou a vir a Barcelona. Fizemos bem, principalmente depois de ler o que a harpia da Victoria Goodman contou na última mensagem.

— Não seja malvado — ponderou Johnny, com falsa piedade. — Conte tudo. Não seria bom que Paula e David terminassem a busca sem conhecer todos os detalhes.

— Tem razão. Você leu nosso relatório no fórum? — indagou, dirigindo-se a mim.

Eu assenti, cada vez mais enojado.

— Vocês são doentes... — resmunguei, olhando de soslaio para Pa, que continuava inconsciente, com a cabeça baixa, sacudindo-se descontroladamente. Observei mais uma vez o livro que tinham esquecido no assento e compreendi que mentiram para nós o tempo todo. — Nos soltem.

Luis não me ouviu – ou ouviu, mas continuou o que estava fazendo.

— Fort falou de um homem que no começo do século passado se interessou muito pelo cálice, fez uma descoberta assombrosa e quis publicá-la.

Abri os olhos, fazendo um esforço monumental. Definitivamente, aqueles dois tinham ficado loucos.

— Esse homem se chamava Francesc Viñas — interrompeu Johnny.

— Viñas?

— Você e Paula enviaram uma pergunta sobre ele ao fórum, lembra? — indagou. — Isso nos convenceu a deixar Valência e vir atrás de vocês. Não podíamos permitir que nos ultrapassassem nisso.

Sem que eu compreendesse ainda o que os havia incomodado naquela mensagem, Luis voltou a controlar a conversa.

— Não sei quanto você sabe de Viñas, rapaz, mas ele foi um dos maiores tenores que este país já teve. — Pigarreou. — Sua arte o levou ao Covent Garden de Londres, ao Metropolitan de Nova York, ao Scala de Milão... E o mais interessante: embora tenha nascido numa família catalã muito humilde, sua carreira como artista se consolidou em Valência. Viñas foi um apaixonado por Wagner, e durante muito tempo não fez outra coisa senão interpretar *Lohengrin* várias vezes. Biógrafos dizem que em seus três primeiros anos como artista foram cento e vinte representações, marca ainda não superada. No entanto, depois de um quarto de século fazendo o papel de Lohengrin, em 1913 decidiu se preparar para o *Parsifal* de Wagner no Teatro do Liceu de Barcelona...

— Chega de enrolação! Vá direto ao ponto! — urgiu seu colega.

— Está bem — concordou. — *Parsifal*, a grande ópera graálica de Richard Wagner inspirada no relato de Wolfram von Eschenbach, esteve "embargada" durante anos por expresso desejo do compositor e não podia ser representada fora do festival de Bayreuth, na Alemanha. Wagner o proibiu até que tivessem se passado três décadas de sua morte. No dia 31 de dezembro de 1913, esse prazo expirava, e o Liceu, com Viñas como estrela principal, programou sua estrondosa estreia internacional. No entanto — acrescentou sem desgrudar a vista da estrada —, esse tenor não era um intérprete qualquer. Tinha tanto respeito pela obra que se pôs a pesquisá-la para que seu papel não tivesse uma única falha. Desejava se impregnar do espírito do personagem até se confundir com ele. E foi assim que chegou à conclusão de que Wagner e Eschenbach descobriram que o graal, longe de ser um recurso literário, existiu de verdade. Viñas identificou o Montsalvat do poema de Wolfram com o monte Salvo de Jaca; Anfortas com Alfonso I, o Batalhador; e o graal com um objeto que esteve guardado em San Juan de la Peña. Um graal que, naturalmente, ele queria segurar com as próprias mãos antes de interpretar Parsival.

— A taça de Valência! — exclamou Johnny, agitado, como se eu, a essa altura, fosse me impressionar com as descobertas. A única coisa que me importava era que nos soltassem.

— Viñas chegou à conclusão de que o graal era o chamado "Cálice da Ceia" de Valência, e como ele era uma pessoa muito querida ali, amigo pessoal do arcebispo da cidade, naquele mesmo ano organizou um concerto na catedral só para que descessem o objeto do relicário a fim de tocá-lo. Ele necessitava disso para sua interpretação.

— E justo então ocorreu o milagre.... — Johnny voltou a interromper.

— O milagre, sim. Foi isso que Fort quis nos contar.

O olhar escurecido do maestro e o meu, carregado de desprezo, se encontraram no retrovisor. Minha mente não acreditava que tivessem nos atacado, sequestrado e drogado, e que agora se encontrassem tão tranquilos me falando do maldito *Parsifal*.

— Aconteceu que — prosseguiu ele — , uma vez estando com o arcebispo na capela do Santo Cálice, Viñas entoou uma das árias de *Parsifal* com a relíquia entre as mãos. Aquela foi, dizem, a interpretação mais sensível da vida dele. Tanto que o tenor caiu em êxtase ao mesmo tempo que aquele cálice começava a irradiar uma luz que iluminou a capela durante alguns segundos, diante da surpresa do arcebispo e dos cônegos que o acompanhavam.

Eu me remexi, inquieto, surpreso de que, de repente, me contassem algo como aquilo. Muito possivelmente, estavam mentindo outra vez. Johnny e Luis falando de um graal místico? Não. Aquilo não fazia sentido. E mesmo que eu já não desse a mínima para o duelo com textos, para a cordada de

Lady Victoria, para Viñas e o Santo Graal, mesmo que a única coisa que quisesse fosse fugir dali com Pa, o que eles tinham acabado de sugerir me despertou.

Uma luz?

No cálice de Valência?

Não sabia se tinha entendido bem.

— Viñas e o arcebispo prometeram um ao outro que não falariam do ocorrido com ninguém enquanto não compreendessem o que tinha acontecido. — Luis esclareceu minha dúvida sem que eu precisasse perguntar. — Ainda assim, o tenor ficou tão abalado pela experiência que não parou mais de indagar sobre o graal e seu... digamos... funcionamento. Foi então que descobriu a lenda de que essa ópera fora ditada a Wagner por um anjo, e perseguiu toda tradução que conseguiu de *Parsifal* em Roma, Paris ou Milão, tratando de encontrar indício dessa fonte de inspiração sobrenatural. Dedicou tanto esforço à busca que, no fim, despejou seus achados num livrinho que só foi publicado meses depois de sua morte e, principalmente, no projeto de seu túmulo. Um mausoléu que ele mesmo encomendara ao escultor Mariano Benlliure assim que soube que tinha câncer.

Alessandra mencionou esse livro..., pensei. Sua imagem rolando pelo chão do cemitério passou dolorosa por minha retina.

— Você compreenderá que — resmungou Luis, sem soltar o volante —, uma vez que ainda é possível fazer o graal funcionar, decidimos intervir. Não deixaríamos esse segredo nas mãos de quem chegou por último, certo?

— Que segredo?

— Bom... — disse ele, com menos prumo. — Sabemos que vocês têm o caderno de Guillermo. Ele descobriu como ativar o graal. Como iluminá-lo, assim como Viñas fez. Basta que vocês o entreguem a nós.

— Nós não o temos.

— Ah, vamos! — grunhiu Johnny, mexendo em minha mochila e tirando o caderno de lá. — Você não nos engana mais.

Abaixei a cabeça, derrotado.

— E Pa? — murmurei, vendo-a inconsciente. — Por que vocês a traíram? E por que atacaram a professora Alessandra? Ela não tinha nada a ver com isso. Além do mais — engoli em seco —, se o que querem é o graal, bastava pegá-lo da catedral de Valência.

— Droga, Perceval. Dito assim parece fácil...

— Você não entende, não é? — Luis o cortou. — Nosso chefe não gosta de deixar fios soltos.

56

Diários do Graal
Postagem 6. 5 de agosto, 23h03
Convidado

Querida Pa,
    Onde vocês se meteram?
    Por que não atendem às ligações?
    Tentei localizá-los no celular e no hotel de Barcelona. É urgente, mas nem David nem você respondem. Também mandei várias mensagens a Luis e a Johnny, que devem ter desligado os telefones ou estão sem sinal como vocês.
    Aqui quem escreve é a Ches.
    Lady Victoria teve uma recaída. Está mal. Fala coisas desconexas. Parece fora de si.
    Depois que enviou a última mensagem, saímos para comer alguma coisa. Quando procurávamos, na rua, um lugar para jantar, ela começou a se sentir indisposta e desmaiou.
    Estou assustada, Pa.
    Dom Aristides insiste que devemos voltar a Madrid imediatamente. De fato, nesse momento escrevo da sala de espera do hospital a que a trouxemos. O diretor do Museu Diocesano entrou com ela porque conhece os médicos de plantão, e eu estou à espera de notícias.
    O que eu faço?
    Por favor, se algum de vocês ler isto, me ligue. Sim?
    Chega de duelo com textos. Isso é grave.
    Beijos.

DIA 7

A montanha artificial

57

Para onde estão nos levando?

Assim que a van pegou uma estrada quase sem tráfego e com vários edifícios industriais de ambos os lados da via, tive a certeza de que não seguíamos para o centro de Barcelona. A arrancada que veio depois confirmou meus temores. Com um nó na garganta, vi passar a toda velocidade cartazes dos povoados da região metropolitana que se estende entre a Ronda Litoral e a A2, comprovando cada vez mais desconcertado que não nos desviávamos para nenhum deles. El Prat, Esplugues, Cornellà de Llobregat... foram ficando para trás. Atordoado, tentei acordar Pa, que continuava desmantelada ao meu lado, sem expressão. Precisava saber que estava bem. Dentro de mim, mesclavam-se confusos nossos abraços de horas antes com a vertigem de ter caído numa armadilha mortal, mas também num torpor que me impedia de agir.

Eros e Tânato, pensei, incapaz de mover um músculo.

Amor e morte.

Infelizmente, esqueci tudo assim que Johnny me deu de beber algo que tinha gosto de pó. Uma nova dose de sonífero. A paisagem começou a se apagar outra vez, como se fosse um quadro de Monet, e antes que eu pudesse protestar, meus olhos já haviam renunciado a interpretar onde estávamos e o que fazíamos ali.

A partir desse instante, minha memória conta apenas com cenas incompletas, algumas absurdas, despedaçadas.

A única coisa que sei é que, dolorido, tonto e com a garganta seca, desfaleci. E que as horas seguintes foram de um cochilo inquieto, um pouco alterado pelas curvas de algum trecho no meio do nada e por breves episódios de uma lucidez vidrada. Nesse tempo, as vozes dos sequestradores soaram como ecos distantes e indecifráveis que me encheram de confusão e temor.

Salazar e Bello discutiram. Disso eu lembro.

Falaram de nós.

Tive a impressão de que o engenheiro estava um pouco excedido pelos acontecimentos e de que não devia estar muito acostumado com aquela ostentação de violência. Luis, por sua vez, parecia saber exatamente o que fazia.

A névoa só começou a clarear quando a noite já estava bem avançada. Poderia jurar isso, porque ouvi a hora no rádio e fiquei surpreso de ser tão tarde. "São duas da madrugada, uma hora a menos nas ilhas Canárias. Serviços informativos da Rádio Nacional de Espanha..."

— Chegaremos logo — anunciou o maestro, aumentando o volume do aparelho.

Esfreguei os olhos, estiquei as pernas como pude e, ainda envolvido no eco das frases que escutara antes de cair no sono, fiz um discreto esforço para descobrir onde estávamos.

"Nosso chefe não gosta de deixar fios soltos."
"É normal que o Obscuro siga seus passos."
"Agora, sim, tenho certeza de que você precisa disto."
"Não acha que é uma solução drástica demais?"
"Foram eles que procuraram."

De repente, a estrada se iluminou.

A fila de infinitos postes de luz que clareavam a via me deixou ver um cartaz enorme, fugaz e azul.

Madrid?! Eu despertei. *Eles nos trouxeram de volta para Madrid?!*

Ainda assim, não disse nada.

Luis Bello dirigiu até o centro da capital. Percorreu a rua María de Molina até virar na Serrano rumo à Puerta de Alcalá. Apesar de ser noite fechada, reconheci o bairro. Meu hotel ficava perto, a um instante da casa de Lady Victoria. Deixamos para trás a entrada deserta da rua de Velázquez e, após pegar o início da O'Donnell, nos detivemos a alguns metros do solene acesso do Paseo de Coches do Retiro.

— Vamos sair! — ordenou, seco.

O engenheiro obedeceu sem reclamar. Saiu do veículo, puxou sua barba e, com visível má vontade, abriu a porta corrediça. Paula cambaleou, sussurrou algo ininteligível e se deixou cair em cima dele. Estava tonta. Cadavérica. Tremia de frio. Quando se ergueu, notei o olhar vidrado e suplicante. Deus. Nesse momento, eu me senti uma criatura desprezível. Meu corpo continuava incapaz de obedecer a ordens e minha mente estava tão turva que ficava impossível tramar qualquer coisa útil para nos tirar dali.

Luis Bello fechou a porta e me ajudou a tirar o cinto de segurança. Parecia satisfeito. Seus gestos denotavam uma determinação muito superior à de seu companheiro. Olhava para todos os lados com as pupilas dilatadas de excitação, e seu abraço – que senti ao descer da van – me pareceu de uma firmeza sobrenatural.

Assim que Pa e eu nos endireitamos, os dois pegaram nossa bagagem do porta-malas e nos escoltaram até a entrada do parque. Após atravessar não sei como a grade do lugar, nós nos dirigimos às portas ogivais da montanha artificial. A entrada central da estrutura mais esquecida estava escancarada. Achei estranho vê-la assim.

— Entrem! — ordenou Luis, indicando o breu lá dentro.

Obedecemos. Avançamos alguns metros colina adentro até nos situarmos sob uma insólita abóboda de pedra. Uma profunda tristeza se apropriou de mim. Pensei em fragmentos dos dois dias e das duas noites que eu havia permanecido encerrado nas cavernas de Dunmore enquanto preparava minha tese sobre Parmênides. O cheiro de umidade e a sensação de falta de ar, de clausura no lugar que a tradição considera "o mais escuro da Irlanda", regressaram por um instante. Eu me livrei dessas imagens como pude e, quando consegui me controlar, percebi que a caverna estava iluminada com umas lâmpadas de luz macilenta que davam ao lugar uma atmosfera vetusta e úmida.

Aquele ventre de pedra devia estar desabitado havia muito tempo. Talvez fosse pelo bafo da infiltração. Ou pelo eco de aposento vazio. A questão é que minha angústia não cessava. Um velho higrômetro estava apoiado numa pilha de caixas de madeira carcomidas pelos anos, gritando que ali o tempo era uma dimensão inútil. Fazia uma vida que suas agulhas não eram ajustadas, esquecido como as ferramentas de jardinagem e os sacos de sementes cobertos de poeira e teias de aranha ao lado.

Assim que nossa vista se acostumou com a nova iluminação, identificamos também uma silhueta humana.

Pa e eu nos entreolhamos.

Era um corpo de braços longos e intimidantes. Uma sombra que também parecia estar há séculos esquecida debaixo da terra.

— Ah! Os duelistas! — Moveu-se. Por um instante, pensei que aquilo fosse coisa de minha imaginação. — Bem-vindos à verdadeira montanha artificial!

Não me passou inadvertido o sobressalto de Paula.

— Inspetor... De Prada? É o senhor? — hesitou, reconhecendo quem acabava de nos cumprimentar.

Fiquei surpreso de que pudesse falar.

— Não esperava vê-la tão cedo, srta. Esteve — respondeu ele.

Sério, vestido de preto da cabeça aos pés, De Prada devia estar esperando no escuro havia um bom tempo. O estalido de seu isqueiro retumbou na abóboda, preenchendo-a de espirais de fumaça e cheiro de tabaco. Aquele rosto cerúleo, doentio, deu duas tragadas num charuto e nos examinou com uma severidade congelante. Durante alguns segundos, não disse nada. Só nos olhou, provavelmente satisfeito com nossa penosa situação. Foi então que deu ordem para que nos sentássemos numas cadeiras de plástico dispostas em um extremo do recinto.

Luis se encarregou de Paula. Eu o vi atá-la, enrolando seu corpo com duas voltas de corda e dando um dó ao redor dos pulsos. Johnny, por sua vez, se limitou a bufar atrás de mim, repetindo a mesma operação com lerdeza.

— Não gostaria que tivesse uma má impressão de mim, senhorita — sussurrou De Prada, que havia se situado na frente dela como o lobo diante da Chapeuzinho. — Hoje é um grande dia. Por isso, se me permite, vou lhe fazer uma confidência. Tome como um presente de despedida.

Pa tentou reagir. *Despedida?* Sua cabeça havia caído sobre o peito outra vez, esgotada pelo esforço de caminhar sob o efeito da droga. Por fim, um fio de voz surgiu de sua garganta.

— Enfie... onde... lhe couber — murmurou.

— Não seja descortês. — Riu. — É de seu interesse.

— Deixe-a em paz! — gritei para ele.

— Veja, srta. Esteve. — Pigarreou a alguns de metros de mim, ignorando-me completamente. — Na realidade, não sou o que a senhorita pensa. Estou no corpo de um policial, mas não sou um deles. Não vim salvá-la. Eu sou... diferente.

Pa levantou o olhar com dificuldade, analisando aquela cara redonda que não parecia exatamente capaz de fantasiar.

— Por outro lado, fui eu que, com minhas próprias mãos, matei Guillermo Solís. A senhorita me compreende?

O inspetor esperou um segundo antes de continuar.

— Matei Guillermo — repetiu, com deleite, comprovando como Paula ficava tocada com a revelação. — E também Beatrice Cortil. Afirmo isso para que saiba que tirar a vida de alguém como a senhorita não vai ser problema para mim agora.

De Prada proferiu a ameaça com espantosa normalidade, sem enfatizar uma sílaba.

— E que diabos quer? — perguntou Pa, reagindo, com cara de nojo.

— Ah... — Sorriu. — É simples. Os senhores têm algo que não lhes pertence. Ontem, quando deixei que fossem embora do museu, foram captados pelas câmaras de segurança recolhendo-o do jardim do edifício. A verdade é que eu teria me contentado em recuperá-lo, pegando-o para mim, mas depois do espetáculo que seu amigo deu na fonte e do que a perturbada da sua mentora viveu nos Pirineus, não me deixam outra opção além de matá-los. Com os senhores aconteceu o mesmo que com seus antecessores, sabiam? Aproximaram-se demais de algo que não merecem.

— Um momento. — A voz de Johnny Salazar me fez girar a cabeça para o outro lado da abóboda. Sua expressão era de alarme. — Vai matá-los? Realmente vai fazer isso? — O engenheiro estava de pé, em uma posição equidistante de nós. Havia se agachado para abrir nossa pouca bagagem e esvaziá-la no chão, mas agora, com os braços caídos, encarava-nos com os olhos bem abertos. — Achei que só fôssemos dissuadi-los... — murmurou. Tinha o desconcerto esculpido no rosto. — O senhor nos garantiu que o plano era não matar ninguém... e já se vão três.

— Infelizmente, os planos mudam, e é preciso estar à altura das circunstâncias — respondeu De Prada, com um pesar que até parecia sincero.

Johnny se remexeu, inquieto. Vi como cerrava os punhos e se preparava para encarar o inspetor.

— Mudam? E quando mudaram?

— Agora, por exemplo.

Então, virando-se para o maestro, Johnny exclamou:

— Você me prometeu que só iríamos assustá-los! Como quando há alguns dias me pediu que as intimidasse com a moto em frente à Montanha... E olhe para nós!

Luis Bello nem sequer se moveu. Tive a impressão de que estava sob uma espécie de transe induzido pela magnética proximidade de De Prada.

— Bello — chamou este. — Está vendo? Eu disse que um jovem como ele seria um estorvo. O senhor não quis me ouvir.

— Não será, senhor — respondeu.

— Então se assegure disso, sim?

Não entendo como naquele momento não se ativaram todos os meus alarmes. Foi como se eu visse aquela cena na tela de um cinema. Luis, impelido pelas palavras de De Prada, aproximou-se de seu companheiro feito um autômato e, pegando uma barra de metal que jazia perto de uma das bocas da gruta, a ergueu. Antes que Pa e eu nos déssemos conta, o respeitável maestro o golpeou na base do crânio, fazendo um eco sinistro que percorreu a caverna.

Crac.

Johnny desabou.

Uma expressão de assentimento iluminou o rosto do inspetor. O corpo de Johnny caiu a seus pés, de boca para baixo, numa postura bizarra, no meio de uma escura poça de sangue que começava a transbordar bem debaixo dele.

Ainda assim, não reagi. Tampouco Paula, que estava ainda mais atordoada que eu.

— Querem saber por que os matei? — De Prada se virou para nós, como se nada tivesse ocorrido. — O sr. Solís e a dra. Cortil chegaram longe demais. Estiveram prestes a obter a chave de uma porta que não mereciam atravessar. Na realidade, nenhum humano merece. E os senhores, em vez de entender que eles tinham encontrado algo perigoso e que era melhor dar meia-volta, decidiram seguir seus passos. Acabaram se aproximando demais de um fogo que não compreendem. E o pior é que pensavam furtá-lo com a intenção de, feito novos Prometeus, entregar a Victoria Goodman para que o tornasse público em qualquer um de seus livros... Otários!

— Que... que fogo? — balbuciei, tensionando pela primeira vez as cordas que me retinham.

O inspetor viu e se aproximou com um estranho prazer.

— Ah! Ainda não entendeu, sr. Salas? — disse ele.

— Explique-me... — murmurei.

Julián De Prada riu entre os dentes.

— Os humanos têm uma peculiaridade que os põe acima de outras espécies. Não apenas são capazes de intuir que existem coisas que escapam ao alcance de seus sentidos, mas também foram hábeis a ponto de colocá-las a seu serviço.

Não era a resposta que eu esperava. Sacudi a cabeça sem compreender palavra. Ele notou.

— As ondas de rádio, o magnetismo terrestre, a gravidade... Nada disso pode ser visto nem tocado — resmungou, levantando e girando os braços em direção à abóbada. — Tudo isso é etéreo, invisível aos olhos; no entanto, sabemos que estão aí, modificando e alterando a vida. Pois bem, o que seus colegas descobriram foi algo parecido. Encontraram um campo de força que, quando se alinha adequadamente com a frequência do cérebro humano, é capaz de conectá-lo com o Supremo. Com a fonte inesgotável das ideias superiores. Faz séculos que esse campo de força acende consciências de modo acidental. Minha missão, e a dos meus, é impedir que muitas delas desequilibrem um sistema como o da Terra, onde impera a escuridão. Simples assim.

Sem imaginar aonde queria chegar com aquele discurso, dei um novo puxão nas cordas. A única ideia que cruzava minha cabeça nesse momento, obsessivamente, era fugir dali e levar Pa comigo. A correia dilacerava meu pulso, e a dor começava a me despertar rapidamente.

— E por isso vai nos matar? Por algo que ninguém vê? — protestei.

— Ah, vamos. Não seja dramático, sr. Salas. A morte não é tão ruim quanto o senhor pensa. Damos importância demais a uma circunstância que é tão natural e no fundo tão corriqueira quanto a vida. Não concorda? Digamos que só vão descer dela. Vão se liberar do corpo que os mantém prisioneiros. E farão isso antes de pôr a mente de outros congêneres em perigo. A luz, assim como as sombras, é algo que se propaga muito rápido. O senhor imagina os efeitos que teria um livro de Victoria Goodman que revelasse que dentro de cada um de seus leitores se esconde uma fonte inesgotável de iluminação com a qual é possível sintonizar-se à vontade? Sabe a quantidade de almas que se dissolveram cada vez que aconteceu algo assim? Não vê como já é difícil deter os efeitos de livros como *O conto do graal*, os de seu avô, os versos de Parmênides ou *A lâmpada maravilhosa*?

— E o que pretende fazer? — Eu me remexi, sem sucesso. — Não acho que nos matando vá impedir que outros continuem uma busca dessas.

De Prada foi até onde Johnny havia despejado nossos pertences, afastando-os com o pé para que não se encharcassem no sangue dele. Depois, sem dizer nada, esparramou tudo antes de se agachar e pegar algo no chão. Era o caderno de Guillermo.

— Não posso impedir, o senhor tem razão. Mas, destruindo avanços como este, posso atrasar o acesso de outros a essa fonte de conhecimento.

— O senhor é louco.

— Não. — Sorriu, guardando o caderno num bolso. — Não sou. Tampouco sádico. De fato, preparei uma viagem sem dor para que os senhores se despeçam deste mundo.

Paula afogou um gemido. Um espasmo a fez reagir. Sua cabeça havia se erguido e seus olhos verdes injetados de angústia metralhavam Julián De Prada.

O inspetor nem se abalou. Tampouco o fez quando Pa descobriu o corpo de Salazar estendido no chão.

A um gesto seu, como se estivesse possuído, Luis Bello vasculhou uma pequena pasta preta que até o momento havia nos passado inadvertida. Era uma espécie de caixa de primeiros socorros – provavelmente a mesma que havíamos visto nos escritórios do MNAC –, e extraiu de lá dois recipientes de conteúdo translúcido e uma seringa.

— O que... que é isso? — gaguejou Pa.

— Insulina em concentração alta o bastante para lhes provocar um sonho doce — respondeu, como se estivesse satisfeito com aquela solução.

— Um assassinato químico...

— ... e indetectável — sussurrou De Prada, atento a cada movimento de seu cúmplice. — Mas não se preocupe, eu já disse a seu colega que não haverá dor. Só torpor. Em algumas horas, serão encontrados mortos no mesmo lugar que Guillermo Solís. Será inevitável que tudo aponte para um crime de sua querida Victoria Goodman. Ou então por que acha que eu os trouxe de volta a Madrid? Assim que a polícia juntar as pontas e relacionar a morte de vocês com as de Guillermo e da dra. Cortil, ela se verá num abismo tal que duvido que volte a escrever.

— Solte-nos! — Eu me remexi até quase cair da cadeira. — Não pode fazer isso conosco!

De Prada ignorou minhas súplicas e fez um gesto para que Luis se aproximasse. Pa também sacudiu a cadeira. Tinha os olhos umedecidos de raiva e uma careta de aflição.

A expressão de Julián De Prada se ensombreceu.

— Se tivesse escutado o que Luis lhe indicou várias vezes e tivesse ido atrás da taça de Valência ou de qualquer outra relíquia parecida, não estaria aqui agora — disse, olhando para ela. — Mas não. Decidiu ir atrás do outro graal. Do que se esconde atrás do lugar-comum. Desse pelo qual Victoria está obcecada há tanto tempo por culpa de seu teimoso avô, sr. Salas. — Virou-se para mim. — O mesmo que ela enfim acariciou ontem em Santa Cruz de la Serós... Mude seu nome e entenderá. Não o chamem mais de "graal". Chamem de "visão". Seu avô entendeu isso — acrescentou.

Meu avô?

— O ilustre José Roca. — Silabou seu nome com deleite. — Sim. Seu avô foi um dos poucos que me reconheceram.

Senti uma ligeira tontura. Uma náusea se instalou na boca de meu estômago.

— O senhor também pecou por lerdeza — recriminou-me. — Seu avô tentou lhe falar de mim várias vezes. O senhor era muito jovem, e os medos absurdos de seu antepassado o impediram de esclarecer tudo sobre a minha natureza.

— O quê?

Um sorriso malévolo iluminou o rosto de De Prada.

— Deveria ter sido mais esperto, sr. Salas. Em vez de lhe revelar quem sou eu, sem rodeios, seu avô decidiu preparar o neto promissor empregando sutilezas. Suponho, corrija-me se eu estiver enganado, que ele encheu sua cabeça de fantasmas, de contos sobre sombras que aparecem para os criadores em seu pior momento... Tudo isso não passou de meias verdades para lhe advertir sobre mim. Eufemismos. Remendos para evitar lhe falar do que havia descoberto. E o senhor não se deu conta!

Eu o encarei sem imaginar o baque que estava prestes a levar.

— O senhor se lembra do dia em que ganhou *O estranho misterioso?* — O calafrio que senti nesse instante fez que até a cadeira tremesse. — Diga, o senhor se lembra?

A pergunta me paralisou.

— Não se surpreenda, sr. Salas. Naquele dia, ele o preveniu pela primeira vez. Esse estranho, sem ir mais longe, é a metáfora perfeita do que eu represento.

Julián De Prada se inclinou sobre mim e sussurrou em meu ouvido:

— E ainda não se deu conta de que eu também fui a sombra que torturou Valle-Inclán quando decidiu escrever *A lâmpada maravilhosa?* Não faça essa cara. Estive atrás dele, tentando apagar sua luz. Na realidade, rondei a todos, pulando de corpo em corpo, colocando obstáculos em seus processos criativos. No entanto, sr. Salas, nenhum deles soube me nomear, até que seu avô me encontrou no dia em que decidiu se tornar escritor. Ele descobriu o que eu sou. Um devorador de sonhos que vagueia por onde quer que surja uma mente brilhante. Um arquétipo. A encarnação do mais velho pesadelo humano. Alguém que se parece muito com os senhores, mas que, na verdade, não pertence a este mundo. Naturalmente... — deteve seu discurso um instante — seu avô tentou me evitar. Depois descobriu que Mark Twain também havia tratado comigo e teve a ideia de me desmascarar, como Twain fez em seu leito de morte. Deixar que seu avô fizesse isso, porém, permitir que articulasse outra obra sobre mim, teria sido uma péssima ideia. Então, para impedi-lo, eu o segui até seu último esconderijo: a Irlanda. E ali, enquanto o espiava, conheci o senhor. Ainda era criança quando o vi pela primeira vez.

Não é verdade!, pensei.

Ia protestar quando regressaram a mim as imagens de minha visão na fonte do Montjuïc.

— Não sou um demônio, sr. Salas. Sou... — hesitou — uma energia que não pode morrer. Uma mente sem corpo fixo fluida nas dobras do tempo. Uma amarga singularidade. Uma egrégora do obscuro. Uma tulpa. Um pensamento que às vezes precisa tomar forma para que a luz não avance demais. Yeats nos chamou de...

— Frustradores — completei.

— Isso mesmo.

— Mas o senhor tentou fazer mal a meu avô... — repliquei, hesitante, lembrando o incidente de Dublin no qual meu avô José me mostrara o *daimon*.

— Só tentei evitar que ele lhe falasse de nós.

Olhei para De Prada desconcertado, incapaz de dizer qualquer coisa.

— Ah! — Ele levou as mãos à cabeça raspada. — Como o senhor é lerdo! Ainda acha que foi capricho de seu avô obrigá-lo a estudar Parmênides? Ou que sua mãe o tenha enviado a Victoria Goodman, sua mais fiel discípula e minha perseguidora, assim que terminou sua tese? Sua família tem o gene da criatividade. Eles sabiam que mais cedo ou mais tarde ele despertaria no senhor e teria problemas comigo. Por isso se empenharam em prepará-lo. Contudo, se eu acabar com a sua vida e com a do grupinho de Lady Goodman agora — deliciou-se —, a linha dos que sabem a respeito de nossa existência será interrompida.

Aquelas palavras ensombreceram minhas poucas esperanças de sair dali com vida. Sua negridão se aferrou a minha garganta, tornando doloroso até mesmo respirar.

— Seu avô notou que o senhor poderia completar a tarefa dele quando lhe faltassem forças. Foi uma tentativa astuta, sem dúvida... — Suspirou, voltando a caminhar em círculos ao redor de minha cadeira. — O senhor tem a habilidade de ver a luz de forma natural. Pode se conectar com a fonte das ideias. Tem o mesmo dom dele... e se deu conta disso.

— A tigela luminosa... A Font Màgica... O graal... Não passam de metáforas construídas em épocas distintas para se referir a esse dom. É isso, não é? — balbuciou Pa, interrompendo.

De Prada concordou, virando-se para ela, surpreso.

— Muito bem, senhorita. Fico feliz que compreenda. — Depois, encarando-me, continuou: — Durante séculos, essa via de acesso às ideias supremas foi guardada como um verdadeiro tesouro, disfarçada atrás de tantas camadas quanto possível. Seu avô a intuiu nas cerimônias iniciáticas dos seguidores de Parmênides e, por isso, levou o senhor a estudá-las. Ele também sabia que eram protegidas em quase qualquer disciplina ou reduto que implicasse recolhimento, quietude e isolamento.

De Prada se deteve aí. Deu uma olhada ao redor como se precisasse se assegurar de que tudo estava como deveria. Olhou para o relógio e comprovou que faltavam só quinze minutos para as quatro da madrugada. Contemplou o corpo inerte de Johnny. Olhou para nós. Então, com um prazer mórbido, arrematou seu discurso.

— Não se preocupem. Agora os senhores terão acesso à incubação perfeita... A morte. Ela lhes tirará todas as dúvidas.

Luis Bello havia se aproximado dele com a seringa. Em seu rosto se desenhava a mesma excitação de seu chefe.

— Pronto, senhor.

— Fabuloso — assentiu De Prada. — Dizem que antes de abandonar este mundo se experimenta a visão do verdadeiro graal, sua luz nutrícia e absoluta.

Nós, os condenados, nos remexemos nas cadeiras, pálidos de terror.

— Coisa de grande virtude é se preparar para a boa morte. Vá em frente — ordenou ao maestro. — Chegou a hora.

58

Do que aconteceu a seguir eu me lembro de um jeito ainda mais fragmentado, se é que é possível. Talvez tenha sido pelo pânico que me dominou. Ou então por causa do último flagelo das drogas que haviam nos injetado.

Acreditei ver Luis Bello se aproximar de Pa e desamarrar um de seus braços. Ele o esticou o máximo que pôde até deixá-lo imobilizado e a olhou nos olhos. Seu rosto ladeado, lindo, mas rendido, assemelhava-se ao da *Pietà* de Michelangelo. Também recordo que com aquele movimento a tatuagem de seu pescoço ficou visível durante um instante e que ninguém prestou atenção naquilo. Seu desenho era, de fato, idêntico ao do pingente que Alessandra me dera antes de ser assassinada. Então, com uma perícia macabra, Luis apalpou a zona interior de sua axila esquerda, buscando uma dobra em que a picada passasse inadvertida. Encontrou e, sem dizer nada, cravou a agulha até o fundo.

Pa nem sequer gritou. Limitou-se a abrir seus enormes olhos verdes, inspirar profundamente e me dirigir um último sorriso.

— Não desista! — sussurrei, com os olhos inundados em lágrimas. — Não de...!

Mas não sei se ela pôde me ouvir.

Dócil, deixou que a insulina fizesse efeito enquanto seu olhar perdido escorregava já sem brilho por meu peito, até pousar no talismã ensanguentado que eu ainda tinha pendurado no pescoço. Foi como se quisesse me dizer algo. Algo que fui incapaz de entender.

— Adeus, Perceval — grunhiu Julián De Prada, vitorioso, alheio a meu desconcerto, enquanto repetia o mesmo ritual comigo, ordenando que Luis me espetasse.

— Vá para o inferno! — gritei ao sentir que a agulha hipodérmica penetrava em minha carne.

— Não se preocupe — resmungou, sinistro. — Lá terminaremos todos.

E enquanto notava um calor intenso subir pelo pescoço e a escuridão se fechar sobre minha consciência, fui assaltado pela certeza de que minha vida se extinguiria ali.

Tudo chegava ao fim.

Tudo.

59

Diários do Graal
Postagem 7. 6 de agosto, 3h45
Convidado

Onde vocês estão?

Será que ninguém entra mais neste maldito fórum?

Não acredito que nenhum de vocês tenha respondido ainda às ligações nem à última mensagem.

Acabamos de chegar a Madrid. Afinal, dom Aristides se empenhou para vir conosco, caso precisássemos de alguma coisa. Por sorte, depois do último desmaio, Lady Victoria passou quase o caminho inteiro dormindo, e agora que a subimos ao apartamento, começou a despertar.

Diz que quer sair da casa. Não para de olhar pela janela. Balbucia o tempo todo. Diz que deve se reunir com vocês o quanto antes. Que tem algo para nos contar... E como vou dizer a ela que não tenho ideia de onde vocês se enfiaram?

Por favor, se lerem isto ou virem minhas mensagens no WhatsApp, entrem em contato comigo em seguida. É urgente.

Não acho que um velho diretor de museu e eu possamos contê-la por muito tempo.

60

De repente, no meio da escuridão absoluta, chegou um pensamento que custei a reconhecer como próprio.

E se a morte não fosse o fim?

Depois, outro.

E se cada fim fosse ao mesmo tempo o começo de algo novo?

A seguir, mais um.

Um irracional. Sem palavras. Uma imagem.

Era o relevo que enfeitava a medalha que Alessandra havia me entregado diante do túmulo de Francesc Viñas. O "Sinal dos Oito".

Era o mesmo símbolo que eu vislumbrara sem reconhecer no pescoço de Pa na noite em que me levou à montanha artificial e sobre o qual ela não quis me falar. De fato, o mesmo que vira naquela folha que Valle-Inclán havia dedicado a meu avô. E será não parecia também com o que Lady Victoria contemplara em sua visão naquela sacristia de La Serós? Ou as estranhas letras que, como lâmpadas votivas, estavam penduradas de ambos os lados do pantocrator de Sant Climent de Taüll como se caídas do céu?

Pa.

Meu avô.

A montanha.
A visão do graal.
Sua primeira representação pictórica.
Os frustradores.

Eu começava a atravessar o rio Estige – o misterioso interregno que separa a vida da morte –, e meu último resquício de consciência encontrava mais um fio do qual puxar.

Tudo estava relacionado, e eu estava começando a entender.

Talvez devesse ter imaginado que na entrada do mundo dos mortos a lógica se deforma. Ali esse tudo parece tão perfeito quanto a geometria do círculo. A existência se transforma numa obra de Escher. Não existem zonas de sombra nem espaço para dúvida. Cada peça se encaixa. Ali também não há canto para as emoções. A angústia, a curiosidade, o anseio, a nostalgia, a dor, o desejo ou o apetite se revelam como algo remoto e primitivo, insubstancial para meu novo estado. Os limites do que significa estar vivo ficam difusos. Quando o continente que encerra nossa consciência deixa de importar, tudo se reduz a pura energia. A algo sutil e leve como o ar...

Isso é a alma, compreendi.

O ἄνεμος dos gregos. E *anemos* significa "sopro", "vento".

A ideia me fez abandonar qualquer tentativa de resistência.

A raiva se dissipou.

Também a pena por ver minha existência truncada na flor da vida, ou a nostalgia de perder Pa para sempre.

Morrer não me pareceu tão terrível. De Prada tinha razão. De fato, estava sendo algo surpreendentemente simples. Algo assim como cair num sono intenso e profundo no qual tudo está em paz, tudo se encontra no devido lugar. De algum modo, aquilo se parecia muito com dormir. *Os gregos sabiam*, pensei. Acreditavam que Tânato – o deus da morte – era irmão gêmeo de Hipnos, a divindade do sono.

Então, aconteceu.

E eu não estava preparado.

A verdadeira morte me alcançou assim que a visão do símbolo da medalha – em que vi pela primeira vez um alfa e um ômega encadeados – se dissipou. Compreendi que minha corrente sanguínea arrastara uma quantidade insultante de glicose até o cérebro e que meus neurônios já eram incapazes de fazer chegar ordens aos órgãos vitais para que continuassem funcionando.

Meu coração parou. Eu notei.

Simplesmente emudeceu.

Meu sangue deixou de fluir, e o ar já não voltou a preencher meus pulmões.

O que experimentei quando um órgão se desligou após o outro foi angústia. Incerteza. E também um breu impenetrável. Surdo. Espesso. Mais tarde, como se surgido do nada, chegou um súbito fulgor. A noite que havia se aferrado a minhas entranhas se fez dia. Como se a última das partículas de meu corpo sentisse a pressão que a morte exerça sobre o resto e explodisse, liberando uma energia impensável. Foi um *big bang*. Quando ergui a cabeça, a última coisa que vi foi a cúpula de pedra da montanha evaporar para dar lugar à luz cálida e densa que caiu em cima de mim lá do alto, deixando-me cego.

Se até esse momento eu tinha imaginado mil vezes que meu primeiro segundo na outra margem seria escuro e frio, o que experimentei foi exatamente o contrário: uma sensação de ardência percorreu meu corpo pela última vez, lançando-me para baixo sem piedade enquanto tudo desaparecia.

Não é fácil descrever essa catarata de sensações, mas foi como se um mundo mais real que a realidade se abrisse sob meus pés.

Então, após a cegueira, deu-se o arrebatamento.

Os antigos místicos desenvolveram um vocabulário para se referir a algo que até esse instante me havia sido alheio. De pronto, compreendi por que a escatologia cristã falava com tanta veemência das línguas de fogo que iluminaram os apóstolos, da "abertura dos selos" ou da ressurreição. O que senti foi a certeza de que estava nascendo, renascendo, ressuscitando talvez de uma existência na qual estivera morto acreditando estar vivo.

A torrente que me impulsionava ao novo tempo era esmagadora. Senti uma vertigem. A sensação de que algo muito denso, muito profundo, se precipitava dentro de mim, arrastando-me para um cume infinito. É modo de dizer, claro, porque eu já era consciente de que não tinha corpo. Palavras como "dentro" ou "fora", "cima" ou "baixo", "eu" e "meu" perderam todo o sentido.

Foi então, no meio dessa queda, que surgiu o mais incrível de tudo: a elevação.

Neste caso, é o termo exato.

Algo – uma força invisível, envolvente – me sugou do interior da montanha artificial e pôs minha consciência para fora, liberando-me de todas as amarras e erguendo-me daquele poço. Vi meu cadáver sofrido amarrado na cadeira, com a cabeça desabada sobre o peito. E também o de Paula. Os dois pareceram cascas ocas pelas quais já não senti nenhum apreço.

Sem poder me deter, escalei a cúpula, os castanheiros, os pinheiros e os olmeiros plantados nas ladeiras, descobrindo com espanto que aquelas eram criaturas vivas, com inteligência própria, com as quais eu teria podido parar e conversar se aquela potência que me impulsionava tivesse me dado trégua. Mas não deu.

Quando estava setenta ou oitenta metros acima do parque, gravitando sob um mar de estrelas com as quais também teria podido falar, notei que minha capacidade de visão tinha se aprimorado. Meus olhos deixaram de ser as lerdas janelas de um sentido que estivera trabalhando à metade de sua capacidade desde que nasci. Foi como se de repente não houvesse nada invisível para eles. Como se, além do mais tangível, a partir de agora também fossem capazes de ver as relações íntimas que existiam entre as coisas. As formas da natureza, a geometria dos edifícios que circundavam o parque, as essências metálicas, vegetais, cristalinas, biológicas ou minerais de tudo o que me rodeava tinha a capacidade de se comunicar entre si, fazendo que tudo adquirisse uma lógica que me passara despercebida.

Admirando tudo aquilo, de repente algo reclamou toda a minha atenção.

As palavras que dom Aristides, o novo amigo jaquês de Lady Victoria, pronunciaria diante do cristograma da catedral de Jaca e que ela havia escrito no fórum brotaram de alguma parte:

"Na Idade Média, a presença do verdadeiro graal era anunciada com este símbolo", ouvi, com clareza, visualizando a roda esculpida no tímpano do acesso principal à primeira catedral da península Ibérica. "Os leões representam as forças opostas, visíveis e invisíveis, que combatem para que jamais o encontremos... Ou, pelo contrário, para que, uma vez conquistado, gozemos dele por toda a eternidade."

Não sei por que fiz isso, mas, suspenso como estava sobre o vértice da montanha artificial, baixei os olhos para onde haviam acabado de me matar... E vi.

Caramba. Eu vi!

Sob meus pés, à esquerda do túmulo, a uns seis ou sete metros de sua ladeira sul, identifiquei o perfil abrupto da abside truncada da igreja medieval de São Isidoro. Visto dali, lembrava uma ferradura. Eu tinha passado várias vezes perto dela nos dias anteriores, com a vaga esperança de encontrar o rastro perdido de algum cristograma... Sem sucesso. Esses muros não tinham nada de especial. De fato, até a abside estava mal orientada. Ao transportar aquelas ruínas até lá só para dotar o parque de um canto romântico, alguém havia cometido o erro de apontá-la para o sul, não para o leste, como era feito na Idade Média.

Ou isso foi o que pensei ao explorá-lo.

Agora acabava de descobrir que tal erro não existia.

Quem quer que tenha colocado aquela igreja ali fez isso para indicar outra coisa.

Justo aos pés da abside, traçado no chão, um enorme, perfeito e geométrico cristograma de oito pontas marcava o lugar. E seu eixo mais longo apontava inequivocamente a montanha artificial.

Deixe que sua alma voe, recordei, maravilhado.

E era exatamente o que eu estava fazendo. Voando.

Absorto, contemplei a perfeição daquela marca. Algo me dizia que sempre estivera ali. Desde a época em que Fernando VII colocou um castelo no alto da montanha, provavelmente para admirar aquele cristograma das torres hoje desaparecidas.

Deus! Esteve o tempo todo diante de mim! É isso!, pensei, alvoroçado, contemplando aquele ônfalo.

E meu coração – ou melhor, minha alma – deu um giro.

A obra de jardinagem, com suas trilhas partindo ao redor de uma fonte de pedra em forma de tigela – pedra! Tigela! –, revelou-se para mim como um sinal graálico indubitável. Tinha oito pontas. A marca dos oito antigos caminhos para o graal. Como se não bastasse, na base octogonal de pedra alguém tinha inscrito os nomes de oito poetas. Como se só eles – representando todos os que no mundo o foram – merecessem abrir as vias para o verdadeiro graal, que não é outra coisa senão a força criativa que vive dentro de cada um de nós.

Meu avô deve ter compreendido a metáfora ao subir naquelas velhas ameias. E também Valle-Inclán. Por isso se sentiram tão atraídos por aquela montanha oca com duas leoas nas laterais, que protegiam o lugar como fez o velho cristograma de Jaca, a quatrocentos e cinquenta quilômetros e oito séculos dali.

Naquele êxtase febril de deduções encadeadas, notei, ainda, algo mais: as janelas da outra Montanha Artificial, a escola de Lady Victoria, as da sala em que ela ministrava suas aulas, davam exatamente para essa rotatória. E lá do alto vigiavam confortavelmente o cristograma traçado no chão. De certa forma, elas haviam substituído as torres do castelo.

Como ninguém percebera? A pergunta me fez sentir outra pontada.

Como era possível que Lady Victoria Goodman tivesse nos enviado buscar o graal – ou a iluminação interior, ou o mecanismo para consegui-la – em livros e pinturas, em museus e igrejas tão afastados dali, tendo acesso a ele tão perto?

Será que sempre precisamos buscar essa luz em lugares distantes para nos darmos conta, extenuados ou talvez mortos, de que sempre a tivemos dentro de nós?

Não foi isso o que aconteceu com Lord Byron ao fim de sua busca do amor perfeito? Ou com Dom Quixote? Ou com Ulisses? Ou?...

Seria essa luz interior, afinal, a única resposta possível à pergunta que um dia formulei a meu avô sobre o lugar de onde vêm as ideias?

Algo me dizia que sim.

O triste, pensei, num gesto derradeiro de resistência, justo ao ouvir a porta da morte batendo atrás de mim, *foi ter perdido até o último grama de vida para me dar conta disso.*

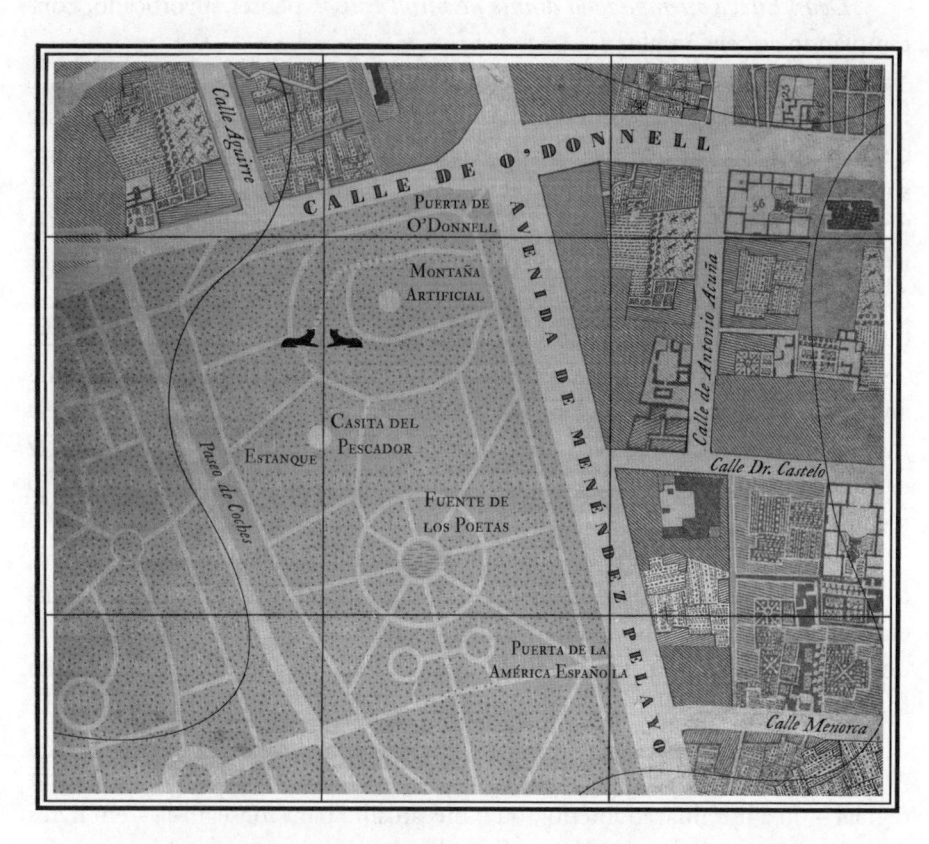

*Ali estava. Ao lado da montanha artificial do Retiro,
o cristograma de oito pontas com uma tigela de pedra
no centro, o qual só pode ser visto do ar.*

EPÍLOGO

Aquilo não foi a porta da morte. Foi um tiro.

Eu não soube disso até setenta e duas horas depois, quando amanheci em um quarto pintado de amarelo no hospital Gregorio Marañón, em Madrid, com o braço direito conectado a um cateter e o coração batendo mais forte que nunca. Nesse momento, eu ainda não estava consciente de que acabara de sair de um coma no qual a vida – e em especial os sete últimos dias descritos nestas páginas – havia desfilado diante de mim e me dado a oportunidade de compreender o ocorrido.

Quando abri os olhos, a enfermeira que me atendeu disse que tivemos muita sorte. Que a senhorita que estava se recuperando no quarto ao lado e eu podíamos dar graças a Deus de não ter terminado como o outro garoto, o que encontraram morto na montanha. E que estávamos vivos graças à oportuna intervenção de um herói.

Um herói?

Olhei para ela atordoado, sem dizer nada, com a esperança de que explicasse melhor.

— Um herói, sr. Salas — assentiu, emocionada.

— Que... que dia é hoje? — perguntei, vacilante.

— Segunda-feira. O senhor está aqui desde sexta.

— E Pa está bem? Posso vê-la?

— Paula Esteve? — respondeu, abrindo a pasta que levava debaixo do braço, como se buscasse o nome dela numa lista. — Sim. Está bem. Ainda se encontra sob os efeitos da sedação. Assim que acordar, avisarei o senhor.

— Obrigado — respondi. — Estou um pouco confuso...

— É normal — consentiu, analisando-me com seus enormes olhos cinza. — Descanse.

— Não sei o que aconteceu.

— A polícia vai explicar tudo quando puder falar com o senhor.

Suponho que ela disse isso para me tranquilizar, mas a única coisa que conseguiu foi me inquietar um pouco mais.

— A polícia...?

— Não se preocupe. O senhor está a salvo aqui. Seu herói perguntou por vocês dois esse tempo todo. Parece ter um interesse particular no senhor.

Ergui os olhos e olhei para ela. Era a segunda vez que o mencionava, então perguntei de quem se tratava. Minha memória recente era incapaz de localizá-lo.

— Bom... — Levantou a sobrancelha, hesitante. — Trata-se de um homem distinto, sabe? De certa idade. Com cabelo branco, barba curta bem cuidada, óculos de armação fina, voz grave... Soa familiar?

Fiz que não com a cabeça, ainda mais desconcertado.

— Não sabe como se chama?

— Pior que não. — Sorriu, encolhendo os ombros. — Para dizer a verdade, nem perguntei.

Não soube o que pedir. Ainda tinha dor no corpo e a mente um pouco entorpecida. A enfermeira me analisou como se eu fosse uma pequena criatura marinha presa numa rede, compadecendo-se de minha aflição.

— Ah, vamos. Anime-se. Esse valente entrou no lugar onde encontraram o senhor e a sua amiga e abriu fogo contra os sequestradores, pondo-os para correr — disse ela.

Senti que algo congelava dentro de mim.

— Abriu fogo? Ele estava armado?

— Sim — confirmou, satisfeita, diante do efeito de suas palavras. — Não sei se feriu alguém, mas pelo menos conseguiu afugentá-los. Ele salvou a vida dos senhores, acredite em mim.

Ignoro a cara que devo ter feito, mas a convicção dela só fez me alarmar. Depois de ouvir Julián De Prada dizer sobre sua verdadeira natureza, ficava surpreso de que uns simples tiros o tivessem afugentado.

Um homem com cabelo branco e óculos de armação fina.

Voz grossa.

Barba curta.

Aqueles fragmentos de conversa ficaram gravitando em minha cabeça por um instante, até que compreendi que entre as imagens daquela semana se escondia um homem assim. O achado me eletrizou. Era isso. Eu havia visto alguém como ele, de soslaio, na cafeteria San Ginés no dia em que Luis e Johnny quiseram me afastar da Montanha Artificial. E se minha memória não falhava, tinha voltado a encontrá-lo com Pa no congresso de bruxaria ao qual fomos para encontrar a professora Alessandra. Nesse dia, a propósito, também ouvi a voz dele. Um timbre rouco, seco, quase metálico, idêntico ao que a enfermeira descrevera. E o mais surpreendente de tudo: intuía tê-lo tido por perto em mais algum momento, ainda que não soubesse precisar quando. Nem onde.

Minha inesperada confidente ia se retirar do quarto para chamar o médico e informá-lo de que eu já estava acordado, quando a detive.

— Espere, por favor. Sabe... sabe se ele vai voltar?

— O herói? — A enfermeira mordeu discretamente o lábio inferior. — É curioso que pergunte isso, sr. Salas. Ontem ele comentou que provavelmente o senhor não se lembraria dele mesmo que o visse. E pelo que disse, também o livrou de ser atropelado por uma moto há alguns dias.

— Sério que disse isso?

— Sim. — Semicerrou os olhos, como se calculasse minhas faculdades mentais. — Também não lembra?

Um trovão retumbou em minha cabeça. Uma voz rouca que gritava "David! David!" me fez levar as mãos às têmporas. Não era possível. Aquele vislumbre veio acompanhado do golpe que me tirara da calçada diante da Montanha Artificial de Lady Victoria. Foi uma impressão fugaz. Um lampejo. Apenas um momento que, ao desaparecer, levou consigo a pouca cor que me restava nas bochechas. E a lembrança daquele velho que, do outro lado da rua, deu-me um sorriso comovente.

— Descanse. Durma um pouco. — Suas palavras pareceram uma súplica.

— Tem razão.

— Pense que, pelo menos, o senhor tem um anjo da guarda.

— Um anjo que não conheço... — lamentei.

— Ui! — exclamou de repente, girando sobre si mesma e desfazendo seus passos. — Mas que memória a minha! Esse senhor deixou algo para quando acordasse. Quer que eu lhe dê agora?

A mulher não viu minha expressão de ansiedade quando tirou um envelope fechado de uma das gavetas da mesinha e me entregou. Eu o apalpei, incrédulo, com cautela quase supersticiosa, temendo rompê-lo.

— É... para mim?

A enfermeira assentiu, provavelmente calculando se eu estaria em condições de ler.

Examinei o envelope de cima a baixo. Não tinha nada escrito nem impresso do lado de fora. Tampouco havia sido aberto ou mostrava sinais de desgaste. Estava fechado, e o que quer que contivesse não tinha muito volume. Talvez um cartão de visita. Ou um pedaço de papel dobrado no meio.

Quando o rasguei, algo caiu sobre o lençol.

Era uma velha fotografia.

Os olhos cinza da enfermeira brilharam de curiosidade.

— Se ainda não se tiver forças para ver, posso guardá-la. Não gostaria que...

Eu neguei, ignorando suas palavras e inclinando-me sobre a imagem. O que tinha em mãos me deixou atônito. Era uma cópia da mesma fotografia que minha mãe me enviara pouco antes de eu sair de Dublin, dias atrás. A mesma cena familiar na qual eu aparecia bebê, posando com os olhos fechados e um sorriso beatífico diante da igreja em que me batizaram, em Madrid.

Mas...?

Dei de ombros e renovei a expressão de desconcerto. Ela suspirou, decepcionada. É claro que eu não disse que conhecia aquela imagem. Teria implicado uma explicação longa demais. Então eu a deixei ir embora cheia de dúvidas. No entanto, nesse preciso momento, voltando a observar a foto, notei pela primeira vez algo que me passara inadvertido. Não era um detalhe. Pelo contrário. Tratava-se de algo colossal, gigante. A igreja do Santíssimo Sacramento que figurava atrás de meus pais – a mesma que ainda hoje está no começo da rua Alcalde Sainz de Baranda, quase em frente ao Retiro – tinha uma fachada em forma de "A" maiúsculo. Um "A" quebrado, muito parecido, senão idêntico, com os que me perseguiram nesses dias.

Senti um leve estremecimento quando o reconheci. Aquele "A" estava a alguns passos do cristograma secreto da montanha do parque, que eu acabara de descobrir. Tive a impressão de que alguém tentava me lembrar do terceiro mandamento da teoria dos segredos.

— E esse homem não deixou nenhuma outra mensagem? — balbuciei, detendo a enfermeira pela última vez, à porta do quarto. — Nada?

Ela fez que não, já sem se virar.

— Não. Só disse que isso poderia ajudá-lo.

— Só isso?

— Sinto muito, não sei dizer mais nada.

Enquanto ela se afastava, tentei sem sucesso escapar da influência que o trio de personagens na foto exercia sobre mim. Mamãe Gloria estava muito jovem. Agora me parecia que o olhar dela refletia cansaço, como se previsse as dificuldades pelas quais estava prestes a passar. Usava um vestido de lã branco, curto, feito de crochê, e um cabelo brilhante e negro que contornava a figura que soube conservar. O que ela tinha escrito no verso da cópia que me entregou antes de minha viagem à Espanha veio-me à memória: "Assim você se lembrará de onde vem".

Mesmo? Eu a acariciei com ternura.

Ao lado dela, meu pai olhava para a câmera através de uns óculos escuros e redondos. Sua expressão era amável. Eu havia analisado este mesmo retrato mil vezes. Era o único no qual estávamos nós três que minha família conservava. O único no qual eu reconhecia meu progenitor. Aquilo englobava o primeiro e último indício de um mundo cuja ruptura eu nunca compreendera. O destino – esse de que Pa havia me falado no cume da montanha artificial – havia jogado cartas comigo de um modo cruel, afastando-me daquele homem.

Com os olhos da nostalgia, detive-me em outro detalhe. Esse senhor de aspecto impecável, de cabelo cacheado escuro, barba cuidada e óculos redondos era o que me segurava nos braços. Era quem me protegia.

E se...?

Horas mais tarde, assim que o doutor terminou de me examinar e pude ficar em pé de novo, telefonei para minha mãe. Fazia vários dias que não tínhamos notícias um do outro. Desde que cancelei a busca do *Primus calamus* para a dra. Peacock e embarquei na do "verdadeiro graal", não soube dela. E ninguém havia lhe telefonado de Madrid. Provavelmente não conseguiram localizá-la. Portanto, fui prudente e medi minhas palavras. Não quis alarmá-la contando pormenores de uma situação que já estava superada.

Tal como supunha, mamãe Gloria continuava entusiasmada com os preparativos do casamento, já havia regressado de Galway e tinha os cinco sentidos voltados para o iminente enlace com aquele presunçoso Steven Hallbright.

Com cautela, eludindo nossas agruras, guiei a conversa para onde queria. Tivemos um longo papo no qual emergiram meu avô José, Victoria Goodman e os anos em que eu, ainda menino, interrogava constantemente meu ilustre antepassado sobre a maravilhosa origem de suas ideias. Foi então, antes de se interessar por meu tempo em Madrid, que perguntei sobre a dúvida que me queimava por dentro.

— Mãe, por que exatamente meu pai desapareceu?

Minha mãe emudeceu por alguns instantes. *Exatamente* era um advérbio que eu jamais utilizara nesse contexto.

Eu a imaginei desenhando um de seus meios sorrisos típicos, discretos, os quais esboçava cada vez que a interrogavam sobre um assunto difícil. Ela repetia com frequência – agora eu sabia que fazia como Chrétien de Troyes séculos antes, ou meu avô depois – que a chave para resolver qualquer problema passa sempre por formular a pergunta adequada.

— Seu avô me disse um dia que seu pai foi levado pelos frustradores — sussurrou, afinal, soltando aquilo como quem se livra de um peso.

Eu, surpreso, respondi com outro longo silêncio. Não me lembrava de tê-la ouvido falar nesses termos antes, muito menos de mencionar substantivo tão particular como aquele. Ela respeitou minha mudez antes de prometer que falaríamos disso assim que eu regressasse à Irlanda. Disse também que havia muitas coisas que eu não sabia. Que por isso tinha me enviado a Madrid e pedido a Victoria Goodman que me instruísse sobre o assunto.

— Só os conhecendo é possível combatê-los — garantiu.

Também sugeriu que meu avô tinha morrido convencido de que a aversão de meu pai pelas artes, a que o levou a deixar nossa casa de Dublin e desaparecer, não se explicava só por seu caráter. Que aquilo foi algo induzido por esses "inimigos superiores". Os mesmos, deduzi, que tentaram acabar comigo.

— Mas, na verdade, você deve saber que seu pai foi devorado pelas sombras — acrescentou, carregada de uma tristeza antiga. — Coitado.

Nesse instante, evitei revelar o que intuía: que César Salas emergira momentaneamente de sua dimensão para me salvar, talvez impelido por essa faísca de luz que, até no meio da mais escura das noites, qualquer ser humano é capaz de encontrar dentro de si. E que se, como ela suspeitava, meu pai havia sido arrebatado pelos *daimones* para minar a determinação de meu avô e impedir que falasse sobre eles em sua obra, ele talvez tenha tentado redimir sua consciência me salvando dessas mesmas forças. Era uma conclusão reconfortante, e eu me aferrei a ela com unhas e dentes. Talvez o ocorrido não tenha sido senão obra desse destino no qual já não me restavam desculpas para não acreditar. A mesma força que me tinha feito cruzar com uma Paula que eu ainda não conhecia.

No entanto, como eu ia lhe dizer algo assim? Como poderia lhe contar tantas coisas sem a olhar nos olhos?

Meu pai – se é que foi ele quem me salvou de morrer na montanha artificial do Retiro – não mais voltou ao hospital. Tampouco o procurei quando Pa e eu recebemos alta. Simplesmente, não me atrevi. Fazer isso teria implicado me aproximar outra vez da obscuridade de que acabara de escapar.

Quanto a Luis Bello e Julián De Prada, jamais voltei a vê-los. Desapareceram da falsa caverna do parque levando o caderno de Guillermo com eles, quase com certeza satisfeitos por atrasar mais um pouco o acesso de qualquer um de nós ao "tesouro" de que pretenderam nos privar.

Contudo, eles se enganaram. E muito.

Diante do vazio deixado pela sua fuga, logo compreendi que só me restava uma coisa a fazer. Lady Victoria concordou quando eu expus a ela. Com lágrimas nos olhos e uma atitude comovedora, entendeu que devia ser eu, não ela, quem empreendesse essa missão e a defendesse. Pa, ao saber do plano, abraçou-me prometendo que não me deixaria sozinho nisso. "Nunca", foi o que ela disse. Pois a única coisa que estava em minhas mãos para manter esses devoradores de ideias na linha e destruir seus planos seculares de turvar a alma humana era, precisamente, escrever este livro.

Quem sabe agora, ao entregá-lo à gráfica protegido pelo mesmo Sinal dos Oito que nos salvou da morte, o graal interior de quem o ler se ilumine – a única e verdadeira via de conexão com as ideias superiores que todos levamos dentro de nós. Isso, a partir de agora, deixarei de chamar pela palavra inventada na vertente meridional dos Pirineus na Idade Média – passei a nomeá-la com uma expressão que a define muito melhor: "o fogo invisível".

Todas as fontes literárias e históricas mencionadas neste romance estão documentadas, assim como as referências ao graal e suas distintas localizações e hipóteses. Ao mesmo tempo, as alusões ao "fogo" e seus "inimigos" tampouco são mera fantasia do autor. De fato, ele confia – como David Salas, no relato – que o leitor empreenda sua própria busca, agora que já sabe de tal existência.

CRÉDITOS DAS IMAGENS

© Leo Flores: pp. 1, 105, 192, 193, 209, 227, 254, 257, 263, 282, 283 e 308
© DeA Picture Library/Album: pp. 120 e 123
© Oronoz/Album: p. 122
© Museu Nacional d'Art de Catalunya: p. 162
© AESA: p. 166
© Funkystock/Agefotostock: p. 179

Leia também outros livros do autor publicados pela Editora Planeta

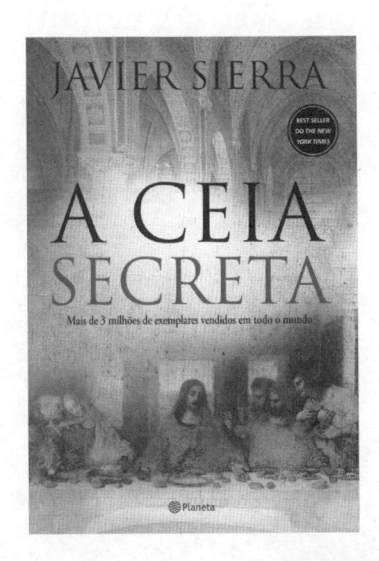

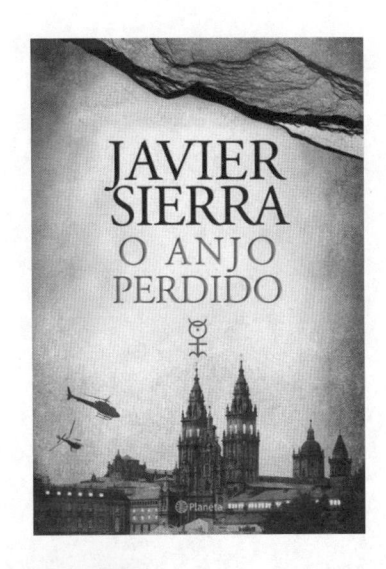

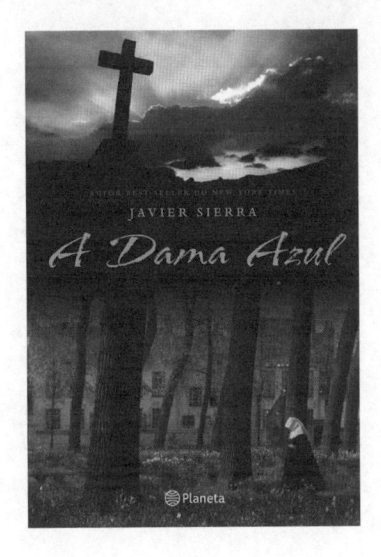

Este livro foi composto em Adobe Garamond e Bliss pro e impresso pela Gráfica Santa Marta para a Editora Planeta do Brasil em outubro de 2018.